死亡是轻盈的，思念才是最沉重的苦难。
想一个人，无时无刻不在你的脑海里，
无时无刻不在你的皮肉里。
你还摸不着，看不见，年年月月，
直到思念变成习惯，成为身体的一部分，
想忘忘不了，想丢丢不掉。

野牦牛、野驴、

羚羊以及牧人就是

羌塘高原上流动的风景。

草原上的草一茬一茬地黄，
一茬一茬地青，
年年岁岁，人长了，发长了，
心仍停留在最初。

星空灿烂，

月儿藏了一半在云层里，

半遮半掩地注视人间这对历尽磨难的恋人。

西藏生死恋

羽芊/著

四川文艺出版社

目　录

下部

引

措姆今天把自己打扮得格外漂亮，细小的发辫上缀满了绿松石，额头两侧还各戴了四颗红珊瑚，眉黑而亮，她脱去了厚重的皮袍，换上一袭轻软顺滑的淡蓝色碎花丝质长裙。这是他去年夏天回来探亲时送给她的，他还说拉萨的女人流行穿这个。

这样轻薄的面料是无法抵御凛冽的寒风的，它不适合赶着牛羊行走在草原的牧女。然而，它是美丽的，那紧贴在肌肤上的细致，那摸上去轻滑如牛奶般的感觉，男人看了心会变得如白云一般柔软。

措姆的手指从腰身一侧轻轻滑下，指尖处传来一阵特别的感觉。他说，她穿上这裙子就像雪山顶上的仙女一样美丽。因为他喜欢，她乐意为他展示自己的美丽。踏着一地月光，裙裾飞扬走向逆着光等待的男人时，那会是怎样的一种风景哦。

他的假期只有一个月。三十天，三十个日落月升，那是他们最快乐的日子。然后，措姆把这身衣裙锁进衣箱，收藏起了自己的美丽，女儿心女儿身，重新开始等待，等着远方的男人再一次回来。

草原上，除了那个一年回来一次的男人，还没有人值得她为他打扮，夜立深宵。

他说过，这次回来就再不走了。终于盼到了头，不管阿妈这回如何闹腾，她都要嫁给他。今生只嫁他，这是她从小就立下的宏愿。是的，宏愿。这世上再没什么能比跟他在一起更让人向往的了。

想到今后将再也不分开，措姆挤奶时居然把羊奶、牛奶混到了一起，惹得其他女人哈哈大笑，说她想男人想疯了。

“你们一天几个男人侍候着，当然不想了。我一个男人一年才看见一次，能不想吗？”措姆从羊肚子下直起身子，咯咯地笑着，清脆的笑声仿佛云雀一般直往天上钻。

这样的笑声是幸福中的女人所特有的，被爱浸润着的女人，容不画而媚，恨不得向全世界的人宣告她的幸福。

他要回来，他终于要回来了。从今起，自己的帐篷将有男人了。这就是措姆心中唯一的念头。满天星斗的夜晚，再不用翻来覆去地思念，再也不用担心那些来“打狗”的男人强行闯进来要自己陪他。

“打狗”，是藏北草原上对“钻帐篷”的另一种演绎。每顶帐篷前都会有牧羊狗，或拴着或放开，狗儿会认真地看守着自己的地盘，严防着危险的入侵者。汉子们要想在月明星稀的夜晚钻进自己心仪女人的帐篷，第一件事就得把人家帐篷门口的狗赶走。久而久之，人们便把男女之间那没有约束、自由自在的交往说成是“打狗”。

措姆的狗就蹲在她身边，风轻轻拂动着它黑色的背毛，齐齐向一边倒去。它热切地看着自己的女主人双手互换着，修长的手指在羊奶头上轻轻滑过，如跳跃在琴弦上一般优美。

草原上，狗儿和女人，是相辅相成的绝妙风景。

挤完奶，措姆就跟队里请了假，回家换了衣服，牵出早备好的马，甩着鞭子，沿着湖边走着。她要去接他，每一次他回来她都会去接，这已经成了习惯。措姆对着湖水看了看自己，理了一下发辫。那长长的发辫啊，一直垂到腰际。这是为他留的，九年了，九年的青丝缠缠绕绕。今日，这张网终于可以收口了。

看着水里女孩如花的容颜，她抿嘴笑了，旋转着身子，让长辫飞扬。

草原上的草一茬一茬地黄，一茬一茬地青，年年岁岁，人长了，发长了，心仍停留在最初。

措姆翻身上了马背，唱起那首他最喜欢听的情歌：

天上的星星啊，
像阿哥的眼睛，
看着地上阿妹的身影。
小小的酥油灯啊，
一夜到天明，
不见阿哥你的眼睛，
落进帐篷照亮阿妹的心。

措姆的嗓子一如这宽阔的大草原，配合了这片天地的风、这片天地的云，美得不沾一丝尘埃。

想起他当兵三年后第一次探亲的情景，措姆不禁心驰神摇。自己也是骑着马去接他，看着他从山路上走来，心里像闯进了一群小野驴，这群野驴还不停地蹦跶。

看到马背上的姑娘，他瞬间冲了过来。她也跳下马背，直扑进他的怀里，在他吻上她的唇时，泪流满面。

接下来的画面，让她想想就心跳耳热。他抱起她放在马背上，两人在草原上奔驰着。风在耳旁呼呼地吹，雪山不停地向后移去，两颗年轻的心却火热滚烫，她不时转身与他拥吻。

在那片山坳里，他抱着她滚落在厚厚的青草上，压在她身上，那么深情那么专注地看着她，粗糙的手轻轻抚过措姆的脸庞。措姆柔情万千地注视着男人，抚着他硬硬的短发。三年，无时无刻不在思念中度过，他高了壮了也更黑了，离开时是个少年，回来时已经成了蓝天上翱翔的雄鹰。

雪山就在他身后，婉约的山峰把心爱的男人映衬得更加粗犷豪迈。

措姆娇笑着，当再一次翻滚时，她脱掉了厚重的袍子，笑着，慢慢地卧在洁白的皮袄上，长长的黑发如丝如缎散落在四周，如一道华丽的盛宴，把自己完完整整地呈现在了心爱的男人面前。

他迫不及待地覆盖了她，两颗心缠绵在了一起。那个下午，在雪山脚下，他们第一次，以爱和行动在这片土地上谱写出了新的生命乐章。

从此，这乐章就留在他们心上，用思念的笔增添着精美的细节。天天等、月月盼，只为有一天能让爱的乐章持续下去，与日月一样长久。

措姆沉浸在回忆中，蓦然见前面窜出一只额头上有个白圈的棕熊，身旁还带着两只熊崽，脑中顿时一片空白。

熊把马儿吓坏了，一声长嘶前蹄立了起来，措姆还来不及反应就被掀下了马背，马儿一溜烟跑得没了踪影。

措姆在滚下地的那一瞬间就拔出了刀，脑中电光石火一般闪过一只幼熊中枪倒地的情景。还没容她站起，母熊已经咆哮着扑了过来。措姆向旁边滚了一下，回手一刀扎在熊的前肢上。吃痛的熊鼻腔里发出短而重的呼哧声，向措姆一跃而来。措姆惊魂未定，本能地再向旁边一滚，熊只按住了她的丝质长裙。措拇回身一刀就把长裙割断，爬起来不要命地狂奔，她仿佛看到一只小熊脖子处的血洞，鲜血汩汩地往外冒着，清澈明亮而略显无辜的眼睛终于慢慢合上……

母熊怒吼着，撒开四蹄追了上来。

一个女人怎么跑得过一只狂怒的熊？措姆还没跑出十米就被熊从后面扑倒了。熊张着血盆大口向她肩上就是一口，骨骼的断裂声听上去是那么恐怖，鲜血顿时如泉水般涌了出来。

措姆感到一阵眩晕，持刀的手无力地向后挥了一下，却什么都没扎到。母熊挥起一掌，砸到措姆的腰上。骨头“咔嚓”响了一下，身体就像被折断的干草，无力地飘落在焦黄的大地上。

在身体触地的那一瞬间，措姆呐喊了一声“啊——”，再次挥刀刺了出去，扎在了熊的肩胛骨上。熊再次挥掌拍了下来，尖利的爪子划破了措姆薄薄的丝裙，熊掌同时踏在了她娇嫩的肚腹上。

熊狂怒的吼叫，响彻在蓝天白云下的草原上，响彻在措姆的每一根血管、每一条神经里……

“公扎……”她仰天狂叫，绝望的呼喊声穿透云霄，在草原上层层推远，消失在雪山重叠的远处。

草原深处，一匹马正飞驰而来，四蹄奔踏，草屑、沙子向后飞扬。

马上的汉子绝望地大喊着“措姆——”，绝望到极致的呼喊在草原上回荡。

人还没到，一把雪亮的刀子就飞了过来，砍在了熊的前小腿上，熊放开措姆，向后跳了一步。它知道自己不是这个男人的对手，转身嚎叫一声，带着两个小崽子贴地飞快地掠去。

公扎翻身跳下马背，顾不得追熊，一把抱起措姆，见措姆的肚子已被熊掌划开，鲜血流了一地，人早已没了气息。

“措姆——”公扎狂喊着，把她渐渐冰凉的身体搂在胸前，“我回来了呀，你的男人回来了啊，措姆，你不是天天盼着我回草原的吗？我现在回来了，你醒醒啊，看我一眼啊，措姆——”公扎喊着哭着，哭着喊着，泪水如雪崩般倾泻而下。

草原的天总是说变就变，开始还只是枯黄的草尖随着风摆动，一会儿就变成了狂风席卷黄沙漫天飞舞，“呜呜”的风声仿佛从地狱里发出来一般，像冰弹子打在地上，滚来滚去发出瘆人的白光。

天地混沌成一片。

男人仰天长号“措姆——”，然后一把抱起女人，血洒一路，在迷蒙的天地里越走越远。

一个声音硬邦邦地响彻天地间：“喀果，我一定要找到你，你要了我女人的命，我就要你的命！”

上部

第一章
少年的原野

这里的日子，是需要力量的。

他们血管里涌动的不只是鲜血，

还有豪气干云天的气势和战胜一切的博大胸怀。

一

藏北羌塘高原，位于青藏高原腹地，地处西藏北部的唐古拉山脉和冈底斯山脉之间，属于西藏的北部大门。羌塘其实是个地域性的概念，总面积四十二万平方米，含氧量还不到海平面的一半，平均海拔在四千五百米以上，雪峰林立，植物贴地生长且生长期一年中不会超过一百天，被世人说成是“世界屋脊的屋脊”，不适合人类居住的地方。然而无论古今，重要的交通要道都从其境内穿过，如青藏铁路、青藏公路、黑昌公路等，都穿过了羌塘高原腹地，把这片天涯之外的高原与外界联系了起来。

这样的连接，想起来是多么伟大，行走过后才知是多么艰难。四千五百米的高原上，普通行走相当于内地负重十五公斤，天地宽得没有边际却贫瘠得每一份食物都需要跟自然去争抢。所有生命在荒原上，没有高低贵贱之分，自然的风雨捶打着你也同样捶打着他。要想活下去，只有把自己融进这片高原，适应它，忍受它，跟沙跟草一样，让自己变成它的一部分。

地域广阔，人烟稀少，战火很少能烧到这片荒原上，反倒让这里的人们远离了人类的斗争。放牧牛羊，逐水草而居，一年四季跟着牲畜的脚步迁徒，享受着贫穷却自由自在的生活。

公扎的家就在羌塘腹地错鄂湖边上。一顶随时可以搬迁的黑帐篷，承载了一家老少所有的希望。

这天，公扎坐在父亲的马背上，跟着大人们一起出猎：打野驴。作为家中的长子，父亲早早就开始教会他在草原上生活的技能。比如通过山势判断方向，通过足迹和粪便分辨出是什么野兽路过，哪种动物要打哪个位置才能一枪毙命，等等。

老猎人，用自己的方式培养着长子。

错鄂草原牧人的冬季牧场在一片山洼里。前两天突然闯进一群野驴，看守的牧人回来报告后，队里一致决定，每家出一个男人，去打点野驴回来，家家都快没肉吃了。

藏北草原上的牧人，自古就是以食肉为主。这里的日子，是需要力量的。他们血管里涌动的不只是鲜血，还有豪气干云天的气势和战胜一切的博大胸怀。

到了狩猎点，早有人等在那里。几个年轻人见到伦珠，过来坐在他们身边。公扎的阿爸伦珠，是错鄂草原上最好的猎手，有“神枪手”之誉。

“伦珠”在藏语里是“天成”的意思。一个好的猎手，除了后天的经验可以通过无数的出猎获得，其先天的准确判断和对野兽的敏锐感觉是与生俱来的。

“你说吧，伦珠老师，今天咱们打哪些？”一个戴着羊皮帽的小伙子一边小声说，一边不无讨好地揉了揉公扎的肩膀。

伦珠看了下面吃草的野驴一眼，问：“今天来了多少人？”

“二十五个。除了有两顶帐篷的男人不在，其他的都来了！”

“照老规矩，一人一头，不准打带崽的！”

“好呃！”小伙子们答应着，悄悄传下话去，“一人一头，不准打带崽的。”

“阿爸，为什么不打带崽的？”公扎睁着大眼，不解地看着父亲。

“咱们今年吃了肉，明年还要吃吧。如果把带崽的也打了，明年饥荒来时，咱们到哪里找肉吃？别看平时这些野驴在跟我们的牛羊争抢草场，实际上它们是大自然给我们贮备的荒粮，还不用我们管它们。咱们没吃的了，只要在草原上取一头回去就够了。儿子，你一定要记住，凡事都不能做绝，打猎也是一样的。事做绝了就没有回旋的余地。明白吗？”

公扎似懂非懂地点着头，转身爬到一个阿哥身边，见对方已装好火药，正在寻找猎杀的对象。

队长单增过来，没有看伦珠，话却是说给他听的。“还照老规矩，多打两头，留给神鹰和野狼吧！”伦珠点了点头。

单增和伦珠，彼此惺惺相惜又心有间隙。

伦珠的女人达娃是单增青梅竹马的伴侣，是他永远忘不掉的第一个女人。然而，事与愿违，自己所爱的女人嫁了另一个男人，且那个男人还是草原上有口皆碑的“神枪手”。

草原上的规矩，大型狩猎后，都会给秃鹫和野狼留下些猎物。秃鹫专吃尸体。这几年生活好，风调雨顺的，草原上死的动物和人都不多，秃鹫也开始饿肚子了。而冬天，小动物们都躲在洞里，荒原狼捕食越来越困难，饿极的狼就开始攻击牲畜。狩猎时留下大量的血腥味，这些以血肉为食的动物都会闻风而来。有经验的老猎人会在狩猎地给它们留下吃的，它们吃饱了，人畜就会安全一些。

“爸拉，你看，那里有一只熊！”小公扎看着远处的山头，那里有个灰棕色的身影正看着这边，“它额头上还有个白圈。”

“那是喀果，去年出生的。去年顿珠他们抓回来的小熊就是它的兄弟。”

“你怎么知道，阿爸？”

“它父母就在山那边，我每次去那边找狐狸都能见到它们，山不犯水的，很多年了。去年开春后母熊第一次出来时带着两只熊崽，喀果是其中一只。”

“顿珠他们把小熊掌砍下来卖了二十块钱呢。阿爸，你怎么知道那只熊崽是这只的兄弟？”

“它们的额头都有个圈，这只我叫它喀果，顿珠他们捉住的那只我叫它那果，因为它的圈不如这只白，有点发黑。儿子，别看熊外表长得都差不多，实际上每只都不一样，只要注意观察就会发现它们的不同之处。”

“爸拉，我们要打它吗？熊掌可以卖好多钱的！”公扎看着喀果，跃跃欲试。

“不行。”伦珠说，严厉地瞪了儿子一眼，“我们是牧人，靠草原生存。今天草原给我们送了这么多野驴来，我们有肉吃了，还要那么多钱干什么？公扎，你一定要记住，一个好猎手是不能太贪的。”

公扎缩了缩脑袋，不再说什么。阿爸虽说是草原有名的“神枪手”，但原则性极强：一天之内不伤二物。就是说在同一天打到一种猎物后，无论再碰到什么动物，绝不再开枪，除非是自己的生命受到威胁。阿爸说这是他的父亲传下来的规矩。

这时，站在最高处的队长单增挥了一下手，扣响了扳机，其他埋伏点相继“砰砰”地响起了枪声。野驴在一阵惊慌过后，“咴咴”地叫着，四处逃奔。其实此时逃命已经晚了，那些还能惊慌逃命的野驴都是猎人们故意放跑的。

公扎的注意力并不在下面的野驴身上，他在看那只叫喀果的熊。见它听到枪声后不要命地向山的另一边逃去，不知为何，竟有些替它难过。枪声并不大，如炒豆子一样，却让所有的动物闻声而逃。在动物心中，两条腿走路的人类是最可怕的，离他们越远越好，因为他们有枪。

男人们欢呼着，从各个掩体里站了起来，举着枪，卷起尘土迎着阳光向下冲去，各自跑到自己的猎物跟前，检查枪眼的位置是不是跟心中想象的一致。如果对了，就兴奋地把手指插进嘴里打一个响亮的哨子；如果不对，就垂头丧气地踢一脚猎物。

他们看着野驴倒在地上，鲜血汩汩地流，人人兴奋，瞳孔放大。

单增派人清点了野驴的头数，不多不少，二十七头。

“这两头这么瘦，其中一头腿还是跛的。”一个小伙子站在远处大声喊。

公扎知道那两头瘦弱的野驴是父亲打的，两枪两头。这就是父亲说的优胜劣汰。打猎是万不得已的，既然要用它们的生命换取人的活命，那么人就应该仁慈一点，尽可能地做得好一点。瘦弱的野驴在严酷的生存竞争中迟早要被淘汰，与其让它们在与狼的搏斗中被生生地撕裂，还不如这样一枪去得痛快。

伦珠把枪背在身上，倒出鼻烟吸了一下，轻描淡写地说了句：“把那两头留给神鹰和野狼吧！”

“好。”单增点了点头，向远处的人喊，“那两头瘦驴东西各放一头，留给神鹰和野狼！”

“好呃！”小伙子们答应着，开始把打下的猎物往板车上放。老人们则在草地间点了一堆桑烟，感谢佛祖赐予的猎物，也祭奠野驴的亡灵，让它们早日转投来世。

草原上的法则就是这样，既要相互搏杀，又要相互依存，谁离开谁都不行。

当大队的人马兴奋地推着板车离开时，蓝天上，秃鹫开始盘旋，远处也响起野狼的嚎叫，帮着打扫战场的第二批干将陆陆续续地来了。

草原将在它们的清理下，重新变得洁净。

二

“日出跟着牛羊走，日落跟着女人走”，这句古老的歌词唱出了草原汉子生活的真实写照。对于牧民来说，吃的牛羊在草原上走着，穿的戴的在身上披挂着，帐篷里唯一值钱的也就是锅碗瓢盆。没有人会骑马走上一天两天到另一顶帐篷去偷那些破铜烂铁，所以草原上的偷盗现象极少。

就这么一个与世无争的地方，一场史无前例的“文化大革命”如野火一般突然烧进了草原。人们不再虔诚地对着菩萨磕头，看向那些金碧辉煌的塑像不再是小心翼翼，对宗教曾有的神秘和敬畏之情仿佛一夜之间从人们的心里消失无踪。大大小小的寺庙变成了断垣残壁。佛前的弟子脱下高贵的僧衣，一身俗装走出森严的殿堂。

对于那些从小就进了寺庙只知念经虔心礼佛的僧人来说，这一切猝不及防，且是难熬的漫长过程。

年幼的公扎还不太懂这些。他只关心自己的肚子今天能不能饱，关心明天家里有没有吃的。

当一群手举着红本本、身穿破烂衣袍的无产者冲进错鄂寺的时候，公扎正藏在悬崖边的石头缝里数河谷的野牦牛。这群野牦牛是两天前来到这里的，阿爸叫他这两天注意点，别让野牦牛跑了。等他这两天的学习任务一完就带他去打一头。家里快断肉了，没有肉，草原人就只能饿肚子。

突然从山前的寺庙里传出呐喊声，想必是那些破四旧的革命小将又冲进了寺庙吧。公扎这么想着，兴奋地从石缝里钻了出来，跑到另一边趴在草地上看热闹。他只是看看热闹而已，年幼的公扎还没有资格参加这样的活动。

寺庙就在半山腰上，公扎居高临下看得清清楚楚。

寺院前的土坝子上，坐了一群红压压的僧人，一个手举红宝书的革命小将拿着小喇叭正在训话。公扎认得他，那是另一个生产队的罗布顿珠，在公社读初中，加入了红卫兵，回来组织了红卫兵造反司令部，他自任司令。平时在羊皮袄外扎一条军用皮带，有事没事在人前威风凛凛地过一下。

罗布顿珠训完了话，就下令把僧人赶下山去，说从今天起，这里将成为红卫兵的司令部了，所有僧人一律还俗回家。

小将们高呼着口号，把菩萨抬出来扔在沙坝上，提着锤子开始砸，叮叮当当的敲击声伴着僧人们的号哭，响彻山谷。

那些身居庙堂高高在上的佛菩萨转眼间就变成了破铜烂铁。

这时，寺院的后门悄悄开启，一个老僧抱着一个黄布包走了出来，好像很着急的样子，他没走小路，而是直接从乱石堆中手脚并用地往上爬。

公扎认得他，他就是寺里的活佛扎多，这一带最有学问的人，常跟猎人讲打猎也得有节制的老僧。

这时后门处又探出一个戴军帽的年轻人，见了半山崖上的老僧，立即大喊大叫着“牛鬼蛇神跑了，赶快去把他抓回来呀”。门里旋即拥出一帮举着红宝书的革命小将，大呼小叫着撵了上来。

老僧慌乱不已，不时回头看一下，把手上的布包揣进僧袍里，加快了往上爬的速度。

公扎开始为他担心，怕他被抓住又少不了要挨一顿揍。这段时间，队里每次开大会，革命小将都要把老活佛揪去批斗，脖子上挂着木板，上面用藏文写着“牛鬼蛇神”。

老人的身体本来就羸弱，每次批斗下来，都会好几天下不了榻。伦珠总会悄悄去看他，带着公扎，给他送些吃的，说些安慰的话。

在公扎的心里，扎多活佛就是一个慈祥的长者。

撵的人越来越近，扎多显然体力不支，腿也有些跛了，前面一块大石头又挡住了去路，眼看他就要被抓住。

“快点，快点，石头右边可以上。”公扎不禁小声提醒了他一句。他不敢大声，怕造反的红卫兵发现他帮助牛鬼蛇神，到时阿爸阿妈就要倒霉了。

扎多抬头看见公扎，明显怔了一下，迅速按他说的从旁边爬了上来。他顾不得多想，立即从怀里掏出黄色的布包塞进公扎的皮袄里，双手合十说了声“请帮助佛祖，孩子”，然后转身走下去了。山石间的扎多，背影看上去那么坦坦荡荡，衣袂飘飘。

扎多被那帮人抓着，双臂扭到了身后，被推搡着往下走，脚步踉跄。在进寺的那一瞬间，他回头向山上看了一眼。公扎摸着怀里的布包，突然间有了一股临危受命的英雄气概。

等那帮人重新进了寺庙，公扎这才站起来回到另一边，滑下坡回到刚才藏身的大石头处，挤进中间的石缝里，这里面可以让他勉强弯腰坐下。

公扎掏出那个布包打开一看，一尊黑得发亮的佛像，有自己的小手臂那么高，拿在手里凉凉的、沉沉的，还有些书页。公扎看了一下，上面写着“格萨尔王传”，字都是用金粉写的。另外有一张纸，上面画了一座雪山，中间画了个三角形，三角形中间画了一只熊，熊的脑门上还有一个小小的“¤”形符号。

喀果？公扎瞪大了眼看着纸上的熊。怎么会是喀果？老活佛画喀果干什么？还画在三角形里。公扎倒过去正过来地看着。对于喀果，公扎倒是经常见到的。它就在那片山谷里，公扎捡牛粪、找狐狸、放羊的时候都能远远地看见它。有时它在找老鼠、抓兔子；有时在晒太阳，或是散步，没有交往，却像老朋友般熟悉。

这些东西可不能带回家，革命小将们隔三岔五就会进各家帐篷搜查有没有四旧。公扎想着，只能先藏起来再说。藏哪儿呢？他看了看周围，石壁上是藏不了东西的。他于是起身，把自己屁股向外重新挤在石缝里，取下身上割肉的刀，迅速在刚才坐的地方刨起来，一会儿就刨出了个小坑，他把布包和佛像放进去埋好，还用手拍结实了，这才出了石缝。

傍晚，公扎听爸拉和阿妈拉说，寺里的老活佛被抓起来了，晚上开会批斗他，原因是他把寺里历代活佛传下来的佛像藏起来了。特别是那尊铬铜银黄金合成的药师佛像，是错鄂寺的镇寺之宝，传说是格萨尔王宝藏中的一件，是上古之物，上面记载着格萨尔王宝藏的秘密；同时传下来的还有一部用金汁写的《格萨尔王传》，平时轻易不让人见的。罗布顿珠说那是大毒草，一定要找到交到县革委会亲自处理。

草原一直流传着格萨尔王宝藏的传说，有的说宝藏有两处，一处在错鄂草原的察那罗山，一处是在双湖的塔加普雪山。这两座说是山，其实说是山脉更准确一些。大大小小的雪山连绵好几千里，别说只是传说，就算真有宝贝，崇山峻岭，狼熊出没之地，风霜雨雪说来就来，只怕宝贝还没找到，尸骨倒先找不到了。所以牧人们都知道，这样的故事听听可以，当真可是要命的。

“爸拉，那个药师佛是什么样子的？”公扎坐在火炉前，拿着羊皮的风筒把火吹得旺旺的。

“我也只见过一次。五年前，寺里跳羌姆（一种宗教舞蹈，也称‘跳神’）时活佛高兴，就让人请了出来给大伙朝拜，好像是黑色的，很亮。”

“哦！”公扎心里惊了一下，想起自己藏起来的那尊佛像，公扎张了张嘴，想说出下午山上发生的事又没说出来。

太阳走到山顶，如一个大火球，静静地俯瞰着错鄂草原。

远处，牧人赶着牛羊慢慢走来，阳光斜射，长长的影子拖在草地上，如一幅移动着的水墨画。偶尔，哪个人或是哪只牛羊走慢一点、走快一点，影子就交叉了。黑黑的色块便重新组合，成为一幅新的画面。远处的湖总是波光粼粼的，光斑如钻石一般闪烁着。雪山永远屹立在那里，千年万年。天上总会有鹰，俯冲或是滑翔，恰到好处地点缀着这片山水。

如不是那个拿着小喇叭、戴着红袖标的人挨家挨户地喊着“晚上开批斗会，不能缺席、不准请假”，这里会是天堂吧！

太阳还挂在雪山顶上，人们早早就到了部队帐篷前面的空地上，公社革委会主任次旺亲临现场，主持这次批斗会。

次旺也是错鄂草原的。一直以来，在草原上四处游荡，哪里有婚丧嫁娶他就出现在哪里，混吃混喝。曾经，他是草原上老人们教育懒惰的年轻人常举出来的例子。只是“文革”一来，这个游手好闲的流氓一样的人物，一夜之间高举手臂成了无产者的代表，带领着同样游手好闲的一群人到处打砸抢，步步高升，转眼间就成了公社的革委会主任。

人们到的时候，发现错鄂寺的活佛扎多被绑在经杆上，绛色的僧衣上满是尘土，还破了几个洞。五彩的经幡仍在上空飘扬着，观音菩萨的六字真言随风舞动。

这是一个奇怪的世界，人们喊着“破四旧”“不信神，不信鬼”，却在每一个节日到来时，依旧挂幡祈求平安、祈祷吉祥。

土坝上各种各样的脸孔看着中间的扎多，兴奋的、好奇的、悲悯的、痛心的……

帐篷前放了一张桌子，长椅上坐了三个人。次旺居中，罗布顿珠、单增分居左右。

次旺环视了一下四周，该来的人差不多了，他看了看单增。单增站起来示意大家安静，说会议开始，下面请次旺主任作指示。

次旺高举红宝书，带领大家念了一段毛主席语录，然后坐下，清了清嗓子，环视了一下众人，说：“今天我们召集同志们来，是要对我们草原屡拔不尽、屡烧不止的‘大毒草’来一次彻底的铲除。大家知道，毛主席他老人家一直挂念着我们草原上的人民，让我们农奴翻身当了家做了主人。我们有了牛，有了羊，我们有吃有穿了。但是，有些人是看不得我们农奴过好日子的，是看不得我们高兴的，那个人是谁呢？”次旺看着前面黑压压的人群，吊着嗓子问。

“是他，打死他、打死他！”人群被他这么一问，立即沸腾起来，无数双手指向绑在经杆上的活佛，怪叫声响彻云霄。

次旺满意地点了点头，嘴角浮起一丝笑意，然后说：“错鄂寺藏着草原上最多的毒草，他不但不交出来毁掉，还要把它们藏起来，期待有一天把天重新翻过来继续毒害我们。你们说，我们能同意他这么做吗？”

“不同意！”下面又一阵举臂狂喊。

次旺很高兴，他站起来，踱到经杆前站定，身子微倾，居高临下地看着垂着脑袋的原错鄂寺活佛、现在的走资派扎多，冷笑着说：“说吧，只要你说出把那些东西藏哪儿了，人民群众也许能原谅你。”

扎多抬起头看了他一眼，淡淡地说：“寺里没有你要找的东西！”

“我问你那尊黑佛藏哪儿了？”次旺盯着他，脸上挂着狰狞的笑。

“我寺从来没有你所说的黑佛！”扎多看着他，表情平静安然。

这样的表情激怒了次旺。人们见了他，无一不是毕恭毕敬地弯着腰，脸上挂着讨好的笑。他讨厌扎多，从小就讨厌，凭什么他穿一身僧衣就成了受人尊敬的活佛？凭什么见了他自己就得低头让路？幸好这日月终于轮转，今天的草原是他次旺的天下。他抬手就是一巴掌，骂了句：“你是吃了石头啊？”

扎多没有动，眼珠都没转一下，只是平静地看着次旺。

一丝鲜血慢慢地渗了出来，在一张平静、安然的脸上显得那么突兀。

“死到临头还不知悔改。同志们，我们该怎么办呢？”次旺转过身来对着群众，阴森森地说。

“打死他，打死他……”

也许是因为扎多的过于平静，也许是因为那一丝血腥，又或许是因为人体内恶的一面被那一巴掌刺激到了，人群开始骚动，继而涌动，零乱的脚步声混着声嘶力竭的喊声如潮水一般向那个平静的老人压去，拳打脚踢……

措姆惊恐无比，紧紧依着公扎，公扎紧紧抓着措姆的肩膀，站在父亲的袍摆边。伦珠的手则握成了拳，脸因痛苦变得有些扭曲。他和扎多是最好的朋友，亲如手足一般。看到好友受这份罪，他心如刀绞，那一拳一脚就仿佛打在他自己身上。最终，他忍不住挤进了人群，大力分开陷入癫狂的牧人。扎多看到他，原本木然的脸突然一变，大声喝道："滚开，你这黑鬼想干什么？"

公扎和伦珠闻声都突然一怔，就在这一怔之间，其他人更加狂怒地涌了上来，对着扎多又是一阵暴打。混乱中，不知是谁一棍子打在扎多腿上，扎多一声惨叫，一条腿软了下去。紫红色的血顺着绛色的僧衣下摆流了下来，浸进沙地里，瞬间就湿透一片。

衰草连天的草原上，黑色帐篷前，猩红的鲜血、沾满泥沙的僧衣、平静的脸、飘扬的经幡、疯狂的人群……

就是平时吵闹不停的草原鼠也停止了闹春，静悄悄地躲在洞里。

这是一幅怪异的画面，就好像天地之间误开了一扇地狱的大门。

三

牦牛是羌塘高原最常见的牲畜，别看个大体壮，性子却极温和。但家牦牛和野牦牛性格相差太远，家牦牛温驯，野牦牛暴躁。在草原深处，常常发生野牦牛把人顶伤的事。

公扎看到山下黑压压的牦牛群时，立即张大了嘴，差点没惊呼出来。父子俩趴在山头上，看着下面的牛群，朵嘎卧在他们身边。

"阿爸，怎么动手？"公扎兴奋地瞪大了眼，恨不得马上听到枪响。

"着什么急啊，再等等。等它们吃饱后躺下来时，找准角度，最好是打脖子中间，一枪下去打进喉管，牦牛就毙气了。”

天永远是那么蓝，没有一丝云彩，太阳暖暖地照在身上，远处的雪山发出淡淡的银光。藏北的山，海拔上的数字大得吓人，但当你真正到了这片高原面对它们的时候，你会发现它们并没有想象中的高远。特别是无人区的雪山，一层一层铺陈开去，仿如丘峦一般，就如哪个仙人随手丢下些晶莹剔透的宝石，随意扔在了空旷的高原上，又仿佛牵着手的二八少女，亭亭玉立，秀雅美丽。

野牦牛、野驴、羚羊以及牧人就是羌塘高原上流动的风景，有了他们，这片高原才有了生命。

伦珠捅了捅迷迷糊糊的公扎，公扎一翻身爬了起来，揉着眼睛看向下面。

傍晚的峡谷多了些梦幻般的色彩。

太阳快落山了，金黄色的光线打在山崖上，青青的石崖也变成了橘黄色。稍远一点的雪山被夕阳染红了，发出淡淡的金色光芒。

干黄的草地此时格外柔和，黑色的牦牛躺在草地上，小牦牛在妈妈身边不时找同伴顶一下角。

“爸拉，打哪一头？”公扎扭头见父亲开始装火药，便问。

“咱们打那头老的吧，儿子，咱们这些靠草原吃饭的人，不能太贪心，要给草原留下繁衍的种子，后人才会有吃的啊。”伦珠习惯性地说，趴到地上，把叉子架好，枪口对着下面的牦牛群开始慢慢调整射击的角度。

随着一声清脆的枪响，边上那头瘦弱的母牦牛晃动了一下身体就再也不动了。其他牦牛听到枪声，起身撒腿就跑。小的在中间，健壮的在外面，四蹄如飞，“轰轰”声在山谷里回荡着，草屑飞扬。

眨眼间牦牛就跑得没了影儿。

“爸拉，打到了打到了，我们胜利了！”公扎跳了起来，双手握拳跳着笑着，带着朵嘎向山下跑去。

“爸拉，我们可以送点肉给措姆家吗？”公扎突然停住问伦珠。

措姆，生产队长单增的女儿。在一帮同龄的草原孩子中，措姆长得格外不同，脸蛋粉扑扑的，没有草原女孩常见的高原红，公扎觉得她的笑是最美最响亮的。措姆的舅舅就是错鄂寺的扎多活佛，公扎和措姆常趁人不注意给他送吃的烧的。也因此，两人变得格外亲近一些，常常看见他俩的身影相随。

伦珠含笑看着儿子跑下河谷，这才慢慢收起枪，松开保险，掏出鼻烟壶，倒了一点出来，然后深深地吸了一下，痛快淋漓地打了个喷嚏，用手搓了一把脸，捡起儿子的皮袄走下了山坡。

草地上散落着冒着热气的牛粪。那头被射中的牦牛躺在地上早已死去，脖子上有个小小的洞。

伦珠掏出腰刀开始剥牛皮。

没有马、驴的帮忙，这么大的野牦牛是不可能直接扛回家的，只有分解开，一次拿一部分。

错鄂湖东边的牧民居住点，罗布顿珠依旧在皮袄外扎了条军用皮带，拿个小喇叭，神气活现地通知男人女人晚上都集中到革委会的帐篷里，学习党中央毛主席的最高指示。

羌塘高原上的牧民过去都是以游牧为生的，一年四季都随着牛羊的脚步迁徙，没有定居的习惯。新中国成立后，政府出面划了行政区域，草原上人口稀少，帐篷与帐篷之间，相隔何止十里，即使开个小会，公社都得提前十天派出人马通知，还不一定能全部通知到。所以县革委会决定，以生产队为基点，吃大锅饭，给牧民设居住点，方便开展革命工作。

革命倒是方便了，牧民的生计却越来越难，每天放牧要走几十里，有时候一天根本回不来。

听到罗布顿珠的喊声，达娃在帐篷里走来走去，不知如何是好。男人昨晚出去后现在都还没回来，晚上的学习如果不到的话，挨批事小，扣除一个人的分肉量才是大事。最近私猎抓得很紧，本来就不够吃，再扣去一个人的量，明年的日子可怎么办啊？

她想了想，穿上皮袄，戴上白色的羊羔皮帽，叮嘱老二公赞看好弟弟妹妹，然后向队部的帐篷走去。

到了帐篷外，听到队长单增在里面陪着革委会主任次旺和他带来的人说话。

次旺近来常常待在错鄂草原，很少回自己家去，住在队部的帐篷，说是要彻底拔出错鄂草原的毒草。

达娃在门边故意跺了跺脚，里面传出单增的大嗓门："谁呀？"

"是我，队长！"达娃说着笑吟吟地掀开门帘，站在门边。别看达娃已经是五个孩子的娘，腰身却并没什么变化，宽大的皮袍穿在她身上，银腰带一系，胸是胸腚是腚的，走到哪儿都会成为男人注目的对象。

见到达娃，男人们停止了说话，眼睛齐刷刷地转了过来，特别是次旺，恨不得立马上去剥了女人的皮袍搂在怀里。"啧，照亮草原的月亮女神来了，快进来坐！"

"主任，队长，不了。我是来给我家家长请个假的，他……他病了，一直发烧，出不了帐篷。"达娃看了一眼男人们，笑着说。

"病了？今晚可是中央毛主席的最新指示啊，县上说了，要传达到位，人人都要学习。"次旺色眯眯地看着达娃的粉脸，差点流出口水来。达娃，月亮一般美丽的女人，年轻时就是他觊觎的对象，好几次去她的帐篷都被赶了出来，有一次被她的狗撵得在草原到处跑，她却在帐篷门边哈哈大笑。

"主任，他……确实病了，起不了身啊！"达娃避开次旺的眼睛，低下头看着自己的脚尖小声说。

“起不了身？”次旺怀疑地看着她，“我去看看！”

“主任，主任，”达娃赶紧抬起头拦住他，“我们帐篷里很脏，怎么能让主任您进去呢？会弄脏您鞋子的。”

“那有什么关系？你这个大美人都可以住在里面，我去看一下还怕什么？”次旺看着她说。

“不是，主任，你听我说，如果主任实在要去，我先回去打扫一下。”达娃拉着他，头却转向队长单增，求助地看着。

单增起身说：“这样吧，她家那顶破帐篷我经常去，到处都是牛粪羊粪的，主任去确实不合适。主任你先坐一会儿，酥油茶马上就来了，送茶的姑娘是湖对面的格桑花，让她给主任唱两句吧！”

次旺一听有姑娘送酥油茶来，也就停了脚步：“也好，你去看看吧，快点回来啊，我们还等你回来喝一杯呢！”

“好！”单增答应着，跟达娃走了出去。

两人走到外面，见周围没人，单增这才小声说：“他是不是又去打猎了？”

“家里快没吃的了。大人还好办，孩子们小，熬不过啊！”达娃看了身边的汉子一眼，小声说。

达娃和单增从小一起长大。单增的第一次“打狗”行动，就是去了达娃的帐篷。最初单增是想娶达娃的，可是父母不同意，说达娃家只有她一个女孩，结婚后还要养她家老的，日子没法翻身，父母做主让他们兄弟另娶了女人。没隔多久，达娃也招了一个男人上门。两人各自都成了家，虽说都住在湖边上，但再没私下来往过。

没有感情钻钻帐篷容易，像达娃和单增，因为都爱着对方，一旦再有牵扯，只怕两顶帐篷就不会再平静。所以，有了感情的男女是不适合草原上约定俗成的成年游戏的。

“你家孩子多，困难队里都知道。唉，这年头……再熬熬吧，听内地回来的人说，中央在考虑要取消集体制，不吃大锅饭了，把草场和牛羊都分给牧民，到那时候日子就好过一些了！”

“谢谢你，单增，我知道是你经常偷偷在我们家门口放肉。”

“达娃，是我对不起你。你只有一个男人，孩子又小，日子过得很苦，我想帮你一把。你也知道我家那头母牦牛，脾气躁，我怕她知道后去找你们闹，所以……”

“我知道我知道。单增，我明白你的心，那不是你的错，我们的父母哪里知道儿女的心呢？”

“你是说，你也和我一样？”单增心里动了一下，突然抓起达娃的手问。

达娃飞快地抽出手来，看了看四周没人，这才小声说：“当心别人看见。我们的事都过去了，你别放在心上。好了，我回去了，你也回去吧，主任还等你喝酒呢！”

单增若有所思地看着达娃顺着湖湾走远，这才转过身去。

月上山顶，达娃在帐篷外站着，转身时，突然觉得有人在看自己，仔细看去，除了黑压压的帐篷又什么都没有。

天亮前，公扎和父亲各自扛着肉从河谷的小路上走了过来。一进帐篷点，十几支雪亮的手电筒齐刷刷地照了过来，照得父子俩睁不开眼，帐篷的狗儿们开始狂叫。

戴着红星帽的罗布顿珠嬉笑着从人群里走了出来，脸上挂着讥讽的笑。“你不是病了吗？神枪手？病得出不了帐篷，伟大领袖毛主席的最高指示都不能学习了，怎么这会儿却扛着肉回来了？啧，还是野牦牛啊。”说完话锋一转，恶狠狠地说，“还不带走！”

一群红卫兵小将拥上前，扯过伦珠和公扎肩上的肉，推推搡搡地把伦珠押走了。

公扎吓坏了，喊着“阿爸”跟了上去，被一个革命小将抽了两皮带，只能住了脚，转身向自家的帐篷跑去。

哭喊着“阿妈”的公扎冲进了帐篷，把事情经过跟达娃说了。达娃惊恐地穿上衣服，套上靴子，带子都来不及拴就向革委会的帐篷跑去。到了帐篷门前，见坝子上点了马灯，黑压压的围了很多人，伦珠被绑在帐篷杆子上，嘴角挂着血迹，显然刚才被打过了。

达娃哭着扑了过去：“你们干什么打他？他犯了什么罪？”

“犯了什么罪你不知道吗？未经允许私自偷猎，逃避学习最高指示，这不是反革命是什么？”罗布顿珠走到她面前，阴冷地说。

“家里没吃的，你要我一家人都饿死吗？他去打个猎，犯着你们什么了？”达娃看着他，眼里冒出母豹子一样的寒光。

“队里没给你们家分肉吗？”这时，公社革委会主任次旺走了过来，“别人家能过，你们家为什么就不能过？”

“主任，我……”

“主任，他们家孩子多！”单增不忍再看，走上来小声劝说，“我看就算了吧，他也是没有办法才出去的。”

“他有多少个孩子？”次旺看了达娃一眼，问道。

“五个，大的才会捡牛粪，小的还在吃奶。”

“就他一个人的种吗？”次旺指了指绑在杆子上的伦珠。他不是不认识伦珠，这个号称“神枪手”的男人在这片天地谁不认识呢？只不过，“神枪手”的威名已经过去，现在的世界是属于他这样的“革命者”的。

“是的，主任，他是入赘来的。”单增赔着笑脸，小心翼翼地说。

次旺看了看达娃，又走到被绑着的男人跟前，说了声：“你他妈还真有福啊，一个男人就搂了一个女人。这样吧，我调查一下，如果确实困难，可以考虑从轻处理。”

“行行行，主任，我马上让人写个报告给你！”单增点着头。

达娃急步上前，向次旺一弯腰，双手合十：“谢谢主任，你真是个好人！”

“行了，我并没说就要放了他，还得看你们的表现。”次旺说。他看着达娃的眼睛别有深意，然后向着单增话里有话地说："你也不用写什么报告汇报了，大伙散了吧，我亲自去调查，免得有人徇私。"

"都回去吧，有什么好看的！"单增向叽叽喳喳围观的人群挥了挥手说。

大伙儿小声议论着向自家的帐篷走去。

次旺见围观的人都走了，便对罗布顿珠说："带着你的人也回去吧，这事弄清楚了再说！"

"是，主任！"罗布顿珠大声答道，向身后的人一挥手臂，"走！"

一会儿时间，坝子上除了被绑着的男人，就只有达娃和次旺了。

"主任，主任，你看是不是先放我男人下来，他都饿了一天了！"达娃走到次旺身边，凄凄惶惶地说。

"你先跟我来！"次旺并不看她，转身向旁边自己的临时帐篷走去。

达娃看了伦珠一眼，见他身上血迹斑斑，眼睛里却冒着火光。这个男人，一向都是受人尊敬的，如神鹰一般高傲，哪里受过这份委屈啊？她不能让自己的男人受这份罪，家里不能没有这个男人，从结婚到现在，虽说不是恩爱甜蜜，至少也是相敬如宾的。

次旺走进帐篷，坐在椅上看着达娃，不怀好意地笑："你真想救你男人？"

"主任，你抬抬手放了他吧。我们真是被逼得没办法了，五个孩子等着要吃要喝啊！"

"你说你都生了五个孩子了，腰咋还是那么细呢？不像我家那女人，生了两个孩子，腰就变得跟熊差不多了。"

"主任……"

"你男人真有福啊，一个人就占了一个女人，天天晚上搂着你这么个月亮一般的美人，真舒坦啊。哪像我们，三兄弟一个女人，轮到时女人还不一定方便。你说我苦不苦？"次旺看着她，眼神色眯眯的。

达娃看着自己的脚尖，眼泪滴了下来。虽说草原上女人不把性当成惊天动地了不得的事，那也得自己愿意啊。

然而一想到外面杆子上绑着的男人，达娃就强迫自己抬起头，挤出笑脸，解开腰带，慢慢脱去皮袄。

次旺并不着急，他往炉里加了些干牛粪，把帐篷里弄得暖暖的。这个女人是错鄂草原上的月亮，梦里出现的人儿，他在等着，等机会降临。

次旺放好牛粪，这才转过身来，见达娃酥胸半裸，一手拉了皮袄的襟站在帘边，天窗处射进一缕光线照在她身上。

次旺向她招了招手，达娃慢慢走了过去。次旺一把搂过她的腰，扯下她抓着的袍子，把她压在榻上，向那翘翘的乳房狠狠地咬了下去。

达娃嘴里发出"咝咝"的负痛声。次旺可没怜香惜玉的心情，这个女人是自己征服来的，用权力得来的，就得物尽其用。

达娃想哭，想喊，但她不敢。自己的身体承载着男人的命、孩子们的命，能否顺利过得了这一关，就看自己的身体是否能承受这一苦难。

当达娃走出那顶帐篷时，脚像踩在棉花上一般。她咬着牙走到男人身边，开始解男人身上的绳子。这时长子公扎跑了过来，跟母亲一起飞快地解开了伦珠。

伦珠终于自由了。他看着女人脸上和脖子上的伤痕，眼睛像要冒出血来，转身就要往那顶黑帐篷冲去。女人死死拉住了他，摇着手，泪水哗哗而下。

四

两天前公社又来通知，让每顶帐篷的男人去乡上学习毛泽东思想。伦珠出发的那天早上，拍醒了光屁股的公扎，叮嘱他要照顾好三个弟弟和一个妹妹，放好生产队的羊，说他过几天就回来，到时给他带颗水果糖。

一想起水果糖公扎就流口水。他记得两年前，一颗糖他舔了一个月，成了公扎童年里最幸福的记忆。

伦珠摸了摸他光溜溜的脑袋，穿上老羊皮袄掀开厚厚的门帘出去了。公扎赤着脚追出帐篷，朝马上的父亲喊："爸拉，你一定不要忘了给我买糖啊！"

"放心吧，儿子！"父亲爽朗地笑着，向帐篷边的女人和孩子挥了挥手，马鞭一甩，"嗒嗒"地远去了。

公扎回到帐篷，把脚套进皮靴里，黑乎乎的大脚趾伸在外面。这双靴子还是父亲两年前为他做的，他的脚早已比靴底长了，脚指头也把前面磨出了洞。大人们白天忙着干活，晚上要学习伟大领袖毛泽东思想，无暇顾及孩子们的脚，冬天一到就扯点羊毛往靴子里一塞，勉强不透风就行了。

达娃打了酥油茶，给每个孩子分一小块煮得半生不熟的肉。公扎几下子就喝完茶，把肉揣进怀里。他知道家里又快没吃的了，阿爸最近总要学习，也不知道什么时候才能抽出时间去打猎。他从门边的筐里取出乌儿朵，跟阿妈说了一声就向集体的羊圈跑去。

今天轮到他们家和石达家。石达家在这个牧民定居点里生活算好的，三个大男人养着石达兄弟俩。今天他阿爸和叔叔也去公社学习，石达的大哥去年当兵走了，今天就由他顶替大人放羊。

石达比公扎大一些，个子已经是个小大人的样子，但两人却好得像亲兄弟一样，常在一起捡牛粪，一起放牧，一起掏狼崽。

在羊圈处，两人相视一笑，同时向远处正打闹的牧羊狗吹起了口哨。一黑一棕两头藏獒同时跑了过来，伸着舌头各自站到主人前面。黑色的獒叫"朵普青"，是石达家的；棕色的獒叫"朵嘎"，是公扎家的。

公扎和石达蹲下，各自揉了自家的獒一把，这才起身打开羊圈门，关了一夜的羊群不要命地往外冲。

朵普青和朵嘎倒是极负责任，各自看守一边，前前后后地跑着，很快就把跑散了的羊驱赶回队伍，跟着领头的公羊向湖边走去。

两人把羊群驱赶到了湖湾处一片有水草的沼泽地边，羊儿开始吃草，公扎和石达就无事可干了，准备捡牛粪去。石达从怀里掏出羊皮做的袋子，取出一块肉递给公扎。公扎也不推辞，接过揣进怀里，向石达笑了笑，拿着袋子和粪叉往一面的山坡走去，石达则上了另一面山坡。

当肚子咕噜咕噜叫的时候，公扎直起腰，把腰带往里紧了紧，喊了一声石达。石达在对面的草地上早摊成了“大”字，闻声向他挥了挥手。公扎笑了一下，放下袋子，坐在草地上，掏出怀里的肉一点点咬着。他是舍不得一下全吃完的，吃一会儿停一会儿容易让肚子产生饱腹感。

两头獒也乏了，不再紧守在羊群边，而是找了个地窝子打盹。

错鄂湖清澈碧蓝，就如一块远古遗留下来的美玉，在蓝天下闪着迷人的光泽。

一只羊皮筏子从湖对岸慢慢往这边划来，细细的水波纹层层荡漾开去。

队里接送帐篷学校孩子们的船，每天定时定点来回两趟。

公扎看着慢慢向这边撑来的船，想象着船上的情景。今天是星期天，只有毕业班的大孩子才上课。

正午的太阳晒得人头皮发麻，他把羊皮袄铺在草地上，躺下准备打个盹，心想明天也许我也能坐上那羊皮筏子往对岸去了。上次学的东西早忘光了，再不去学校的话他就可能跟不上课程了。幸亏过去措姆常到寺庙跟她舅舅学识字，回来又教给公扎。要不他连藏文的三十个字母都不会，措姆真好，公扎不自觉这么想着。

刚合上眼睛，就听见山坡另一边传来哭喊：“救命呀，救命呀，有人没有？快来救我！”

措姆，是措姆的声音。公扎听到叫喊翻身就爬了起来，顾不得穿上袄子就往另一边冲去，到山边处往下一看，吓得心胆俱裂。措姆在山崖中间，再往下就是万丈悬崖，而她的正前方往上不到三米处，一只肚子瘪瘪的雪豹正在找路准备下去。

雪豹是草原上较聪明的家伙，它知道这样的情形如果硬扑下去，自己和那姑娘都得完蛋。所以它用前爪小心地往下探着，掠起的碎石不断向下滚落，吓得措姆连哭带叫。

公扎来不及多想，捡起身边的碎石头就朝雪豹砸去。雪豹突然受袭，蓦地转身看见公扎，狂吼一声就向上冲来。公扎拔出腰间的刀一边大喊着“朵嘎、朵嘎快来，这里有豹子”，一边飞快地向另一边山坡冲去。

一个孩子的速度哪里敌得过一头饥饿的雪豹，他刚冲到山坡边，雪豹就飞身而上，牙齿深深嵌进了他的小腿，一阵钻心的疼痛让他脑袋里“嗡”的一声，差点摔倒。

生在荒原上的公扎，自小跟在神枪手父亲的身边，什么样的野物没见过？他知道人与雪豹相遇时，倒下就只有死路一条。他迅速转身，还没看清就把刀狠狠扎了下去。刀扎在雪豹的背上，雪豹吃痛松开了牙齿，狂吼一声要再度扑上来。公扎来不及拔刀就迅速滚下了山坡。雪豹不想就此放过到嘴的食物，身子猛烈地抖动着，刀子“啪”的一声飞到一旁，然后跟着往下扑去，爪子踩落的石子稀里哗啦地往下掉。

这时，朵嘎和朵普青听到公扎的呼救，狂叫着追了上来，刚好插在雪豹和公扎之间。一豹两獒都蓦然住脚，卷起一阵沙尘，虎视眈眈地盯着对方。

打斗是突然爆发的，不知是雪豹还是獒率先发起攻击，很快就撕咬成一团，尘土飞扬。

雪豹也是饿极了，否则它不会拼死一搏。草原上的动物都有自己的生存法则，知道谁能碰，谁不能碰，遇到什么该绕道走。如果仅是一头獒，雪豹不会畏惧；两头獒它就只能勉强对付。然而，獒是草原上最团结的动物，十里之外只要有情况，其他的獒闻声都会迅速赶去增援。

雪豹原本想速战速决咬死一头獒另一头就会退却，自己快速补充一下体力还可迅速撤离。哪知这两头獒好像知道自己不是它的对手，采取了拖延战术，一头参与战斗时，另一头就仰天狂叫招呼同伴，等到打斗的这头不行了时，它们再迅速交换位置。

这样一来，雪豹的体力消耗巨大，体力渐渐跟不上了，而远处草地上，一群藏獒正狂吠着奔了过来。它知道这顿美餐今天是吃不到了，便迅速后退，眼看就要翻过山坡。一向以草原霸主自居的獒，怎么能容忍一头没了力气的豹子从自己眼皮底下逃走呢？机灵的朵嘎向朵普青看了看，对方立即绕道俯身向另一边去了。朵嘎这才四蹄如风撵了上去，一口咬在雪豹的后腿上，雪豹无奈再度回身跟它撕咬在一起。

就这么一会儿工夫，朵普青已经绕到了山坡上，切断了雪豹的后路，而下面，赶来接应的獒已经把左右的路都堵死了。

公扎趁此机会，绕过山坡把吓得不知所措的措姆救了下来。

山坡上的战斗很快结束，雪豹的尸体躺在沙石间。獒们仰天长啸着，高亢的欢呼声此起彼伏，在草原深处回响。

公扎摸着自己的獒，夸奖它勇敢，偶然一抬头，见远处的山头上一只脑袋上有白圈的熊正若有所思地看着这一切。

“喀果……”公扎大喊了一声，这是他第一次叫出它的名字。能死里逃生，公扎心里高兴，想有个人与自己分享。喀果他自小就熟悉，如老朋友一般，他不由自主地就叫出它的名字。

“你喊什么？”措姆拉着他的手臂，仰起小脸问他。

“喀果啊，那只熊的名字！”公扎笑着说。

“熊？在哪里？”措姆本能地害怕。

“那儿，那个山头！”公扎向远处指了一下。

措姆抬头顺着他手指的方向看去，却什么都没看到。

回到生产队的定居点，所有人都闻声赶了过来。队长单增把公扎一把抱起，达娃早在石榻上铺好羊皮，让儿子坐在上面，用布蘸了热水把公扎腿上的伤口清洗干净，然后抹上酥油就去烧水打茶招待乡人了。

草原上的母亲，对于孩子的伤早已习以为常，没有哪个孩子是不受几次伤长大的。这些伤痕，是儿子成长道路上必须经历的关口。受一次伤就意味着孩子又长大了一些，只有通过层层的蜕变磨炼，孩子才能变成草原上顶天立地的汉子。

人们把豹子的尸体挂在木杆上，地上点了一堆火。两个年轻人用小刀慢慢地剥皮，老人们在旁边看着，不时叫着“小心点，小心点，别剥烂了”。经大伙儿同意，剥下的豹皮让两个手艺好的人用酥油和糌粑揉了送给公社书记，让他去县上给草原上的小英雄请功。

草原的夜晚是极安静的，人们除了“打狗”再无其他娱乐。今天突然发生一个孩子在雪豹口中舍命救人的事，十里外的草场都有人知道错鄂湖边出了个勇斗豹子的小英雄公扎。

小措姆这几天总是远远地站着，黑亮亮的眼睛看着公扎家的帐篷。她平时和石达经常去公扎家的帐篷，这几天反而羞涩起来，似乎有了心事。

消息传到了百里外的公社，很快就有人通知了公扎的阿爸，让他尽快回去。

第五天深夜，月亮升上帐篷顶的时候，公扎的阿爸回来了，不过不是走回来的，而是让人抬回来的，尸体放在了外面冻得结实的沙地上。

公扎拖着伤腿挪到外面，看着阿妈抱着阿爸的尸体，头发凌乱，哭得声嘶力竭，三个弟弟一个妹妹分别抱着母亲的腿，不知所措地哇哇大叫。

牧人们围在四周，小声议论着。

“正赶上塌方，山上滚下来一块大石头。唉，可怜啊！”

“我们幸好跑得快，否则也完了。”

“这一家子可怎么办啊？孩子还那么小，哪个男人愿意养这么多孩子啊！”

“是啊，长得再漂亮又有什么用？孩子太多，嫁人就难了！”

……

这夜的月光格外凄凉，这夜的寒风格外刺骨。

两个女人过去把达娃架了起来，劝说着，说人都死了，还是早点天葬了吧，别让他的灵魂不安宁。

队长单增让两个小伙子留下帮忙，让其他人都散了。

措姆陪着公扎站在帘边，陪着公扎一起哭，不时抬起手给公扎擦眼泪。

那一晚，趁阿妈红肿着眼睛哄着弟妹们睡觉的时候，公扎拄着棍子走到外面，坐在阿爸的身边，看着阿爸的脸。阿爸黑红的脸庞就像睡着了一样，嘴角有一丝冻干了的血迹。公扎伸出手去，小心地把血迹抠下，泪水滴在伦珠冷硬的手背上，瞬间结成了冰。

月光实在凄清，公扎感觉自己的骨头在月光下变成了冰柱子。他抓着父亲的手，见父亲的手蜷曲着，便想给他掰开，分开父亲的手指后赫然发现掌心握着一颗水果糖，透明的糖纸上还有一朵花。这种糖果公扎以前在寺庙的佛菩萨跟前见过，孩子们每次看见都会吞口水。

措姆曾经说过，这样一颗糖要一分钱。

一分钱啊，对于以物易物的牧民来说，身上很少有现钱的，需要什么都是拿另一种东西去换。一分钱如果再添上一分，就可以买一盒火柴了。

公扎小心翼翼地取出糖果，剥开舔了一下，闭上眼睛，让那股甜丝丝的感觉弥漫了整条舌头，然后慢慢浸入喉咙去。

公扎呆了久久，重新包上糖，揣在怀里，眼泪大滴大滴不断地落了下来。

他明白，经过这一夜，他就是大人了，需要独立支起帐篷，照顾好阿妈和弟弟妹妹们。

在单增的操持下，第二天天刚蒙蒙亮，两个小伙子就把伦珠捆在天葬师背上，提了给亡灵引路的酥油灯往雪山脚下的天葬台去了。

公扎跛着腿，不顾阿妈的呼喊追了出去，见荒原上一盏油灯慢慢移动，越来越远。

他奋力追了一段，见那盏油灯渐渐消失在山坳里，他转身向旁边的山坡手脚并用地爬了上去。

坐在山顶上，看着那盏灯又慢慢出现，慢慢上升，慢慢下降，直到群山之间某一处升起了桑烟。

此时，帐篷区的野狗和獒都"汪汪"地叫着往天葬台方向跑去。

主人尚且自顾不暇，哪有精力管这些獒？它们只能自己管自己。草原上鼠啊兔啊都被它们抓得差不多了，饿极了的獒和野狗整天围着天葬台转，开始吃起尸体来，最后獒们索性赶走秃鹫，代替起了人类死亡后最后一道仪规的执行者。

随着青烟上升，公扎看到天上开始有秃鹫盘旋，胆子大的往下俯冲着，却因为半山的狗狂叫而再度飞升，他不忍再看。阿爸生前最爱他的猎狗，总是带着朵嘎扛着老叉子猎枪出去，煮肉时总会给朵嘎留下一大块，说它撵得比他辛苦。如今朵嘎也在那群野狗里觊觎着父亲的尸体。

公扎抹了一把泪，慢慢往回走着。在山脚下碰到措姆的舅舅扎多，他穿着俗人的衣服，头发已花白，一条腿跛着。他手里拿了个筐，像是要去捡牛粪。

公扎习惯性地立于山道边等他先过。这是父亲生前教他的，见到僧人，无论老幼，都要谦恭。他们是有学问的人，是佛祖的使者，俗人不可对他们失礼。

扎多看了他一眼，驼着背低了头往前走，错身时老人小声说："他去了香巴拉，那里是快乐的天堂！"

公扎怔住了，想问他什么，对方却快步走了过去，显然是不想跟他说话。

公扎路过东头那个孤零零的帐篷时，见门边放了一个小香炉，里面还煨着桑。平时只有家里死了人才会这样供奉。公扎心痛了一下，他这是在祭奠阿爸的亡灵啊。

没有念经声，没有超度，阿妈也在帐篷边点了一小炉烟，每天定时三次放上香草，七天之后收起香炉，阿爸就彻底从他们的生活里消失了。

公扎成了帐篷点最年幼的家长，无论是队里分东西还是开会，他都会代表自家出席，歪歪扭扭的藏文名字理所当然地代替了父亲的手印。

乡里专门为错鄂湖周围的孩子建了所帐篷学校。措姆每天最早到学校，是学校里最勤奋的好孩子，公扎知道这是为什么。措姆希望能把所有的知识学好，等公扎有空的时候再教给他。

在失去父亲后，公扎心里的某一角仍旧温暖着，虽然小小年纪的他们不知道这是什么样的温暖，但与措姆见面成了公扎心里每一天的希望和期待。

家里已经两天没吃的了。阿妈带着弟弟妹妹挖回来的野菜，用熬了无数遍再没一点油水的牛骨煮上。牧民的肚子习惯了肉食，其他东西一吃就拉肚子。女人的脸变得不再是红扑扑的，而是成了菜色，男人们也不再孔武有力地到处乱窜，而是懒洋洋地坐在太阳底下，像是过早地进入了老年。

这天，公扎捡牛粪回来，路过措姆家的帐篷，听到措姆的阿妈正在骂：“就你能干，别人都不管的事，你要揽在身上，还不是看人家脸蛋白嫩，细腰摸起来像酥油吗！我看你直接搬过去住得了，反正那顶帐篷现在大着呢，什么男人装不下！”

“人家孤儿寡母的，我是队长，过问一下有什么错？就你个母牦牛话多！”

“我这个母牦牛话多，那匹母野驴话少，你去当母野驴的家长吧……”

帐篷帘子一掀，单增提着一腿羊肉气呼呼地冲了出来，看到公扎，怔了一下，不好意思地笑笑：“你阿佳拉发疯了，走吧！”

“单增叔叔，你还是别管我们了吧，你们家生活也不好过！”公扎说，小小的人却用上了大人的口气，显得有些不协调。

“再不好过也比你们好啊。孩子，别生你阿佳拉的气了，她就那么个人。走吧！”单增说着，一手搂着他的肩，沿着湖边大步向他家的帐篷走去。

回到自家的帐篷，达娃招呼单增坐下，给他递上清茶，酥油是早就没有的了。

“我跟公社武装部说了，今年冬天招兵，就让公扎去部队吧，那里至少还有饭吃！”

“他还这么小，行吗？”达娃看了公扎一眼，迟疑地说。

“有什么不行的？出身农奴家庭，他阿爸又不在了，家里有困难应该照顾照顾。再说他还是个舍己救人的英雄，部队不要这样的人还要什么人？”

“唉……”达娃叹了一口气，“他一走，家里连个捡牛粪的人都没有了！”

“我不去当兵，阿妈，我打猎养活你们。”公扎说着把单增带来的肉放进柜里。

“好样的，公扎，是我们错鄂草原上的汉子。你放心去部队吧，我跟队上商量过了，你们家情况特殊，作为特别困难户予以照顾。”

果然不久，单增就去了趟乡上，回来说给公扎报上名了，只等通知下来就可以走。

公扎也就越发忙碌，他要捡够每天用的牛粪，还要抽空打些跑不动的野驴。谁都知道他们家的情况，所以对于公扎私猎，大伙也睁只眼闭只眼。

由于措姆的阿妈不准措姆与公扎在一起，公扎就找了一个隐秘的草窝子，再忙，公扎也会抽时间在那儿等着措姆。公扎偶尔会带点干肉，给措姆一个人吃，说她不吃就没有力气教他了，自己则不吃。措姆会乖乖地听公扎的话，一边吃着，一边比比画画地教公扎。

每年春季是草场上最忙的季节，因为要接羔。

迎接小羊羔有专门的草场，在另一个山谷里。羌塘上的河谷，两山相夹，看着就那么宽，走进去会发现无休无止的长，转过弯就是完全不一样的风光。

育羔草场已经用了好几年了。这里水草丰美，避风暖和。经过夏天的封闭管理，牛羊不曾涉足，草地踩上去有些绵软。小羊羔出生在这里，母羊有草吃，奶水充足。在没完全苏醒过来的草原上，足够的奶水才能保证小羊羔的成长。

头天晚上队里就下了搬迁通知，放羊的明天直接把羊群赶到育羔场去，帐篷点的搬迁各家自行负责，但一天之内必须搬迁到位。

平板车从夏天放到现在，轮子早已生锈了。公扎修好车，进去把母亲收拾好的东西搬出来，两个大点的弟弟也力所能及地抱了锅和杂物筐出来。最小的弟弟则看守着还不会走路的妹妹，防止她从榻上滚落下来。

帐篷里的所有东西都搬出来后，公扎和母亲才拔掉帐篷杆，把帐篷叠起来。牦牛毛织的帐篷，适用但笨重。母子俩用了好长时间也没把帐篷完全叠好，无奈，两人就那么勉强地抬上车，把小木柜和火炉放上去，再把牦牛毛织的被子放上去，包住锅碗不让其乱晃。杂物筐则挂在车辕上，再用牛毛绳子绑好。

自从男人死后，达娃越发意识到没有男人的家就跟没有主杆的帐篷一样难以支撑。可达娃的心里却自有打算。单增是不可能娶她的了，但是她以后可以只是他的女人，只要不危及家庭，草原上没人会把这当个事。

别人的帐篷都冒出炊烟后，公扎和母亲才搭好帐篷。措姆也来了，帮着把东西搬进去放好，还带着吃的时不时地递到公扎嘴里，公扎傻呵呵地笑着。

荒原上的孩子醒事都早，女孩十二岁就算成年。这一对从小在草原上你追我赶着长大的伙伴，随着这次公扎要去当兵，两人的心里开始出现变化。措姆每天着急，生怕哪天公扎走掉了，公扎是怕自己当兵回来后措姆嫁人了，见不到了。然而谁都没有说出来，只是想尽办法多在一起待着。

新的帐篷点设在山谷的一片平地上，公扎和措姆的身影映在错鄂湖幽静的蓝幕下，时而抬眼看着周围的炊烟，两个小身影不停地忙碌着。

那一天天亮前达娃才回来，眼角带笑。她大声叫着儿子起床，说上午不用去捡牛粪了，让他去湖对面听半天课。公扎眼瞪得老大，以为自己听错了："阿妈，不捡牛粪明天我们烧什么？"

"有牛粪了，你去吧，认几个字也好！"达娃笑着，开始烧水煮茶。

公扎跑到门外堆牛粪的地方一看，果然堆了一堆干牛粪。

"阿妈，你什么时候去捡的？"

"你单增叔叔送来的。好了，吃点东西快去吧，别迟到了！"达娃说，随后放了酥油在木筒里，倒入煮好的茶水，一下一下打了起来。

公扎喝了两碗酥油茶，吃了点干肉，从篓里翻出皱巴巴的课本出去了。

达娃看着儿子远去，这才带着四个小的，放下帘子往羊圈去了。接羔季节是一年当中最忙碌的时节，也是牧人一年中感到最兴奋的时节。小生命一个接一个出生，沉寂了一个冬天的草原顿时变得欣欣向荣。

男人们负责放牧，羊、牦牛和马都是分开的，三天轮换一次。女人们留在羔场，给母羊接生。不上学的孩子跟在母亲身边，把新出生的小羊羔抱进抱出。公扎喜欢伸出五个手指，看小家伙们吸吮手指头，小羊羔贪婪地吸吮常把他逗得哈哈大笑。

第二章
眷恋从分别时开始

月下的湖水总是泛着粼粼的波光，
细小的波纹轻柔美丽。
湖深处，一层轻薄的雾，在月光的映照下，
像极了女儿家的心事，若有若无。

五

这样的日子，安静而平实。

公扎坐在教室里，睁着大眼，有些茫然地看着老师一张一合的嘴。老师的说话声就像催眠曲一样，让他眼皮直打架。措姆在旁边捅了他一下，公扎立即睁开眼睛，挺直腰背坐好。

帐篷学校是草原上一道流动的风景。因为，帐篷学校里孩子都不大，只有三个年级，能读到四年级以上的孩子都到乡里的学校去了。不过，这年级之分跟年龄可不成正比。有七岁上一年级的，也有十岁上一年级的。大的小的都在一顶帐篷里，老师给一年级的孩子上课时，就让其他年级的写作业看书，给其他年级上课时，一年级的就写作业看书。

一顶帐篷一所学校，一个老师上着不同年级的课，这也算是帐篷学校的一大特色吧。

“下次我不来了，一点都听不懂。”放学时，公扎、措姆和石达三人上了羊皮船，坐到船尾。公扎看着江水，又偷偷跟措姆说，老师不如你讲得好。老师讲的他听不懂，措姆讲的他都能听懂。措姆听了，微微笑着，脸泛着红晕，夕阳照在措姆的脸上，笼罩着一层朦胧的光晕，模糊而美丽。措姆的笑在这层光晕里放大放大，整个浸润到公扎身体的血管里、心脏里、脑海里。

“公扎，你也学不了多久了，听我哥说，今年当兵的名额有你呢！”石达弯腰玩着水说。

“真的？”公扎和措姆都转向他。

“当然是真的。我哥的战友是武装部的，我哥是听他说的。”

公扎的眼睛亮光一闪，瞬间又暗了下去：“我走了，我阿妈怎么办？”

“你放心走吧，我捡牛粪时多捡点就行了。”石达拍着胸脯说。

“对呀，公扎，你还是去吧，我会去帮你阿妈干活，放心吧！”措姆也说。

“谢谢你们！”公扎看着两个小伙伴，笑了。一身绿军装，那是公扎所向往的。草原上的男孩子谁又不向往呢？脱下厚重的袍子换上轻薄的军装，戴着五角星的帽子，从草原上走过，会让多少伙伴羡慕啊！

“公扎，你说要带我们去看喀果的，什么时候带我们去啊？”下了船，三人走在草地上，石达问前面的公扎。

“明天吧，明天是星期天，措姆也不上学，我们去察那罗捡牛粪，喀果经常在那一带活动。”

“好！”

“不能跟大人说，否则我们都去不成。”

石达和措姆点点头。

第二天一大早，公扎给母亲说了一声，带了两个袋子和獒就出发了。石达和措姆早早等在湖弯处，三人会合后一起向远处走去。

这是一个美丽的早晨，各种野花尽情地开着，如五彩的绒毯一样铺到了天边。风拂过，花朵弯腰低头，左右摇曳。青草下，偶尔会有黄色如小伞状的蘑菇，或独立或三两个在一起。放羊的大人孩子看到，都会欣喜地弯腰采下，小心地揣进怀里，晚上煮肉时放进去。那香啊，没有吃过的人是无法想象出来的。湖边上，陆陆续续从异乡飞回的水鸟在浅浅的水草边忙着搭窝，你追我赶着，婉转的鸣叫彻夜不停。

站在湖边就能看见察那罗白雪皑皑的山峰。三人一边说话一边拾牛粪，到中午时袋子就已经装满了。他们找了个背风的土窝子，把袋子放在里面，吃了点带来的干肉，就你追我赶地向察那罗雪山跑去。

“翻过前面那个山头后就要小心了，喀果经常在那边掏老鼠。”公扎说，指了指前面的山丘。

“好像有人！”石达突然说，然后指了一下山丘上隐隐约约的人影，“好像是罗布顿珠他们。他们到这里干什么？”

“奇怪。”公扎也看见了那些伏在山顶上的人，“我们从那边走，绕过去看看。”

于是三人沿着低凹的地方从侧面往上爬，借着山石的隐蔽，悄悄摸了上去，见罗布顿珠带了三个人藏在石堆里，望着山冈的另一边。

公扎顺着他们的目光看过去，雪山脚下有个人影若隐若现。

“是舅舅！”措姆扯了扯公扎的皮袄，小声说。

“罗布顿珠跟踪他干什么？”石达小声嘀咕着。

公扎示意他们噤声，他的心里也在奇怪。

罗布顿珠近来比较失意，红卫兵司令部解散了，而且有传言要给牛鬼蛇神平反。如此一来，他这个呼风唤雨的草原霸王将不再受人待见，失落是当然的。然而他心里也明白，再回到从前那是不可能的。近来草原来了些外地人，到处转悠着收古旧的东西，罗布顿珠没事就和他们混在一起，倒是长了不少的见识。原来那些看似不起眼的破烂之物在外面叫“古董”，是很值钱的宝贝。由此他想到次旺一而再，再而三地指挥他砸错鄂寺，一定要找出那些旧佛像交给他。

罗布顿珠开窍了，立马就把目光转向了那个跛着一条腿，看似疯疯癫癫的原错鄂寺的活佛扎多。虽说当初没从寺里搜出什么值钱的东西，但并不等于说寺里就没值钱的东西，特别是那尊黑色的药师佛，很多老人都见过。据说那是上古之物，谁得到就可开启格萨尔王宝藏的大门。

罗布顿珠关了扎多三个月，恩威并施也没问出半点有价值的线索。老头反而一天比一天疯癫，最后没办法，在次旺的指示下放了他，背地里却悄悄派人盯着。

今天一大早，这老头就提了破袋子出帐篷，像是要去捡牛粪，但他走得很快，对草地上的牛粪看都不看一眼，老头并没发现后面有人，只一个劲儿地往上爬。

公扎不知道扎多到这里来干什么，直觉让他感到扎多可能有危险。自从那年和父亲打猎回来被罗布顿珠抓住后，他就恨上了那个獐头鼠目的罗布顿珠。

于是，他叫来措姆和石达，小声耳语了几句。措姆点了点头，公扎这才和石达猫着腰向下走了一段。回身看看距离差不多了，他向措姆做了个手势，于是措姆故意扯着嗓子大喊："公扎阿哥、石达阿哥，快点上来，我看到狐狸了。"

石达和公扎大声答应着，故意发出很大的声响，还夸张地叫着："在哪里？措姆，狐狸在哪里？"

"那里！"措姆向上一指，装着才发现罗布顿珠他们，吃惊地说，"罗布阿哥，你们怎么在这里？"

这下罗布顿珠他们藏不下去了，只得站起来，狠狠地瞪了他们一眼，说："我们也是来打狐狸的！"

对面正往山上爬的扎多听到动静，停了一下脚步，突然大喊大叫地往下跑："有鬼啊，有鬼啊！"

“阿哥，这个疯子跑到这里干什么？”石达看着扎多，故意问罗布顿珠。

“谁知道，脑子不好就乱窜吧！”罗布顿珠没好气地说。他狠狠地瞪了三个半大的孩子一眼，知道今天没戏了，带着兄弟转身下山走了。

公扎他们见罗布顿珠走远，这才从另一面快速滑下山坡，跑过去扶住大喊大叫的老人。

“我们回去吧，舅舅。你一个人到这里来干什么？”措姆接过他的袋子，拉着他的手小心地往下走。

老人好像没有明白措姆说什么，嘴里仍叽叽咕咕地不知在唠叨些什么。

“他总这样，一会儿清醒一会儿糊涂的。措姆，你应该跟你阿妈说说，带你舅舅去县上看一下汉族医生。我哥说，那些医生会治很多怪病的。”石达在背后拉着老人的腰带，以防他脚步不稳扑下去。

“我妈？算了吧。舅舅是牛鬼蛇神，阿妈躲都还来不及呢，哪里还能陪他去治病，唉！”

措姆用脚清理着石头，以便让老人踩得稳一些。

三个孩子扶着扎多，回到帐篷点已经天黑。他们在后面的草地上分了手。措姆的阿妈一直不让她和公扎在一起，措姆怕阿妈看见又要骂，就从另一条小路走了，石达也回了家。公扎把老人扶进他孤零零的帐篷，把自己捡的牛粪倒了一半在门口，这才钻进帐篷，倒了一杯水递给坐在石榻上的老人。

此时的扎多不疯不癫，稳稳地坐着，脏乱的白发胡乱地垂在额头上，透过凌乱的发丝，可以看到他的眼神明亮。

“喀果长大了！”老人突然说。

“你见到喀果了？”公扎惊喜地抬起头。

老人点了点头：“它长成大熊了！”

“我们今天就是想去看它的，却碰到了你。波拉（藏语：尊称语，对男性老人的尊称，类似于汉族的爷爷)，你怎么到那里去了？”

“我……”外面响起走路的脚步声，老人把正要说的话咽了回去。

“我走了，阿妈还等着我呢。”公扎说完，一掀门帘走了出来，见不远处，罗布顿珠的跟班坐在草地上，貌似逗狗玩，眼睛却不时瞟向这边。

公扎提起牛粪袋子吹着口哨向自家的帐篷走去。他跟扎多偶尔接触一下，罗布顿珠是拿他没办法的，一是他年纪小，二是往上八代他家也是农奴身份。

“请帮助佛祖，孩子！”老人那带着祈求的眼神总在公扎的脑中出现。一个孩子能帮助至高无上的佛祖做点事情，这是多么大的荣耀啊。他抽了个时间去看了山上石缝里埋的东西，还在。要不要把这些还给老活佛？想想他那顶四处透风的帐篷和他那尚且自顾不暇的苍老身影，公扎又重新把佛像和书页埋了回去。

公扎每天早出晚归的，偶尔在草原深处碰到老活佛扎多。确定四下无人时，他俩就找个避风的草窝子坐下，扎多给他讲格萨尔王的传奇故事、加龙部落与纳仓德巴人的战争。

扎多把自己肚子里的故事就这样一点点倒给了公扎。当然，不只是故事，还给他讲古老的医学，讲人体的结构，讲生什么病要用什么药医。在草原上捡牛粪时，老人教他辨别草药，教他认矿石，教他背下怎么把矿石和草药放在一起，制成药丸。当突然有人来时，老人立即就会变得疯疯癫癫。时间长了，公扎明白，老人装出疯癫的样子只是为了保护自己，也保护他。

罗布顿珠有好几次找到公扎，问他一天到晚跟老疯子泡在一起他都说了些什么。公扎就说他疯疯癫癫的，一会儿说天上有龙，一会儿说湖里有怪物要咬他而搪塞过去。

公扎放马回来，把马鞭扔在榻上，舀了一瓢凉水正要喝，外面一窝蜂地拥进人来。

“公扎，你的入伍通知下来了，让你后天就去武装部报到。”领头的石达举着一张纸，兴奋地说。

公扎跳起来抓过那张纸，仔细看了一遍，再递给阿妈，阿妈拿着，虽不认识，但上面大红的印章却让她笑得合不拢嘴了。她把入伍通知还给儿子，说：“收起来吧，公扎。”

公扎把通知叠好小心揣进怀里。

达娃破天荒地拿出了过年时待客的干果招待乡人。这些干果还是伦珠生前在县城里买的，只在有贵客来时才舍得拿出来，客人走后立即锁进柜子里，已经放了两年了。

牧场的人闻讯后，陆陆续续前来祝贺。当兵对于草原孩子来说是一件特大的喜事。帐篷里有了一位解放军，那是很值得骄傲的事。至少表明：在这个凡事讲究出身成分的年代里，他及他的家人没有政治问题。另一方面，部队有津贴，对于贫困的牧家来说，那是一笔不小的收入啊。

拿到了入伍通知，公扎又喜又忧。喜的是，自己就要成为一名解放军战士了，再也不用眼红别人的军帽了；忧的是，自己一走，这顶帐篷就剩下阿妈一个人能干活，生活将如何维持下去啊。单增叔叔虽说会帮助自己家，但他毕竟也有一家人，何况，他的女人并不喜欢他这样做。还有措姆，当兵以后就见不到措姆了……

傍晚公扎正在修补羊圈。虽说没几只羊，但想到自己走了，母亲就会更忙，只怕没有时间修补，他想在自己走之前，力所能及地多干一些。

“公扎，公扎……”

公扎回头看是措姆，笑了，抹了一把额头的汗：“你来了！”

措姆向公扎招了招手。

公扎在袍子上擦了擦手，走了过去。

“我有话跟你说，咱们去那边走走好不好？”措姆低着头，小脸涨得通红。

“你后天走吗？”

“是。后天报到！”公扎说。

“那……你不回来了吗？”

“怎么可能不回来呢？我是去当兵啊，三年就回来了。”

“我是说，你还回到草原上来吗？”

“当然，草原是我的家，我不回这儿还能去哪儿呢？”

“他们都说当了兵的人，见了大世面，要去城市生活呢，不会回到草原了。像石达的哥哥，今年退伍就留在县城了。”

“我不会，我喜欢咱们的草原，喜欢打猎。你还记得吗？我打下的第一只狐狸，你拿去做了一顶帽子。我阿爸活着的时候跟我说，我是一个有直觉的好猎手。只是我现在枪法还不好，去部队后我一定好好练一下，将来再给你打一只火狐。”

“真的？你真的还回来？”措姆兴奋地抓着公扎的手臂，眼里亮晶晶的，小脸因兴奋而涨得通红。

“嗯！”公扎用力地点了点头。

两人在湖边的碎石滩上坐下，湖水轻轻拍打着黑色的湖岸，发出细微的“哗哗”声。

“阿哥，我给你唱首歌好不好？”

“好，我喜欢听你唱歌！”

措姆看着微波荡漾的湖水，轻轻唱了起来：

天上的星星啊，
像阿哥的眼睛，
看着地上阿妹的身影。
小小的酥油灯啊，

一夜到天明，
不见阿哥你的眼睛，
落进帐篷照亮阿妹的心。

措姆唱完，没有回头，长长的睫毛上挂着两颗晶莹的泪珠。

“措姆……”公扎看着措姆忧郁的眼神，心里突然动了一下。两人自小就在一起，亲如兄妹，今夜好像有些不同了，措姆的歌声和她的眼泪，还有今晚这湖、这月光。他悄悄伸出手，指尖点在碎石上，一点一点向措姆滑去。

措姆也许是感觉到了什么，悄悄将右手放在身侧的黑色碎石片上，脸娇羞地转向一边。

公扎触到措姆的手时，如火烧着一般颤抖了一下，但依然捉住了对方的手，紧紧地握住。他不敢转头看她，眼睛定定地盯住湖面上的一个点，内心却像这湖水，波澜起伏。

公扎慢慢向措姆身边挪了一下，更紧地握住了她的手，没有回头，却认真地说：“我一定会回来！”

措姆没说话，只是身体在微微颤抖。

措姆点了点头，轻轻“嗯”了一声。

淡淡的云掩去了多余的月光，让草原多了些神秘的色彩。小虫总是不知疲倦地叫着，婉转的清亮的，各种叫声混杂在一起，和着湖水拍岸声，奏响了夜色中最动听的交响曲。

月下的湖水总是泛着粼粼的波光，细小的波纹轻柔美丽。湖深处，一层轻薄的雾，在月光的映照下，像极了女儿家的心事，若有若无。

“阿哥，这个给你！”回去时，措姆突然从怀里掏出个东西塞给公扎。

“什么？”公扎接过，展开一看，是一条红色的腰带。

“我织的！”

“你哪儿来的毛线？”公扎狐疑地看着她。

“我把毛衣的袖子拆掉了。”

“那可是你阿妈托了人才从县上买到的。”

“她不知道。哎呀，你别管那么多了。你喜不喜欢？”

公扎点了点头，把腰带揣进怀里。

岸边，两个小小的人影并排坐着，很久很久。

快到深夜时分，公扎才把措姆送到她家的帐篷前。

回去的岔路处，他停了一下，向后面那顶孤零零的帐篷走去，就要走了，应该去向他道个别。

小帐篷里有一点微弱的光。公扎站在石榻前，轻声对围着老羊皮袄的扎多说：“我要走了，当兵去。”

“这是好事。”

“你的腿怎么样了？”

“好些了。谢谢你拔回来的草药。”

“我只是照着您说的采的，还送了些给二队那个被狗咬了的老爷爷。他用了也好多了，可以出来捡牛粪了。”

“你要记住我说的那些药，将来也许用得着。藏医学博大精深，有些可以治人的病，有些可以治人的思想。可惜啊，你对医学不感兴趣，只怕我一走，我们的医学就要从这草原上绝迹了。唉……”

“不会的，你可以教别人啊。”

“别人？公扎，我这样的人，谁还敢接近我啊。”

公扎无言。

扎多挣扎着坐起，公扎急忙拿过一旁破烂的垫子塞到他身后。“你坐下，孩子，波拉再给你讲个故事，算是给你送行吧！”

公扎拿过门边的水瓶打开看了看，水还热着，就取过榻边的木碗用衣袖擦了擦，又从自己怀里掏出獐子皮做的糌粑口袋，把仅有的一点糌粑倒进去，再倒上水，用手指搅匀了递给老人。

老人喝着糌粑糊糊，问公扎："还记得那个喀果吗？"

公扎点了点头。

"它生崽了，生了两只，被冻死了一只。"老人说。

公扎眼前一亮。

扎多喝完糊糊，把舔干净的木碗还给公扎，浑浊的眼睛看着他，嘴角上浮出一丝难得的笑意，悄声说："在察那罗的冰谷里，十天前，我看见它了。"

公扎笑了，接过碗又用衣袖擦了擦放回原处。

"格萨尔王十五岁前，他叔叔一直不喜欢他，格萨尔只能以挖野地里的老鼠为生。有天，他正在挖老鼠时，见到一个姑娘被野狼攻击，他救下了那个姑娘，她叫珠牡。珠牡心地善良，长得又非常美丽，脸蛋儿就像草原上刚开的花儿一样。珠牡的父亲感激格萨尔救了她的女儿，就把珠牡嫁给他，让他成为部落的首领。格萨尔王四处征战时，把缴获的珠宝送回部落交给珠牡王妃。有次还送回来一只熊，那只熊就是喀果的先祖。珠牡王妃不喜欢珠宝，把那些珠宝统统收进了仓库，天长日久，仓库都堆满了。但王妃却格外喜欢那只熊，一直养在身边，成了王妃的坐骑。珠牡王妃有次生病了，格萨尔王征集了草原上最好的医生都没能治好王妃，眼看着王妃的病一天比一天严重，格萨尔王只好广发求医帖，说只要谁能治好王妃珠牡的病，仓库的珠宝就归他所有。过了十天还是没人前来应征，眼看王妃就不行了，王宫里却来了个只有一只胳膊的流浪汉，他说他能医好王妃。"

公扎好奇地问："他真的医好了珠牡王妃？"

扎多点了点头："医好了。"

"然后他拿走了那些珠宝吗？"

"没有。那个人没要格萨尔王的珠宝，只拿了王妃送他的一尊药师佛。"

“医术那么好，格萨尔王让他留下多好啊！”公扎说。

“格萨尔王当时也是那么想的，派人四处寻找，就是再也没找到那个缺胳膊的流浪汉。”扎多动了动身子，让自己靠得更舒服一点。“岭南之战后，敌人攻进了格萨尔王宫，发现宫里什么宝贝都没有，连珠牡王妃也不见了……”扎多讲到这里时，开始剧烈咳嗽。

公扎起身为他捶着背，待他好一点后迫不及待地问道：“后来呢？”

“敌人不甘心，顺手抓走了一名宫女，还在草原上四处宣称他们抓到了珠牡王妃。”讲到这里时，扎多活佛玛瑙色的眼珠亮晶晶的，“有人说，真正的珠牡王妃早被她的坐骑救走去了察那罗；也有人说，那只熊背着珠牡王妃进了无人区。因为它的族群在塔加普那一带活动，谁知道呢！”

“草原上年年都有熊抓人的事，没想到熊还会救人。我要走了，你有事情就去找公赞他们帮忙，我跟公赞他们说过了。”公扎起身，握着老人的手叮嘱道。

“察那罗雪山五千五百米处生长着我们这一带最好的雪莲，每年只长七棵。嘎玛日给升上天空的当晚一点去采，疗效是最好的。日给星出来时，大青石的影子朝向正南的方向。那长长的影子啊，是佛祖在给迷途的人指点方向。”扎多突然自言自语地说。

公扎似懂非懂地听着。

“记住我说的话。那长长的影子啊，是佛祖在给迷途的人指点方向。”

“我记住了。”

“你回去吧，到了部队要好好地工作，学会汉话。记住，这个世上所有的人都是一样的，没有人比你高，也没有人比你矮。”

“嗯。”公扎点着头，起身拍了拍身上的草屑，“我走了，您要多保重，有事可以找措姆。她跟她阿妈不一样。”

公扎出了帐篷，灯熄了，再没了声息。

早上天刚亮，公扎家的帐篷前就站满了人，有的把哈达拿在手上，有的揣在怀里，但故意露出一角。人人的脸上都带着笑容。虽说不是自家的孩子，但出在一个帐篷点里，乡里乡亲的，人人都为之高兴。

公扎穿了一身肥大的绿军装，胸前戴了一朵大红花，红着脸走出了帐篷。人群顿时沸腾。一条条洁白的哈达伴着祝福声迎风展开，飞向他的脖子。公扎咧嘴笑着，把哈达在胸前打了个结，跟乡人一一拥抱作别。

在路口翻身上马后他回过身来，见人群里措姆两眼含泪，万般不舍地看着他，便向她点了点头，意思是你放心吧，我会记着昨晚的话。然后一打马屁股，绝尘而去。

公扎就这样离开了草原，那一年，他说户口上写的是十六岁，实际他还不到十三。

六

部队在江孜。这是一个跟家乡完全不一样的地方，大片大片的农田，人们唱着歌，把两头牦牛拴在一起，打扮得花枝招展地在田里劳动。人们吃糌粑，吃蔬菜，穿氆氇做的精细袍子，说话都用敬语。父母叫孩子都在名字后面加“拉”，这让草原上长大的公扎很不习惯。

语言是他面临的最大难题，本地人讲话他大部分听不懂，部队里讲汉话他就更听不懂了。一个排里只有两个藏族兵，另一个还是昌都的，两人在一起，彼此说话跟听外语一样。

连长是个山东大汉，块头大嗓门也大，特别是骂人的时候，就跟开炮一样。那天，他把班长和公扎叫到办公室，鼓着眼睛对班长说：“公扎是从牧区来的，年龄又小，语言不通，你安排两个老兵带他！”班长答应着，敬了个军礼，拉着什么都没听懂的公扎出来了。

公扎喜欢枪，看到发给自己的步枪，高兴得跟捡到个宝贝似的。第一天上靶场，公扎几枪下来，枪枪打在靶心上，把带新兵的连长惊得一愣一愣的。

“他妈的公扎，你的枪法怎么这么好？”

公扎见连长兴奋地对着他喊叫，没明白对方喊什么，唯一听懂的词儿就是“他妈”。“他妈”在藏语里是“香烟”的意思。他以为连长要烟，屁颠屁颠地跑出去，到小卖部买了一盒五分钱的经济烟，回来笑嘻嘻地递给连长：“他妈来了！”

连长哭笑不得，接过香烟笑骂了一句：“他妈的公扎，你要是不早点学会普通话，老子揍死你！”

公扎还是没听懂什么意思，只是听到连长又在说“他妈”，以为他要的不是这种烟，便又屁颠屁颠地跑了出去，买了一盒大前门回来，嘿嘿笑着递过去：“连长，他妈！”

连长接过香烟，气得直翻白眼，想扔吧又怕伤了这个少数民族战士的自尊心，不扔吧拿着实在不合适，无奈咬咬牙，从自己兜里掏出五毛钱塞给他，转身大步走了。

公扎看着手上的五毛钱，半天反应不过来。买烟一共只花了一毛五分钱啊，连长为什么给我这么多？看来今后应该多给连长买烟。

到部队初期，公扎还有一怕：站岗。因为每次换哨的时候都要喊口令。公扎记不住，次次都挨批。后来想了个办法，他请老兵把口令写在他手腕上，晚上再遇到要问口令时，他就把手腕伸出去。有一次碰到团长下来视察，一看是个藏族小战士，就想考考他：“口令！”

公扎“啪”的一个敬礼，把手腕伸到团长眼前，上面写着两个大大的“惶惑”，团长一看，脸都气绿了：“他妈的，站个岗你惶惑什么？”

公扎向自己大张着的嘴指了指，意思是这是“口”，再两脚一并，“啪”地敬了个军礼，意思这是“令”。这样的哑语，没有点水平实在看不懂，幸好当时班长在旁边，已经习惯了公扎指手画脚的说话方式，便跟团长解释一番，公扎这才没挨处分。不过回去他把那个老战士家里寄来的花生偷出来吃了个干干净净，谁叫他开玩笑把“黄河”写成了“惶惑”。

因为枪法好，公扎成了连队新战士的榜样。团长、连长打猎都喜欢带着他。

几年下来，公扎的普通话也勉强能让人听懂了，当然，偶尔仍会闹个笑话，不过比起那些汉族新战士跟老百姓之间打交道闹出的笑话来，还是少了很多。

六年过去，草原上的日月今天跟明天没什么两样，草原上的孩子却一天天成长着。

措姆沐浴着草原的阳光慢慢长成了大姑娘，天生的好嗓子和天生的美丽使其成了错鄂草原上最耀眼的风景，远近帐篷里的阿哥们开始用目光追逐着她。措姆的阿爸阿妈和两个叔叔只有她一个女孩，宝贝得如眼睛一样。当措姆提出自己长大了，想独自住时，两个叔叔第二天就给她在大帐篷边搭了顶精致的小白帐篷。

帐篷立起来当天，就有男孩子围着帐篷转了几圈。措姆知道他们的意图，她从帐篷的帘缝里偷看那些飘过来的眼神时，嘿嘿地笑。小伙子们以为她独立帐篷是想要自由，想夜色降临后的方便，直到小叔叔牵来那头威风凛凛的獒坐在帐篷边时，那些人的眼睛才暗了下来。

夜幕降临时，单身姑娘的帐篷外，狗儿轮番地狂叫。

主人在什么时段出来招呼狗儿，那得看姑娘的心里装着谁。

只有心仪的男子来了，灯光处才会走出亭亭玉立的身影。

今夜，措姆好玩地看着远处晃荡的身影，哈哈大笑，然后放下帘子，打开小天窗，坐在崭新的卡垫上。这是小叔叔用一张狐狸皮换回来的，淡淡的蓝，如春天的湖水。天窗外，黑色的天幕上星星闪烁。她唱起那首古老的牧歌，深情绵长。

天上的星星啊，
像阿哥的眼睛，
看着地上阿妹的身影。
小小的酥油灯啊，
一夜到天明，
不见阿哥你的眼睛，
落进帐篷照亮阿妹的心。

“我们的雪莲花长大了，要开花结果了，就是不知道哪家小伙子能爬上雪山顶，采到我们帐篷里的这朵花！”措姆的阿妈白拉听着歌声，把牛奶倒进桶里，有一下没一下地打着。

“罗布顿珠已经在远处转了好几趟了！”正在缝补鞋子的单增的二弟才旦抬起头说。

“罗布顿珠？措姆会看上他吗？姑娘的第一个夜晚总是要交给她喜欢的男人。我看罗布顿珠是进不了咱们措姆的帐篷的。”单增放下茶杯，看了外面那顶白帐篷一眼。

“那会是谁？石达？他俩倒是很要好。”单增最小的弟弟多吉说。

“我看也未必是石达，如果他们俩要在一起的话，早在一起了，还用等到今天！”白拉一边笑着说，一边注意着旁边帐篷的动静。

“她会不会在等公扎啊？自从公扎走后，几年来措姆总是心神不宁。”单增说。

“你倒是这么想，老情人的儿子娶了自己的女儿，是不是就可以名正言顺地搬到那顶帐篷去住啊？”白拉不高兴地说。

“你说话不这么带刺行不行？人家有困难，我经常过去看看有什么不对的？少了你吃的还是少了你喝的了？”单增把茶杯重重地一放，出了帐篷。

单增看了看山顶的太阳，一时半会儿还落不下去，便走到女儿的帐篷门口，踢了那头盯着他的獒一脚，獒拖着链子“呜呜”着走到一边卧下。

“阿爸。”措姆看到父亲，停止了歌声，转过身来。

“不错啊，收拾得很干净。”单增坐下，看着宝贝女儿明月一样的脸，“陪阿爸说说话吧。”

措姆起身坐到单增身边，趴在父亲膝上，长长的小辫披散在地：“阿爸，你说我是不是长大了？”

“是啊，我的雪莲花长大了！”单增抚摸着女儿的脸庞说。

“阿爸，我想求你件事！”措姆的手指在阿爸袍子上胡乱画着。

“说吧，我的雪莲。”单增慈爱地笑着。就这么一个女孩，四个大人宠着，含在嘴里怕化了，顶在头上怕晒着。曾有个游方的僧人说她是格萨尔王宫的侍女，命中注定在他们帐篷里只待二十年。如今孩子十八岁了，离那个游方僧人说的二十年还有两年时间。看着健健康康的女儿，单增再一次想起那个预言，心里有着隐隐的不安。

“阿爸，我能自己选男人吗？”措姆咬着下唇，涨红着脸，声音如蚊子一样。

“你说什么？大声点，阿爸听不清楚。”

“我说……阿爸，你和阿妈能不能让我自己找男人？”

“当然可以，你自己搭顶帐篷不就是想自己选吗！你放心，阿爸阿妈绝不干涉。”单增听明白后，大声笑着说。

“我不是那个意思。”措姆的手指继续在父亲袍子上画着，“阿爸，我的意思是，我能自己选择嫁的男人吗？”

“你想嫁人了？”单增吃惊地瞪大了眼睛。

“我是说将来嘛。阿爸，你和阿妈能让我自己选择吗？”

“你想自己找男人？”

“嗯……阿爸，你同意吗？”

“阿爸倒是没问题，就是你阿妈那儿……只怕她会不同意！”

“阿爸，求你了，让我自己做主吧，我想找个自己喜欢的男人过日子。”措姆摇着父亲的双膝，撒起娇来。

“好吧好吧，阿爸答应你，不过你阿妈那儿还得你自己去说。”单增犟不过女儿，只能苦笑着答应。

在这片大荒原上，一年四季风沙雨雪的自然灾害不断，生存条件极其恶劣，人们之所以能一代又一代地生存繁衍下来，靠的就是人与人之间互相帮衬。而这样的帮衬，大多是以紧密的婚姻关系来维系的。儿女的身体可以自己做主，婚事却得听从父母安排，这是规矩，自古传下来的，人们约定俗成地遵守着。

措姆敢对父亲提出将来自己做主寻找男人，那是她拿准了父亲受够了婚姻不能自主的苦。他和公扎阿妈达娃的事，草原上谁不知道呢？哪有一个男人钻一个女人的帐篷一钻几十年的道理？

那个夜晚，牧人都在关注这顶白色小帐篷的动静，都在好奇由谁先摘下错鄂草原上的这朵雪莲花。所谓“打狗”，也只是象征性的说法，只要是自己喜欢的男人前来，狗一叫，帐篷里等待的女人就会出声招呼，余下的事就不言而喻了。措姆一直没出声，安安静静地任獒狂叫，最后索性高声喊了小叔叔过去，说自己害怕，让他过去陪她。

并不是有了长辈，男人就不敢前来了。很多帐篷一大家子在一起，晚上各占一隅，钻帐篷的小伙子也照样前去，老人们不会管这个。只不过措姆本来一人，却突然叫了小叔叔过去，那是明白地告诉帐篷周围转悠的男人，她看不上他们。

小伙子们蔫蔫地离去，后半夜的草原变得安静下来。

“措姆你知道吗？他们在为你选择哪个男人打赌呢。”第三天，措姆跟好友央吉坐在湖边，羊群就在她们身后的草地上。央吉捡了个石片，打出三个水漂儿之后，转头看着措姆说。

央吉是次旺的小女儿。次旺被停职了，一个原本趾高气扬的公社革委会主任又回家当了牧民。有人说他调戏了汉族女干部，人家汉族女干部跟草原上的女人不一样，她们不让男人“打狗”；还有的说是他没把错鄂寺的活佛搞定，没找到那尊药师佛，上面不满意所以把他撤了。

措姆和央吉同年，两人一起长大。

措姆把皮袄脱下一只袖子用腰带绑住，看着波光粼粼的湖面，笑着说：“他们疯了！”

“措姆，你这匹小母驴到底会选哪匹公野马呢？”央吉看着她，笑嘻嘻地说。

“放心吧，不会选择你的男人，我知道你喜欢石达。”措姆笑着，扯了扯央吉的发辫，“他昨晚是不是又打你的狗去了？”

“去你的。”央吉红了脸，把水浇了措姆一头一脸。

“还不好意思啊！央吉，你可当心了，你阿爸可看不上石达，说要把你嫁到城里去呢！”

“你还说，你再说我打死你！”央吉推了措姆一把，措姆笑着倒在碎石上了，摊开手臂，让阳光洒在脸上身上。

央吉从碎石间抓到一只瓢虫，嘴里叫着措姆：“起来起来，我们来测一下未来的男人在哪个方向。”

措姆爬起来，蹲在央吉身后，看着她捧着的双手。这是姑娘们小时候常玩的一种游戏，瓢虫握在掌心里，放开后飞的方向，就预示着那个姑娘未来要嫁的男人的方向。

央吉小心地拿开一只手，打开另一只手，瓢虫就在手掌上爬着，然后向着左边飞去。

“你的男人在那边！”措姆咯咯地笑着，拍打着央吉的肩膀。

“你的男人才在那边！”央吉回身掐着她，两个姑娘笑闹成一团，一起滚在碎石上。

闹够了，央吉一手撑了头，侧身看着措姆问：“说真的，你到底喜欢谁？罗布顿珠吗？”

“他？”措姆不屑地笑了，呈“大”字形把自己放在地上，半闭着眼，看一朵白云慢慢地移动，“他还不配进本仙女的帐篷。”

“那谁配你这个仙女？”央吉把脸凑到措姆跟前，看着她的眼睛，充满好奇。

“要你管！”措姆把她的脸拨开一点，“反正不是石达！”

“措姆，你不会还在想他吧？”

“谁？”

“谁你心里明白。都这么多年了，就回来看过你两次，你就准备等他一辈子了？”

“谁在等他了，只是草原上没有我看中的男人而已。”措姆笑着，把手枕在脑后，心里却浮现出公扎穿军装的身影。

“措姆，别想他了，你阿妈一直不同意，你再等下去，你这朵雪莲就要谢了，还是趁着年轻美丽另找个男人吧。”央吉也学着措姆的样子躺下。

“说得你好像情场老手似的。”措姆笑着捅了一下央吉的腰，央吉笑着滚了开去。

这时，三匹马儿“嗒嗒”地跑了过来，罗布顿珠和他的两个小跟班翻身下马向她们走来。

“我说是谁笑得这么清脆呢，原来是我们的雪莲花。措姆，看我给你带什么来了？”

措姆翻身坐起：“罗布，你不回家去跑我们这儿来干什么？”

“本来是要回家的，但是仙女的笑声把我引到这儿来了。”罗布顿珠笑着，从怀里掏出条红色的纱巾展开，“怎么样？喜欢吗？这可是我托了人从县上买的！”

“谢谢你，我用不着，你还是留着送给你喜欢的女人吧！”措姆笑着，跳了起来，拍了拍身上的沙子，就要向远处的羊群走去。

“你就是我喜欢的女人。”罗布顿珠一把拉住她的手臂，急切地说，“措姆，我是认真的，我想娶你。”

措姆闻声哈哈大笑：“罗布，你想让我当你的女人？只怕我阿爸阿妈不干呢！”

“不会的，你阿妈挺喜欢我的。”罗布顿珠看着她如花的容颜，情不自禁就想俯下头去亲一下，却被措姆一把挡住。

“我阿妈喜欢你，我却不喜欢你。”措姆说着扯开他的手向羊群跑去，清脆的笑声随风飘散。

罗布顿珠脸色突变，呆呆地看着措姆的背影。他在草原的年轻人中也算是有出息的了，哪个姑娘看到他不是笑脸相迎？唯独措姆不把他当回事。

央吉同情地看了罗布顿珠一眼，向措姆追去。

草原是空旷寂寞的，但草原也是广阔博大的。有了心事的女儿格外喜欢草原，一个人走在草地上，静静的，翻江倒海的心事只有自己知道。独自思念着，然后因为思念而变得幸福。

措姆常常独自坐在草原深处，看着层层叠叠的雪山出神，思念总是不经意地出现。是的，公扎，那个青梅竹马一起放牧一起唱歌的小伙伴，几年的时间，部队已经把他锤炼成了一只雄鹰。那是他当兵三年后第一次回来探亲的晚上，两人就坐在湖边上，对着那满湖的月光立下非你不娶非你不嫁的誓言。

草儿青了黄、黄了青，四季交替着，草原的动荡渐渐平息，人心也渐渐安稳。

措姆的心事阿妈是知道的，她不是不喜欢公扎，而是不喜欢公扎的阿妈达娃。尽管他们现在都老了，阿爸仍时不时地往达娃的帐篷跑。母亲为此常常生气，说达娃是骚母驴，勾引了她阿爸，有一次还骂上门去跟达娃打了一架。单增为此收敛了两天，第三天仍偷偷去找达娃了。

公扎第二次回来探亲时，措姆躲开阿妈的视线，悄悄跟公扎去湖湾处一个废弃了的羊圈，两人迫不及待地抱在了一起，在干透了的羊粪蛋上缠绵。

“阿哥，你不在的时候，我天天想你，想你什么时候能回来就不再走了！”

“我也想你，吃饭时想，出操时也想。措姆你是我的，只是我一个人的！”公扎看着怀中的女人，眼底的疼惜一览无遗。

“是的，我只是你的，我只是你的措姆。”措姆抚着他黑红的脸庞，泪花闪闪。打从懂事起，一颗心就放在了他身上，从没想过要接受其他男人，自己的帐篷只为他开放。

“我的仙女，再等等，首长说让我有工作安排的时候再退伍。我们再等等吧，相信我，我一定会回来娶你的，一定让你当我帐篷的女主人。”

“嗯，你一定要记住草原，记住你的女人在草原等你回家！”

这是他们立下的誓言，在那个废弃的羊圈里满是干透的羊粪蛋子上，两人相拥着，淡淡的羊粪味萦绕鼻间，头上是蓝蓝的天和淡淡的云，面对着一池清澈碧蓝的湖水，他们许下了相伴一生的承诺。

草原是不变的，措姆和公扎的心也跟这草原蓝天一样，年年月月地等着。

白拉几次暗示女儿，说罗布顿珠是个好男人，对老人好，又体贴又懂事，措姆总是不置一词。今天，措姆又在阿妈的唠叨中逃了出来，她坐在草地上，抱着双膝看着远处的雪山，思念如涨潮一般，泛滥成灾。

该结婚了，该找个男人和自己过日子了。阿妈时不时就这么念叨几句。

这几天，阿妈开始早出晚归，回来就跟阿爸和叔叔们神秘兮兮地说话，看到她进去马上就住口。这天中午趁着大家都在，她说："阿妈，我的男人不用你找，你少管我的事。"阿妈一下就跳了起来，大骂她被阿爸惯坏了，连老人的话都不听了。

措姆站起来，把刀子"啪"的一下扎在牛肉上，昂着头对一边埋头喝茶的单增大声说："阿爸，你要是和阿妈敢私下给我找男人，我就离开草原，去城里给人当保姆！"这几年草原上有不少姑娘不愿待在老家，就去城里给人当保姆、带孩子煮饭，回来时穿得花枝招展的，已经不像是草原人了。

"你敢！"白拉把茶杯重重一放，盯着她，"你要敢去，我就打断你的腿！"

"你要是私下给我找男人，你看我敢不敢去！"措姆鼻子里哼了一声，甩手大步走出了帐篷。

他说过今年冬天回来，就不走了。这话对于措姆来说就是承诺，就是安安静静等下去的动力。

只想当他的女人，只想一生跟他在一起。这样的想法对于草原上长大的姑娘来说，是有点不可思议的。当别的姑娘小伙子相继立起帐篷、生儿育女的时候，措姆，还在日复一日、年复一年地等待。

她抱着小腿，望着远处的雪山，泪珠泫然欲滴。身后就是一排排黑帐篷，牛羊在远处慢慢移动。公扎，我好想你，你在想我吗？

石达走了过来，坐在她旁边，幽幽地说："又在想他了？"

"他说下次回来就再也不走了。石达，你说他真的不走了吗？"

"他说不走了肯定就不会再走了。草原上的汉子，什么时候说话不算数？"石达说完拔了一根草茎含在嘴里。

"倒也是，他还是咱们草原上的人啊！"措姆笑了，为自己无端怀疑心中的爱人有些不好意思。

"你阿妈还是不同意吗？"

“石达，我想过了，他这次回来，不管阿妈同意不同意，我都要嫁给他。”措姆说，脸上一副决绝的表情。

一阵沉默过后，石达轻声说：“你心里除了他，就看不到别人吗？”

“石达，对不起，你两次来都没让你进帐篷。但我心里只有他，没办法装下别人。”措姆低了头说，“央吉是个好姑娘，好好跟你阿爸说说，娶了她吧。”

“他们家已经定亲了，你不知道吗？湖对面的。”石达苦笑着说。

“是你自己放弃的吧？”措姆转脸看着他，“央吉一直在等你，这么多年了，你阿爸也没让人去她家提亲。”

石达避开她的目光：“措姆，我……”

“石达，你和公扎是好朋友，我的心事从没瞒过你。这辈子除了他，我谁都不会嫁的。央吉喜欢你，你去找她还来得及。”措姆看着他，认真地说。

石达倔强地摇了摇头：“你能等公扎，我就能等你！”

“你这是何苦呢！”措姆苦笑了一下，转头去看着远处的雪山。

此时，罗布顿珠去了措姆家的帐篷，送给白拉一条厚实的披肩后，白拉笑逐颜开地忙着打茶招呼贵客。

“措姆刚出去，罗布拉，你坐吧，我给你打茶！”

“我帮你，阿妈！”罗布顿珠不知从何时起，不叫白拉阿佳拉而叫阿妈了，白拉也默认了这个称呼。

“罗布，你跟我家措姆的事怎么样了？有进展没？”

“阿妈，措姆她……好像不喜欢我！”

“怎么会呢？你这么能干，长得又帅。罗布，你是男人，得主动点。”

“阿妈，我已经找过她几次了，没用。她门口那头獒好凶，我根本进不了帐篷。”

“这好办，我晚上让她叔把獒牵走就是了。”

“谢谢阿妈，谢谢阿妈。”罗布大喜过望，卖力地提动着木杆，打得茶水上下翻飞。

傍晚措姆放羊回来，拿了两块母亲特意为她留的羊排回帐篷，扔了一块给门口的獒，自己啃了一块。她捅开炉子，撮了一铲牛粪倒进去，关上风门，把水壶放在炉上，帐篷里很快就暖洋洋的了。她哼着牧歌，脱掉厚重的袍子，换了一身真丝长裙，玲珑的曲线映在白色的帐篷上，让远近觊觎的阿哥们心痒难耐。

听到帐篷外有动静，正在洗脸的措姆抬起头问：“谁呀？”

“我，牵獒，今晚怕有狼来，羊羔房需要它。”小叔叔的声音响起。

措姆答应着，不以为意。这两天草原上疯传察那罗山拴狼神的链子长长了，狼又要肆虐草原了，家家户户都派人去羊圈轮流上夜。牛圈好一些，牦牛个儿大，狼轻易不敢招惹它们。马圈值夜的人都是牧人中身强力壮的青壮年，狼也不敢轻易招惹。羊性子温驯，除了躲避，从不知道反抗。狼是最懂羊的，知道那些家伙遇到危险除了躲避没有丝毫的反抗能力，只要不跟人冲突，对付起来容易得多。

藏北的狼都是单独行动，很少集体捕食，如不是万不得已是不愿跟其他兄弟分享食物的。再说，一只狼出动，目标小，容易得手，一群狼出来，说不准还没靠近猎物，小命就被叉子枪取去了。几百年来，狼们吃够了叉子枪的苦头，知道那玩意儿随便往那里一架，再凶的狼也不是猎人的对手。

白拉看中了罗布顿珠，三个男人也确实无话可说。在这一方草原上，众多的小青年中，罗布顿珠确实是出类拔萃的一个，家庭条件那是没的说。四兄弟，他是老大，机灵能干，最近跟一帮外来做生意的康巴人混在一起，到处收购旧物，听说赚了不少钱，聪明的男人能让女人不受四季风沙的影响。单增虽说中意公扎，但两个弟弟和女人都因了他和达娃的关系而憋了一肚子火，对于罗布顿珠的频频造访，他也不敢多说什么。

不知为何，今晚石达一直睡不着，央吉就要出嫁了，这让他心里多多少少有些不舒服。央吉对他的心他不是不知道，只是自己一直喜欢的是措姆，虽说常去央吉的帐篷“打狗”，那只不过是草原上的儿女打发寂寞夜晚的一种方式。没有承诺，没有誓言，没有心灵的交会，谁都不会当成天长地久来对待。

石达是这么想的，只是，当他这么想的时候，他身下的女人却未必这么想。她一直等着心仪的男人来提亲却久等不来，她的心便如错鄂湖水一般，冰封了，有了怨气。

傍晚，她看着石达和措姆坐在草地上，两人靠得那么近地说话，仿佛一对恋人，眼泪就情不自禁地流了下来。她本来是要等石达回来的，但她最终没有，第一次在自己的帐篷里接受了其他男子。

不为别的，只为忘却。

月色下，石达站在央吉的帐篷边，听到里面的欢笑声，无声地退开了，心竟有些空落。

约定俗成的规矩，身体遵守了，心却未必能。

草地边上那顶白帐篷里突然传出措姆惊慌失措的尖叫和咒骂声，在这个宁静的夜里显得那么凄惨。

措姆本来睡得迷迷糊糊的，突然感觉有个人压在她身上，还不停地扯她的衣服。她大叫着醒来，一手摸到枕边的刀子，还没扎下去就被人抓住了手腕。

“措姆，是我！”

“罗布顿珠，你浑蛋，滚出去！”

“措姆，我的雪莲花，当我的女人吧，我夜夜想你，想得都睡不着。”罗布顿珠压在措姆身上，胡乱地在她脸上亲着。

“你浑蛋，滚开！”措姆用力地推着他，大声地喊着隔壁帐篷的叔叔、阿妈、阿爸，却没有一个人应她。

“别喊了，是你阿妈同意我来的。如不是她让你叔叔把獒牵走，我能进来吗？”罗布顿珠说着一把掀起措姆的内衣，那雪白丰满的乳房在隐隐的月色映照下，一粒红豆颤颤巍巍，发出迷人的光泽。

“不要，不要啊！”措姆拼命地大叫着，手脚乱挥，把罗布顿珠的脸上抓出一道道血印。

“嘿嘿，别叫了，今晚我一定要你成为我的女人，明天我就叫人来提亲。来吧，我的雪莲花！”罗布说着，就要扯她的裤子。

“不要啊……”措姆凄厉地呼叫着，再怎么用力，也无法掀开一个色欲焚身的男人。“罗布顿珠，公扎回来会杀了你的，敢动他的女人，他绝不会放过你。”

“他凭什么跟我争？他有什么资格跟我争？”措姆不提公扎还好，一提公扎，罗面顿珠的心里顿时升起一股暴戾之气，想起批斗老活佛的会上公扎那双愤怒的眼睛一直盯着他，好像柱子上绑着他阿爸似的。他是有些怕那双眼睛的，那样的眼神就像一头嗜血的豹子，好像自己就是他的猎物。

就在这千钧一发之际，门帘突然一动，一个人影裹了一股冷风卷进来。

“措姆……”

“石达，救我！”措姆见到他，犹如见了救星，大叫着。

压在措姆身上的罗布顿珠，见石达突然闯了进来，回头恶狠狠地骂道：“关你屁事，给我滚出去！”

石达本能地退了出去。

草原上的规矩，男人钻姑娘的帐篷，不管对方愿不愿意，外人都是不能干涉的。

“不，石达，救我，求求你，救我啊！”措姆凄厉的叫声再次响起。

石达猛然转身再次钻进帐篷，从后面一把抓起罗布顿珠，猛然一拳打在对方脸上，罗布顿珠立即捂着脸滚向一边。

措姆飞快地爬了起来，拉下衣服，拿起刀子就要冲过去。

石达一把拉住她。

“放开我，我要杀了他，敢对我动手，浑蛋！”措姆挣扎着，刀子在空中挥来挥去，两眼仇恨地盯着罗布顿珠。

“措姆，算了，下次小心点就行了。”石达拉着她的手臂。

罗布顿珠爬起来，嘴角挂着一丝血迹，他狠狠地盯着榻边的两个人，特别是石达，如不是他的闯入，今晚这个女人就是自己的了。他越想越气，最后不管三七二十一，抓起炉子上咕噜着的开水壶就向石达砸了过去。石达闪了一下，水壶打在了石达腿上。滚烫的水立即浸湿了裤子，钻心的疼痛让他站立不稳。

“石达……”措姆大叫着扶起他，回头看着罗布顿珠，冷冷地笑，“罗布顿珠，你这个浑蛋，自己没本事征服女人就用强迫的手段。想当我的男人，你做梦吧，这辈子我都不会答应你。”

“好，你不做我的女人，你要做公扎的女人，要做这个小子的女人，好，好……”罗布顿珠血红着眼，狂暴地喊着，拔出腰上的刀就冲了过去。石达把措姆一推，刀子扎在石达的前胸上，鲜血顿时喷涌而出。

随着措姆的尖叫，单增、白拉、央吉都钻了进来，见到石达胸前的血，大家都吓傻了。单增第一个反应过来，赶紧帮着措姆扶住石达向外走去。

石达的父母见单增把儿子血淋淋地扶进帐篷，也吓得不知所措。单增叫跟在身后的女人帮忙把石达扶到榻上躺好，把事情的经过跟大家说了。

石达的叔叔霍地站了起来，拔刀就要往外冲，单增一把拉住他："先救孩子要紧，其他事稍后再说。"

“叔叔，阿爸，算了，别去找他了！”石达也挣扎着阻止暴跳如雷的叔叔。

央吉帮着石达阿妈一起把石达的袍子脱了，用干净的布条绑住伤口，血仍流个不停。眼看石达的脸色越来越差，眼神也开始模糊了。

“怎么办啊？”央吉顿时哭了起来。帐篷点是没有医生的，过去，牧人生病都找错鄂寺会医的活佛。现在活佛还俗了，被打成了牛鬼蛇神，成了跛腿的扎多。

那样的身份，谁还敢找他啊？再说，当初他挨批时，石达的父母还是冲在最前面的人呢。

“这大半夜的，去公社肯定不行。”单增说。

“找舅舅吧，舅舅不是会医吗？”措姆看着阿爸，期待地说。

石达的阿爸也期待地看着单增。他是队长，只要他点一下头，即使将来有什么事也好说一些。

“顾不了那么多了，措姆，你去找你舅舅，好好跟他说说。”单增看了看石达，“石达阿妈，你再点两盏灯，把帐篷弄亮一点。”

措姆答应着跑了出去，不一会儿，她就拉着跛腿的扎多进来了。

扎多没跟其他人打招呼，径直走到榻前看了石达一眼，从怀里掏出一粒药丸塞进石达嘴里，央吉给石达喂了开水。

看着他咽下后，扎多这才动手解开布条：“打一盆热水来！”石达阿妈立即打了一盆热水进来。

扎多用布小心地把血迹擦拭干净，又从怀里掏出一个药瓶抖了些药粉在伤口处，见血慢慢地不流了，这才找了干净的布重新包扎好伤口。做完这些，天也快亮了，扎多直起腰来说：“天亮后找点党药给他吃。”

党药是藏北草原部分牧民对西药的称呼。过去草原上没有西药，十八军进藏后，汉族医生走进羌塘高原给牧民治病，这种药才流传开去。因为是共产党带来的，所以牧人都叫它党药。

单增一大早去乡上，傍晚回来时身边跟了个背着药箱戴眼镜的汉族军医，径直进了石达家的帐篷。

帐篷点的人听说有汉人医生来了，便齐齐涌到了石达家的帐篷外，相互打听着那个年轻汉族医生的来历。

错鄂湖因在草原深处，极少有外人前来，何况还是个汉族医生。

“听我男人说，姓卓，叫卓麦，是边防部队的。他在乡上碰到，跟他们领导说了石达的伤，人家就让来给石达治伤。”白拉故作神秘，小声地对身边的人说。

有人往帐篷门口涌，探头探脑的，见石达的胸前缠着白白的纱布。他阿爸高高举着一个瓶子站在榻边，中间有一条管子，一端扎在石达的手腕上。石达的脸色比上午好多了。

卓医生站起来，笑着冲门口的人说：“乡亲们都进来吧，我给你们检查一下身体。”他说着一口流利的藏北话，把牧人们震得又是一愣。

人们你推我我推你的，都不好意思先进去。

“进来吧，一个一个排好队，不准挤。”单增起身看着大伙说。

人们这才一个个走进来，低着头站在卓医生面前。

卓医生拿起听诊器放在牧人的胸前时，有的人忍不住弯腰驼背嘻嘻地笑。单增把脸一板，大着嗓门吼：“严肃点，再笑就不给看了！”笑的人立即身子一直，脸绷得紧紧的，那样子，怎么看怎么滑稽。

草原上的规矩，仇怨要么以血还血，要么以财还血。如果两边都不追究的话，一般事后就用钱财解决了。第三天，这起仇怨在族中长老的主持下，两边家长到场，赔偿了一头牦牛了事。

第三章
他的力量

草原上的汉子，一生要遇到很多挫折，
只有冷静，才能闯过难关。

七

因为这次事件，卓麦成了草原上最受欢迎的客人。人们有个头疼脑热的都去找他，更夸张的是，牲畜生不下小牛小羊了也都找他来看看。卓麦对任何人都笑脸相迎，就是那孤零零立于一边的牛鬼蛇神扎多的帐篷，他也经常去。因了他的经常光顾，牧人看到扎多也不绕着走了，正面相遇时还能点个头。

措姆早上没见到舅舅出来捡牛粪，中午便去了他的帐篷，见扎多还在睡着，她小声叫了两声。扎多应着，挣扎着想起来，却力不从心。

“怎么啦？病了吗？舅舅！”措姆急步过去扶起他，摸到他的手滚烫滚烫的，吓了一跳。

“我要走了，措姆。”扎多靠在垫上，喘着气，脸色潮红，“看来是等不到公扎了。你给他说，让他……一定……一定要找到……找到喀果，让佛祖……佛祖的光辉……重新……重新照亮错……错鄂草……草原！”措姆不知道舅舅的话是什么意思，但仍点了点头：“你别说话了，我去找阿爸阿妈！”

措姆转身出了帐篷，跑步回去叫来阿爸阿妈，还让石达赶紧去部队找卓医生。

晚霞染红天空的时候，卓麦来了，石达帮他提着药箱，两人直接钻进了扎多的小帐篷。坐在榻边的措姆见他们进来，赶紧起来让开。

卓医生向众人点了点头，过去坐下，取出听诊器放进扎多的袍子里，听了一会儿收起来，脸色凝重。

“怎么样？”白拉脸上满是担忧，趋步上前小声问。

“他身体本来就弱，加上感染了风寒，恐怕……”卓医生转过身来。这个慈祥的老人，是自己在草原上认识的为数不多的有学问之人，他讲的那些藏医学知识，真是让自己大开了眼界。

这时，扎多突然睁开眼，眼神清澈明亮，他示意措姆扶他坐起来，白拉赶紧拿了靠垫让他靠着。

“你们都出去吧，我有话想跟卓医生和措姆说。”扎多喘着气，喉间发出呼呼的声音，但口齿却清楚。

单增拉着女人，跟石达一起出去了。

扎多看他们出去，这才喘着气看着卓麦：“记住，察那罗山的雪莲一定要在日给星升起时去采，早了晚了药效都不行，每次采时都要留一棵，那是送给山神的。”

“好的。”卓麦点着头，“你放心吧！”

“《四部医典》的笔记你一定要等公扎回来去取，不要单独行动，太危险。后面那张方子是治大骨节病的，我没写全。没有注明的那一味药听说在双湖无人区的塔加普雪山上才有，你叫公扎带你去。无人区里有两户人家得了这种病，你要治好他们。”

“好。”卓麦握着他的一只手，郑重地点了点头。

“别……别……别让它失传了！”也许是因为说话过多，老人再一次喘了起来。

“你放心吧，我一定会按你的吩咐，让藏医学在草原上传下去。”

扎多看着他的眼睛，欣慰地笑了。

这样的信任来自直觉，两个不同民族、不同信仰、不同年龄的人，在这一刻，心是相通的。

心与心的交流，与地域无关。

“措姆，”扎多休息了一下，再抬起头，看着一边流泪的姑娘，“措姆，好孩子，别伤心了，人总归是要走的，早走晚走都一样。今天我先走一步，在香巴拉等你们。公扎回来一定要替我告诉他，一定要找到喀果，它才知道佛祖在哪里。他一定要请回佛祖，让佛祖的光辉重新照亮草原。”

“好的，舅舅，你放心去吧。”措姆泪流满面，点着头。

“你没看错人，公扎是个好孩子！”扎多说，想抬起手抚摸一下姑娘却力不从心，“去叫你阿爸阿妈他们进来吧。”

措姆用手背抹了一把泪，掀帘向远处的阿爸阿妈喊了一声。

单增和白拉急步进来站在榻前，扎多抬起头和煦地笑着，仿佛他又回到那间暗暗的只有天窗处有一缕光亮的殿堂，身后是佛祖慈悲的眼，身前是信众虔诚的目光。殿里香雾缭绕，经声不断。回家了，终于回家了。佛祖眷顾的地方，那才是他的家，是他心灵的皈依地。

“白拉。”他小声唤着，像小时候唤疼爱的小妹妹早起一样。那时他们兄妹是多么相爱啊。后来他突然就成了转世灵童，成了万人敬仰的活佛，高高在上的佛之子，妹妹见他都需要事先预约。再没亲切的眼神了，远离人间的佛堂只有敬畏。唉，身为佛子，万事不由己啊。所以，他不怪妹妹，今世的一切，都是前世种下的果。“我……走了，你要多保重。别再任性，听你男人的安排，好好把家里的事做好。”

“哥，哥……”白拉突然悲从中来。这一刻，所有亲情重新回到她心中。父母去世早，是哥哥把她抚养长大，还给她找了男人支起了帐篷。怎么运动一来，她就跟自己的亲哥哥划清界限了呢？她不该让鬼迷了心窍，弃亲情于不顾啊。“你原谅我吧，我错了，哥哥，你别丢下我。阿爸阿妈不要我了，现在你也不要我了吗？”

“白拉。”扎多摸着妹妹的脸，老泪纵横。此刻，他不是活佛，他只是普通的牧人，在临走前的这一刻，也惦记自己的亲人，不舍丢下亲人就此离去啊。“妹妹，你要保重身体，有些事你要想开些，别老是发脾气。相信你的男人，他是咱草原上的雄鹰，雄鹰飞得再高，太阳落下时都会回巢的。”

“哥哥，哥哥啊……”白拉伏在榻上，哭得上气不接下气。

摸着妹妹开始花白的头发，扎多的眼泪一滴滴掉落下来。少顷，他抬起头，看着单增叫了一声：“单增拉！”

单增弯腰看着他，嘴角强扯出一丝笑容：“哥，你说吧！”

“我妹妹任性，都是小时候我没好好教育她，你多原谅。”

“白拉很好，能干，把家照顾得很好。哥，你放心去吧！”

扎多点了点头，脸上露出慈爱的微笑，不再说话，眼光穿过帘子看着外面那一方蓝色的天空，仿佛又回到那个风雪连天的夜晚，自己不辨方向地走在无人区的旷野里，远处不时闪烁着绿幽幽的光芒。

他没有害怕，只是平静地、深一脚浅一脚地走着。也许就这样倒下了，再也回不到草原。不遗憾，佛祖既做此安排，自有原因。来生吧，转世再来时，他希望有更多的时间学习，解度更多苦海中的人们。他就这么想着，直到身体再没一点力气的时候，前面雪地上突然出现两个绛红色的身影。那是一种什么样的红啊？让生命重新燃起了希望。

醒来的他，赤身裸体躺在暖暖的湖水里，如一个初生的婴儿，沐浴在白色的雾霭中。那些若隐若现的绛色身影，关爱的眼神啊，让他觉得那么温暖愉悦。

他以为，那就是香巴拉了。

现在，自己是不是又要回去了呢？回到无人区那个温暖的湖湾，跟在上师的身边，聆听箴言？虔心修行不问世事，平静安然地度过每一天？

扎多这么想着，脸上挂着恬淡的微笑，灵魂慢慢离开了草原。

按照藏传佛教的仪规，扎多是转世的受戒活佛，理应塔葬或是火葬。只是目前草原上并没安静下来，族人只能把他送到天葬台上，让神鹰带走他的肉身。

那一年，单增的帐篷里停止了所有的娱乐，家人不梳洗、不唱歌、不跳舞。

那一年，帐篷点取消了所有的节日活动，只因为他们中有一位长者去世。

生前的一切恩怨，随着死者的逝去，一切都烟消云散了。

第二年冬天，公扎休假，知道他所挂念的扎多已经不在了。那一晚，他去了错鄂寺，站在那道紧闭的木门前，两行清泪慢慢流下。

他不是个容易激动的人。从父亲去世他就开始把自己的情绪掩藏在心中。草原上的汉子，一生要遇到很多挫折，只有冷静，才能闯过难关。

如果说父亲是他生活的老师，那么扎多就是他成长的老师了。这个老人的远走，让公扎的心再一次陷入黑暗，就像一个行走夜路的人，手中的灯突然灭了。

月光凄凉而寂寞。

地上，只有他长长的影子，一动不动。

第二天措姆趁着阿妈去牧场的机会，偷偷地跟公扎在草原深处一处山谷里见面。远远地看见那个男人立在谷口等着，她不禁心摇神驰，猛挥一鞭，马儿飞驰过去。

到了跟前，她想也没想就从马上直接滚落进那人的怀抱。

“措姆，我的雪莲！”公扎抱着措姆滚烫的身子，看着她轻微颤抖的红唇，喃喃地念着，迫不及待地吻了上去。

措姆搂着他的脖子，也贪婪地吮吸着他的唇，只想把自己更深地、更多地融入他的血液里。

金色的草地蔓延开去，一直到天边，到看不见的尽头。两边的雪山银光闪闪，银色的山峰仿佛要插进天穹。天格外的蓝，像一块放大了的蓝玉，没有一丝瑕疵。云那么白，就像姑娘头上的羔皮帽，打着不规则的卷，在蓝色的天幕上翻滚腾挪。

两人滚落在厚实绵软的草地上，阳光暖暖地照着他们。

公扎搂着心爱的女人，慢慢拉下她的皮袍，看着那浑圆玉润的胴体一点一点裸露在阳光下，他细细地抚摸着，让自己的吻碾过她寸寸的身体。

“我的女人啊！”公扎覆盖了姑娘的身子，贪婪地吮吸着她的唇，咬着她的耳垂、她的乳尖……看着心爱的女人在自己的爱抚下欢快地呻吟，他感到无限的满足，把自己和她融在一起，慢慢地开始攻城略地，和风细雨。积攒的思念，他要慢慢让她知道，慢慢浸进她的心里，成为她身体的一部分再慢慢消散。

“公扎，我有多想你，你知道吗？天天想，夜夜想……”措姆用胳膊环绕着他的颈项，看着他的眼睛，情意绵绵。

“我也想你，措姆！”公扎说，看着她潮红的脸庞，他再也无法控制自己的身体，只想更多更深地要她。

就像这雪山、这草地，千百年来日夜相伴永不分离；就像那沙滩、那湖泊，生生世世在一起不离不弃。

“舅舅说，让你一定要找到喀果，说它才能带领你找到佛祖，让佛祖的光辉重新照亮草原。”措姆靠在他怀里，小腿裸露在外，小麦色的肌肤在阳光的映照下，发出乳黄色的光。

“奇怪！”公扎看着对面的雪山顶，眉头紧锁，“喀果跟你舅舅有什么关系？”

“不知道，他只是让我这么转告你！你听说过无人区的塔加普山吗？”

“知道啊，在双湖那边，以前打猎去过，怎么了？”

“舅舅年轻时常去塔加普山采药，他说塔加普山跟咱们这儿的察那罗山是一对情人。”

“一对情人？像我们这样？”公扎亲了她一下，眼里带着笑意。

措姆抬起头，含情脉脉地看着他。公扎便再次俯下头去，含住了她粉红的唇，柔情在两人之间再次泛滥。

“你说塔加普山和我们这儿的察那罗山是一对情人？”久久，公扎才放开她，额头顶着她的额头，轻声问。

“舅舅说的。他说在格萨尔王时期，塔加普是一个帅气的小伙子，察那罗是一个美丽的姑娘，他们一起生活在无人区那边。察那罗的阿爸不同意她嫁给塔加普，悄悄给她定了一门亲，对方是个巫师，第二天就要结婚。察那罗知道后，连夜跑了，她去找塔加普。然后两人逃婚，偷偷跑到了双湖的草原，巫师追了上来，把塔加普变成了石头山。巫师拖着痛苦的察那罗回去，在进入错鄂草原时，察那罗说要打坐休息一会儿，巫师同意了。结果察那罗就趁巫师不注意喝下了她配好的毒药，把自己也变成了一座石山，就是察那罗山。舅舅说，塔加普和察那罗原本是有心脏的，还天天跳动呢。后来不知怎么了，心脏没有了，只剩下胸腔。”

“胸腔？”

“是啊，舅舅这么说的嘛。”

“喀果住在塔加普和察那罗的胸腔里？”

“是啊。”措姆拍了拍公扎沉思的脸，“这个故事好不好听？”

“好听好听！”公扎心不在焉地说，看着蓝天下白云掩映的察那罗山顶喃喃自语，“胸腔？”

“怎么啦？”措姆坐起来，穿上红色真丝衬衣，套上皮袍，靠着他，理着长长的有些凌乱的小辫。

“没什么。这个故事你什么时候听舅舅讲的？”公扎也站起来，穿上衣服。

“舅舅去世的前两天，他还说让我讲给你听呢。”措姆偏着脑袋看他，“舅舅说你喜欢听格萨尔王的故事。”

公扎看着她的笑脸，过去从后面搂了她的腰，把头搁在她头顶上说：“舅舅真是怪人。好吧，既然他要我去找喀果，我就去找吧。只是这么宽的地方，不知喀果在哪里。”

“等你离开部队再说吧。你到底回不回草原来啊？”

“肯定回来，这里有我的雪莲花呢。怎么？迫不及待要给我生儿子了吗？”公扎忍不住又亲了她一下，低声调笑着。

“去你的。要生也得你回来才能生！”

“这由得你吗？”公扎转过她的身子，巡视着她苗条的腰腹，“说不准，今天就有了呢！”

“你……”措姆扭着腰，红着脸低了头。

“措姆，草原上像你这么大的姑娘，好多都当阿妈了。是我不好，再等等我好吗？首长说明年退伍的兵地方上要安排工作。放心吧，我一定会回来娶你的！”

“嗯。如果等不到你，我就永远不嫁。”措姆低了头，声音虽小却坚定。

公扎再度搂她入怀。

雪山的影子映在草地上，阳光在山谷中间拉出了一道金黄色的亮光。两个相依的人儿坐在草地间。

八

错鄂草原这几天像疯了一样，上午艳阳高照，蓝天白云的。中午太阳还没过山顶，风就呼呼地把太阳刮了回去。天上乌云堆叠，整个草原就像被黄色的沙雾笼罩着，风魔拉着旋涡在草原上疯狂游荡。女人们用厚厚的围巾遮了眼鼻，仍感觉满口沙子。牧人归来，往往只见两只眼珠在转动，脸色全被沙尘遮了去，路上相遇时都骂一句："这天疯了！"老人们说，一个疯了的魔鬼在草原上四处乱窜，搅得草原失了本真。藏原羚是最先受害的动物，它们因为眼睛大，沙子进了眼睛后容易发炎，最后看不见了只能饿死。

空气里没有一点水分，天老爷仿佛要把人和大地的水分全吸干一样。越来越多的藏原羚脚步踉跄找不着方向，在草原上发出凄凉的"咩咩"声。野驴越来越多时间躲在背风处的山坳里啃着焦黄的草茎。放牧了一天的牛羊晚上回栏时，肚子还是瘪瘪的，有经验的老人们脸色越来越沉重。

只怕风灾之后跟着就是其他灾难啊。

这个冬天的第一声狼嚎传来时，牧人们才回到帐篷，正准备吃东西睡觉。那一声穿透云霄的嚎叫惊动了所有的人。人们拿着刀、拿着肉、拿着碗、抱着孩子……纷纷走出帐篷，四处寻找着声音的来源。

习惯了与风霜雨雪搏斗，也习惯了与其他动物搏斗，祖宗如此，他们也如此。

老人们听到狼嚎，摇着头，叹着气回去了。

女人们惊恐地看着大山中的某一处，你看我我看你，脸色苍白。

孩子们则扯着大人的袍子，害怕地看着发了疯的草原。

有经验的牧人都知道，随着狼的这一声嚎叫，随后就会有三声四声，继而一片。当那一片嚎叫声来临的时候，草原的灾难就开始了。

果然，半夜时分，狼的叫声多了起来，而且越来越近。

单增立即吩咐各小组长去队部开会，研究对付狼灾的办法。

公扎看着草原尽头的察那罗山，想起扎多活佛说的山顶上有一条铁链拴了狼神。铁链变长时，草原就有狼灾，铁链缩短后，草原就会风调雨顺。

铁链长了吗？有牧人说铁链长了，所以这个季节都有些人心惶惶。

草原是牧人的粮仓，牧畜就是贮备的食物。一旦食物出了问题，来年的日子就会难熬了。特别是新出生的孩子，母亲没了奶水，叫他们如何度过严酷的冬天？

藏北荒原的狼一般是不合群的。它们喜欢单打独斗，独自承担风险但也独自享受成果。草原上如果不闹雪灾风灾让所有的小动物都躲了起来，狼们是不会招惹牲畜的。千百年来跟人打交道的结果告诉狼，万不得已要跟人争抢食物时，只能团结起来，用一部分同类的生命去换得种族的延续。

所以，无奈的何止是人，狼也一样。

公扎开始收拾猎枪。

老猎枪是父亲的父亲传下来的，如今到了公扎手上。现在草原上很少再用这样的枪了，但他不想丢掉它。看到它就像看到了父亲。祖先传下来的规矩他怕自己忘掉，所以出猎还带着这把老枪，为的是提醒自己：这草原不是他一个人的，所有的生命要共享大自然的恩赐。他坐在草地上，调整着叉子的平衡。这样的枪也算是西藏的特色吧，跟部队用的枪完全不一样，两只羚羊角做的叉，用来支撑枪管。在野外，无论处于什么样的环境里，只要把叉子往下一拉，就能架好枪，稳而准。

公扎趴在地上，慢慢转着枪头，瞄准了远处的藏羚羊。他只是瞄瞄而已，并没开枪的打算。他不喜欢打这些动物，太容易得手的猎物激不起他丝毫的兴趣。他喜欢猎熊、野牦牛、雪豹，甚至狼，凶猛的动物让他一枪出去会有成就感。

狼灾的到来，对于牧人来说是灾难，但对于嗜血的猎手们来说，则有着暗暗的期待。血液加快了流速，神经不由自主地在这个风沙肆虐的季节里兴奋。

公扎调着枪，见蓝天白云下，穿了白大褂的卓麦和措姆从远处走来。他们身后是银色的雪山，远处有两顶黑帐篷，其中一顶冒着青烟。卓麦的儒雅和措姆的亮丽就像一个梦幻般的组合，刺痛了公扎的眼睛。

他们很熟吗？是不是经常这样肩并肩地笑着走在草地上？

“公扎！”措姆看到他，飞跑过来，无数的小辫在身后扬起。

“措姆，你又不戴发套！”公扎站起来，看着逆着光跑来的姑娘，勉强挤出笑脸。

“不喜欢嘛，这样多好！”措姆笑着，旋转着身子，缀了松石的辫子更多地飞扬开去。她咯咯地笑着，在阳光下尽情地展示着自己的美丽：“公扎，我漂不漂亮？”

“漂亮，我的女人当然漂亮！”公扎看了一眼卓麦，故意加大音量强调着“我的女人”几个字。

措姆高兴地旋进他怀里，在他脸上亲了一下。

公扎见卓麦在一边饶有兴趣地看着他们，反倒有些不好意思，挠了挠头皮，笑着问卓麦：“听说她叔叔又找你去给羊接生了？”

“是啊，我已经成了错鄂草原的专职医生了！”

“专职兽医！”措姆看着卓麦，哈哈大笑。

“不对，是兼职兽医！”卓麦一脸苦笑。

“卓，牧人说你捡了个孩子？”公扎搂了措姆的腰，看着面前的汉族医生问。公扎嫌他的名字拗口，索性省了最后一个字。

“嗯。发生雪崩了，他父母和哥哥都死了，我就收养了他，正准备送他回内地去上学呢！”

“你是我们草原的吉祥鸟，给草原带来了健康和快乐，我们都喜欢你。”措姆靠在公扎身上，发自内心地对卓麦说。

“我也喜欢草原啊。等我退伍的时候，也在你们这儿支顶帐篷养老算了。”卓麦看着措姆明媚的笑脸，心里掠过一个把鞭子挥得“啪啪”响的长发姑娘。实在太像了，特别是笑起来露出白白牙齿的时候，那么干净清爽。她还好吗？离开昌都已经三年了，她该是孩子的阿妈了吧？还记得当初一起捡蘑菇、一起拾牛粪的汉族军医吗？还记得那些薄暮时分拉着手走在小路上的岁月吗？

“你想留在草原吗？”公扎别有深意地问。

“想啊。”卓麦笑着说。想起昌都高高的山、深深的峡谷、半山腰的草坝子……她赶着一群羊向他走来，单纯而开心的笑脸，那该是多么幸福而满足的日子啊！

“你想找个牧女结婚？”

“嗯。”卓麦点着头。

“好啊好啊，咱们错鄂草原的姑娘多的是，自你来后，她们老往我们这边跑，就连湖对岸的姑娘都来看你了。卓，只要你愿意，咱们这儿的美丽姑娘随你挑了！”措姆笑着大声说。

卓麦还来不及回答，远处就传来措姆阿妈白拉的喊声：“措姆，卓医生，肉煮好了，回来吧！”看到公扎，白拉脸色一变，向草地上“呸”了一声。

措姆向公扎扮了个鬼脸，和卓麦一起向自家的帐篷走去。

公扎看着两人修长的背影，再一次皱起了眉头。

这时，远处一声狼嚎穿云破雾而来。

连续几天的紧张等待，狼没有来，只是那嚎叫时时响起。

人们的等待有些乏了。

此时，长期狩猎的经验告诉公扎，今夜只怕不再平静。

他摸着老叉子枪，就像抚摸着自己的情人，心里竟有着几丝期待。这么多年在部队，虽说也出猎，但都是陪着领导，偶尔放一枪，实在不过瘾。他一直渴望退伍回到草原后，扛上老叉子枪，骑上马，带着心爱的女人，像阿爸当年那样，穿行在雪山草地间，快意人生。

公扎吩咐正在削肉吃的弟弟们，说今晚狼可能要来，轮流睡觉，不用脱靴子，叫阿妈把獒放开。大家都点头答应着。公扎虽说在家时间少，从小的经验加上他的沉着冷静，只要回到草原，他仍是兄弟的中心。

一个好猎手，需要的不仅仅是经验，直觉同等重要。

狂风夹了细沙，没完没了地刮着，就好像世界末日要来了一样。

疲乏的人们都有些担心地望着帐篷外，仿佛今夜一过，明天草原就不存在了。

家长们总是先冷静下来，就算心里害怕也得强装坚强，招呼着慌乱的女人和孩子，安顿好自己的帐篷，把枪和刀放在触手可及的地方。

狼嚎一声接一声地响起，人人心里瘆得慌。

后半夜，嚎叫声突然没了。

守夜的人松了一口气。

公扎却提着枪带着三个弟弟去了羊圈，在前面五十米的位置找了个顺风的土窝子趴下来。

狂风依旧刮着，沙石依旧在飞舞。

四兄弟没有说话，狐帽压得很低，只是静静地看着草原另一头。

公扎的鼻翼不着痕迹地翕动着，风里传来一丝淡淡的腥味。他把身子再往下缩了一下，示意三个弟弟去羊圈处，叫醒守夜的人。

弟弟们猫着腰去了。公扎再次把自己缩紧了一些，眼睛透过微动的狐帽边缘紧紧地盯着黑暗的前方。

腥味越来越浓，却没见到狼出现。

公扎不急，他知道它们正朝着这边来，他甚至能想象出它们来时的样子。它们没有奔跑，怕惊醒了看夜的人，只是轻轻地，着地时甚至连草都不愿踩断。一连十几天的夜嚎，就是为了麻痹牧人，让牧人认为它们只是叫一叫，并不是真的要来打劫。公扎是懂狼的，小时候常跟父亲一起打它们的伏击，对狼们的生活习惯了如指掌。

狼是草原上最聪明的动物，它们知道怎么把牺牲降到最低。

渐渐地，迷蒙的沙雾尽头出现了几个黑点，如果不仔细看就会当成是草原上的小土包。

黑点越来越多，继而变成密密麻麻的一片。

公扎仍没动，只是静静地看着。

小麻点慢慢分开成了三路，三路又分别呈扇形悄悄地向三个羊圈移动。

公扎知道，他不能再藏着了，尽管他很想藏着，再近一点射击将会有更大的收获，将会更显出猎手的本色，但他不能，三个羊圈事关牧人们一年的“口粮”。部队教会他：个人的英雄壮举永远不能跟集体的利益冲突，哪怕只有两个人，都要先考虑自己的行动是否符合两人共同的利益。于是他端起枪，瞄准了中间走在前面的狼，轻轻扣动扳机。一声枪响沉闷而短促，那只狼倒下了，其他狼蓦然停止了脚步，慌乱地四处张望。

尽管如此，狼的队形仍没乱，这点不得不让公扎佩服。它们比人守纪律，比人更懂得集体的重要性。

公扎并没停留，紧接着第二声枪声再次响起，又一只狼倒下了。

狼们的队伍开始散乱，有几只狼甚至缩着脖子往回跑。

这时，一声长嚎不知从哪儿发出的，散乱了的狼们再度变得整齐，再次移动起来。这次狼不再猫着腰，而是放开了身子奔跑，狼蹄着地的“沙沙”声在寂静的夜里仿佛千军万马，显得格外恐怖。

公扎不再藏着，他坐了起来，端起枪，伴着一声豪气十足的大吼“你们来吧”，打得中间的队伍一时之间找不到方向。

其他点的枪声也陆续响起。

远处帐篷里，老人们敲着盆，敲着碗，敲着各种能发声的东西。

一时之间，惊天动地的赶狼声响彻了黑夜，也暂时让狼停住了脚步。

狼们集体趴在地上，绿色的眸子偶尔转动一下。

风依旧在刮着，沙子依旧在下着。

一声极短的嚎叫响过，狼们再次行动起来。这次它们学聪明了，避开了正面的公扎，分开队形，看似杂乱无章却是组织有序地向前席卷而来。

公扎开了两枪，放倒了两只狼后，迅速向最大的羊圈跑去。

然而，狼的速度惊人的快。公扎刚刚爬到围墙上，其他两个羊圈就传来了羊的惨叫声和牧人的惊呼声。

狼这次看来是下定了决心，不惜血拼，就算牺牲一大部分族群的生命，也要换得一小部分同类的生存。

“牺牲小我，成全大我”，这可不是人类发明的词。在危险关头，狼是最能体现集体利益高于一切的动物。

这个季节的狂风，看来真是把它们逼到了绝境。

枪再厉害，也只能一枪一命，面对排山倒海不要命的狼，人的力量显得那么弱小。

风声、狼嚎声、獒叫声、孩子的哭喊声、大人的惊呼声、敲击物品声……响成了一片，在这个风沙呜咽的夜里。

不断有狼被打死，不断有獒受伤，不断有羊的脖子被咬断……

风不停地刮着，浓浓的血腥味弥漫在裹着沙子的空气中，干沙的味道和鲜血的味道混在一起，怪异得让人作呕。

狼组织得非常有序。有专门进攻的狼，根本不顾自己的安危，只要能挡住獒和人就行；有专门咬羊的狼，一口下去就毙命，脖子处两个血洞；负责搬运的狼则一只只往外拖着，从门口强行突破而去。

羊“咩咩”地叫着，你挤我、我挤你地尽往一处躲，却给了狼更好的下手机会。

风沙实在太大，点的火堆除了青烟，没有明火起来，对狼起不到威胁作用。

石达拿着一盆点着的牛粪，不停地把一团团红的牛粪往狼群里扔。公扎把枪口对着不停翻进来的狼，然而终究只有一个人一杆枪。

这时，羊圈另一头也响起了枪声，且枪法很好，一枪一只，跟公扎的枪声配合绝妙。由两人组织成的阻击，暂时抑制住了大圈里狼的进攻。而其他两个羊圈则惨了，羊儿凄厉的叫声此起彼伏。

没有枪的牧人，或是赤手空拳，或是单刀跟狼展开了近距离的搏斗，身上脸上的血不知是自己的还是狼的，受伤了甚至顾不得看一下。

措姆在女人队伍里，敲着脸盆大声呐喊着给男人们壮威。

冲锋陷阵的狼群里不时发出一两声短促而尖厉的嚎叫，而每次这样的嚎叫响起后，狼们都会迅速调整队形，或是加强冲锋，或是换下累了伤了的狼。趴在院墙一隅的公扎开始寻找这只领头的狼。他知道，只要放倒了头狼，群龙无首的狼群就会如一盘散沙般失去凝聚力。

因为其他羊圈告急，中圈开始分出人手前去支援，措姆也跟在小叔叔的身后向下面的羊圈跑去。狼们意识到了人的意图，尖厉短促的嚎叫声再次响起，一部分狼直接开始向人进攻。

因长时间一只眼睁着一只眼闭着，公扎觉得左边脸有些抽筋。当打退了又一轮进攻后，他抬起头想放松一下面部，却突然发现狼群里有一个白色的圈在晃动。喀果？他睁大了眼，发现喀果额头上的白圈边缘还有四条白线朝向四个不同的方向，呈一个熟悉的“¤”形图案。公扎看着喀果飞快地掠进了狼群，从狼口里夺下一只羊狂奔而去，灰色的身影闪了几下就没影儿了。

短而急的声音再次响起，催得狼们又开始狂暴起来。公扎顾不得去想喀果额头的图案为什么那样熟悉，他把目光迅速收了回来。在淡淡的月光下循声向左找去，发现声音是从一只低着头、并不起眼的狼嘴里发出来的。看来这是只经验丰富的头狼，把自己藏得很深，既不靠前也不落后，总是低着头，后腿向后半坐着，耳朵却竖得高高的。这样的姿态，既易进攻又便于逃跑，还不引人注意。

公扎移动着枪口，在要扣响扳机的刹那，那只狼抬起头来，一抹寒光射向公扎，也许是意识到了自己的末日，眼神里竟有些万事皆空的悲哀。公扎看着它，心有些发软，那需要多少年的血拼才能换得如此低调的姿态啊。

突然而来的惺惺相惜让他不忍下手。

枪声还是响起，随着那两抹寒光瞬间熄灭，公扎虎目里竟滑下两粒豆大的泪珠。

措姆的尖叫声破空传来，公扎抬头一看，见前后两只狼正袭击着她，四周还有其他狼跃跃欲试。公扎吓得心胆俱裂，大叫了一声措姆，掉转枪头放倒了后面的狼，同时，另一边的枪声放倒了前面的狼。

“措姆，别怕！公扎，掩护我们！”另一头传来卓麦大声的喊叫。他跳了下去，用枪托打开了一条血路。公扎则用枪声阻止了其他狼的进攻，让卓麦拉着措姆奔到了自己身边。

因为没了头狼的指挥，狼们东一堆西一堆，再也组织不了像样的进攻，没多久就成为一盘散沙纷纷逃离。人们在后面追着呐喊着，撵出去好远。

终于安静了，公扎这才跳下院墙，想把措姆搂入怀中，却发现措姆早被她阿妈拖走了。

卓麦拿着一杆老枪拄在地上，呆呆地，不知在想些什么。

惨白的月光下，狼尸、羊尸，没断气的羊时断时续地叫上一声……

同样是为了果腹，要在荒原上生存下去，有时不得不付出十倍的代价。

当人饿着肚子用枪口对着其他动物时，人与狼是何其的相似。

第二天打扫战场时，发现大圈损失了二十只羊，两个小点的圈损失要惨重一些，一个八十二只，一个七十六只。打下的狼有三十多头。牧人们叹着气，把狼剥了皮，狼肉喂獒。牧人不吃狼肉，一是因为狼肉味大，二是长年与狼作战，看它们为了肚子不要命地厮杀，骨子里对狼也是有些惺惺相惜。

狼灾过后，没几天公扎又回部队了。每一次探假临走，措姆都是一双泪眼。无论自己走多远，我还是会回来的。公扎每次走都会对自己这么说。

打马飞驰了几百米之后，公扎又转回来，跳下马，连跑带爬地站在措姆身前，措姆已是泪流满面，公扎狠狠一口亲在措姆脸上："等我，我会很快回来。"

措姆只一个劲点头，目送他再次从眼前消失。

太阳升起，金色的光线穿透云层均匀地洒在草原上的时候，牛羊撒着欢儿蹦出圈，牧人扬鞭唱起歌，马儿重新开始奔跑，昨夜的惨烈似乎根本没有发生过。

狼灾过后，草原上的生活渐渐平静下来。

这些损失，将让开春后的生活更加艰难一些。男人们开始把目光转向草原上其他的动物，野驴、羚羊，甚至熊，只要碰到，也不管什么规矩了，放倒就拖回来。

苦巴巴的日子，却并不影响婚丧嫁娶。

次旺家的帐篷开始为出嫁女儿做着准备。央吉的脸上却再难看到笑容。

这天中午，次旺的帐篷传出打骂声，人们交头接耳，说次旺的女儿央吉剪了头发要去当尼姑。

所有人都聚到了次旺家的帐篷外，见次旺站在帐篷外大骂女儿，次旺的女人在里面嘤嘤地哭，央吉则坐在榻上，头发剪得乱七八糟。次旺，曾经是草原上炙手可热的人物，转眼间，权力没了，敬畏也就随之而去。在牧人的眼中，没有权力的次旺，不会打猎也不会放牧，远不如一个"走资派"可爱。

达娃，那个曾经在自己身下，只为让自己饶过她男人一命的女人，如今也来看笑话了。他恨恨地盯了那张脸一眼，对方竟然笑脸相迎。他受不了那笑，那上弯的嘴角，那鄙夷的目光，无一不是在用钝刀子割他的心。次旺猛然抄起身边拾粪的夹子冲进帐篷，冲女儿的头上就是一下，鲜血顿时顺着央吉的额角流了下来。

女人哭喊着扑了过去。

外面的人群开始骚动，有两个男人走出人群，钻进帐篷，把次旺拉了出来。

达娃看着垂头丧气的次旺，冷笑一声，转身而去。

这次事情的起因是央吉怀孕了，孩子是石达的。

未婚先孕在草原不是什么丢人的事。草原的夜是寂寞的，寂寞的男人女人总要找点事做，“钻帐篷”也就成了夜色下最普遍的娱乐方式。当然，这种娱乐有时也是有后果的，那就是女方怀孕了。既然大家都认可夜色下的行为只是一种游戏，当然就得遵守游戏规则，有了后果共同担当。姑娘生下孩子自己抚养，男人适当给些牦牛绵羊作为补偿。

这是约定俗成的规矩，祖先是这么处理的，现在的草原人依旧这么处理。

次旺找了族长和队长单增，请他们出面，把石达的父母请了来，就央吉肚里的娃娃商量赔偿的事。对方答应给两头牦牛十只绵羊。约定俗成的方法，前后不到一刻钟，就决定了央吉腹里孩子的命运，当事人甚至连面都没照一下。

草原人自有自己的道德标准。首先是生命要得到尊重，不管这个生命来自谁的血缘，他既然来了，就是草原的一分子，是牧人的后代，理所当然地享受牧人后代的待遇：有羊有牦牛。知道父亲或是不知道父亲都没关系，有母亲就行了，母亲的脊背才是孩子成长的摇篮。你看那草原上跑过的动物，哪一个生命是由父亲抚养的呢？

央吉出嫁的事暂时往后推，至少得等到孩子出生后。如果愿意，央吉可以把孩子带着出嫁，对方不会嫌弃孩子。当然，她也可以把孩子留在娘家由父母抚养。草原上的生命，只要有肉吃有水喝，见风就长，要不了几年，就可满地跑着去放牛了。劳动力是支撑帐篷最稳固的杆子。

央吉不愿嫁人，引发了父亲的不满，才有了这一场父女间的冲突。

随着央吉的肚子一天天大了起来，石达也一天天悲伤。

他是矛盾的，心里想着措姆，身子总不由自主地靠近央吉。今天的结果，虽说早有预料，一旦真的面对，他还是有些不知所措。每次看到央吉，石达要么绕着走，要么悄悄避开。他怕看见央吉幽怨的目光。那目光让人心碎。

当游戏成真，娱乐有爱的时候，任何一个当事人，再想放开就难了。

“我哪点不好了？你就是不要我？”央吉在帐篷边再一次堵住又要开溜的石达，幽幽地问他。

“不是……那个……你已经定亲了！”石达看着自己的靴子尖，声音低得直往地下掉。

“只要你愿意，我随时都可以跟阿爸说退亲。”

“不不不，央吉，你别说……呃……如果退亲，你阿爸阿妈会骂死我的。”

“你是因为怕我阿爸阿妈骂吗？石达，你心里想什么我还不知道？你想让措姆当你的女人，可人家是雪山顶上的雪莲花，香巴拉的仙女怎么可能住到你的帐篷里去？”央吉盯着他，语气尖刻。这个男人，直到今时，孩子已在肚里一天天长大，他还是一副随时要逃走的样子。难道他真是草原上的石头吗？自己的身子就暖不了他的心？

这话戳到了石达的痛处，他脸色一变，抬起头看着央吉说：“我们家已经赔你家牛羊了，你还想怎么着？我想要谁当我的女人，那是我自己的事，跟你何干？”说完甩手走了。

央吉气得眼泪啪啪直掉，抽出腰上的乌尔朵，弯腰捡了个石子套上，

“啪”的一声打出去，正中石达的后背。

石达莫名其妙挨了一石子，转身气呼呼地走了过来：“你想干什么？央吉，别以为你有孩子我就不敢打你！”

“打呀，你打呀，我还不想生呢。”央吉扬起脸瞪着他，一副决绝的表情。

“你……”石达看着她的泪脸半晌，还是转身急步走了。

央吉看着他的背影消失在帐篷的拐角，身子一软坐到了沙地上，泪水不受控制地往下掉。她不时用手抹一把泪，一会儿就把自己抹成了个花脸。央吉真的伤心了，无论用什么方法，他就是不为所动。真的不能在一起吗？真的是自己不好吗？直到今日有了孩子，他还是一副“钻帐篷”的样子，水和沙子永远分得那么清楚。

羊养久了都有感情，自己用身子养了他好几年，是个石头也焐热了，为什么他就没一点反应呢？央吉越想越伤心，最后索性放开嗓子哭了起来。

石达其实并没走远，他就在帐篷的背面，央吉的哭声清晰地传进他的耳朵里。想起这几年来央吉对自己的情意，点点滴滴的，就如天上的白云一般纯洁，就如草原上的格桑花一样美丽。自己对她，仅仅是“钻帐篷”吗？那为何听到她的哭声会如此痛苦？娶了她吧？她还怀着孩子呢，那是自己的第一个孩子，如果娶了她，孩子就会叫自己阿爸了。

石达霍地站起来，大踏步转了过去。他要对央吉说，他要娶她，要她成为自己的女人，他要那个孩子叫自己阿爸。可是，帐篷后面空空如也，央吉早走了。

第二天一早央吉的阿妈起来，发现女儿的背筒空空如也，还以为她背水去了，便捅开炉子，把桶里剩余的水倒在壶里放在炉上，水开了也不见央吉回来，她这才感觉有点不对劲，出门到处找了一圈也不见人影，赶紧跑回帐篷，翻了一下放衣服的箱子，发现央吉的衣服都不见了。她赶紧推醒男人，跟他说央吉不见了，次旺怪睁着两眼以为她在说笑话。

“真的不见了，衣服都没有了。你还不起来，去看看马还在不在？”女人着急地说，眼泪也跟着掉下来了。

次旺这才翻身爬了起来，披着袄子出了帐篷，转了一圈回来，一屁股坐在榻上：“马没了！”

女人闻声身子一软，一下坐在干牛粪上。

央吉就这样突然从草原上消失了，家里人找遍了也没一点消息。一个女人还怀着孩子，深夜走在草原上，狼豹横行的，她能去到哪儿呢？

第五天，有人在无人区捡到央吉的头巾，上面沾满了血迹。

那一晚，次旺的帐篷里女人哭了一夜。

那一晚，石达疯了一样，骑着马在草原上乱转。

第四章
如果可以爱下去

爱，

不再是无所顾忌地盼、无所顾忌地守了，

丧亲的疼痛加上世俗的眼光让这段两小无猜的感情迷茫起来。

九

天气渐渐转暖，人和牲畜熬过一个严冬后，都开始伸展筋骨，显出精神来。

一个冬天下来，绵羊身上已披了厚厚一层绒毛。春天，该给它们卸重了，剪去厚厚的羊毛，羊儿们轻装出栏，在青草的滋养下，很快就会圆圆滚滚的。

男人女人都在忙着，要不是羊圈里突然传出达娃的惨叫，这将是个很美好的日子。

达娃，满头满脸的鲜血，摇摇欲坠；白拉呆呆地站在一边，那只惹祸的羊不知跑到哪儿去了。

原来，白拉抱着一只公羊走过达娃身边时，不知怎么的腿突然软了一下，羊就蹦了出去，尖尖的羊角直直地插在正要抬头的达娃额头上，伴随着一声惨叫，血流如注。

次旺当时正在她俩身边，一把扶住就要倒下的达娃，对着吓呆了的白拉大叫："白拉，你也太狠了啊。不就是你男人钻个帐篷吗？你就对她下这么重的毒手啊？”

“不……不是……”白拉看着达娃满脸的血，吓得语无伦次，“我没有……是羊自己……”

“我亲眼看到你把羊扔下来的，还不承认！”次旺说，然后一把抱起达娃挤开人群往外走，在门口碰到单增，狠狠地盯了他一眼，“你女人也实在够狠的，这样对一个没家长的女人，心里过意得去吗？”

单增看着血淋淋的达娃，也傻了一般，见到自己的女人哭着跑出来，抬手就是一巴掌。女人更大声地哭着，向自己的帐篷跑去。

措姆不知道发生了什么事，只是下意识地扯了扯石达，让他赶快去部队请卓医生，然后向阿妈追了过去。

达娃的三个儿子看到血淋淋的母亲，拔刀就朝单增的帐篷冲，所有人都跟了上去。单增的小弟弟多吉操起刀守在自己的帐篷门口。

一些人想劝想拉，但无济于事。三个年轻人就跟三头才长成的牦牛一样，初生的犊子，天不怕地不怕，冲到帐篷门口跟多吉扭在一起。这时单增的二弟也拨开人群加入了战斗。五个男人扭成一团，单增拉开这个，那个又挤了过来，白拉在帐篷里大声哭号着。

不知道是谁捅了谁一刀，地上开始有了血迹，然后有人倒了下去，接着又有人倒了下去。

一会儿又全爬了起来，继续战斗。

这时，老族长旺久在石达的搀扶下，从草地另一边颤颤巍巍地走了过来。

“都给我住手！”老族长身体一向不好，一吹风就咳个不停，此时更甚。

六个男人齐齐住了手，除单增外，其他五个身上都带着伤，却瞪着牛眼，不服气地看着对方。

“都给我滚回去！”旺久努力地站直身子，声音不大却具有很强的威信，人们讪讪地笑着各自散了。

“说吧，你们是不是要杀死一个才算？”旺久干咳着，在措姆搬来的椅子上坐下，看着面前的六个人。

刚才还喊杀喊打的男人在那双并不清澈明亮的眼睛注视下，都一个个低着头看着脚尖无声无息。

“为女人争风吃醋地动开了刀子，很能干啊。我们错鄂草原的汉子有出息，杀人嘛，比杀牦牛容易多了。”老人看着面前的汉子，气得老脸通红。

“格拉（藏语：老师，有学问的人），你别生气了！都是我管教不好，等会儿我一定骂他们。”

“单增，不是我说你，你一个生产队长，自己帐篷的事都管不好，还怎么管队里的事？让女人闹成这样，像什么话？”

“是是是，格拉说得对，我没管好她们。”单增弯着腰应着。

措姆倒了一杯水出来，双手捧着递给旺久：“波拉（藏语：爷爷），你喝水！”

老人接过杯子，喝了一口说：“把你阿妈叫出来！”

措姆应着回了帐篷，拉着哭泣的白拉来到老人面前。

“你男人很多是不是？杀死一个还有两个对不对啊？”

“我……”白拉抽泣着，发丝散乱，不敢抬头。

“一个女人家，一天到晚盯着别人的帐篷，你要脸不要？达娃占了你的帐篷还是占了你的财产啊？你男人没回来吗？去给她支杆子去了吗？下手那么狠，用羊角戳她？”

“我不是……那只羊不知怎么就跳下去了！”白拉抬起头，心虚地瞄了一眼老族长，又赶紧低下头去。

“羊自己跳下去的？白拉，这种话你也说得出来。草原上谁不知道你这头母牦牛野性不改，男人钻钻帐篷你就大动肝火。好呀，有本事你就把男人拴在腰上啊，晚上不让他们出去呀。”

“格拉……我……”白拉只是呜呜地哭着。

“行了，拿点酥油去看看人家，难不成还要你男人和她儿子真来一场血战吗？”老人看着她，又气又伤心，再一次不停地咳了起来。

措姆赶紧过去给他捶背。

“你们三个过来！”老人捂着嘴咳了一阵后，向公扎的三个弟弟招了招手。

三人身上都流着血，但还是老老实实地走到老人面前弯腰站好。

旺久上下打量着他们，然后说：“好啊，都长大了，懂得为阿妈报仇了？你们阿爸去世早，公扎又在外面当兵，要不是你单增叔，你们几个早喂狼了吧？长大了，为这点女人间的小事，你们就提刀对着你单增叔的帐篷了？心都被狼吃了啊！”

男孩子们你看我我看你，最后还是老二公赞走到单增面前，一弯腰说：“对不起，单增叔叔！”还没等单增回过神来，他就回身踢了两个弟弟一脚，“走”，三人飞快地穿过草地回去了。

草原上的距离不能用公里计算，而是用马程来算的，马走几个小时谁都知道有多远，如果说有几公里，所有人都只能翻白眼。卓麦所处的边防连队离错鄂草原骑马最少也要走四个小时，来去就是一天的事了。

卓麦是第二天中午来的。

“怎么样？卓医生，会不会留下疤？”次旺凑上前来，热心地问。

“这么大的伤口，肯定会留下疤了！”卓麦头也不回地说。

“很……难看吗？”次旺深吸了一口气，后退一步说。

“反正不会像以前了！”卓麦拿出针药，对达娃说，“我得给你打点麻药，伤口太大，要缝几针才能长得好！”

达娃点了点头，苦笑着说：“谢谢你，卓医生。难看就难看吧，这张脸从来就没让我过个好日子，毁了反倒省事了。”

“你说什么呢？这么漂亮的一张脸，怎么说毁了就毁了？”次旺跳着脚说，“不行，我得找单增去。”

“找他干什么，还嫌他女人闹得不厉害啊？你回去吧，次旺，我儿子们都在，他们会照顾我的。昨天的事多谢你了！”

“那……好吧！”次旺磨蹭着向门口走去，到门口处回头看了达娃一眼，“有什么事让公赞叫我去！”

达娃闭着眼向他挥了挥手，次旺这才掀起门帘走了出去。

次旺出了达娃的帐篷，哼着小曲儿向自己的帐篷走去。一进家门就喊着女人倒茶，还得意地吹起了口哨。

“这回你满意了？终于讨得了她的欢心了？”次旺女人把木茶碗“啪”的一下放在男人面前，“我就不明白了，白拉抱得好好的羊，怎么会一下冲了出去？”

“嘿嘿嘿……”次旺冷笑着，并不言语。

“白拉平时虽说泼辣，但不至于狠到要去伤害达娃，真是奇怪了！”

“那是佛祖对她的惩罚！”次旺冷冷地笑了。

“佛祖为什么要惩罚她？这草原上，哪个女人才有一个男人的？佛祖连这帐篷里的私事也管，还不累死啊？我看不是佛祖在惩罚她，而是你在惩罚她吧？就因为她看上单增一直看不上你？”

“你胡说什么？”次旺一拍桌子站了起来，抬手就是一巴掌，打得女人身子一晃，“你真是疯了！”

女人一屁股坐到地上，冷冷地笑。“我看到白拉被人推了一把，她站不住，那羊才甩了出去。不是我疯了，是你疯了才是！”女人抹了一把嘴角的血迹，血红的眼睛死死盯着男人。

自从女儿央吉逃离草原，女人把所有的过错都归到了男人身上。作为母亲，她无时无刻不在想着孩子，在茫茫的大荒原上，女儿是遇到狼了还是遇到熊了？男人却不担心，男人的眼睛只盯着另一个女人，转着心思要把那个女人身边的男人赶走，转着心思要把那个女人搂入怀中。当她在羊圈的另一个角落看着自己的男人装作无意地撞了一下白拉抱着的羊时，她心里是悲凉的，这样的龌龊事让她看后心里冷得就像大冬天头上顶了一块千年寒冰。

男人喜欢达娃，她并不怪他，他用自己的权势胁迫达娃，她也能理解。那毕竟没有伤害，女人的身体嘛，本来就是男人的，就是孩子的。女人用自己的身体让草原的夜变得多姿多彩，女人用抽干自己的方式让草原的孩子一茬茬成长。

“你会遭到报应的！”女人坐在地上，头发凌乱，脸上的皱纹在这几天深了很多。她恨恨地看着哼着小曲儿摸出一瓶白酒往嘴里灌的男人，除了无尽的哀伤，她还能做什么呢？

伤好后，达娃把从卓医生那儿要来的风湿止疼膏剪成指甲盖大小的圆形、方形、三角形，小心翼翼地贴在脸上。这样的装扮据说在城里很流行，草原上还没有。是单增有一次从县上回来告诉她的，于是她找卓医生说自己腿痛要了一块，一直舍不得用。当太阳晒得草地暖暖的时候，达娃出了帐篷，穿上单增上次送她的真丝衬衣，故意把柔软的领子露在羊袍外。她重新梳了头，把长发用酥油抿得光滑明亮，再请次旺女人帮着编了小辫，头上缀了松石，然后放进镶了黄玉的辫套里，牵了马，大摇大摆地走到了单增的帐篷前，大声叫着：“单增，单增拉，你出来！”

白拉出来，看到神清气爽的达娃，脸色一变，转身气冲冲地回了帐篷。单增笑着走了过来：“伤完全好了吗？牵着马，你这是要去哪儿呀？”

“想到乡上给公扎寄封信，听说无人区那一带最近老闹熊，你能不能陪我去？”达娃笑着，一如往日的春风满面。

“好，你等我一下！”单增说，然后回帐篷背上叉子枪出来，在帐篷边牵了马。

两人并排向前走去，一段距离后同时翻身上马。达娃知道白拉在看她。

注意他们的还有一双眼睛，那是次旺的。

次旺的女人也立在帐篷边，看着两匹马消失在草原深处，冷笑着说："有人真是白费了心思啊！"次旺飞起一脚踹在女人的腰上，女人当即摔倒在地。

"你踢吧，你踢死我也达不到目的，人家压根儿就不喜欢你。"女人说着，自己爬了起来。

达娃这几天老感觉不对，半夜出去撒尿总觉着有人在盯着自己，转身时却发现什么都没有。怎么回事？今晚她再一次飞快地回头却什么都没看到，她心里直嘀咕。是自己多疑吗？还是真的有人在看自己？

那天，帐篷点的人都去牧场了，单增特意照顾她，说她伤后体力还没恢复，安排她在家照看几只生病的小羊羔。

达娃给小羊羔们喝了茶水，关好圈门，把獒拴在门口，这才回到自己的帐篷。她找出铲子，一边哼着牧歌一边开始打扫自家的羊圈。突然头上被一张黑布盖住，脑后被什么东西砸了一下，然后就什么都不知道了。

晚上大家收工回来，发现达娃披头散发赤身裸体在帐篷点里乱窜。

公赞吓傻了，他赶紧脱下皮袄一把包住阿妈，抱起她往回走。达娃两条腿露在外面不住地挣扎，嘴里胡乱叫着："单增，你来吧，你来钻我的帐篷吧，不用你打狗，我把狗牵开。嘿嘿嘿……你把我的獒打晕了，我不要你了。你个死鬼，就自己走了，再也不管我，这么多孩子我怎么养活……"

一个好好的人，怎么能说疯就疯了呢？

公扎接到电报的那天，已经是十天后的事了，他拿着电报就往连长的办公室跑，直接推门闯了进去。

"他妈的公扎，你到部队快八年了，还没学会敲门吗？"过去的连长，现在是团长了，正跟新任的连长看地图，抬头见是他，立即笑着大骂。

"对不起啊，团长，又忘了！"公扎嘿嘿地笑着，重新回到门口，两脚一并大吼一声“报告”，把正倒茶的勤务兵吓得手一抖，茶杯“啪”的一声掉在地上摔了个粉碎。

“他妈的公扎，你不喊报告把人吓半死，一喊报告彻底把人吓死。”团长用笔指着他，哭笑不得，招手让他进去，“进来吧进来吧，又要干什么？”

“团长，嘿嘿……”公扎大步进来，挠着脑袋不好意思地笑。

“拿来拿来，他妈的是不是又要去打猎？”公扎因为枪法好，又是本地人，团部、师部的领导们外出时总喜欢带着他，一去好几天是常事。

“不是，团长，不是团长打猎……”

“当然不是我打猎了。他妈的公扎，看你这普通话学的，什么水平嘛！”团长接过他手上的纸条，“哦，你阿妈病了？要请假探亲？”

“是的，团长。我没有阿爸，只有一个阿妈，她病了我很心担！”

“是担心，不是心担。”团长笑骂，把假条递给连长，“没有阿爸，你怎么来的？话都不会说。”

连长在假条上签上字递给公扎：“滚吧！”

公扎不好意思地笑着，接过条子，两脚一并敬了个礼转身飞快出了办公室，嘴里还不停地念着“担心、担心、担心”……

屋里，团长和勤务兵直接笑翻。

公扎一路念着“担心”回到宿舍。

“老班长，怎么样？批了吗？”公扎当了五年的班长，新来的战士都叫他老班长。原本早就该退伍的，但因为团长喜欢他，说等地方上有工作安排的时候再让他退伍，公扎也就一直留在部队里。

今年终于有指示下来，明年退伍的老兵要安排工作，公扎也就有了回家的希望。

“批了批了，两个月！”公扎得意地笑，这一笑，又把“担心”给忘了，赶紧问边上的人，“我刚才回来时在念什么？”

“担心，你一直在说担心。老班长，你担心什么？”

“对对对，是担心，我担心阿妈的病。”公扎拍了一下脑袋，开始收拾东西。

隔壁的战友听说公扎要回去探亲，都拿着老家的特产过来，纷纷塞入他的背包里。团长的勤务兵也来了，递给公扎一包水果糖，说是团长给他阿妈的。

“公扎，团长挺喜欢你啊！”

“我老实嘛，哪儿像你们到处钻姑娘的帐篷，麻烦给团长惹。”公扎一边装东西，一边用公扎式的普通话跟人说笑。

“还不是你带我们去的？惹祸了你跑得比狐狸还快！”

“我只是你们的翻译，藏话现在也说不行。哪儿像我，汉话学得……”

“心担！”几个战士齐声说，笑成一团。

“好了，我要走了，各位兄弟，回来给你们吃风干肉我们草原的，比这儿的酥多了。”公扎说，然后背起背包向外走，十几个战士拥着他送到了大门口。

阳光明媚，天空一尘不染，错鄂湖清波荡漾，风儿暖暖地吹着，人和动物懒洋洋的，远处的牦牛和近处的羚羊都极安静，吃草或是卧着，享受着丽日的轻抚。

公扎风尘仆仆赶到家，听完事情经过，下意识地以为阿妈的疯跟白拉有关，立时把手搭到刀把上就往草地上冲。

“哥，妈又闹了！”公赞赶紧出来，冲公扎喊了一声。

公扎猛然收住脚，转身大步回去，见达娃披头散发地正要从榻上爬起来，小妹拉着她的衣服正在哭泣。

“怎么啦，阿妈？”他走过去，按住达娃的肩不让她乱动，然后坐在她身边，“阿妈，认识我吗？”

“嘿嘿，你去哪顶帐篷了，这么久才回来？”达娃看着公扎，吃吃地傻笑。

“哥，她发病的时候谁都不认识。”

公扎把老枪取下来拎在手上掂了掂，经久不用了，手感竟有些陌生。他把枪背在身后，穿了皮袄，把装火药的小皮袋子拴在腰带上，牵了马，从帐篷后面绕出去。记得老活佛扎多曾经跟他讲过，在察那罗雪山上有一种红色的草药，能镇静安眠。

出了帐篷点，正要上马，看到白拉迎面走来。想起母亲额头的伤和疯，公扎的脸蓦地垮了下来。

白拉看见公扎，两眼一翻，往地上“呸”了一声，骂了句“白弱”，意思是“父亲是尸体”。

父亲早逝本就是公扎心底最深的隐痛，再好脾气的人恐怕也无法忍受，何况公扎本就不是一个好脾气的男人。他把刚踏上马鞍的脚收了回来，转身狠狠地盯着白拉，脸上的肌肉不受控制地颤抖着。

“白弱！”白拉走到他身边，在错身时再次骂了一句。

公扎想都没想一耳光就挥了过去，打得白拉转了几个圈才倒在地上。

“我告诉你，今后见到我绕远点儿，否则别怪我不认你这个长辈。”公扎看着她，冷冷地丢下这么一句话，然后翻身上马鞭子一挥，消失在了草原上。

随着白拉的哭喊，帐篷里的人都拥了出来，齐声问她出了什么事。

“达娃那野母驴养的儿子，居然敢打我！”白拉拍着地，沙子乱飞，“单增，这就是你找的女人，把人家的儿子养大了来打自己的女人，你有本事啊。”

“阿妈，公赞怎么会打你呢，”措姆挤进人群，扶起阿妈，“他不是在帐篷里照顾他阿妈吗？”

“什么公赞啊，是公扎那头牦牛。我跟你说，今后你要是再见他，别怪阿妈不认你这个女儿。”白拉抹了一把泪，脸变得黑一道黄一道的。

“公扎回来了吗？”

措姆的眼睛亮了起来。

“我跟你说过，今后不许再去见他。”白拉一手扶着腰，“不行了，我的腰。那死牦牛，白弱……”

“阿妈，别骂了！”措姆说，然后扶着白拉向自己家的帐篷走去，快进帐篷时碰到两个叔叔放牧回来。

“你阿妈这是怎么了？”二叔尼多问。

措姆正要说话，白拉抢着说：“还不是你哥找的那个女人，指使她儿子把我打了，这腰都直不起来了，还有这脸，你们自己看吧。”白拉把红肿的右脸对着他们，泪眼婆娑，“我家三个男人啊，都成吃草的了啊，自己的女人被一头野牦牛打了还只能看着！”

这话无疑具有很强的煽动性。生活在荒原上的男人，你可以说他笨，你也可以说他不能干，但不能说他跟吃草的牲畜一样。血性，是一个男人生存的基本原则，如果连这点都没有，那会让自己的女人瞧不起的。一个连自己女人都瞧不起的男人，在草原上是没有立足之地的。

“走！”尼多向身边的小弟一抬下巴，提起帐篷边的一根棍子就走。

兄弟俩不理措姆的呼喊，怒气冲天地冲进了公扎家的帐篷。公赞和弟弟妹妹正在安抚达娃，见势不对，下意识地操起了旁边的刀。

尼多兄弟俩看都不看公赞，提棍就是一顿乱砸。随着一阵“乒乒乓乓”响，瓷盆、碗被砸得乱飞，衣服、被子扔了一地。

公赞和两个弟弟也不甘示弱，提着家伙跟他们对干了起来。

公扎的小妹妹拉姆吓坏了，只知道护着阿妈达娃躲在角落里嘤嘤地哭。

等单增和措姆赶来时，尼多腰上已经挨了一刀，捂着伤口倒在地上，鲜血浸湿了皮袍。公赞的头上也挨了一棍子，血顺着额头往下淌着。

“别打了，别打了……”措姆赶紧扶起二叔，看着二叔的脸越来越白，身子软得根本站不起来时，吓得大叫，“阿爸，二叔不行了……”

她这一喊，其他人都停了下来，呆呆地看着尼多。

“还不来帮我！”措姆冲小叔叔哭喊。

单增过去和三弟一起，连拖带抱地把尼多弄了出来，背回了帐篷。才放在榻上，卓麦就提着药箱拉着儿子一航飞快跑了进来，他试了试尼多的鼻息，又翻起眼皮看了看，摇头叹息。

“他死了！”

措姆一下子坐在地上，脸色惨白欲哭无泪。单增也险些站立不稳，伸手扶住了柜子，三弟则傻傻地站在一边，白拉两眼一翻晕了过去。

卓麦赶紧掐住白拉的人中，示意一航倒杯水来。

白拉醒来后，看着尼多血淋淋的尸体，放声大哭。

“单增大哥，事情已经这样了，伤心也没用，还是赶紧处理后事吧。”卓麦说，同情地看着单增。

“二哥不能就这么死了。大哥，你说吧，咱们怎么办？”老三闷声闷气地说，眼里冒着火光，定定地看着单增。

单增能说什么？能说不报仇吗？兄弟死了，尸体就摆在眼前，他是家长，然而又怎样？去把她的儿子杀死一个？以命还命以血还血？想想她现在的样子，疯疯癫癫，连自己都认不出了，怎么忍心再让她帐篷里添上血灾啊？

“哥，我知道你喜欢那个女人，可现在她儿子杀了我们的兄弟啊。一个女人，再怎么喜欢，难道比兄弟还重要吗？”老三看着他，脸因为愤怒而变得有些扭曲。

看着尼多血淋淋地躺在那里再不能说话，单增的心也如老鹰在抓，血一下子冲上了脑门。

“好，给你二哥报仇。”单增看着老三，终于一咬牙，从牙缝里挤出这么句话来，抬脚就要往外走。

“不要啊，阿爸，三叔，不要再杀人了，二叔已经不在了，流再多的血他也回不来了啊！”措姆一把抱住父亲的腿，泪如雨下。

“你二叔总不能白死了吧？血债是要用血来偿还的。那个女人，枉你阿爸对她那么好，养大了她的儿子。这回好了，自己养大的豹子把自己咬了！”白拉厉声说，眼里因为仇恨而充满血丝，“放开你阿爸，别让草原上的人都瞧不起他。”

单增听女人这么说，又要挣扎着往外走。

“等等，你们听我说句话好吗？”卓麦看着大家，声音不大，却很有威慑力，“我说完了之后，你们要去杀人也好，要去烧帐篷也好，都随你们便！”

单增看看兄弟和女人，沉默下来。

“现在跟过去不一样了，过去你们这儿叫鬼地，外界传言这里到处是恶鬼，进来了就出不去，所以没有人愿到这里来，你们也不愿出去。有了矛盾都是自己解决，今天你家杀了别人，明天别家又来杀了你，没完没了地打斗。现在时代不同了，解放了，你们不再是谁的奴隶，不用再逃来逃去。法律面前人人平等，杀人偿命、欠债还钱，命没有高低贵贱之分的，咱们不能还像过去那样抱着老观念不放，动不动就血债血偿。我建议你们立刻去乡上报案，由政府处理这事。单增大哥，你是队长，也是草原上叫得响的汉子，如果你能带头改变草原上这种报仇方式，后代人都会感激你的。”

“卓医生说得对。我们草原上历来就是你杀了我家的人，我再杀你家的人，年年都有流血牺牲，祖祖辈辈没完没了。”这时老族长驼着背在石达和另一个年轻人的搀扶下掀帘进来，单增赶紧起来让他坐下。“人家说我们什么？‘阿不火’，意思是不讲道理、又脏又乱的藏北人，为什么我们自己不能克制一下？出了事为什么不能让政府帮我们处理呢？流血对哪顶帐篷都没好处。”

“老族长，我……”单增看着老人的脸，捧着脑袋蹲到地上，眼里渐渐蓄起泪水。

“单增，你爷爷死于仇杀，你父亲也死于仇杀，现在你兄弟又去了，难道还要赔上措姆的命才罢休吗？”老族长拍着单增的肩，认真地说。

老族长一席话说得单增和三弟抱着脑袋号啕大哭。

因为卓麦和老族长出面，单增同意第二天去公社报案。

第二天早上有人说，达娃家的老四已经带着被子去乡上自首了。

公扎此时正一个人爬在察那罗的半山腰上，在石头缝里仔细寻找着，身边不时有碎石滚落。察那罗山五千米以上的部分常年积雪，加上山顶天天都有新雪累积，一个极小的动作都可能引发雪崩。公扎不敢移动太快，呼吸尽量轻缓，怕声音引起空气震动，雪崩下来就完了。

察那罗山东面临湖，南北两边各有一条峡谷，西边就是一望无际的错鄂草原。这样的地势，是野牦牛、野狼和熊出没的理想天堂。加上狼神的传说，这儿仿佛成了禁地，牧人们不愿意到这里来，胆子大的老猎人偶尔会扛着枪，三两人结伴来此走一遭，也是匆匆而回。

公扎父亲在世时倒是常常来此打猎，也带他来过。扎多在世时也常来此山采药，听他说过山上的情况。他说第一层山后有条雪谷，那是熊的天堂。快到山顶的平台上有块大青石，上面有格萨尔王用来拴狼神用的神链，神链边上就是通向香巴拉的大门。

他看着那云雾缭绕的雪山顶，想起措姆讲的那个故事。“察那罗原本是有心脏的，还能跳动，后来不知怎么了，心脏没有了，只剩胸腔！”那个平台，会不会就是察那罗的胸腔呢？公扎这么想着，往山顶上望了望。他想抽个时间上去看看那个神奇的平台、天赐的铁链，还有那个关于狼神的传说。

今夜是不行了，公扎抬头看了看天空，月亮已经走到了山顶，阿妈还等着他呢。公扎看了看背包里的草药，踩着积雪小心翼翼往下滑去。在转过一块大石后，赫然见到喀果正立在旁边的石头上，厚厚的毛在夜风的轻拂下微微颤动，一双小眼睛在月光下明亮而清晰，正静静地看着他。公扎怔了一下，下意识地想摸枪，却慢慢放下了手，一人一熊就这么在月色下的雪山上静静地对峙着，山野寂静极了，人和熊的呼吸都清晰可闻。

没过多久，喀果跳下石头，几个纵身向山上奔去，一会儿消失不见了。

公扎看着喀果消失的方向出了一会儿神，想起扎多让他找到喀果，说只有喀果才能带领他找到佛祖，让佛祖的光辉重新照亮草原。这是扎多的愿望，也成了公扎的心病。喀果是一只熊，它能做什么呢？佛祖跟一只熊会有什么关系？公扎不明白。想起自己幼时埋下的那尊黑佛，还有那本似经非经的书，也许应该抽个时间去把那些东西换个地方了。公扎这么想着，滑下山来，找到自己的马，翻身而上，一挥马鞭，向草原飞驰而去。

公扎天亮前回到帐篷，家里已乱成一团，锅碗盆被子到处扔着，唯一的一个小木柜也被砸成了木块，三个弟弟正在收拾，母亲睡着了，妹妹看到他，哇哇哭着扑进他怀里。

“怎么回事？”

公赞把事情的经过说了一下。

公扎的脸立刻就阴了下来，他把药放在帘边，跟两个弟弟一起收拾起来。一大早，公扎就让捅了尼多的四弟去乡上自首了。

因为对方主动投案，单增家里的怨气也少了很多。政府出面，无论结果如何，至少保证了两家今后不会再有流血事件发生。尼多的后事在老族长的主持下，叫了公扎和单增，在卓麦住的帐篷里商量。

“事情已经发生了，你俩都是各自帐篷的当家人，今天找你们来，是想商量一下死者的后事。”老族长咳嗽着，喝了点水抬起头说。

“这事是我们不对。需要多少钱，我们愿意出。”公扎看着单增鬓边生出的白发，心里有愧。记忆中的单增是多么坚强豪迈的汉子，怎么一夜之间他就像萎缩了一样，弯着腰，皮袍松松垮垮地缠在腰上，长发没有梳理，凌乱地盘在头上。

公扎从懂事起就看见他在自家的帐篷出入，在那些食不果腹的岁月里，单增就算自己饿着肚子也要保证他们帐篷的食物，如父亲一般看顾着他和弟弟妹妹。终于，自己长大可以当起帐篷的一根杆时，又毅然把他送入部队。在公扎心里，单增如自己的父亲一样，他总想着有一天回到草原，跟措姆结婚，好好照顾他的晚年，谁想到如今却这样。

“三百吧，他家也不容易。”单增看了公扎一眼，又飞快低了头。面前这个人，曾经如自己的孩子一样疼着爱着宠着，曾几何时，还要自己带着打猎、带着放牧，怎么转眼间就长大了，还成了自己的仇人？

命运，真是无法捉摸无法看透吗？

“你怎么说，公扎？”

“行。”公扎说。他从身上掏出一大沓十元的钞票递给老族长，那是他几个月的工资，除了给过四弟两百外，还有一千多。

老族长接过钞票，递给单增。

“不用这么多，他阿妈看病还需要钱。”单增说，随便抽出一部分放进怀里，其他的递回给老族长。

“不用了。”公扎闷声说，推回了老族长递回的钱。

“唉……”老族长叹了一口气，示意卓麦把钱放进单增怀里，“拿着吧，这也是他的一点心意。”

卓麦拿着钱，放进单增的袍里。单增则低了头，虎目里泪光隐隐。

公扎看着单增，很想说声对不起，好强的性子却让他开不了口。他站起来向老族长一弯腰，转身掀帘走了出去，却见措姆站在阳光下幽幽地看着他，双脚顿时僵在了原地。

单增也走了出来，看到女儿，低低地说了声：“走吧！”

措姆机械地跟在阿爸身后，一步三回头。

“你要给她时间，也要给她家人时间！”卓麦走到公扎身边，有了仇恨的两顶帐篷，还能让他们走到一起吗？

草原上起风了，呼呼地，打着转地号叫着。多变的草原总是这样，风雨说来就来，说走就走。

五天后县上来人把公扎的弟弟带走了，走的那天早上，帐篷点所有人都出来看热闹。毕竟这是第一起由政府出面处理的血仇，破了错鄂草原仇杀处理的先河。

然而，这件事情却让措姆和公扎这一对青梅竹马的恋人止住了前进的脚步。爱，不再是无所顾忌地盼、无所顾忌地守了，丧亲的疼痛加上世俗的眼光让这段两小无猜的感情迷茫起来。

爱唱爱笑的措姆如草原夏天的草一样，一夜之间就变了模样，变得沉默寡言，晚上也不再参加年轻人的活动，锅庄的圆圈拉得再大、歌声再高昂她也看都不看一眼。她只是不停地找事做，扫羊圈、背水、洗衣服……实在没事干了就坐在草地上，看着远处的雪山出神。

深夜，那顶备受关注的白色帐篷里常常彻夜亮灯。

措姆身子日渐一日地消瘦着，曾经多美多爽朗的一个姑娘啊，转眼间那眼底深深的悲哀似乎跟察那罗的积雪一样，看不到融化的时候。

公扎也沉默着，就像草原边上的大山，昂然屹立永无变化。措姆的身体日渐单薄羸弱，那深深的沉默和悲哀让他心疼得无以复加。那天如果再忍一忍，不对她阿妈动手，就没有后来发生的事情了。她的叔叔还活着，自己的弟弟也不会蹲在牢里，自己和她，还会时不时躲开别人的目光，在大草原的一隅，说着温馨而迷醉的情话。

每天，他总用目光悄悄地追随着措姆，看她孤独地从草地上走过，心便如草原狂风下的干草一样，抽搐着却又无可奈何。

因为有了草药，达娃的情绪平稳了很多，大多数时间都安安静静地坐在帐篷里，不说也不动。公扎无法抑制对措姆的思念，想她的时候就去野外空旷之地狂吼几声，或是扛着老枪出去，打狼打狐狸或是什么都不打，只是到荒原上跑跑，直到筋疲力尽。

十

血流了，泪流了，生活还得继续。

公扎趁着月色去了错鄂寺的后山。

山上长满扎人的灌木，已经弥漫了上山的小路。公扎拿着一根铁丝爬到山顶上，看了看山下，草原沉睡着，只有那顶小白帐篷还亮着灯。她总是睡得很晚，灯光有时彻夜不灭。每次看着那黄黄的灯光久久不熄，公扎都觉得酥油灯在灼着自己的心脏。

今夜，她是不是又要彻夜不眠了？这个女人，不知道自己有多担心吗？不知道自己会心疼吗？

公扎强迫自己收回目光，深吸了一口气走向另一边的山崖，大青石依然屹立。公扎看了看石缝，当年幼小的自己时常在这里躲风避雨，现在那个石缝他是挤不进去了。他把手上的铁丝弯了弯，形成一个钩子，从石缝里伸进去，凭着感觉小心地掏着。

当铁丝那头传来钩住东西的沉重感时，他的心猛跳起来，佛祖保佑，幸好还在。他抑制住兴奋，稳住手臂，小心地一点一点地往外移动。终于把东西拉到了外面，就着月光看清是那本书。他一把抓起飞快地翻着，发现除了沾上些干沙以外，里外都好好的。他小心放入怀里，再捡起铁丝伸进去掏着，能感觉到东西，就是拉不出来。公扎收回铁丝重新弯了一下再伸进去，这次顺利多了，很快就把那个佛像钩了出来，他用袖子上的羊毛抹掉沙子，月光下黑得发亮的佛像光洁如新。

公扎坐在地上，背靠着大青石，就着月光仔细打量。佛像沉甸甸的，是什么材质做的公扎说不上来，反正不是黄金白银也不是铜的铁的。记得幼时，罗布顿珠为了得到这尊佛像，常常把扎多活佛弄去批斗，还把他的腿打断了。它很值钱吗？甚至为了它而不惜毁掉一座寺庙？公扎翻过来倒过去地看着。突然，他感觉佛像的背后像有什么凸起的线条，翻过来对着月光一看，原本应该光滑的背部居然有一个小小的“¤”形图案。这是什么图？公扎惊奇地看着。佛教里有这个佛号吗？没见过啊。他抬起头，脑海里电光石火一般闪过一幅画面：穿着破旧僧衣的扎多坐在湖边的沙地上，看着湖对岸的察那罗雪山出神，然后用手指在沙地上画出“¤”形图案，见到有人来，迅速抹平，装出一副疯癫的样子对人傻笑。

佛像身上为什么会有这个图？代表着什么意思？公扎眯着眼打量着佛像，想了半天却一点头绪都没有。他把佛像揣进皮袍里，起身拍了拍身上的沙子，重新回到山头上，看着下面黑压压的寺庙，突然生出想去那里看看的念头。

踩着碎石，穿过灌木下去，院墙边的木门还在。轻轻一推，门发出“吱呀”的声音，吓得院里的两只野猫一下蹿出好远。

公扎进了院子，偌大的建筑群现在空荡荡的。这里曾经作为红卫兵们活动的场地，后来又作为大队的仓库存放干肉，再后来什么都不是了，老鼠、兔子、野猫把这儿当成了窝。

公扎摁亮手电，在空空的房间里走着，一些佛殿的壁画还在，颜色仍如从前一样亮丽。到了正面的大堂，昔日高高在上的菩萨没有了，“文革”时被疯狂的人们抬出去扔进了湖里，或是砸烂派了别的用场，只有那台子还在，几只老鼠飞快窜过。四根大柱仍然稳稳地支撑着，当然，披金裹银的威仪不在了，佛家高高在上的气派在这场史无前例的运动中消失得干干净净。原本光可鉴人的地面蒙了厚厚一层灰，香雾弥漫的佛殿里如今只散发出一股刺鼻的霉味。

退去神性、没有信徒的寺庙还原成了屋子，而且是破败的屋子，远远不如一顶黑帐篷来得温暖，来得安全。

公扎掏出药师佛放在台上，退后两步看着它，淡淡的月光下，那尊高如孩儿手臂的佛像发出莹莹的光泽。他在想要不要磕个长头，想了一会儿终究没有磕下去，不是他不想磕，而是觉得此时磕下去不太妥当。在部队待了几年的公扎，对世间是否真有佛祖已经持怀疑态度，既然怀疑，再磕头就没意义了。他看了一会儿，收起佛像重新揣入怀里，转身向外走去。

顺着山边的小路下到草地上，荒草没及脚背。在进帐篷点时，想也没想脚就自动转弯，往那顶白色的小帐篷走去，在距离十米远的地方停下，那头大獒卧在地上，警惕地盯着他，嘴里发出威胁的“呜呜”声。

星星已经变得稀疏，月儿也走过了山顶，她为什么还不熄灯？莫非又要一晚不睡吗？已经熬了好几个晚上了，再好的身体也经不住这样夜夜不眠啊。

公扎有一种冲动，他想把那头大獒一脚踢开，想掀开帘子进去，想对她说对不起，想告诉她自己天天都在想她，想搂她入怀伴她入眠……

良久，公扎叹了口气，最终还是绕过小帐篷向西头走去，孤寂的身影在草地上拉得好长。

对不起，措姆，我们不能这样下去，我太想你了，我要娶你，我只要娶你。公扎在心里不断地跟措姆道歉。

就在公扎落寞远去时，身后的小帐篷慢慢掀开一条缝隙，露出措姆苍白的脸和泪光盈盈的眼睛，目送他远去。

团里办了个小学，请了教员，暂时解决守边官兵孩子的上学问题。卓麦把儿子一航送进学校后，抽了个时间再次来到草原。明年他就要退伍回去了，他想找到《四部医典》的笔记，完成老人的心愿。

他去找过公扎一次，公扎见到他不冷不热的，还没等他开口说出来意，他就拿出枪牵了马走了。

无奈之下，他去找了石达，让石达陪他去找喀果。

“找喀果？你要找喀果？闯察那罗雪山？”石达坐在草地上，眼睛瞪得像牦牛眼一样大，仿佛抱着吉他的卓麦在说什么笑话。卓麦只要来草原，都会带着吉他，吉他和药箱成了他形影不离的两件东西。

“是啊，怎么？”卓麦正在调弦，闻声抬头看他。

“这个季节是雪崩最多的时候，你不知道啊？前几天还发生了一次，埋了湖对岸上山打猎的两个人！”

“我们小心点就不会了。再说，才发生了雪崩，这几天应该是安全的。”

“卓大哥，你还是不要去的好，真的。再说采草药不一定非去察那罗，其他地方也有啊。那个喀果可不是好惹的，它伤了好几个猎人了，我可不敢去。”

“谢谢你，我自己会把握的。”卓麦说，拿起吉他，拨了几下弦，看着远处的雪山唱了起来，忧伤的歌声在草原上回荡着：

我今天要去远方
离别时你说请不要把我遗忘
我们的誓言高高挂在天上
那些白云，那些星星，那个月亮
看着我们约定今生约定来世相约永不忘
美丽的牧羊姑娘爱了你无论日月怎么变迁我都把你放在心上
美丽的牧羊姑娘你的笑声挥洒在蓝天下留在了我的心房
给我一顶帐篷哟，想牵你的手共度一生不再心伤

给我一片天地哟，想伴你的爱漫舞天涯不再彷徨

牧羊姑娘，可爱的牧羊姑娘

何时才能回到我身旁，何时我们才能一路花香

不再分离是不是我的奢望

今生的爱是不是已经散场

爱了你难道就只能绝望

没有你的日子天天是情殇

随着丝弦叮咚响起，卓麦整个人都沉浸在悲伤中。亲爱的牧羊姑娘，你还好吗？离别经年了，你的笑容是否依旧？是否记得当年那个一起捡蘑菇、一起唱歌的汉族小医生？

石达也看着远处，眼前闪过央吉怨恨的双眼。她，是带着恨意离开的，走得那么快那么决绝，连一丝后悔的机会都不给他。

而草地的另一边，身着小羊羔皮袍的措姆在帐篷前，两手握着打酥油筒的杆子，眼泪顺着脸颊往下淌。他们的爱情，随着二叔的灵魂一起远去了，今生，将不再有欢笑！

公扎也听到了忧伤的歌，他无法抑制住心底的悔和痛，打了马疯了一般地在草原上狂奔。

牧羊姑娘，可爱的牧羊姑娘

何时才能回到我身旁，何时我们才能一路花香

不再分离是不是我的奢望

今生的爱是不是已经散场

爱了你难道就只能绝望

没有你的日子天天是情殇

……

弦音在慢慢地弱下来，歌声也越发忧伤缠绵。

空旷的草原上，牧羊人看着远处的白云发呆，牛羊和野驴都停了脚步，静静地伫立着……

草原，铺上了一层说不出来的伤感。

卓麦准备独自去察那罗山闯一闯。在西藏这么些年，走过无数的雪山，蹚过无数的河流，他不相信察那罗就能难住他。

他把军装叠得整整齐齐放在被子上，穿上借来的老羊皮袄，带了两腿羊干肉，牵上马正要出发，措姆拉着马带了看帐篷的獒过来了："我跟你一起去！"

"啥？"卓麦以为自己听错了。

"我说我跟你一起去！"措姆看着他，坚定而清晰地说。

"你知道我要去哪里吗？"

"察那罗。"措姆淡淡地说。

"那你还要去？"

"你能去，我为什么不能去？再说，我是本地人，土生土长的，比你更熟悉雪山。"

"你没听猎人说吗，察那罗山可是熊窝子、狼窝子，我自己去已经很勉强，你一个女孩子跟着我，还要我照顾你，危险将加大一倍。"

"就你这个样子还要照顾我？算了吧！"措姆瞅了他单薄的身子一眼，嘴角一撇，翻身上了马背，用马鞭点了点他，"我知道你心里想什么，怕我跟你一样被熊咬了、被狼吃了吧？你放心，你被熊咬了被狼吃了我都会好好的。走吧，两个人总比一个人强。"说完打马疾驰而去，獒跟在后面。

两人到了察那罗山脚下，解开马鞍扔在一边，马到草地上吃草，措姆吩咐獒看好马儿，就和卓麦背着各自装肉的袋子向山上爬去。

“你小心一些。”措姆不时回头看看卓麦笨手笨脚地往上爬着，有些好笑。草原人，翻越雪山是常有的事，哪见过这样手脚并用还笨得如熊的家伙？“别踩到冰上，滑。”她话一说完，卓麦就四肢着地摔到了冰面上。

越往上爬越陡，积雪也开始加厚，白色的山坡，看上去哪里都一样，一脚踩下去，不知会出现什么状况。

措姆毕竟是本地人，长年生活在荒原上，比起卓麦来经验要丰富得多。卓麦看着她在雪地上冒着热气的背影，再一次心生感慨。草原的女子别看平时嘻嘻哈哈的，只知打茶挤奶侍候男人，一旦风雨来临，她们绝不躲在男人的身后，而是跟男人并肩站在一起，镇定自若，共同迎接风雨。

如此一想，卓麦的心思又飞回到藏东的大山里了。那年他才十八岁，部队驻守在大山里。作为军医，他常常下山为周围的老百姓看病，就这样认识了她，一个美丽如月亮般的姑娘，有事没事都爱放声大笑。自己常借住她家，出门巡诊，她就为他提着药箱，陪他走村串户，傍晚时，两人踏着月色归来。她爱唱歌，总是一边走一边玩着乌尔朵唱歌给他听，还咯咯地笑个不停。他清楚地记得第一次牵她手的情形，天不怕地不怕的一个人，突然间娇羞无限，脸庞上飞起两朵红云，眼睛看着地上，两排浓密的睫毛轻轻颤抖着。

唉，那些日子怎么突然之间就变了呢？怎么一夜之间她就成了别人的新娘呢？

他想起她出嫁的那个晚上，自己在山顶上的小路上走，听着山脚下的哭声撕心裂肺。

如果不是一身绿军装，如果不是部队有铁的纪律，他真就那么干了。

从此，她的眼泪流在他的心上，再没干过。

翻过一道山梁，前面出现一条积雪的谷地，干净的雪地上连一丝尘埃都找不到，就像是地上平铺了一层绵软的白糖。在这个雪白的世界里，没有声音，寂静得除了自己的呼吸，感觉不到还有其他生命存在。

这是藏地最普通的景观，那些层层叠叠的山后，可能都是这样的情景。然而这又是藏地最不普通的景观，因为它在羌塘高原的腹地，号称世界屋脊的屋脊。这屋脊的脊柱并不是那么结实，说不准什么时候脊柱闪一下，积雪滚滚而下，轰隆隆地把这片区域的面貌重新改写。

“它就是察那罗吗？”卓麦看着山峰，出神地说。

“对，察那罗。我天天看见它，却还是第一次走近它。真漂亮，是吧？”

“像个女神。”

“她本来就是女神。舅舅说，察那罗的前生是格萨尔王妃的贴身侍女，替王妃管理珠宝的，转世时投错了方向，成了牧女。”

“管理珠宝的？难怪会这么美，就像一颗大钻石，光芒四射。”卓麦收回目光，又看了看措姆，微闭着眼，若有所思。

今天措姆穿的皮袍是黑色绒面，领子边缘露出白白的羊羔卷毛，纤腰上扎了一条镂空雕花的银腰带，无数的长辫套在银色的辫套里，轻垂在腰际，走时便随着腰肢轻轻晃动。

措姆的眼睛带着一丝阴郁，光洁的额头正中有一粒红色如水滴般的玛瑙。那是她阿妈出嫁时活佛舅舅送的，措姆十三岁那一年，她阿妈送给她作为成年的贺礼。

在这个银白的世界里，带了一丝忧伤的措姆仿佛就是这片天地的女神。

“卓，那是什么？”措姆往前走着，突然指着前方的雪地说。

“什么？”卓麦走过去站在她身边，顺着她手指的方向看过去。雪地上，一个个小坑蜿蜒而去，消失在雪弯尽头。

“熊脚印。”措姆几步走下去，仔细看了看，抬起头说。

“这里有熊？”卓麦有些吃惊，本能地取下猎枪，“我们碰到熊了？”

“还没呢。这些印子应该是前几天留下的。你看，有的都有些模糊。”

两人跟着雪地上熊的脚印走着，头顶上，不时有鹰向下掠过。

走了一段时间，发现地上的脚印突然多了两行，而且零乱不堪。

“怎么有三只熊了？”卓麦看着前方乱糟糟的脚印说。

“好像是上面又下来了两只，你看那些印子小一些，可能是这只的孩子吧。”措姆说，“卓，我们得从另一边走了，熊在带崽时脾气很暴躁，咱们不能跟它碰上。”

“好。”两人离开熊脚印，从另一边斜斜地往山上爬。

天黑之前，两人在一处大石头下掏了个雪窝子，三面都用积雪垒实了，吃了点干肉和雪，把羊皮袄紧紧裹在身上，靠着石壁，倒也不觉得冷。

“卓，那个医书对你真的那么重要吗？”

“当然。我是学医的，只要对我专业有帮助的，我都感兴趣。何况，你舅舅研究了一辈子《四部医典》，据他讲，凡是经过他治疗的病症，他都详细记录了用药过程和病人的反应。有了它，我就相当于有了你舅舅几十年的行医经验，你明白吗？”

措姆点了点头：“我明白，舅舅生前是我们这儿最好的医生，可惜他被打成了牛鬼蛇神！”

“不管别人认为他是什么，他都是我心中最好的老师。”卓麦看着外面仍然明亮的天，认真地说。

“卓，我知道舅舅为什么喜欢你了。你和舅舅太像了，你们俩都那么善良，做事情都一样认真。”

“公扎也是。你舅舅很欣赏他，否则不会把那么重要的东西托付给他。”

“重要的东西？什么意思？”

“错鄂寺的重建啊。你舅舅希望公扎有一天能重建错鄂寺！”

“重建错鄂寺？卓，你说笑话吧？”措姆偏着头看他，不相信地问。

“措姆，草原不会永远这样的，就像错鄂湖的水一样，下雨时会浑浊，天晴又变得清澈了。我这次出来时听团长说，这场革命不会长久了，中央已经在开始反思，也许不久的将来，人们的生活又会重新恢复平静。”

“恢复平静？像以前那样为主人放牧？”

“当然不会像以前那样。解放前你们这儿叫黑地，政府为了自己的利益，说你们这儿到处都是鬼，不准牧人来这里放牧。现在生活好多了吧？只是这场运动让人闹心，到处乱哄哄的。我听说，我也只是听说啊，政府今后可能要把牲畜分给老百姓自己养，还要给你们修公路、修电站。”

“分给我们自己养？还要修公路？修电站？”措姆不相信地看着他，“那样一来，我们不是跟城里的生活一样了吗？”

“我也只是听说的，不知是真是假！”卓麦笑着，把脑袋再度缩进羊皮袄里。

措姆看了外面一眼，也把头缩进皮袄里，两人不再说话。

半夜，外面突然传来熊的嚎叫，两人同时惊醒。卓麦摸着枪，弯腰悄悄爬到雪窝边上，只见下面雪谷里，七只熊正伸着脖子在原地转着，不知在干什么。

措姆也挤到了卓麦旁边，探着头向外看。

“它们在干什么？”卓麦轻声问。

“你看那个图，是不是一个圆，边上还有四条斜线？”措姆盯着下面，眼睛发亮，因为激动，语音都有些颤抖。

卓麦莫名其妙地看了她一眼，不明白身边的女人兴奋什么。一群熊啊，如果被它们发现，他们还不完蛋？

“是啊。奇怪，熊深更半夜在这里干什么？”

“别说话，认真看！”措姆说，两眼眨也不眨地盯着下面。

熊一会儿两只在一起向前走，一会儿又分开各走一边，但始终都在图案的线条上，绝不踏错一步。仿佛它们的任务就是把那个图案的线条踩得更深更严实。

终于，一只大个子的熊低低地吠着，其他熊便退到它身边，六只站成一排，仰脖对着山头一阵嚎叫，高亢的熊嚎声此起彼伏。

措姆示意卓麦看右边领头的大熊。

卓麦就着月光看去，见它头顶有一个圆圆的白圈，四条白线伸向四个方向。“它是喀果吗？”

“好像是。”措姆点着头，又摇了摇头，“我不敢肯定是不是它。”

在太阳划破云层之前，熊终于嚎完，呈一个纵队向左边的雪谷驰去，瞬间就消失在了苍茫的雪山中。

太阳慢慢射出了第一缕光线，雪谷里又安静了。

卓麦和措姆钻出雪窝子，站在山坡上。这里居高临下，雪谷里的一切尽收眼底。线条边上的雪绵软光滑，除了熊们离去和来时的脚印，偌大的一片山谷里就只有熊踩出的那个怪异的图案，“¤”如一枚硕大的印章，盖在了洁白的雪地上。

“这个图跟那只熊额头上的图案一模一样，它真是喀果吗？”

“不知道，以前我们没有近距离见过喀果，只是听公扎说过它头上有个白圈，但从来没看清过。”

“它们好像在朝拜什么，奇怪！”

这时太阳冲破云层，一抹金色的光线落在了山谷里，苍茫的雪地慢慢变成橘红，那个怪诞的“¤”在阳光的映照下发出奇异的光芒。

帐篷点后面有座小山，山坡上长了些低低的带刺小灌木。

穿着老羊皮袄、戴着牛仔帽的公扎盘腿坐在山头上，深邃的眼神望着白云翻滚的天边，獒坐在他旁边。

这时，石达叫着“公扎！公扎！”往小山上走来。

“措姆……措姆和卓大哥去察那罗雪山了，昨天没回来。单增他们急坏了，正要去找她呢！”

“他俩去察那罗干什么？”公扎眯着眼看着远处隐隐的察那罗峰顶，黑红的脸上升起一股不祥的阴云。

“卓大哥要去采药，还说只有找到喀果，才能找到他要的草药。哎呀，我也没弄明白，他本来叫我陪他去的，我没干，哪知措姆却跟他去了。”石达看着他，着急地说。

“疯了，这个季节去察那罗，雪崩那么多，不要命了。”公扎跺了一下脚，转身朝山下大步走去，石达赶紧跟在他身后。

公扎回到帐篷，给二弟公赞说自己有事要出去一趟，可能得两三天，叫他照顾好阿妈，按时熬药给她喝。然后带了老枪，牵了马出了帐篷点，先去了单增的帐篷，叫出单增。

“叔，我去找她。”

“你行吗？”单增看着他，少顷点了点头。

“嗯！”公扎应着，翻身上马。

“你等等。”单增转身回了帐篷，拿出自己的皮袄放在公扎的马背上，“雪山上冷，你和措姆早点回来。”

“好！”公扎看着单增担忧的面容，想说点安慰的话却又忍住了。

单增看着马背上的公扎，眼里充满信任。

一些怨，就能代替了天大的恩吗？

公扎不再看单增的眼睛，他怕眼泪会滚了下来，挥起马鞭，“啪”的一声，卷起一溜儿烟尘远去。

太阳出来了，天地渐渐温暖。

察那罗的清晨是热闹的，小动物们开始出洞，雪地上不时能看到各种脚印，熊的、狼的、兔子的、老鹰的……能飞不能飞的，在太阳出现的那一瞬间，都从安全的洞里钻了出来，按照自己生活的轨迹开始新的一天。

卓麦和措姆吃了点干肉，用雪擦了擦脸。

措姆把酥油放在掌心焐化了，分了一半给卓麦，两人往脸上抹着。在雪地行走，紫外线反射强烈，皮肤很容易灼伤。酥油是很好的防晒品，牧人出门都会带着。

“走吧！”措姆脱下皮袄，露出红色的真丝衬衣，她把两只袖子绑在腰上，带头顺着山腰往上走。

山势越来越陡，加上积雪又厚，只能迂回向上。哪儿好走就往哪儿走，哪儿能上就往哪儿上。他们只有一个目的：爬到山顶那个平台，看看是不是真有一条不知何时何人留下的铁链，至于卓麦要找的《四部医典》手稿，在这茫茫的雪野中，没有目的地乱找根本就不可能。是的，扎多曾经说在一个山洞里，但那个山洞是大是小，在山的何处却没说清楚。

他们此时上的是察那罗的最高峰，察那罗山的另一面就是碧波万顷的错鄂湖。

蓝天白云下的圣湖波光潋滟，美得那么不真实。

“很美，是吗？我们的草原，我们的错鄂湖！”两人累了，坐在雪地上，措姆看着山脚下湛蓝的湖水，自言自语地说。

“美！”卓麦看着雪地里的措姆，她把黑色的藏袍缠在腰上，里面是合体的高领真丝衬衣，解了辫套，任长长的小辫如一张撒开的渔网披在身上。脸庞有淡淡的高原红，眼睛又圆又亮，就像草原夜空的星星般流光溢彩。

“卓……”措姆回过头来莞尔一笑。这个家伙，总是这样呆呆地看自己，难怪石达开玩笑说卓医生也看上她了。如果不是知道卓心中有人，这样的目光是很容易让人误会的。

“我……该去找他吗？”措姆突然问。

“是的，我好几次都看见公扎晚上望着你的帐篷发呆，一站就是一夜。”

措姆深吸了一口气，看着卓麦笑了笑：“好，如果我们这次能顺利下山，我就去找他。”

“为什么不能顺利下山？咱们爬到那个平台看一下，找不到山洞就算了，我改天再来。”卓麦看着措姆，莫名其妙地问。

“卓，看来你真是不了解雪山的脾气了。”措姆说，站起身来，抖了抖袍子上的雪，“这个季节是雪崩最容易发生的季节，如果雪崩下来，别说我们两个，十个也埋了。再说，这山，看着银白一片什么都没有，你知道有多少狼、多少熊就在那些冰后面看着我们？早上你不是见过那么多熊了吗？”

“那你为什么还陪我来？”

“对我来说，没有他，活着还是死了都一样。再说，你是我的朋友，草原上尊贵的客人，我怎么可能看着你冒险而不管呢？”措姆说，嘴角挂着一丝苦笑。这个开朗热情的草原姑娘，经历了这一系列的变故，脸上再难出现明媚的笑容。

雪山的天气没有规律可言，刚才还阳光明媚，温暖如春，转眼间就乌云翻滚堆积，雪花飘飘洒洒下起来了。措姆穿好皮袄，扎好腰带：“走吧，咱们都到这里了，总得上山看一看。”

卓麦扛着枪跟在后面。

雪深及膝，一脚下去，真是没个准点。两人深一脚浅一脚地往上爬着，终于爬到了那个平台上。

平台足有一个球场那么大，方方正正的，像有人故意修的一样。平台上积雪很厚，没及膝盖。

“铁链在哪里？”卓麦拔着脚，到处看着，还用枪的叉子在雪地里探着，扬起一片雪雾。

“别着急，慢慢找吧。”措姆说，她也用靴子刨着积雪，“听说链子在一块石头上，他们说像从石头上长出来的一样。”

“那边好像是石头。”卓麦指了指靠湖的一边，拖着枪过去，枪叉在雪地上划出两道歪歪扭扭的线条。

措姆也跟着走了过去。

临湖的一边确实有块大青石，比台地高出一米左右。卓麦爬上去，顿时睁大了眼：“措姆，快上来，快上来！”

措姆也赶紧爬了上去。

一条黑黝黝的链条静静地卧在积雪中。

卓麦把石头上的雪大致清理了一下，站在链子处，看着圆形的石头从四个方向伸出的四块青石傻了一般。

“措姆，你看看这块石头，想一下早上那些熊踩的那个图，是不是一模一样？”

“是啊，是很像。不，根本就是一样，太奇怪了！”

“还有这条链子，真像是从石头里长出来的一样。”卓麦蹲在地上，用力拨拉着铁链，“奇怪，这是什么做的？不是铁，更不是铜，还这么重。”

“不是铁吗？”措姆蹲下来，双手用力拨了一下链子，链子纹丝不动。

“不是铁，铁不会这么重。还有，它一点锈都没有，很光滑，还不积雪，真是奇怪了。”

“我舅舅说，这是格萨尔王用来拴狼神的，怕狼祸害草原，所以让狼祖宗在这儿看着。”

“可那只是神话啊，措姆。”卓麦看着黑链，它跟石头就像是天生连在一起的，接触的部位严丝合缝，一根草茎都插不进去。怎么想都想不通在这雪山之巅怎么会出现一条明显是人工打造出来的链子，它是什么人在什么时候镶进去的？镶在这雪山顶上的石头里干什么用？

“听人说，从我们族人搬到错鄂草原时，它就存在了，至于它是怎么来的，没有人说得清楚。”措姆说着站了起来。看了看天色，乌云没有一点散开的迹象，雪反而越来越大了，“别管它了，还是早些下山吧，雪如果再厚些我们只怕回不去了。”

“好。”卓麦说，“从这边走吧，坡没那么陡。”

两人从石头边溜下来，顺着坡往下还不到五步，却听到山峰一阵“咔咔”声。“雪崩，站稳了，拉着我！”卓麦本能地说，伸手就抓住了措姆。

在阿里他经历过雪崩，知道此时要尽可能地手脚伸展开，背微弓着占最大的空间，有了氧气，两人才有可能从雪里爬出去。

话刚落地，山顶上就“轰隆隆”地响着，雪排山倒海一般滚了下来。

惊天动地的过程，不到两分钟就结束了。

卓麦挥着右臂，把身边的积雪打实了，弄出一个能活动的洞。再顺着手臂掏出去，把措姆掏了出来。

“别怕，我们一定能出去的。”他说，抖索着把干肉的袋子也扯了出来，摸出吃肉的刀，削了两块，一块放到措姆手上，“吃点东西，咱们再顺着石头往上掏。”

两人不再说话，嚼干肉的声音和两人的呼吸声在雪窝里回响着。此时，吃东西是最好的镇静剂，既补充了体力，又能让心安静下来。吃完牛肉，感觉身上没那么软了，大脑又能进行正常思考了，卓麦开始用刀子顺着记忆中的石壁掏去，只要掏到石壁处两人就有希望。因为那块大青石离地并不高。

才垮下来的雪并不结实，软软的掏起来并不费力。

“我带有取火器，卓，要不……”

“不不不，措姆，一点火就耗氧，没有氧气我们死得更快。就这样掏吧，朝着一个方向。”卓麦说。措姆说起火倒提醒了他，自己不是带了做手术时用的小手电吗？他赶紧伸手掏出手电摁亮。

卓麦把小手电咬在嘴里，把挖下来的雪扔到身后。两人就这样一点一点地前进着，不知道挖了多久，直到措姆一声惊叫。

“卓，我这边好像没有雪了，是空的。”

“空的？”卓麦也伸手顺着措姆的手臂摸出去，前方真的什么都没有。他赶紧拿下手电向里照着，赫然发现前面是一个洞，两边是岩石，里面却什么都看不清，他和措姆赶紧把周围的雪移开。

措姆拿着装肉的袋子，卓麦并没忘了他的枪，两人钻出雪洞，站在碎石铺成的山洞里，傻傻地你看我我看你，都有些不知所措。

少顷，卓麦把电筒调亮了些，往里照去，前面没有一点反射回来的迹象。

他看着措姆："怎么办？"

"不知道，我从没听说这里有个山洞。"措姆摇了摇头。

此时，公扎已经顺着两人的足迹找到他们头晚住过的雪窝子。看着那个小小的空间，公扎的心里再一次升起刺痛的感觉。面对整个雪山，公扎听见自己急速巨大的心跳声，他清晰地知道自己绝不能失去措姆，也绝不能允许任何人分享措姆的感情。

他不想再看，转过身来，眼睛扫视着雪谷，那个怪诞而夸张的"ᗢ"形图案就这么突然地、没有任何预兆地进入了他的眼帘，公扎的心就像被什么东西重重击了一下，措姆，他脑中一下闪过措姆被雪豹追击的画面，心顿时揪了起来。

黑佛背后光滑圆润的"ᗢ"、扎多坐在地上无意识画出来的"ᗢ"、狼群里喀果额头上跳跃的"ᗢ"……齐齐涌了出来。为什么这荒无人烟的雪谷里也会有这个图案？公扎无法抑制住惊诧而又激动的心情迅速滑下山坡，连滚带爬的，裹了一身白雪落到那个图案面前。"ᗢ"形图案非常工整，四个方向的四条线斜斜伸了出去，长短宽窄都一模一样，就像是人拿着标准的尺子画上去的。

公扎绕着图案仔细看着，不时俯下身去察看一下图的边缘。碎碎的、零乱的脚印，像什么动物用脚踩出来的。公扎抬起头，开始在两边的谷地里寻找，果然在右边雪地上发现了一长串脚印。

他顺着脚印向前走着，心情因兴奋而有些紧张，他甚至忘了上山是来干什么的了，只是本能地凭着一个老猎手的经验跟着脚印而去。这群熊能在山谷里画出这么个怪诞的图，不可能不被山坡上的措姆他们发现。而这谷里没有一点人熊争斗的痕迹，那至少说明他们现在还安全，公扎松了一口气。

公扎跟着脚印，深一脚浅一脚地从山谷的另一边往山上爬去。在北边的山崖上，脚印突然消失了。

“奇怪！”公扎抬头望了望悬崖下，万丈绝壁，两边都是雪，雪面光滑明亮没有一丝印迹。“怎么可能不见了？”公扎坐在雪地上自言自语。看着自己身前零乱的熊脚印，这一路上都是规规矩矩整整齐齐的脚印，到了这儿突然变得乱七八糟。就像到了家门前，迫不及待地等着家人来开门因着急而无意识地多转了几个圈一样。家门？当这个念头闪过时，公扎莫名地兴奋起来。他翻身爬起，在周围仔细寻找，终于发现左侧有两个细细的脚印向上延伸，到了一处红色的灌木丛边再次消失，而脚印两边的雪地上，像有什么东西滚过一样。公扎俯身察看，捡起两根灰棕色的毛：“怪事，它们为什么要在雪地上滚？想掩饰什么？难道里面有熊崽？”

他知道熊在小熊还不能出洞时，母熊外出觅食怕别的动物伤害小熊，会想方设法地掩饰洞口，再绕着圈往外走，回洞时也并不直接回来，而是绕远远的路，确定没有危险才会回到洞里。

公扎几步上去，蹲在那丛红色的灌木跟前，拨开浓密的干枝条，果然有一个洞，洞口很小，却足可容一只成年的熊进出。这些熊真是聪明绝顶，把洞口藏在灌木丛下，而且是斜着向里，既挡风雪还十分隐蔽。公扎回身看着被压过的积雪，笑了。谁说它们是笨熊，这些家伙对付敌人时是一点都不笨的。它们出去回来时，会让最后两只熊把脚印毁掉。即一只熊在下面挡住，另一只熊从上往下滚。最后一只熊回洞时，还会把前面一只熊留下的印子再清理一遍。公扎想明白这个道理后，简直是佩服极了熊的聪明。

公扎对熊崽子没有兴趣，他要去找措姆，突然他看见洞口上方有一个小小的淡淡线条的“¤”形。

公扎一看到那个图案，心底顿时波涛汹涌，迅速掏出手电，想也没想就猫着腰爬了进去。

洞身很窄，只能爬着向里蠕动。两三米后，洞口开始倾斜向下，因为无法转身，公扎只能咬着手电，把手当脚，在微弱的手电光下，能看见洞的两边有人工开凿的石窝。他顾不上多想，用手撑在石窝处，一点一点向下移动着，好不容易到了底部，发现洞口又向一边斜斜地升了上去，两边仍有石窝作支撑。公扎也是胆大，不管三七二十一就爬了上去。出了顶端，发现上面有一个小石窖，地面平整，两边还放了些石头，就像凳子一样。石壁上画了很多熊，各种各样的姿态，有玩耍的、有哺乳的、有捕食小动物的……

“喀果……”公扎看着正中间那只熊，它的身边还跟着两只小熊，不过额头上的图案一个是黑圈一个是白圈。

这应该是苦修者的山洞吧。公扎这么想着，慢慢移动着脚步。从小他就听父亲说，察那罗山有修行者，只是不曾见过。他打着手电四处察看，发现右边石壁上开了一条通道，通道的上方画了彩色的朗久旺丹。

朗久旺丹在藏语里是“十相自在”的意思，是藏传佛教《时轮经》的精髓，也是时轮金刚的核心表象意义。

公扎因此更加确定这是个修行者的洞窟。然而既是修行者的洞窟，为什么熊会进来？莫非修行者死了，熊把这里当成了窝？那墙上画的那些熊又作何解释？还有那个神秘的“〇”形图案，雪谷里的、黑佛背后的、扎多活佛画在沙地上的、喀果头上的、刻在洞口的，看似没有联系，却又隐隐觉得中间有什么线在牵着。

公扎顺着石头开凿出的通路继续向前走。通道一个人走着略宽，如两人并排走又嫌窄，两边石壁上有明显的人工开凿痕迹，石壁上隔不多远就会有一个小孔，放了酥油灯，公扎掏出取火器，打了几下，点着油灯，通道里顿时明亮很多。他就这么一路走一路点灯，不知道拐了几个弯，前面又有一个四方的石窖，这个石窖比刚才看到的那间大了不止一倍，而且方方正正的，墙壁上也有壁画。右边壁画上一群人在往山上运木头，正面的在砌墙，左面是一群红衣僧人对着一座金碧辉煌的寺庙在念经。那个寺庙……那个寺庙……特别是中间那座大殿的外观，经幢、红边、黄墙，怎么那么眼熟？公扎走近了些，仔细看着墙上的画，眼前闪过错鄂寺主殿的样子，只不过壁画上的错鄂寺比现在的错鄂寺多了很多房子，几乎占据了整个山头。

公扎皱起眉头，如果错鄂寺建成是这个样子的，那么后来边上那些房子怎么没有了？是毁掉了还是根本没建成？

这个山洞跟错鄂寺有什么关系？为什么在墙上会有关于错鄂寺建寺时的情景？那尊黑佛，号称错鄂寺的镇寺之宝，为什么佛背上会有一个跟喀果头上如出一辙的“¤”形符号？

一连串的问号出现在公扎脑海里，每一个问号都足以让他想得头晕眼花。

然而所有的问号都没有一点头绪。

这时，另一边突然传来措姆惊恐的尖叫声。

“措姆！”公扎大喊一声，转身就朝石窟另一头的通道跑去。

偌大的荒原上，无边无际，谁知道哪座山、哪个湖下埋藏着千年的神奇。就像这个深不可测的山洞，每一次拐弯都不知下一个路口会是什么。

“咱们这是在察那罗山里面吗？措姆！”卓麦摸着石壁，不敢相信自己的眼睛。他们在这个山洞里走了多久？一条通道接一条通道，就像进了一个迷宫，不知哪里才是出路，也不知哪里才是尽头。

“应该是啊。奇怪，从来没听说过察那罗有这么一个山洞！”措姆说，用火器点着了石壁上的酥油灯。

卓麦看了一下手腕上的表，时针指向下午四点。也就是说，他们从发现这个洞到现在，已经转了六个小时。

每条通道的尽头都有一个小石窖，四壁上有壁画，有灯，他们还在一间石屋里发现了糌粑，装在石盆里，用石板盖着，只是结成了块状，显然好久没人动过。

藏北荒原上的人很少有吃糌粑的习惯，平时都是以肉食为主。山洞里发现糌粑，这与措姆最初的想法不一样，她本来以为这里是本地修行者的洞窟。在西藏，野外修行的人很多，深山老林里的、偏僻的荒无人烟处，虔诚的信徒找一个能容身的洞窟，与世隔绝，不与人交流，只与心中的佛祖对话，一住多年。然而，那样的洞窟总是很小、很简陋，修行人一旦离开，从此就破败了。这个洞窟显然不是某个修行者的，各室之间都有通道相连，整个洞窖保持得非常完好，特别是那些壁画，色彩鲜艳，就像昨天才画上的一样。而且，作为修行的洞，这里也太大了些，足以让几十甚至上百人在此长年居住。

卓麦脱掉皮袄的袖子拴在腰上，突然想起什么似的大叫："山洞山洞……"

"卓，你疯了啊！"

"不是，措姆，我……我……我想起来了，山洞，山洞……"

"我知道这是山洞，你怎么了，卓？"

"我是说……我是说……你舅舅不是说《四部医典》和他行医的笔记藏在山洞里吗？"卓麦显然是激动得不行了，说话都有些结结巴巴的。

措姆也一下子捂住了自己的嘴。

两人从进洞起，因为好奇，居然忘了这次上山的目的。

"快找快找。"卓麦说，把枪放在地上，在石窖里找起来。

石窖就那么几个可以放东西的地方，一目了然。

两人一间间找起来，根本没去想要留个记号以便出去。当他们找来找去，重新回到刚才找过的石窖时才发现了事情的严重性。

他们迷路了。

"措姆，咱们好像又转回原地了。"卓麦看着石屋周围的壁画，沮丧地说。

"先看一下肉还有多少？够咱们吃多久的？"措姆说，解下背上的袋子放在石凳上。“剩一小半，你那儿还没动过，两三天是够了，关键是水。咱们进来这么久，还没发现哪里有水！”

“肯定有出口，否则空气不会这么清新，咱们慢慢找。”卓麦说着捡起一个石子，“咱们要做好记号，不能再走回头路。但凡迷宫，只要朝着一个方向，肯定能找到出口，咱们现在开始朝左走。”

“好！”措姆答应着，重新打好包甩在背上。

两人进了左边的通道，一路走一路点灯。约十来分钟，发现前面出现一个很大的洞窖，有些影影绰绰的背影，像是打坐的僧人。

走在前面的措姆侧靠在墙壁上，示意后面的卓麦往前看。

“怎么办？”卓麦探身看了看，大厅里没有灯，过道的酥油灯映过去些微弱的光亮，只能看见一个局部，石屋里没有一点声息，整个厅堂笼罩着一股神秘的气氛。

“好像在学习，但又没有声音，咱们先过去看看再说。”措姆说着慢慢向前移动。

到了出口，两人的影子映在厅堂里，挡住了仅有的光线，厅里显得更加昏暗。所有人都面朝里趺坐着，像极了僧人打坐念经，身上穿的衣服又像是普通牧家的样子。

卓麦轻咳了一声，弯腰说：“对不起，各位大哥，我们遇到雪崩，误闯了进来，请大家原谅！”

死一样的沉寂，除了他们自己的呼吸，厅里没有任何声音。

卓麦看了措姆一眼，措姆也正惊异地看着他。

“对不起，各位大哥，我们遇到雪崩，误闯了进来，请大家原谅！”卓麦再次提高音量弯腰说了一遍，声音在洞窖里“嗡嗡”地回响。

还是没有人回答，那些背影一动不动，俨然已入定。

措姆突然大步走了进去，到了最近的一个背影跟前，伸手拉了对方衣服一下：“大哥！”没想她一触到对方的衣服就变成了粉末，簌簌往下掉。

“怎么会这样？”措姆不相信地看着刚才摸过的地方，那里赫然出现明显的一个破洞，其他地方却完好无损。她索性又抓了一把，仍然是触手成灰。她再探头一看，一个白色的骷髅头，吓得她“啊啊”叫了起来。

卓麦用手电筒到处晃着，见殿里的柱子上、地上、神秘人身上，到处都是尘土。他再探头看了看坐着的人：“天哪，措姆，他们全是死人！”

措姆身子抖着，牙齿咬得咯咯地响：“全是……全是……死……死人……”

“嗯，全是……”卓麦还没把“死人”说出来，措姆就“啊啊”叫着狂奔出去，冲到洞口时跟一个人撞了个满怀，吓得更大声地“魔鬼，魔鬼”地叫着，手脚乱舞。

“措姆，措姆，是我，我是公扎！”公扎一把抱住啊啊乱叫的措姆，拍打着她的脸。

“公……公扎？”措姆脸色煞白，魂还没从刚才的惊吓中回过来。

“是啊，我是公扎，不是魔鬼。”公扎看着她的眼睛，见她花容失色惊慌失措的样子，不禁心痛地搂她入怀中，轻轻拍着她的后背，“好了好了，我来了，不要怕，有我，我在这儿，我来找你的。”

“公……公扎，公扎……”醒过神来的措姆抱着他的腰，哇哇大哭。

“你真是不要命了，敢到这里来。”公扎又气又怜惜。

“没有你，我活着跟死了都一样。”措姆盯着公扎的眼睛，温柔幽怨地说。

公扎紧紧搂着措姆：“对不起，对不起，都是我不好。”他知道措姆还是自己的，他还想说，其实没有她，自己又何尝不是行尸走肉般。公扎的心脏似乎在舒展，很温暖，他感觉自己的每个毛孔都是暖烘烘的。

卓麦也走了出来，看到公扎，立马露出兴奋的表情：“公扎，你怎么找到这儿来了？”

“你们昨晚没回去，我上山来找你们。我在雪谷里追几只熊的脚印，就追到了这里。”公扎搂着措姆，看着卓麦说。

“你看到雪谷那个图了吗？熊踩的。”措姆终于平静下来，不好意思地从公扎怀里抬起头。

“看到了，真的是熊？”

“是它们用脚踩的，我们亲眼看见的。领头的那只熊额头上长了个白圈，跟它们踩的图一模一样。我们怀疑是喀果，但又不敢确定。”卓麦说。

“我之所以能闯进这个山洞，就是因为洞口有个跟喀果额头一模一样的图。还有，我在前面一间石屋里看到建错鄂寺的壁画，另外还有很多关于熊的壁画，其中一只额上的图案清清楚楚。”公扎说，然后把自己如何进到这个山洞的情况详细说了一遍。

“喀果到底跟这一切有什么关系？”卓麦皱起眉头，一连串的疑问不得而解。

“现在还弄不清楚。”公扎摇了摇头，极自然地拉起措姆的手，“你们是怎么进来的？”这样的一个动作，让两人尽释前嫌，温情重新弥漫在他们的心间。

卓麦说了经过。

“你们看到了铁链？”公扎惊异地看着他。

“是啊，我们就是从那儿进来的。”

“这么说，你们进来的地方可能就在石头下面？”

“有可能。我们就是一直往石头边掏的，本来就是想掏到石头后再顺着往上的。”

公扎想了想，问措姆：“你刚才看到什么了？吓成那样！”

“那边……那边石屋里……有……有鬼！”公扎这么一问，措姆又想起刚才的情景来，情不自禁地打了个冷战，结结巴巴地说。

“有鬼？女人，你是不是被吓糊涂了！”公扎好笑地看着她。

“真的有鬼，那些人明明都好好地坐着，一摸却全变成了灰，而且……

而且全是骷髅！”措姆说，还下意识地往公扎身上靠。别看措姆一路上都冷静沉着，那是因为草原雪山都是她所熟悉的，再说，没有自己亲密的男人在身边，没有依靠的女人也能独挡一片天。女人的柔弱和眼泪，是为自己的男人准备的。山洞里的一切她以前从未经历过也没听说过。现在好了，自己的男人就在眼前，一切都有他挡着，再不用强撑坚强，女儿家的天性也就随之显露了出来。

“过去看看！”公扎说，拖起措姆的手就向前走。

进入石窖，两支手电轮流扫射着。公扎看到石壁上有大大的酥油灯，走过去用火器打着引火的油纸后把每盏灯都点了。

石窖里顿时明亮许多，影影绰绰显得更加神秘。

十一

公扎环视着这间石窖，发现里面很空旷，中间有四根石柱，纵向六排垫子，一排坐了六人。每人都是同一姿势，双腿趺坐，双手置于膝上，面部向里。羊皮的袍子放在臀下，棉衣有的缠于腰间，有的穿了一只袖子。正面高高的石椅上也趺坐着一人，面向大众，双手掌心相对。整个厅堂里骷髅只是极个别的，大部分的人脸部肌肉完好，眼闭着，表情平静淡然。

“这些人难道都是在同一时间死的吗？”公扎扫视着偌大的厅堂，各种影子交集在一起显得有些阴森。

“公扎，这儿好像有字！”卓麦在另一头喊。

公扎顺着墙边走了过去，措姆拉着他跟在后面寸步不离。

石壁上写有红色的藏文，规规矩矩的标准字体。

公扎就着微弱的灯光看壁上的字，轻声念道：“藏历土牛年，加龙人入侵纳仓德巴，族长下令把老人、女人和孩子们送去佛祖安排好的地方。我们是留下来保卫草原的纳仓德巴战士，向上天发誓要用生命守卫家园。加龙人守在山下，堵死了每一条出路，要我们投降当奴隶。山洞里没有肉、没有糌粑。错鄂草原是祖先留下来的天堂，我们把它丢了。草原不在了，它被强盗夺了去，战士的使命无法完成，我们集体向草原辞行，将实践祖先的诺言：草原在，战士在；草原亡，我们亡。我们是纳仓德巴英勇无畏的战士，我们将追随先祖的脚步去到香巴拉。”

“纳仓德巴？什么意思？”卓麦问。

“听说我们这儿最早就叫纳仓德巴，后来改名申扎，是说我们这儿的地势像皮火筒一样。新中国成立后，政府才把我们这里和后藏的雅要地、巴扎、准布塔尔玛、加龙等部落合并在一起管理组成现在的县。加龙部落在后藏，是人数比较多的，过去非常强悍，以抢劫偷盗为生，其中一部分人常在无人区活动，说是打猎，实际上是专门出来抢劫其他部落。每次抢东西后就迅速撤回无人区，把抢来的东西藏起来，让人想找都找不到，等风声过后才分批送回家去。当然，这只是传说。”公扎看着石墙上的字，解释说。

“草原在，战士在；草原亡，我们亡。”措姆喃喃地念，“不过草原的草仍然年年更新，草原的牛羊仍然满地跑，这些战士却看不到了！”

“按这上面的意思，纳仓德巴被加龙人入侵，他们先送走了女人和孩子。那么现在错鄂湖周围的人是哪儿来的呢？你们是加龙人的后代吗？”

“她舅舅以前跟我说过一个故事。说是错鄂草原的牧人本来全在双湖无人区那边，那时候错鄂草原被魔鬼占据着。那个魔鬼天天要用小孩的心拌鱼肉吃，还把好好的草原变成了沙子石头的荒地。后来格萨尔王看不下去了，就来到错鄂草原，跟魔鬼大战了三天，砍下了魔鬼的头，让错鄂草原重新恢复了阳光，长了青草，牧人们才开始陆陆续续地迁了回来。”

“那只是神话，加龙人占了错鄂湖，要撤走总得有个理由吧？他们是自己放弃了还是被人赶走的？会不会是加龙人占了草原，就在这儿繁衍起来了，形成现在的情景？”

“我好像也听阿爸说过，我爷爷的爷爷原本是在无人区的塔加普山脚下，是族人发现这边的水草好才跟着迁来的。

“我阿爸的老家在双湖那边，靠近色林措。这真是件奇怪的事，我还记得石达他们老家是文部的，上次还有文部的亲戚来看他们呢。对吧，措姆？”

“对，还来了个女孩，跟我差不多大，叫次旦旺姆，她说他们住在当热雍错旁边。转经的方向跟我们都不一样，我们是顺时针，他们是逆时针。”措姆说。

“逆时针？这么说他们是苯教徒了？”卓麦看着措姆问。

“应该是，因为只有苯教才逆着时针转。”公扎再次看着墙上的字。那些字很清楚，就像昨天才写上去的一样。“这上面写着老人和女人、孩子们去了佛祖安排好的地方。我们是留下的纳仓德巴战士，向上天发誓要用生命守卫家园。也就是说，纳仓德巴并没被加龙人消灭干净，发生战争时，纳仓德巴就把老人、孩子和女人都送走了。”

“现在错鄂湖周围的人都是纳仓德巴的后代重新迁回来的？”卓麦问，但又摇了摇头，“那占了草原的加龙人到哪里去了？”

“不知道，我们回去问问族里的老人再说吧。不过从这上面的意思来看，当时纳仓德巴被攻占时，留守的人寡不敌众，最后被迫撤到了这里。咱们好好看看，这屋里还有什么文字没有？”公扎说，手电在墙上扫射着。

卓麦拿着手电走向另一边，他对那些盘腿坐着的尸骨比较感兴趣，想弄明白这些人到底是怎么死的。而且几百年过去了，尸骨成粉却仍屹立不倒。

“公扎，措姆……”卓麦捏着手电看着地面，再一次大叫起来，见两人过来，便指着地上说，“你们看！”

两人见地上手电光照着的地方有些隐隐约约的文字：“烟升起来了，去香巴拉的门打开了。我要走了，多吉拉姆，我的女人，你要把孩子带好，长大后给他阿爸报仇，把加龙人赶出我们的草原。”

“这里还有。公扎，每个人身前都有字，是不是他们的临终遗言？”卓麦在每具尸骨前仔细察看着。

“是遗言，肯定是他们临死前写的。看来他们是死于一种烟雾，而且全是自杀的。”公扎说，走到旁边的尸骨前，看着地面的文字念道，“加龙人是无人区的魔鬼，他们什么都吃，佛祖会惩罚他们的。”

“果然是从无人区过来的。这帮人现在还在，专门猎杀藏羚羊，取羊绒卖钱。”公扎皱起眉头。

“现在的偷猎者就是他们的后代？”

“不全是，但听说有一部分人是加龙人的后代。他们平时都在无人区，因为不敢出来抢劫，所以改行猎杀羚羊，要找他们很难。”公扎说。

“但那时候的无人区跟你们现在说的无人区概念肯定不一样啊。过去人口少，羌塘深处很多地方都没有人烟的，几十里上百里没人烟是正常的，现在不同了啊。”卓麦说着，向另一边走去。“到底是什么样的烟雾，可以让人如此平静地死去？剂量如果控制得当，是不是可以当麻醉药使用呢？”卓麦自言自语地说。他是医生，总是对跟医学有关的东西感兴趣。

“强盗总是藏在佛祖光辉照不到的地方。”措姆靠在公扎身上，两眼含泪，“这么多人啊，一下子全死了。加龙人为什么要把山下的路全堵死？一条活路都不给他们留，比狼还狠。”

公扎把她的手握紧了一些：“人如果狠起来，比草原上任何动物都要狠上十倍不止。走吧，我们去看看卓又发现了什么。”

此时的卓麦正站在中间高出众人许多的石椅前瞠目结舌。

高高的椅背上有一个白色的“¤”形图案，凸出来的线条触目惊心。

石椅上的人盘腿而坐，面部肌肉线条清晰明朗，神情肃穆一如生前。

公扎看到那个图案倒是不再吃惊。从进洞的那一刻起，他就知道这错综迷离的石窟跟喀果额头上的图案有关系，只是现在还不知道这关系是如何扯上的。修这石窟的人是不是就是纳仓德巴部落？看这架势，椅上这个人应该是纳仓德巴的族长。

只是，这个奇怪的“¤”怎么会刻在族长的椅背上？

难道说，纳仓德巴把喀果的先祖当图腾来崇拜？

公扎他们还没缓过神来，就听卓麦突然更大声地乱叫，回声“嗡嗡”响，手电光晃来晃去，像是受到了什么惊吓。“天哪，公扎，你们再看这里！”

光滑的石墙上泛着淡淡的青光，一个大大的“¤”形图案就像要从墙体里挤出来一般，圆心中间，一尊黑色的佛像高贵典雅，就像要扑出来一般。

公扎看着圆心中央的佛像，脑中电光石火一般闪过扎多交给自己保管的佛像。

“药师琉璃光佛啊，请护佑极寒之地、极苦之地的生灵吧，保佑他们不再流离，不再争斗，让所有的生命共享这片蓝天草原！达雅他嗡贝看杰贝看杰玛哈贝看杰热扎萨母恩嘎得梭哈！”卓麦看着下方的文字，轻声念着。

“后面是药师佛的咒语，我常听舅舅诵念。”措姆说。

公扎静静地注视着佛眼，佛眼也在静静地注视他。眼神对接之时，就好像连通了天上地下、遥远与未来。

“请帮助佛祖，孩子！”扎多急促的语气又响在耳边。

“以前措姆舅舅跟我讲藏药方子时，总要先讲药师佛的故事。他说药师佛是东方琉璃界的教主，曾经发下十二大誓愿，其中有消除一切众生病痛、令身心安乐的愿，有使众人解脱恶劫的愿，转女成男愿，使饥渴众生得食愿，使贫乏无衣者得妙衣愿，等等。他还说，他一生的愿望就是在药师佛的护佑下，为草原上的牧人消除一切病痛，无病无灾，享受安乐。”卓麦自言自语地说。

“如果我想得没错，这个图案肯定是纳仓德巴部落的图腾，而且跟喀果的家族有关。”公扎说，用手摸了摸凸出来的图案，“跟墙是一个整体，不是后来做上去的，而是修建这个石窟的时候就预留了。也就是说……”

“他们就是修建石窟的人？”措姆接口，兴奋地说，“而且他们崇拜药师佛！”

“对。错鄂寺就是纳仓德巴时期修建的，我在另一间石屋里看到壁画上有建寺的过程，只是这个图跟药师佛有什么关系却不知道。”公扎说。

“对了公扎，舅舅临去世时说，让你陪卓去取《四部医典》和行医笔记呢。他说卓一个人去太危险了！”公扎说到错鄂寺，让措姆想起舅舅，想起此行上山的目的。

“你们这次出来，就是为了找《四部医典》的笔记吧？”公扎见卓麦向另一边去了，便转头问措姆。

“是啊。”

“为什么不叫我一起来？你们两人就敢闯察那罗？胆子可真大！”

“你不是……不是……不理我吗？”措姆低了头，红着脸小声说。

“谁说我不理你了，我天天晚上……”公扎想说我天天晚上去你的帐篷前等你，又没好意思说出来。“我听石达说你俩到察那罗山采药没回来，心都差点儿蹦出来了。”公扎握着她的手，用力捏了一把。

措姆偷偷瞄了他一眼，见他绷着脸严肃的样子，心里顿觉甜蜜。

这时，卓麦在另一边又如发现鬼一般惊叫起来。

“卓，你要再这么叫，我们都会被你吓死的！”公扎摇头叹气，拉着措姆的手走了过去。

“你们看！”卓麦指着墙壁上一排模糊的白色字迹，结结巴巴地说，“怎么会有……怎么会有……”

“不是藏文，也不是汉语，奇怪！”公扎看着零乱的字说。

“是英语！”卓麦说，“怎么会有英语？”

“英语？”措姆和公扎同时惊奇地说。

“老外们用的。跟你们说也不明白，反正不是我和你们的语言。”

“你看得懂？”

“学过。”卓麦说。

“那你还不快点翻译！”措姆瞪了他一眼。这一瞪又让卓麦神思恍惚起来，记忆中的眼睛不合时宜地冒了出来。

看着失魂落魄地盯着措姆的卓麦，公扎皱起眉头。他瞥了一眼身边的女人，心里酸酸的却不好发作。

“卓，你发神经了？”措姆用脚尖踢了卓麦一下。

“哦，对不起啊！”卓麦从神游中醒了过来，“上面写的是：在这里每走一步，对于我们关于地球的知识都是一种发现，每个名字都是一种新的占领。直到一九〇七年一月为止，我们对于行星面上的这部分与对月球背面同样一无所知。——瑞典斯文·赫定。”

“斯文·赫定？我好像在哪儿听过这名字！”公扎喃喃自语。

“奇怪，这个瑞典人到这里来干什么？”卓麦看着那些模糊的字母，脑袋里像灌了糨糊一样。自从进了这个山洞，惊喜一个接着一个，而且一个比一个震撼。他是一直相信这片高原上有神奇存在的，那些雪山湖泊被人加进无数的想象，赋予神性的同时，难道就真的没有神奇存在吗？神话的传说追根究底，总会在某朝某代某个不起眼的角落里牵出历史的丝丝缕缕来。

这个瑞典人比自己早了几十年踏上这片土地，他因何来此？来此做什么？最后又是如何离开的？没有历史可查，也从没人提起。

“一九〇七年？天啊，那么遥远啊？”措姆讶异地看着那些如蝌蚪一样的文字。

“公扎，你在哪儿听说过这个名字？”卓麦突然问。

“好像听老族长说，他父亲年轻时曾给一个老外当向导，带他们进无人区找石头，那个老外好像就叫斯文·赫定。”公扎看着石壁，沉思着说，“草原上很少来外人，特别是高鼻子蓝眼睛的人，所以记得比较清楚。”

“回去问问老族长！”卓麦和措姆异口同声。

公扎点了点头，三人转回身来看着寂静的厅堂，各自不知在想什么。酥油灯的火苗垂直向上，橘红的光就如晕染开来一般，石柱、趺坐的人影，一块块阴影重叠着、相交着，妖异鬼魅。碎石的墙壁在修建时显然拌了草灰和糌粑抹平过，泛着淡淡的青光。

所有的亡灵都整整齐齐地坐着，没有害怕，没有一丝慌乱，衣服的纹饰都清清楚楚，安静从容一如生前。

公扎搂着措姆的肩，让她靠在自己身上。卓麦站在中间那张石椅旁，枪口拄地，手放在枪托上。三个人静静地站着，陷入沉默。

当在石屋再也找不出什么时，他们便出了通道。

卓麦在前，依旧拿着石子转一个弯就画一条线，转一个弯就画一条线。

前面出现了两条通路，一条向左向上，一条向右向下。

三人站定，商量着走哪条路。

“先向上吧，你们不是从上面下来的吗？会不会还有一个出口呢？”公扎说，卓麦和措姆点了点头。

三人向左边的通道走去，依旧一路走一路点灯。

通道弯弯曲曲向上延伸。

这条通道跟前面的还有所不同，两边的碎石壁显然在修建时经过细心的整理，非常光滑。酥油灯跟别处的不一样，不再是一个简单的铜碗，而是雕了各种精美的吉祥图案，华丽气派。

通道尽头出现了一道朱红色的铁门。

三人站在铁门前，看着那道紧闭的门默默无语，这是进洞以来首次发现有门的石窟，没锁。

是胸有成竹还是勇者无畏？不得而知。

门楣上同样画着朗久旺丹，色泽艳丽。

门上画着“☉”，单一的白，柔和中带着神秘。

公扎试着推了推门，门扉吱吱呀呀地响着，有灰尘从上方落下。

三人并没马上进去，而是等了一会儿，让浊气排尽后才持着手电进入，仍然先点着了门边的两盏华丽大灯，待看清屋里情景后，三人才一齐张着大嘴说不出话来。

屋子正中有个高高的四方形石台，顶上放了一个木头盒子，显然是檀木做的，因为满室都弥漫着淡淡的檀香味，盒子前摆了一排小小的佛像。

公扎仰脸看着那些小佛像，足有二十尊。幼时父亲去拜见扎多活佛时，他无数次在扎多的佛龛里见过这些佛像。红卫兵蜂拥进寺庙时，就因为找不到这些古老的小佛像而一次次审问寺里的僧人。原来，扎多活佛早就把它们转移到了这里。

卓麦把枪递给身旁的措姆，仰望着那个盒子，突然感到心跳加速，血液上涌。

这个盒子，跟扎多活佛描述的一模一样。

“我一生行医的心血都装在一个檀木的盒子里，放在了极安全的地方。将来你如果有缘得到，请多加珍惜，别忘了医者的仁德之心和普世之爱。”这话是扎多活佛生前对他说的。那个他最尊敬的老人，跟他见了一面就成了忘年之交，把一生所学倾其所有地灌进了他的脑海里，他说他不想自己研究了大半辈子的东西失传，希望他有朝一日能让藏医在草原上重新开花。

石台边有三步梯子，卓麦并没急于爬上去，而是学着藏人磕头的样子，恭恭敬敬磕了三个长头，然后起身，也顾不得抹去额头的灰，他看着那盒子，一步一步上了石梯。“公扎，台上也有字，写给你的！”

公扎迅速爬了上去，看清那些字后，不禁眼眶发热。扎多活佛的字他极熟悉，那些字是写给他的。

“公扎，我的孩子，请把这些佛像在适当的时候送回错鄂寺，让佛祖的光辉重新照亮草原。”

“真是个聪明的老人，谁能想到他把佛像藏到了雪山之巅的山洞里啊。只是，他怎么知道你能找到这里来呢？”卓麦喃喃地念。

“因为喀果就住在这个山洞里，我只要找到喀果就能找到这里。原来他一直要我找到喀果是这个意思。”公扎跳下去，示意卓麦把佛像递给他。

卓麦把小佛像全部递给他，台上只剩下那个檀木盒子时，卓麦的心跳再次加速，伸手出去又蓦然缩了回来。这是老人一生的心血啊，触到它，就像触到了老人的灵魂一样。

最终，他还是双手捧了起来，慢慢退回到地面上，盘腿坐下，拂去盒子上的灰尘。这是一个十分精致的紫檀木盒，上面雕刻着一把吉祥的宝伞。

“是你要找的东西吗？”公扎把小佛像用措姆的头巾包好放进她背上的袋子里，这才蹲到他身边，小声问。

“应该是了。”

“怎么打开？”公扎接过盒子，上下左右看了一下，没有锁，也没有合扣啊。

“这是个密码锁，你看，这儿有个凹进去的小转盘。”卓麦说，从盒子一头掀开一个小木片，下面果然有一个精致的“¤”形小金属盘。

“你怎么知道？”公扎惊奇地看着小小的“¤”问。

“措姆的舅舅以前跟我说过，他说找到这个盒子后不能敲，也不能强行打开，否则里面的东西就全毁了。”卓麦说，拿起盒子轻轻摇了摇，里面传出水的晃荡声。“可能是腐蚀性的液体，如果强行打开，液体流出来就会毁掉里面的东西。”

卓麦掏出吃肉的小刀，用刀尖轻轻拨着转盘，顺着三圈，逆着三圈，再顺着一圈，逆着两圈，盒子“嗒”的一声弹了开去。

里面放着一卷纸。卓麦轻轻拿出来，一页页地看着，眼眶发热。

“全是病案，还有草药的形状，太好了。措姆，你舅舅真是活着的佛啊。”

措姆没有说话，只专心致志地摆弄着卓麦放在地上的叉子枪。

枪在草原上，似乎是男人的专利，女人们会帮着收拾，但从没使过。安全是男人的事，寻找食物也是男人的事，女人只需等着男人归来，再为他们拭去尘埃。

这屋里除了那个石台，周围空空荡荡的，措姆就把注意力放在了卓麦递给她的猎枪上，端起来瞄来瞄去地玩着。

她把叉子架在地上，手搭在扳机上，转动着枪口，当转到进门处时，突然见到一个灰蒙蒙的影子探头探脑的，吓得手一抖，“砰”的一声枪响，那影子发出闷闷的声音倒了下去，措姆吓得扔掉枪，大声惊叫起来。

同时，外面传来什么东西跑动的声音，一会儿就无声无息了。

公扎顾不得受惊的措姆，转身就冲了出去。

卓麦也顾不得再看那些医案，迅速折叠起来放回盒子里，“啪”的一声合上盖子揣进皮袄里，起身也向外跑去。

门口倒着一只小熊，脑袋正中有汩汩流血的洞。远处传来熊的咆哮声，开始是一只，接着两只、三只、四只……最后不知道有多少只熊加入，只感觉四面八方都是熊的怒吼。

公扎和卓麦把枪架在地上，枪口对着远处的通道。

措姆在他们身后瑟瑟发抖。

熊吼了一阵后，渐渐平息。

公扎和卓麦对看一眼，坐了起来。

“已经死了。”卓麦看了看身边的小熊，看着措姆开玩笑地说，“女人，你的枪法不错嘛，第一次开枪就打死了一只熊。”

“不是，我不是故意要开枪的，我只是无意中弄响了那个！”措姆眼里有着明显的惊慌，显然还没从惊吓中反应过来。

“这里怎么会有熊？”卓麦看着公扎问。

“我就是追踪一群熊才进来的，你看！”公扎把小熊的脑袋抬起来，指着熊额头上的白圈，“是不是跟咱们看到那个图案一模一样？”

“怎么又是这个图？熊跟这个石窟到底有什么关系？”

“我现在也想不通。这只小熊是喀果的孩子无疑，而且喀果它们跟这个石窟的建造者肯定有关系，只是现在咱们还没弄明白，刚才你们听到什么声音了吗？”

“好像有什么在跑动。”

“是熊，不止一只，咱们得小心一点儿，尽量别跟它们发生正面冲突。”

“我在西藏这么多年，除了带崽的母熊外，还没见过三只熊在一起的情形，真是奇怪了。”卓麦自言自语道。

“我也是第一次看到这么多只熊在一起。在草原上，熊冬眠的时间很长，冬天三四个月都看不到它们。这个山洞里没风，又向阳，是熊冬眠的理想洞窟，它们在这里不奇怪。而这个季节正是带崽的时候，熊的视力和耳朵都不好，全靠嗅觉。咱们得小心些，熊虽说性子温和，但如果跟人正面冲突起来，会很可怕，何况咱们现在还打死了它的孩子。”公扎说着拉起措姆，“走吧，咱们去那边的石窟看看，既然来了，就要弄个明白。”

三人出来，卓麦小心地关好门，虽说不能上锁，但来时它是关着的，离开时也让它关着吧。这个藏于雪山之中的洞窟，从没受外人打搅过，自己无意中闯了进来，就像未经允许闯进了别人的家园一样，虽说没偷东西，心里也是忐忑的。

公扎到了通道的另一头，仍是一道门，仍然没锁。

推开门，他们同样目瞪口呆。

里面不是一间完整的石窟。因为推开门后，他们看到的是蓝天白云和错鄂湖的万顷碧波，从门往里走不到十步就是悬崖，悬崖下不断传来湖水冲击岩石的声音。更绝的是，周边的岩石上挂着冰，边缘上却长有七棵雪莲，花瓣已全部绽开，微风中正散发出淡淡的幽香。

左边有一条通道蜿蜒而下。

“察那罗雪山五千五百米处生长着我们这一带最好的雪莲，每年只长七棵，嘎玛日给升上天空的当晚一点去采，疗效是最好的。日给星出来时，大青石的影子朝向正南的方向。那长长的影子啊，是佛祖在给迷途的人指点方向。”公扎和卓麦仿佛看到穿着破破烂烂僧衣的扎多，神情肃穆立于虚空，慈爱地看着他们。

卓麦和公扎对视一眼，同时露出了笑容：“等到嘎玛日给星升起来再走！”

公扎把门开大了些，可以看清外面的动静。然后取出干肉，三人坐在地上，开始填着早已空空如也的肚子。

远处雪山隐隐约约像列阵一样，高低有序地排列在一起。湖水清澈碧蓝，微波荡漾。错鄂湖在藏北的湖泊中算不上多有名气，然而独自面对那一池烟波浩渺时，仍然会震撼。雪山和湖，一刚一柔，两种完全不同类型的美丽放在一起彼此融合时，竟是那么和谐恒久。

“看洞里的情景，保存完好，除了熊外，似乎从没外人进入过。”卓麦咬着一块干肉，含糊不清地说。

“卓，反正现在离天黑还早，你好好看一下扎多活佛留给你的笔记，我总觉得它除了医书，应该还有什么要告诉我们的。”公扎看着蓝蓝的天空，沉思着说。

措姆把肉切成一块一块放在中间的头巾上，两个男人只管取来放进嘴里即可。

卓麦从怀里掏出木盒子放在大腿上，依旧用刀尖拨动着转盘，木盒弹了开来。木盒的壁是夹层的，卓麦先从夹层里小心取出一个袋子：“如果开启的方法不对，就会挤破这个袋子，袋里的液体就会流出来腐蚀掉这些手抄纸。”

“如此苦心安排，应该不仅仅是为了《四部医典》和笔记吧？这两个东西，对于不懂医的人来说是没任何用处的。再说，就算人家拿了去，对草原也不会带来坏事啊。”

“这个你可说错了，这些笔记要是落在心术不正的人手里，那可会坏事的。里面收集整理了很多失传的医方，包括早已失传的迷药和毒药的配方。”

卓麦一边小心拿出一页页的纸仔细看着，一边说，“当初我还不明白扎多为什么老要我背那些深奥的藏文草药名字，还要认识藏文草书。我觉得自己的藏文水平够好的了，能看书看报的。现在看了他的笔记才明白，原来他早就决定了有一天要把这些传给我的。”

“想想也只有你是最合适的人选，你是学医的，对这些感兴趣。”

“得到此书者，必是跟我错鄂寺有缘之人，等将来草原平静了，请把这些医案归还给错鄂寺。无论你是怎么进入这里的，请别再回头，临湖石屋左边有条通道，在第二个路口往右，一直上去即可离开。出洞后，转动右边凸起的石头封闭石门。离开之后请忘记这里的一切，切不可对外人提起。”卓麦拿起最后一张纸念着。

“没有了？”公扎抬头看他。

“还有一句。日给星出来时，大青石的影子朝向正南的方向。那长长的影子啊，是佛祖在给迷途的人指点方向。”

“这是什么意思？”公扎接过去，看着最后一行字问。

卓麦摇了摇头。

“咱们出去后在日给星升起时去石头上看看不就知道了！”措姆说。

卓麦和公扎对看一眼：“你说这块大青石就是上面的那块石头？”

“当然，不然哪里还有大青石啊？”措姆削着肉，满不在意地说。

真是一语点醒梦中人，卓麦和公扎同时笑了。

“奇怪，这个洞居然没被加龙人发现！”措姆递给他们俩一人一片肉。

“这里面有太多的谜团，出去之后再说吧。”公扎说，他把肉放进嘴里，眼睛始终盯着门外。措姆无意中打死那只小熊后，按照正常的推理，母熊应该出来报仇才是。结果到现在为止，熊除了那阵咆哮外，洞窟里安静得出奇。这种超越常理的现象不正常，母熊护崽在草原上是有口皆碑的。平时，熊是尽可能避开人，很少听说攻击人的。只有在带崽时候，如果人熊遭遇，母熊往往会不顾自身安危，跟认为危及孩子安全的人搏斗，不惜拼掉性命。

措姆打死的那只小熊看牙齿不到两个月大，多半是因为发现了人而好奇。母熊肯定就在周围，只是因为那声枪响而有所忌惮。

越是安静越让公扎不安，多年的狩猎经验告诉他，有些动物比人还聪明，它们懂得什么时候出击胜算最大。

太阳终于落到了雪山背后，留下些余晖把天空映亮。

日给星慢慢出现在蓝色的天幕上，晶莹璀璨。

突然，空气中传来一丝尘土扬起的味道，还夹杂了淡淡的臊味。公扎把门开大了，顺手拿过枪，叫了声：“卓，熊来了，记住，一定要一枪毙命。否则它们一反扑，我们就麻烦了。”他一边说一边就架好了枪，趴在地上，打开扳机，“措姆，蹲到墙壁边上，别动！”

还在看笔记的卓麦闻声立即合上盖子揣进怀里，拖过枪对着门架上，眼睛紧紧地盯着门外。

不一会儿，就听外面传来“啪啪”的跑动声，接着一声凄厉的长嘶，几只熊出现在通道对面。公扎想也没想就“砰”的一枪放倒了一只，卓麦也同时放倒了另一只，其余的熊愣了一下转身就跑，一会儿就没了声音。

公扎起身来不及察看，喊了一声：“措姆，把门关上。”措姆就把生锈的铁门“哐”的一声推了过去。

“没有闩，怎么办？”措姆朝着两人喊。

公扎和卓麦两人从悬崖边抱过一块大石顶上。

这时，外面传来更多熊跑动的声音，同时传来撞门声，咆哮声如闷雷般在石窟里滚过。

“卓，你去把雪莲采下，咱们得马上走！”公扎顶着门，冲卓麦喊。

卓麦跑到悬崖边，用刀子拨开雪莲根部的碎石块，按照扎多老人的吩咐，只采六棵，剩下一棵留给山神。

“走！”三人迅速向下面的通道跑去，措姆在前，卓麦在中间，公扎断后。

咆哮着的熊终于冲开了铁门，跟着他们跑进了通道，因为这条通道太窄，只能一只接一只地往里追。公扎不时放上一枪，也只能起到吓唬的作用，暂时阻止一下熊的追击而已。

最终在一个拐角处，公扎的腿被追上来的一只熊咬了一口，皮肉顿时就被撕裂开来。他顾不上疼痛，只是本能地拔出刀子扎了下去，熊松开了口，趁着公扎侧身的机会，卓麦回头放了一枪，让措姆扶着公扎向前跑，他断后。

终于前面出现一丝亮光，公扎和措姆跑到洞口：“卓，左边还是右边？”

“右边！”卓麦答到，冲黑洞洞的后面又放了一枪，这才拖着枪跑过来。

公扎已经转动了那块凸起的并不大的石头，石洞上方开始“乒乒乓乓”掉下大大小小的石块。

“快走！”公扎叫着，拖了措姆就向外跑，卓麦跟着跑了出来。

三人才出洞口，就听“轰隆隆”的声音响起，整个洞口连石带雪夹冰塌了下去。再回头时，此处便跟别处没什么区别了。

死里逃生，三人惊魂未定，总算是看清了所处的位置，正是离山顶不到二十米的平台上方。不过，平台此时已经塌下去了一半，那块神奇的大青石仍然稳稳地立在那里，只是震落了些许雪花，黑黝黝的铁链依旧卧在积雪中，泛着淡淡的青光。嘎玛日给星在雪山顶上，那么清楚明亮，大青石的影子朝向正南临湖的一方。

公扎走过去，蹲在地上拿起铁链一端看着：“你知道这是什么做的吗，卓？”

“不知道，但肯定不是铜和铁。”卓麦说，把枪背在背上，打量着四周。雪山层层叠叠，还是来时的样子，山脚下的湖在星光辉映中神秘莫测，只是这块平台已经变了模样。如果不知内情，谁都会认为这只是雪山众多变化中的一次而已，没人会想到这个平台之下，雪山之中会有一个神秘的洞窟，掩藏了那么多说不清楚的秘密。

“你们过来，快过来！”公扎看着山下的湖，急切地向他们招手。

两人飞快爬上大青石，蹲到公扎旁边。

“看湖面！”公扎说，眼珠都没转一下。

措姆和卓麦顺着他视线的方向看去，两人张大了嘴说不出话来。

碧波荡漾的湖面上出现了一幅极不可思议的画面。

一个三面环山的谷地，中间有个热气腾腾的湖，几个赤身裸体的老人躺在湖面上，手脚随意划着，湖边有马有羊有牛。山坡上散落着些石屋，屋顶四角有幡，山路上还有提着东西赶路的僧人。

“海市蜃楼！”卓麦的反应。

“日给星出来时，大青石影子朝向正南的方向。那长长的影子啊，是佛祖在给迷途的人指点方向。”公扎的反应。

“香巴拉！”措姆瞪大眼睛，兴奋地看着湖面上神奇的画面喃喃自语。

没一会儿，神奇的画面消失了，错鄂湖恢复成一池幽蓝的碧波，显得那么神秘莫测。

三人依旧面向湖面，呆呆地坐着。

月亮就在他们正前方，白茫茫的大地影影绰绰。

当半山上出现三个黑色的人影时，在山下等了一天一夜的人群顿时热泪盈眶。石达把手指插进嘴里，打着响亮的口哨，大伙儿互相搂抱着，拍着对方的背，一直悬着的心总算是放了下来。

单增的小弟弟多吉和另两个年轻人向山上跑去，接过三人背上的东西。多吉还蹲下去，把受伤的公扎背了下来。

回到帐篷点，措姆让小叔叔直接把公扎背进了自己的帐篷，如一个已婚的妇人，尽心照顾着受伤的男人。她不再管阿妈的白眼，不再管众人的侧目，她认定了这个男人，从此再不愿与他分开。

经过这一事件，公扎和措姆的感情又回到原来的轨迹。单增是乐见其成的，他一向喜欢公扎，不想这俩孩子重复自己的遗憾。只是女人白拉心存芥蒂，但也无可奈何。再说他也是为了女儿才受伤的，她还有何话可说呢？

三人商量，不把山洞的事向外界透露，下意识里，他们都不想那些逝去的英灵再被打扰。那些古老的小佛像现在还不到见光的时候，错鄂寺，现在只是座空房子，野狗老鼠横行的所在，佛祖实在不宜出现在那里。最佳时机是何时？没有人知道，等待是仅有的选择。

因为公扎的伤，卓麦回部队续了十天假，留在了草原。只要没事就待在部队给他安排的帐篷里，帘子遮得严严的，研究扎多活佛留给他的医书和笔记。偶尔他会出去采一大堆草药，熬成汤或是做成药丸，自己试着服用，感觉没问题才给病人，治好了很多过去没把握治疗的病，几百里外的牧人都来找他看病。

渐渐地，牧人们开始传开，说汉族医生卓在察那罗肯定遇到格萨尔王的医生了，传给了他神奇的藏医术，所以他一夜之间精通了藏医学，成了神医。

卓麦没去解释，他只埋头看自己的病，或者研究采回来的草药。

公扎的伤稍稍好转，就和卓麦、措姆去找了老族长，装作闲聊一样打听起了草原的旧事。

“纳仓德巴的族长就是错鄂寺的第一任活佛，不过是后来追认的。纳仓德巴也是外来的，最早我们草原是加龙人在住着，纳仓德巴信仰佛教，为逃避政府的重税而带领族人逃到了错鄂草原，赶走了信仰苯教的加龙人。听说错鄂寺就是纳仓德巴来后才修建的，所以后来的人把纳仓德巴的族长追任为第一任活佛。据说纳仓德巴善于驯熊，但没人见过。我们迁来时，这里已经荒芜了。”老族长旺久坐在榻上，背靠着卡垫，说一会儿就得停下喘一阵子。

“这么说，我们也是外来的？”

“对啊。我们本来是在双湖塔加普山那边，有一年大雪封山，牛羊被冻死饿死的不少，老族长就带领族人冒死翻过雪山到了这里，路上死了很多人，我父亲那时候才两岁。有人说我们就是纳仓德巴迁到塔加普去的，也有人说我们跟纳仓德巴没有关系，而是加龙人的后裔。”

“波拉，错鄂寺真有一尊格萨尔王留下的药师佛吗？”

旺久闻言惊异地看了一眼公扎：“你也在找吗？”

“我只是好奇。草原上到处都在传说，说只有药师佛出现，草原的人心才能稳定。”

“人心稳不稳定，与药师佛有何关系？那只是人本身的问题。”老族长的眼光越过公扎看向外面广阔的草原，远处有一群牦牛在低头吃草，牧羊人坐在一边绕毛线。

“你不相信那个传说？”

“公扎，你是一个好猎手，一个好猎手从来就只相信自己的判断。那尊药师佛我见过，背后还有个奇怪的图案，我不知道那是什么意思。原来一直都由扎多活佛亲自保管，我曾经听我的阿爸说过，那尊佛像来自无人区的神湖，他说那个神湖宽待所有的生命，无论人还是动物，只要进入湖里，都可漂浮在水面上，让你感受到生命的真正平等。”

“来自无人区的神湖？”公扎喃喃地念着。

“具体的我也不清楚，只是听老人们这么说。”

“在我们族迁来之前，错鄂草原没有人放牧吗？”

“有，不过人很少，狼却很多，刚来时，猎人们打了三个月，才为我们清理了湖周围的地方。现在我们有这么大的草场，都是从狼嘴里抢出来的。”

“错鄂寺的僧人呢？全是后来的吗？”

“这倒不是，听说我们迁来此处时，错鄂寺里有两个僧人，但没有活佛。我们来后重新整修了寺庙，请了外面的大喇嘛来主持活佛转世灵童的寻找，最后确证了扎多活佛的身份。为了草原的平安，扎多活佛真是吃了不少的苦啊！”

“吃了不少的苦？什么意思？”

“那时候草原瘟疫横行，死了好多人，有次他外出采药进入无人区，失踪了三个多月。”

“活佛失踪了三个月？”

“对，他说要到无人区那边采一种治疗瘟疫的药，带了三个徒弟，结果遇到暴风雪，他和徒弟失散了，族里派了好几批人去找都没找到。我们都以为活佛去了香巴拉，没想到三个月后他自己兴高采烈地回来了，还带回了好多治瘟疫的药丸。”

“他没说那三个月他是怎么度过的吗？”

“没有。他回来就好了，草原人高兴还来不及呢。况且，当时瘟疫像发了疯一样肆虐，有的帐篷死得一人不剩，活佛天天忙着救人，哪里还有时间谈他去了哪里啊。记得当时我们在寺里的院子架了好几口大锅熬药，终于让剩余的人逃过了那场劫难。”

“这么说，没有任何人知道那三个月他是怎么度过的？”

“对。没有人问起，他也没说过。你打听这些干什么？”老族长转过头，示意措姆把小桌上的药片递给他。那是卓麦开的西药。现在的错鄂草原，自从扎多去世后，就没人懂藏医学了。幸好有了个汉族医生卓麦，否则牧人们生病都得往大老远的公社跑。

“我只是好奇！”公扎站起来，把水杯递到老人手上。

“不过，扎多活佛回来时身上多了本《四部医典》，他一有时间就看那书，还常常出去找药，回来就熬给牛羊吃，看治疗的效果。”旺久吃完药，把杯子放到小桌上。

“老族长，听说你父亲年轻时给一个外国人当过导游，是真的吗？”坐在凳子上一直沉默的卓麦这时抬起头来，轻声问。

“这倒是真的，我阿爸在世时经常说起这事。他说是放牧碰到的，一个人，高鼻子蓝眼睛，长得跟我们完全不一样，好像是从察那罗那边出来的，迷了路，衣衫褴褛，人瘦得就跟鬼一样。见到他抱着就哭，说什么却听不懂。不停地指着自己嚷嚷‘斯文•赫定’，阿爸说那可能就是他的名字。他在地上画了好多图阿爸才弄明白，他们好像是闯进了一个什么山洞，然后碰到熊，同去的人全失踪了，只有他一个人逃了出来。那段时间察那罗雪崩不断，我阿爸带人搜了两天也没找到人，还去无人区找了两天也没结果，加之他又说不清楚山洞在哪里，没办法，只能送他离开草原。”

卓麦看了公扎一眼，对方点了点头。措姆扶着老人躺下，为他盖好被子。

“波拉，我们走了，你好好休息吧！”公扎说。

“你等等，我想起来了。”老人突然睁开眼睛看着三人，若有所思地说，“有次我去寺里，扎多仁波切正在看格萨尔王的书。他说那书是用金汁写的，是无人区神湖边的修行者送他的。”

公扎看着老人，说了声：“谢谢！”

三人相跟着出了帐篷。

达娃的病经过卓麦的精心调治，不再赤身裸体乱跑，但神志仍不清楚。公扎的假期就要满了，开始准备东西回部队。走的那天晚上，他去了措姆的帐篷。

“我会等你的，你放心去吧！”措姆靠在公扎怀里，两人身上围着柔软的羊皮褥子，两肩裸露在外面。火炉里的牛粪饼燃烧着，火苗不时闪一下，小小的帐篷里温暖如春。

“首长说，我明年就能退伍了。等我一回来，咱们就把帐篷立起来。”

“嗯！”措姆点着头，发丝缠绕了公扎的脖子，“我会照顾你阿妈的，你放心回去吧，记得给我写信。”

“女人，我会想着你的。”

“我也会想着我的雄鹰。”

第五章
思念的狂风细雨

那柔柔的绒羽啊，刷过了心尖，
从此公扎就认为，死亡是轻盈的，
思念才是最沉重的苦难。

十二

一九七六年的九月九日，错鄂草原阴云密布。牧人们聚在队部的帐篷里，盯着桌上那台小收音机。一个穿着棉布藏袍的小伙子趴在小桌上调频，收音机里传出不太清楚的普通话。牧人们听不懂汉语，但仍认认真真地听着。因为罗布顿珠从公社回来，说是今天中央有重大新闻要宣布，让所有人必须按时收听。

单增请了湖对面帐篷学校的老师普布来当翻译，他是队里唯一懂汉语的人，普布初中毕业，留在帐篷学校教孩子们读书识字。此时他正捧着收音机仔细地听着，脸色越来越沉重。

“我们的‘文殊菩萨’真的走了！”当收音机里传出一阵杂音后，普布转过身来，眼含热泪，看着周围期待的眼神，呜咽着把刚才听到的译成藏北话。

“文殊菩萨”是牧人对毛泽东主席的尊称。

人群里顿时悲声四起，“文殊菩萨”走了，就好像草原的天要塌下来了一样。看着挂在帐篷的毛主席像，人们眼含热泪，双手托着哈达，弯着腰一步一步走了过去，小心地把哈达挂在主席像的框上。

纯朴善良的牧人按照草原的习俗纪念着这位伟大的人物。

一年不梳洗，一年不歌舞。

而这一年，公扎退伍了，政府为他分了工作。到新单位报到后，他午饭都没吃就骑上马往回赶，一想到措姆那双含情脉脉的眼睛，心就像要蹦出胸腔一样急迫。就像一个十八岁的少年跟姑娘初次约会，羞涩中含着期待。

公扎把马打得飞快，迎着风，意气风发的。他幻想着从此跟心爱的女人双宿双飞不再分离了，生上两三个孩子，休假时一家子带上叉子枪出去打猎。今年冬天一定要打只红狐，给女人做顶帽子，想象着措姆满月一般的脸庞在红狐毛映衬下的样子，他不禁傻呵呵地笑了。

公扎这么想着，打开羊皮袄，放开嗓子唱了起来，高亢的牧歌随着马蹄声，打破了草原的宁静。近处的鼠兔和远处的狐狸、羚羊，闻声撒腿就跑，伏得极低的身子掠过矮矮的草，眨眼不见。

天上的星星啊，
像阿哥的眼睛，
看着地上阿妹的身影。
小小的酥油灯啊，
一夜到天明，
不见阿哥你的眼睛，
落进帐篷照亮阿妹的心。

小路从草地中间直直地穿出去，延续到看不见的尽头。马蹄声不时掠起一群群小云雀，“噗”的一声飞起，等马过后，又立即落下。

阳光很好，暖暖地照在草原上，就觉得偌大的草地像极了一张软绵绵的床垫，让行走其间的人身子也跟着发软，心情也越加迫切。这样的阳光是适合情人相见的，拥抱了彼此让这份午后的绵软包裹着滚落大地。

蓝天碧水间，那会是怎样的一种温馨啊！打着马狂奔，迎着风一直在马背上傻笑的公扎似乎在奔向天堂，满脸散发出沉醉幸福的光芒。

顺着草地，马儿流线型的身子飞跃起伏，在转过一个弯道，驰过一条小溪进入新的河谷后，空气中突然传来措姆惊恐的大喊，隐隐伴着熊的嚎叫。

“公扎——”

那是怎样一种撕心裂肺的呼喊！

公扎狠狠抽着马，恨不得让自己长出翅膀来。

空气中越来越浓的血腥味如一把铁爪在挠着他的心。

然后他看到女人结了绿松石的小辫凌乱飞扬，看到她绝望的眼睛，他似乎听到自己血管爆裂、心脏流血的声音，喉咙被封住了，那种焦急如烈火烧灼了喉咙。当喀果再一次挥出熊爪时，公扎想也没想便把吃肉的刀飞了出去，砍在喀果的前腿上，喀果咆哮着转身带着熊崽飞快地逃走了。公扎飞身而下，抱起措姆血淋淋的身子，发出如野狼一般的嘶吼。

转眼之间，春光明媚的草原就变成了人间地狱，阳光被突然而至的乌云遮住了，风裹着沙子，呼呼地刮着。野驴、羚羊迷惑地看了看天空，便向着背风的山坳驰去……

那一个下午公扎都抱着措姆冰凉的身体在草原上踉跄，毫无目的，身后跟着那匹棕色的老马。头顶上，秃鹫在不断地盘旋，时而向下俯冲，时而又向上飞升……

按照草原习俗，措姆的身体要被天葬师用白布条捆绑成胎儿在子宫里的形状，寓意怎么来到这个世界就怎么离开。公扎没用天葬师动手，他打来错鄂湖的水，把爱人的身体擦洗干净，长发洗干净，重新梳辫，再用白布轻柔地包裹了她。

做这一切时，公扎是极安静的，就像一切从未发生，所有人的安慰和眼泪都无法让他面部换一种表情。他只是一直守在措姆的尸体边，不吃不喝不说话。

丧葬对于一顶帐篷来说是件大事，随时都有客人前来奔丧，要准备吃的、要接受大家的安慰、要安排里里外外的事情，还不能哭泣。亲人的哭泣会让死者的亡灵不安，会让她在中阴期牵挂尘世中的亲人迟迟不能转生。她的今生已经结束，来生还没开始，得让她早早踏上往生的路，去到自己该去的地方才是。

所以，亲人不能流泪，不能悲伤，让亡灵快快乐乐地离开才是今生最后的圆满。所谓逝者已矣，生者还得继续啊。

公扎不哭，在用白布把措姆轻柔地缠绕好以后，他就不再流泪。除了守在措姆的尸体边，他偶尔也会在夕阳染红天边的时候静静坐在草原上，看着前方，寂寞萧瑟的背影让所有看到的人都是一声叹息却又无从安慰。八年的相恋等待，眼看着就要修成正果，却突然间一切的美好都消失了。公扎，如春天草原失偶的羚羊，他的每一根头发、每一个毛孔都被一种叫作绝望的情绪笼罩着。

措姆走的那天早上，公社正在动员牧民，据说在无人区那边新发现了一个硼砂矿，队里留下了老弱病残的看守牛羊，青壮年都干劲十足地去矿上干活了，晚上也不回来。

卓麦请假赶来了，他想送措姆最后一程。

太阳没出来，草原上寒意袭人。公扎背着措姆，感觉她是那么轻盈，就像一片羽毛落在自己的背上，慢慢地钻进了自己的皮肉里。那柔柔的绒羽啊，刷过了心尖，从此公扎就认为，死亡是轻盈的，思念才是最沉重的苦难。想一个人，他无时无刻不在你的脑海里，无时无刻不在你的皮肉里。你还摸不着、看不见，年年月月，直到思念变成习惯，成为身体的一部分，想忘忘不了，想丢丢不下。

卓麦走在前面，提着一个冒着青烟的瓦罐。

一路上，两人谁都没说话。

天还没大亮，晨曦才露出第一缕光线。朦胧的草原有些轻雾，乳白色，成团成带，柔软得如哈达、如姑娘的发丝，飘逸得如梦似幻。牛儿、羊儿都还没醒来，就连叽叽喳喳的云雀也还在梦中吧。这个早上的一切都是安静的，草原上的一切都在目送那个美丽善良的姑娘远走。

一望无际的草地中央走着三个男人。

天葬师、提灯的卓麦、背着措姆的公扎。

到了目的地，公扎把措姆轻轻放在大青石上，解开包裹她的白布，看着她舒展四肢如一个婴儿般沐浴着晨初的第一缕光线，那么圣洁美丽。公扎和卓麦静静地站着，泪水在眼眶里打转。天葬师已经把桑枝点燃，淡蓝色的青烟扶摇直上，微风一吹，柏枝的味道弥漫了整个山谷。

卓麦拿出经幡，和公扎一起挂在了山石上。做完这些，公扎和卓麦转身急步走了，再没回头。公扎不是不想看，而是不敢看。

到山脚下，听着空中传来神鹰的鸣叫，公扎再也无力承受心中的痛，颓然地猛扑在地上，压抑的哭声和着悲鸣的风一起呜咽。

卓麦立在他后面，看着慢慢升起的朝阳，眼睛潮湿。

措姆天葬后的第二天，公扎就回了单位，他的脸上不再有笑容。

卓麦回到部队，潜心研究扎多活佛留下来的医书和笔记，还从错鄂草原选了两个年轻人当徒弟，不仅教他们藏医学，还教他们西医的诊疗方法。当一切准备工作做足后，他按照扎多活佛的吩咐，带着医疗队到无人区，亲自把那两户患了大骨节病的牧人接出来治疗。第二年，在雪花飞舞的季节，卓麦把扎多活佛留给他的医书和笔记给了公扎，托他有朝一日归还给错鄂寺。他退伍回了内地，带着从雪崩里扒出来的儿子卓一航回到那个叫上海的大城市里定居了。

没有措姆，公扎是孤独的，整个人都寂寞冷清，就像错鄂湖的水一样，表面看上去还是那么美好，波光粼粼，清澈碧蓝，伸手感受一下，那彻骨的冷，直达你的心脏。

再休年假，他托人给三个弟弟寻找了一门亲事，并很快办完了婚礼。然后把疯癫的阿妈达娃接到了县上，让妹妹拉姆照顾着。

公扎的身体颠沛着，从荒原的这边流离到那边，从这只酒杯到那只酒杯，只想着醉了不再醒来。一天天一年年，看着别人娶妻生子快快乐乐，但自己还能安安心心去守一个家吗？任何时候任何场所，他都会有突如其来的孤独感。伴随着这份孤独的，是没完没了的思念，纠缠着、撕扯着，永无宁日，只有措姆，只有措姆才能让他不孤独。

但他知道，自己是一顶帐篷的家长。

达娃离开草原的第二天，次旺也失踪了，没人知道他去了哪里。除了他的家人，也没人会在意他去了哪里。这个男人，意气风发时在草原上结下的是仇恨，草原平静了，不甘于冷清寂寞的他时时想着有朝一日东山再起，这让后起之秀罗布顿珠非常不舒服，时时打击他排挤他。所以关于他的失踪，人们只当是争不过罗布顿珠一时赌气去了哪个老朋友的帐篷藏起来，过一阵子风平浪静也就回来了。

回到内地的卓麦，常会打电话给公扎，两人在电话里聊草原，聊措姆，聊那些远去的岁月。公扎一直认为，卓麦的落寞是因为措姆，却不知，卓麦的心中实则藏了另一个女人。

无论当事人如何伤痛，草原的太阳都会按时升起，按时落下。

十三

湖水青了又蓝，蓝了又青。转眼间，日子滑到了二十世纪七十年代末，一个传遍全国的喜讯也传到了草原。年轻的年老的、上过学的没上过学的、为自己的为别人的，都在不自觉地为这个消息而暗暗兴奋。

中国要恢复高考了。

上大学对于牧人来说是个遥不可及的梦想，如今这个梦想真实地摆在了眼前。如果放在二十年前，别说上大学，就是想识几个字，对于没有身家自由的牧民来说，那也只是想想而已，实现是不可能的。

二十世纪六十年代初期，草原上有了帐篷学校，孩子们才知道除了放牛放羊捡牛粪外，还可以上学。尽管不久就开始了“文化大革命”，但凭借所学过的有限知识在高考第一次降临草原前夕抱抱佛脚，仍足以让每个人兴奋。

石达这段时间一直把自己关在帐篷里，把那些破得不能再破的书本重新翻了出来，不分早晚地背着、写着。有不懂的地方就去湖对面找帐篷学校的普布老师。

“你说我真的考得上吗？”太阳落山时石达和普布并肩从帐篷里出来，沿着小路向湖边走去，那里有艘牛皮船独自横着。

“石达，大家的底子都差不多，再说我们是少数民族，听说有额外照顾，只要你努力，一定能行。”普布看着身边胡楂儿满面、已经是两个孩子父亲的石达说。

石达用力点了点头，上了牛皮船。普布为他解开绳子，目送他摇船远去。

录取通知书下来的那天，错鄂草原沸腾了。人们自发地组织起来，通宵达旦地唱歌跳舞庆祝。石达是草原上出现的第一个大学生。那年月，上大学就跟过去家里有僧人拿了格西学位一样，地位猛然间升了好几倍。

石达胸前戴着大红花和巴掌大的毛主席像章，脖子上挂满哈达，挥手作别送行的人。回望草原，他父亲做主娶回来的女人牵了俩孩子夹在人群里，默默地看着鞋尖。石达的目光没有停留在女人身上，他的目光穿过了送行人的头顶，望着远处湛蓝的错鄂湖湾黑色的碎石岸。那里，曾是他和央吉从小玩耍的地方，两小无猜的岁月，原本是可以演绎成一段草原佳话的，却因为自己的无知和软弱，成了心底无法抹去的伤痛。

这片伤心的草原，就让它留在心里吧。

“你真的不想再回草原了？”那一晚，石达住在县上公扎的家里。

“公扎，央吉可以说是我害死的，草原上的一切天天都让我想起我们曾经在一起的日子，我简直就要疯了。这次离开，我不打算再回去了，毕业后我要留在内地工作，只要能忘了这里，把我分到哪儿都行。”石达双手枕在脑后，看着花布蒙着的屋顶，伤感地说。

公扎躺在对面的榻上，不知说什么好。他想起措姆，想起两人在一起的情景，心一阵阵抽痛。

“你到上海后记得去找卓麦，他现在是一家大医院的外科主任了，一航也大了，明年还说要来草原过暑假呢。”

“时间过得真够快的啊。想当初我们在草原一起唱歌跳舞打猎的情景，就像梦一样。”

“是啊。”公扎深吸了口气，拉灭了灯，月光透过小窗洒进屋里。“央吉走了，措姆也走了，卓麦还是单身却有了一个大儿子。你也成了两个孩子的爹，还考上了大学。我呢，也有工作了，只是措姆不见了！”

夜，在两个男人的对话中，慢慢安静下来。月光透过小小的窗洒在水磨石的地板上，泛着淡淡的光。

像草原上任何一个家长一样，公扎担起自己的责任，照顾弟弟妹妹，事无巨细。然而他心里一直记着：找喀果，为自己的女人报仇。他忘不掉措姆那双黑亮的眼睛，无数次午夜梦回都听到措姆在凄厉地呼唤:“找喀果，报仇！”这是公扎又一次从梦里惊醒后看着黑沉沉的夜空下定的决心。他不能再等了，他要找到喀果，用它的生命去祭奠爱人的亡灵。

此时的公扎，长发披肩，满脸大胡子，走在县城尘土飞扬的街道上。黑红色的脸庞糙如沙子，两眼闪着凌厉的光芒。

草原的风雨已经把那个少不更事的少年磨砺成了一个刚毅的中年汉子。

他递交了退休申请，提前卸下公职，一身轻松地走出了单位大门。等了多年，不能再等了。

随着岁月渐长，措姆的身影笑容在公扎不尽的思念中愈加深刻，在每个晚上每一个白天陪着公扎生活着。

公扎带阿妈达娃去了趟拉萨，找到卓麦当初的战友，现在已经是拉萨某部队医院的院长。因为卓麦事先打过电话，院长亲自安排专家给达娃检查。结论仍是受了强烈的刺激造成精神失常的躁狂症，开了些奋乃静后就回了县城。

母亲的事安排好后，公扎回了趟老家。他还要办一件大事：帮扎多老人完成心愿，让佛祖的光辉再次照耀草原。

回到草原的那天，错鄂湖几个牧民点的人正聚在一起开会，讨论分草场的事。内地早早就实行了土地承包制，这股风也刮到了草原。将草场分到户，让牧人不再逐水草而居，迁徙流浪。

固定牧人的脚步，是好是坏，没人知道；是喜是忧，现在也无从考量，人们只是本能地为草原上再一次降临的新鲜事物而兴奋着。草场是自家的了，牛羊也是自家的了，再不用听着哨子出工、卡着钟点而回了。

草场的多少是按照牲畜的量来分的。每个家庭有多少人口，应分得多少头牛多少只羊是早就商量过的。只不过，一向在草原上独自尊大的马此时开始沦落，因为草原上开始修公路了，作为草原上主要交通工具的马没了用武之地。马的肚子大，一匹吃的草顶过了五只羊，而分草场时，一匹马只分一只羊的草场面积，一头牦牛则给三只羊的草场面积。如此大的食草量又不能吃肉不能产毛，牧人们便不愿养马。

草原上修路是极简单的，除了山腰、湖弯、有水有坡的地方需要平整外，大部分的地方，汽车一压，路就出来了。

老三分完草场回来，远远地看见公扎，挥着手 :“大哥，我们分了五岗，四条山沟呢，就在察那罗边上，草场很不错。”岗是羌塘草原上牧人都懂的面积单位，但一岗等于多少亩却弄不明白，也没人去算过。

公扎点了点头。

“大哥，听顿珠说，最多十天，公路就要通到我们这里了。到时我们也买一辆摩托车吧，去县上看你和阿妈也快！”老二公赞正在码牛粪，闻声笑嘻嘻地转过头来对公扎说。

“行啊。”公扎看着远山，头也没回地说。

“今天好几个家长都在说要买呢。这下好了，我们再也不用骑马放牧了。”老三嘿嘿地笑，“大哥，有了摩托，咱们也把马卖了吧？”

“留两匹好点儿的，还要参加夏天的赛马会呢。”公赞嘿嘿地笑。

“把我的那匹留下，其他的你们看着处理吧。”公扎回身进了帐篷，“过两天我回县上就把摩托给你们送回来。”

“哦，呵呵……”帐篷外传来兄弟们的欢呼声。

草场分到户后，牧民的积极性提高了，生活日渐富足。有的甚至在自己的公路边建起了小房子，让老人和孩子住在家里，男人们上牧场去。公赞的女人已经生了两个孩子，家里开始变得热闹起来。公扎不仅买回了摩托车，还买了一辆手扶拖拉机。太阳能灶也渐渐在草原上普及。

牧人们习惯了上千年的生活方式慢慢发生着变化。

公赞和弟弟们是忙碌的，三个男人分工明确各司其职，日子一天天富足起来。公扎仍然单身一人，这让弟弟们内疚，他们觉得，大哥要么加入他们，成为帐篷里名副其实的家长，要么自己在城里找个女人，成个家有人照顾。然而公扎总是淡然一笑，不置可否。

没有人理解公扎，当然，公扎也不需要人理解，他只忠于自己的内心。

没有菩萨的错鄂寺不知哪一天开始又有了供奉，开始是悄悄出现几个苹果、几颗水果糖，接着有了淡蓝色的桑烟，有了五彩的经幡。更不知是哪一天，一个叫巴桑的老僧人披着羊皮袄，抱着垫子出现在草原上，没人知道他是从哪儿来的。他径直上山，推开了紧闭多年的寺门，住进了院中的一间小屋。第二天，他操起扫帚，把寺里寺外打扫得干干净净。

错鄂寺慢慢有了人气。只是，佛菩萨的身影却不知藏于草原的何处。

这天，公扎坐在弟弟们立于半山坡上的帐篷里发呆时，公赞进来了。

“大哥，古修拉（藏区对僧人的尊称）巴桑找你！”

公扎抬起头正要站起，那个刚到错鄂寺的老僧人巴桑就弯着腰，咳嗽着进来了，一身脏兮兮的僧袍和胡乱剪短的头发。他冲公扎拱了一下手：“公扎拉，我有事找你！”

“古修拉，请坐！”公扎站起，把老人让到正面的垫子上坐下。

公赞的女人打了酥油茶进来，给老人和公扎倒了茶双手递上，又转身出去继续忙她的事了。

“我叫巴桑，原来是错鄂寺仁波切的徒弟，‘文革’时活佛让我早早离开了草原，最近听说这里平静了才回来的。”巴桑喝了一口茶，看着公扎轻声说。

“那场劫难，让所有僧人都离散了。”公扎叹了口气，给老人把茶续满，“你找我有何事？”

“听说政府已经在各地恢复损坏的寺庙，我想请公扎拉帮我打个报告，把寺庙重新维修一下，再塑几个菩萨。你在政府里工作过，熟悉程序，所以想请你帮忙。”

这个事公扎倒是知道的。“文革”结束了，政府开始着手修正“文革”期间的错误，扎多也重新恢复了活佛的身份，浮动了十几年的草原重新安定下来，各地都在打报告重新恢复打砸坏了的寺庙。

“没问题，你放心吧！”公扎爽快地答应着。让佛祖的光辉重新照耀草原不是扎多一生的希望吗？能让错鄂寺恢复原有的荣光也算是帮他完成了心愿，自己藏着的药师佛和那些古旧的小佛像也该有个去处。

报告很快就批了下来，政府拨款十五万重修寺庙。其实寺院在“文革”时被红卫兵占领，成了错鄂草原的革命指挥中心，后来又成了公社存放粮食的仓库，这样的变迁在那场动荡的岁月里反而成了变相的保护，所有的建筑和壁画都完好地保留下来，唯一不见的就是那些庄严肃穆的佛菩萨和那些堪称国宝级的合金小佛像以及古老的唐卡。

有了十五万的经费，在公扎的操持下，从昌都请来了手工艺人，重新打造了佛菩萨的造像。失散了的僧人也陆陆续续地回到了寺庙。有认识的也有不认识的，没人会介意这个。走进寺庙，披上僧衣，他就是佛祖的弟子，善良的老百姓不会去求证每个佛弟子的身份。

为佛像开光的那天，周围的老百姓都来了，带着砖茶、酥油、干肉……

装修一新的大殿分为两层，上面一层铺着整整齐齐的新卡垫，下面一层是水磨地，信徒席地而坐。在氤氲的诵经声中，寻找着各自的心灵皈依。

大殿里，酥油灯重新点亮，久违的佛光弥漫了大经堂。

公扎坐在柱边，背靠着大木柱安静地看着这一切，恍如隔世。

而坐在僧人首位的巴桑看了公扎的背影一眼，嘴角露出一丝不着痕迹的笑意。

第二天，值日僧起来打扫时，发现大殿的门开着，以为进了小偷，检查完后发现什么都没少，反而是强巴佛身前突然多了些小佛像，正是过去由扎多活佛亲自保管的各种金刚造像。

草原上一时之间盛传着错鄂寺的佛菩萨显灵了，让丢失了的佛像重新回到了寺里。

晚上，公扎坐在错鄂湖边的草地上，湖水是永远的蓝，泛着淡淡的波光；辽阔的草原寂静得就像史前；远处的察那罗雪山永远那么耀眼，无论白天还是黑夜，都要抢尽草原的光芒。

公扎用草茎在沙地上摆了个“ＯＯ”形图案，这个图案无时无刻不在他脑中萦绕，常常困扰着他。

大多数的时候，公扎是不敢想这个图案的，因为伴着这个图案而来的是撕心裂肺的痛。

该尽的责任还是得尽，无论有多难；该了的义务还是得了，无论有多险。

公扎坐着，一动不动。身后的雪山光芒万丈，身前的草地牛叫马嘶，黑帐篷星星点点炊烟袅袅。这时，远处传来一阵密集的枪声，还有人的喊叫声和獒兴奋的吼声。公扎站起来，抖了一下皮袄上的沙子，翻身上马，向枪响的地方驰去。

错鄂草原附近能打的动物真是越来越少了，新一代成长起来的猎人不再像老猎人那样不打带崽的、不打怀孕的。现在的年轻人，打猎不是为了填饱肚子维护牲畜的安全，而是娱乐的性质更多了一些。一枪出去，看着鲜活的生命冒着鲜血瞬间倒下，兴奋就随之而来。

一向喜欢摸枪的公扎，这些年反而放下了枪。眼见着草原能猎的动物越来越少、越走越远，他心里是忧虑的。

这几天，草原突然来了一群野驴。久久不见它们在这一带活动了，突然见到，真是备感亲切。

公扎骑在马上，远远看见前面野驴活动的地方烟尘滚滚，鼻腔里充塞着浓浓的血腥味。

他没有过去，就是过去也没用。烟尘中晃动的人和枪以及罗布顿珠兴奋的嘶喊声“收兵收兵”都告诉他，杀戮已经结束，剩下的不过是打扫战场而已。公扎掉转马头，向帐篷点走去。

公扎回家带了绳子，依旧一件老羊皮袄，依旧是一腿风干的羊肉。草原上的男人，习惯于荒野生活，偌大的草原，四处都是家。

依旧带了父亲留下的那杆老枪，尽管这枪早就过时了，年轻的猎手现在身上背的都是自动步枪，轻巧实用。

公扎站在山脚下，仰视着察那罗，还是那么高那么亮那么威武，峰尖上飘着一缕淡淡的旗云。

上山是很轻松的，甚至没怎么出汗就已经过了第一道山梁。他站在山脊处，一动不动。老羊皮袄扎在腰间，满脸大胡子，细长的眼睛闪着冷厉的光芒，凌乱的长发被风雪吹得向后扬起。

冰雪的谷地上那个大大的“¤”形图案在阳光下发出怪异的光。

熊为什么要弄这么一个图？这个图又代表了什么意思？公扎眯起眼睛，这些问题的答案不得而知。

公扎知道喀果还在，这是空气中淡淡的腥味告诉他的，猎人的鼻子从不会欺骗他。公扎没顺着雪谷前进，而是直接上了山坡，他要去那个台地上。上次因为受伤，匆匆忙忙没看仔细。

神秘的大青石仍在，只是周围的山石因为雪崩改变了原来的样子。公扎绕着石头转了两圈，除了肯定这石头不是自然长成的形状外，其他仍一无所获。

他盘腿坐在石上，手拿黑黝黝的铁链，沉甸甸的，触手处冰凉刺骨得像有无数的小针直往皮肉里钻。它是怎么来的？为何会嵌在这里？没人说得清楚。那个关于拴狼神的传说在草原上传了一代又一代，代代说法如出一辙。神话终归是神话，代表不了合理的解释。公扎是不相信神话的，尽管他很喜欢听，但他不信天会降神物，不信不努力就会有神灵护佑。

万事总有源，凡事总有因。只是这源在哪里？这因又是什么？

公扎站起来，紧了紧皮袄，从石头的这边走到那边，又从那边走到这边，然后绕着大青石的边沿转了起来，越转越快，最后索性放开了脚步，走了个酣畅淋漓。

这时，远处突然传来一声熊愤怒的嚎叫，尾音带着一丝尖厉。这样的吼声，公扎一辈子都忘不了。

那是喀果，只有它愤怒时才这样嚎叫。

措姆，就是在这样的嚎叫声中去了香巴拉。

公扎，就是在这样的嚎叫声变成了没有欢笑没有悲伤的行尸走肉。

找到它，打死它，是公扎活着的目的。嚎叫声还没来得及从雪山深处消失，公扎就提着枪沿着山边飞快地掠了出去。

在及膝的雪地里追了两个时辰，翻过了一座无名的雪山头后，前面雪地上出现了零乱的脚印。公扎只瞄了一眼，就准确地判断出有一大一小的两只熊和六只狼。

狼？公扎扯起嘴角冷冷地打量着前面。如果他猜得没错的话，狼和熊就在前面拐弯处，离他不到三百米的距离。

喀果，你要了我女人的命，我就要你的命。

公扎放缓了脚步，斜斜地往上而去，积雪发出“咯吱咯吱”的声音，他要给自己找个有利的位置，居高临下才有十足的把握。熊和狼就在前面，它们也许正在恶斗。让它们去斗吧，最好斗得筋疲力尽，两败俱伤。

喀果！公扎心里念着这个名字，连同这个名字而来的是撕心裂肺一般的疼。

当雪地上几个黑影映入眼帘时，公扎心里一阵狂喜。他猫着腰，找了个掩身的雪堆，静静地看着下面。

没错，六只狼和两只熊就在下面。

狼一向在草原上活动，怎么会跑到雪山上来？公扎饶有兴趣地看着喀果把一只小熊护在身边，四周六只灰棕色的草原狼龇着牙，虎视眈眈。

喀果身上带着血迹，两只狼的前脚上也有了伤。

对峙良久，六只狼慢慢分成两队，三只在前三只在后，呈前后夹击的姿势。

公扎的嘴角有了一丝笑意。狼是草原上最聪明的动物，团结协作共同对敌的能力是其他动物无法比拟的。喀果要倒霉了，公扎这样想着，举起了枪。他不想喀果死在狼口下，他要它倒在自己的枪口下，只有那样才能告慰措姆的在天之灵，他是这么认为的，就想这么去做。

前面三只狼对喀果只是佯攻，后面三只狼却对准了小熊，而且是不计后果的，仿佛有世仇一般扑了上去。

小熊显然是第一次经历这样的场面，惊恐万状地“吱吱”乱叫，拼了命地向喀果靠近。

而两只狼挡在小熊和喀果之间，龇着牙正等着它呢。

喀果面对分别攻上来的三只饿狼，既要保护自己不受伤，还要护着幼崽，明显地力不从心。它凄厉地嚎叫着，东扑一下西扑一下，脚步滞重，挥出去的熊掌虽然用尽了全力，却只打得积雪乱飞。

眼看着瞬间，只需瞬间，小熊就要倒在狼爪之下。

“砰”的一声枪响，倒下的不是喀果，而是爪子搭上小熊头顶的狼。

为何会是这样的结果？事隔很久公扎都在后悔那天的选择。他的枪口为什么要偏移？对着的明明是喀果，子弹却飞向了狼。狼跟他是没有仇恨的，今天打一只跟明天打一只没有任何区别。而喀果，是他复仇的对象，放过它，就意味着接下来要长时间地寻找。

枪响了，喀果和狼一愣之下，立即飞快地消失在了雪谷里。

起风了。

风夹裹着雪花，呼呼地刮着。

苍茫的天地里，公扎抱着枪坐在地上，呆呆地看着眼前零乱的脚印，长发上下翻飞。

公扎坐着，就像一尊史前的雕像，脸上镌刻着草原人的历史。

最终，公扎还是起身，扛着枪，深一脚浅一脚地走在雪地里，用沙哑的嗓子吼起那首古老的牧歌：

天上的星星啊，
像阿哥的眼睛，
看着地上阿妹的身影。
小小的酥油灯啊，
一夜到天明，
不见阿哥你的眼睛，
落进帐篷照亮阿妹的心。

公扎找到了那灌木丛，洞壁长满野草，他抽动着鼻翼，没有一丝熊的气息，显然已经成了弃洞。

没了熊的气息，公扎的心落空了。

他拔了些干枝扔在洞口，再踢了雪盖住。熊走了，就让这个洞永远留在历史里吧。公扎把枪甩在肩上，大声唱起那首古老的牧歌，消失在茫茫的雪原上。

一切都在变，他曾经熟悉的一切都在一点一滴地消失着。

公扎第二天回到家。在第三天清早，阳光还没穿破云层时，他扛着枪，马背上甩了一腿风干后酥软的牦牛肉上路了。

这个硬朗的汉子，带着对爱人无尽的思念和对喀果强烈的恨意踏上了茫茫的寻仇之路。草原的秋风寒冷得刺骨，把他凌乱的长发高高扬起，老羊皮袄只穿了一只袖子，另一只臂膀光着，黑亮的皮肤下鼓着一团团腱子肉。公扎向着远处的雪山悠悠走去。他感觉，越是一个人的时候，越能清晰地感觉措姆在身边。她在那轻轻唱着，还会时不时羞红着脸跟着他，望着他，跟他说话。就如此刻，措姆正陪着他走着。

身后，佝偻着背的单增站在自家帐篷边，担忧地目送着公扎远去。

下部

第六章
说走就走的旅行

那些经过千难万难才挤出的草，
忙不迭地生长着，然后开花、结籽，
在极短的雨季里完成生命的更替，
等待来年再一次无法预知的发芽。

一

风最后一个从机舱出来，凉凉的空气迎面扑来，她顿觉身心无比舒畅。她深深吸了口气，张开双臂大喊了一声“西藏，我来了”，惹得前面的人都回头看她。

风灿烂地笑着冲下了舷梯，大红底黑花的薄羊绒围巾向后飘着，棕色的鬈发随风而舞。

一辆电动车等着把旅客送到候机楼。风看了一眼没有跟上去，她决定走路过去。

贡嘎机场并没想象中的大，灰色的航站楼就在眼前，清晰得仿佛触手可及。第一次看到这么蓝的天这么白的云，风兴奋得手脚有种无处安放的感觉。

“太阳很大，空气却清凉，很美，像天堂一样。”她找到公用电话，给远在美国的男友杨帆打电话时第一句话是这样说的。“现在还没感觉到高反，头不晕也不疼。”然后例行公事一般问了一句，“想我没有？”

电话那头也传来例行公事一般的回答：“想你。好好玩，注意安全！”

然后，风再给好友卓一航打了个电话，通报说我已经到了你说的天堂，果然很美，谢谢你的介绍。

卓一航说，小心别让西藏的男人拐跑了，否则杨帆回来会吃了我。

她、卓一航、杨帆，三人是一起长大的伙伴，大学时又在同一个学校，也是最要好的朋友。风和杨帆是一对，卓一航是他们的电灯泡。杨帆常说，别人的恋爱都是两个人谈的，他们的恋爱却是三人行。毕业后卓一航经商，如今成了女人眼中的钻石王老五；杨帆去了美国学国际贸易，硕博连读；风进了外企，成了上海滩上一个人人羡慕的“白骨精”：白领、骨干、精英人物。

接待他们的旅行社派了个帅气的藏族小伙子在门口迎接，确定人数后，他像变戏法一样从怀里掏出哈达向天上一抛，哈达上下翻飞。他大声说着“扎西德勒”，一人一条挂在他们脖子上。

气氛顿时变得热烈。

风傻傻地摸着哈达，细细滑滑的，心也跟着柔软。

如不是之前签成了一个上千万的合同，就不会有这一个月的假。

在卓一航不遗余力的推荐与鼓动下，二十五岁的风终于成行，忐忑不安地踏上了行程。

他们这一个团全是上海的。大家年龄相近，客气而礼貌，聊天时嘴里时不时夹着英语单词，不是故意显摆，而是习惯了这样的讲话方式。

二十世纪九十年代初期，西藏的旅游业还没有热得发红，国家还在准备着要改革开放搞活经济，国人对改革还存在着诸多争论和质疑，站在海边试探着要不要下去游一把时，只有一小部分人和老外的眼光盯在了中国新兴的市场上。风和其中一部分人只是幸运而大胆地赶上最早的班车，有了一份高薪的工作，有房有车，过起了让同龄人羡慕的生活。

卓一航常常笑着说他们现在是用健康挣钱，将来好用钱买健康。

所有日程按照旅行社事先的设定有条不紊地进行着，参观布达拉宫、参观大昭寺、参观色拉寺、参观扎什伦布寺、游一下纳木错、去林芝看原始森林……

有不妥吗？没有。这是最常规的路线，也是最安全的路线。

十天的行程，转眼即逝。

大部分的团员都走了，风的假期还有二十天呢，一个人在拉萨，她有些茫然无措。

她拨通了卓一航的电话，卓一航说你去藏北吧，我一个叔叔在申扎工作，你去找他，他会说普通话，让他带你去错鄂草原看原生态的牧民生活。我小时候在那里待过，很美的一个地方，保证你会不虚此行。

“申扎在哪儿啊？卓一航，我可是一个人！”风说。她靠坐在宾馆的窗前，怀里抱着电话机。

“拉萨有很多藏漂，你到八角街去转一转，在茶馆里留个言，感兴趣的人会去找你的。”卓一航在电话的另一端说，间或夹杂了几句他安排手下工作的话，显然他很忙。

“好吧，我试试！”风说，挂了电话，转身看着窗外明媚的阳光出了一会儿神。想想要不要给杨帆打个电话，最后还是算了。当年杨帆说我们谈恋爱吧，她点点头就算同意了，两人从此从同学变成了恋人。

大学毕业，杨帆走了。

布达拉宫广场边上，两个小湖之间是一个小商品市场，边上还有一个花圃和茶园。道路两边似乎永远不会干净，到处是垃圾，空气中充塞着尿臊的味道。不时有脏兮兮的小孩看到打扮洋气的风后一窝蜂拥上来，伸出黑乎乎的小手喊：“阿姨，给一毛钱嘛；阿姨，给一毛钱嘛！”

风掏出身上所有的零钱递过去，孩子却越来越多，不断有人扯她衣服。风被吓住了，拨开孩子逃一般地冲了出来。她开始后悔来拉萨了，这样的情景让她想起了“野蛮”两字。

走在宇拓路上，人少了很多，风的心情也慢慢放松下来。阳光依旧温暖，她转着伞，把自己尽可能地藏在精致的小伞下，偷偷地东张西望着。拉萨的阳光虽说猛烈，街上居然很少有女人打伞的，最多就是戴个帽子，遮挡着一部分脸庞，灿烂地笑着疾步走过。

这是个什么城市啊？即便是人流如潮的街头、神圣的布达拉宫旁边，你都能闻到不合时宜的味道。然而这个城市又是快乐的，随处可见安详的老人转着经筒带着小狗小羊，对着认识不认识的人展开亲切的笑脸，慢悠悠地走过……

风开始好奇，在八角街，她认真打量穿着藏袍迎面而来的脸，跟冲她笑的人也回过去一张笑脸。渐渐地，风笑成习惯了，即使人家不对她笑，但只要注意了她，她都会微笑面对。她发现自己笑着的时候真好，心情是从来没有过的放松和愉悦。

如果是在上海的街头，这样对一个陌生人笑，会被人当成神经病而唯恐躲之不及的吧？风这样想着，转了一圈后回到大昭寺前，磕长头的声音此起彼伏。她傻傻地站着，看信徒们对着那扇暗红色的大门不断伏下站起，虔诚的姿态足以让风心中荡起涟漪。习惯了崇拜物质的风，佛祖是莫须有的，心愿的实现是靠自己的双手而不是靠念经和跪拜取得。

风呆呆地站着，心里想当然地转着无数同情的念头。

“你才到拉萨的吗？”身边突然有个声音响起。

风回过头来，看着身边一个长发披肩、背着弓箭、身穿铠甲、推着一辆破烂自行车却灿烂笑着的一张脸，呆住了。穿越时空了吗？怎么看到了古代的一个侠客！

“我是阿钢，老拉萨了，你是新来的？”对于风吃惊的表情，阿钢似乎见惯不怪，依旧笑着问道。

“阿钢？”

“对。你叫什么名字，美女？”

“风。来了好几天了。”风终于反应过来，笑着说。

“接下来要去哪里？”

“朋友推荐我去藏北的错鄂草原，准备去找同路的人。”

“巧了，我们正要去申扎呢，拼车吧。”

“真的？你们几个人？”

“七个，加上你，正好坐满两个北京吉普。怎么样，费用 AA ？”

“没问题，何时出发？”

“明天早上！”阿钢说，“你有睡袋吗？”

“睡袋？没有！”

“我带你去买。去藏北没有睡袋可不行，那里很冷！”阿钢说完掉转了车头，就像一个多年的老朋友一般，带着风去了北京中路，在野外用品店出出进进，跟老板砍价，买下了一个睡袋、一件冲锋衣、一双野外用的鞋。

阿钢的热情开始让风很不适应，习惯了跟人保持距离的她，总觉得太过热情的人一定有什么目的，否则怎会无缘无故地对一个陌生人不设防地好呢？

买好东西，阿钢把风送回宾馆，挥挥手说明天早上七点来接她，然后就骑上那辆除了铃铛不响全身都在响的破自行车，叮叮当当地走了。

风看着他插了两支华丽锦鸡翎的背影消失在夕阳里，好一阵回不过神来。

风笑着摇了摇头，提着大包小包的袋子进了宾馆大门。她要收拾行李。风带了很大一包药品，包括各类维生素和钙片，当然也有常规的感冒药，防晒霜、保湿霜、保湿面膜一大堆。

美丽，光彩照人，是风这样的女子每天必修的功课！

晚上卓一航打来电话，说了他叔叔公扎的联系电话。他说他没打通，叫她到了申扎直接去单位找他即可。

“那绝对是个纯原生态的地方，你无法想象出那里的天有多蓝、湖水有多清。那里的人保证不会让你失望。放心去吧，只是别忘了回来。”

“你不会认为我会在那儿老死吧？我可不想把自己打回原始社会。”风笑着说，拿起苹果咬了一口。

“难说啊，我每次去就不想走！”

“你最终还是回了上海嘛。别说是藏北，就是拉萨，你让我留下我也不愿意。这里太落后了，街上到处是狗，马路上车子一过就尘土飞扬。”

“我想我有一天还是会去拉萨定居的，只不过现在我还得找食。风，你想想看，咱们现在的生活，是不是使我们都成了金钱的奴隶了？每天为钱而奔波，几乎体会不到真正的快乐。而在拉萨，那些贫穷的人每天都乐呵呵的。”

风笑了，放了电话，哼着《小城故事》开始往大背包里塞巧克力。

二

藏北无人区，青海那边叫作可可西里，荒凉而寂寞的一片土地。其实说土地是不准确的，这里不能跟常规意义的土地相提并论。它不肥沃，无法种庄稼，更无法长果树，仅有的植物就是低矮的荒草和伏地的小灌木，稀疏而脆弱。就这样，也是东一块西一块的，绝大部分的地方寸草不生。那些海拔六七千米的山峰排列在这片高原上，仿佛都成了丘陵。无论什么时节，山峰顶上都有积雪，仿佛千年没化似的闪着银光。就因为那永远的白，让这片高原的夏天不再是满天满地的绿，冬天也不再是满天满地的黄，透亮的蓝天和白雪，恰到好处地点缀了它。

这样的地方却是野生动物的天堂。

当疯狂的人们把猎杀动物的生命当游戏时，荒原上的野牦牛、野驴、羚羊无处可去，它们选择躲进这片人迹罕至、水草也不丰沛的地方，食物会少一些、环境会更恶劣一些，但生命有保障了。只有生命没有危险时，快乐才是随时随地的。

而随时随地的快乐，不仅动物需要，人也一样需要。

在一望无垠的绿色夹杂着红色的草地上，一匹棕色的马慢悠悠地走着，就像散步一样。如果再近一些，我们就能看清马背上的人腰上围着老羊皮袄，浓密的胡须几乎遮去了大半个脸，眉毛很黑，皮肤粗糙，长发很脏很乱，似野人一般背上一杆老式猎枪，似睡非睡。

他就是公扎。在察那罗，他两次开枪没击中喀果，却让喀果在察那罗雪山无法安身，逃进了无人区。

他就追到了无人区。

两小无猜的岁月是那么美好，美好得一想起心就会纠结成一团。那些一起捡牛粪、一起上学、共骑一马在草原飞驰的日子，她的笑脸、她深情的眼睛，始终萦绕在每一个午夜梦回。措姆，我的仙女。

措姆走了经年，时间让公扎的思念越积越多，越积越深，在公扎不断的想念中，措姆的身影越来越清晰了，她一直都是那么年轻那么美好。现在他已经无须去想了，她随时都会出现在身边、眼前。

天慢慢黑了下来，夕阳染红了天边，草原和雪山都变成了金色。

在那一片金色的尽头出现一片断壁残垣。

一个背着木桶的老阿妈从断墙处蹒跚出来，见到公扎，怔了一下："客人，你迷路了吗？"

公扎跳下马，牵了缰绳过去，弯腰双手合十："阿妈拉，我是个猎人，追一只熊到了这里。"

"哦，这里好多年没见到外人了。尊敬的客人，跟我走吧，歇歇脚，让我给你煮羊肋骨，雄鹰吃饱了才有力气飞翔。"老阿妈说完带头向一旁的黑帐篷走去。

公扎跟在老阿妈后面，把马拴在马桩上进了帐篷，在火炉边坐下。老人给他倒了酥油茶，往炉里扔了几块牛粪饼，羊皮肚的风箱吹得火苗呼呼往上蹿，红红的火光映照着老人沟壑纵横却格外慈祥的脸庞。公扎想起自己的阿妈，想起弟弟们的孩子，流浪许久的心里顿时弥漫起了一股柔柔的情感。

女人和孩子啊，那是男人的未来，是帐篷的希望。只是他的未来和希望都随着喀果狂暴的嘶叫消失在了多年前那个天昏地暗的午后。

这么一转念，公扎的心又开始疼了起来。他端起面前的酥油茶，大口大口地喝着，想把心底的那份痛楚压下去。

老阿妈起身给他续茶。

"孩子，你从哪里来的？"

"错鄂草原，阿妈。"

"错鄂草原？"老阿妈抬起头，眼光穿过头顶的小窗看向外面，那里有片白云在慢慢移动，"那是个很美的地方啊！"

"阿妈去过？"

"没有，听说过。天堂一样的地方！"老阿妈收回目光，用叉子把肉捞出来装入盆里，放在公扎面前，再递给他一把小刀，"吃吧，我尊敬的客人，没什么好东西招待你，只有这些羊肉能填饱你的肚子，让你有力气穿过草地，翻过雪山，去找你要的熊。"

公扎好久没吃过煮熟的羊肉了。

猎人行走在荒原上，打到什么吃什么。

随遇，安却未必矣。

公扎不会客气，此时的客气是看不起主人。他一手拿肉，一手持刀，没一会儿就把一盆肉消灭了大半。老阿妈欣喜地笑着，不时给他倒茶或是递上盐、辣椒。帐篷外传来人走动的声音，老阿妈笑着掀帘出去了。

直到肚子实在装不下，公扎才把刀子插在肉上。他站起来掀开帐篷的帘子，见老阿妈和一个年轻姑娘在往羊圈里赶羊。他走过去，接过老阿妈的乌尔朵，捡了几个石子，呼呼甩出去，准确地击中离群的公羊，让它们乖乖地回到羊群中。

姑娘向他笑着，配合着他，两人一齐把羊赶进了羊圈，关好圈门。

“我叫雍西。你叫什么？”姑娘偏着脑袋，一笑就露出两个大酒窝。

“公扎。”公扎说着快步过去接过老阿妈手上的牛粪袋，甩在背上向帐篷走去。

老阿妈笑着，眼眯成了一条缝，向孙女雍西说：“真是个能干的孩子！”

雍西咯咯地笑，把小辫甩在身后，小跑着追上公扎。

“你从哪儿来的？”

“申扎县。”

“我们这儿叫俄久，那座雪山叫塔加普，我们都是它的孩子！”

“塔加普？”公扎眯着眼睛看了一眼远处的大雪山。

“你知道？”雍西看着他，斜阳洒在她脸上，细细的绒毛清晰可辨。

“听说过。”公扎说，他收回了目光。

“看来塔加普还是挺有名的嘛，连你都听说过。不过塔加普的孩子可不多，加起来还不到一百个牧人呢。奶奶说，过去塔加普草原是有很多人的，只是后来都离开这里了。”雍西跟在他后面，叽叽喳喳地说。

“离开这里了？为什么？”

“说是塔加普被魔鬼霸占了，老是下冰雹，草原上不长草了，牛羊都饿死了，族人们只能离开这里，到别处去找更好的草场。对了，记得奶奶说过，其中一部分就是迁到错鄂湖那边去了呢。”

“错鄂湖边？你们是不是纳仓德巴？”公扎转过身来，看着姑娘问。

“是啊，我们是纳仓德巴啊，你怎么知道？”

“我就是错鄂湖边的。”

“我们是一家人？”雍西跳到他身前，惊喜地看他，眉开眼笑。然后向帐篷边的奶奶喊：“嫫（奶奶），他是从错鄂湖来的，也是纳仓德巴呢！”

老人看了公扎一眼，笑了一下，并不言语。

草原上的纳仓德巴，都有同一个祖先，走到哪里都会亲如一家。

公扎把牛粪放在火炉边上，再出来找了些石头，开始修补破损的羊圈。热了，随手脱下皮袄，两只袖子往腰上一拴，古铜色的肌肤在夕阳的映照下，泛着淡淡的金色。

雍西跟在他身边，帮他递石头。不知为何，看到这个满脸大胡子、来自错鄂草原的汉子，她心里升起一股异样的感觉。

那晚，公扎借住在了荒原上那顶小小的黑帐篷里。

牛粪炉发出红红的光，把帐篷烤得热热的。老人在最里面为公扎铺了三层泡沫垫，再在上面铺上新卡垫。蓝色的吉祥图案，她花了一年的时间编织，原本是要等孙女长大后独立帐篷时送她作为礼物。今晚，她拿了出来招待这个来自远方的汉子。

只有贵客才能享受这样的礼遇。公扎心里感动，嘴上并没说什么。

就着小帐篷顶上淡淡的星光，三人坐在各自的卡垫上，老人给公扎讲起了过去。

“我们原本也是错鄂草原的人，我母亲的阿妈叫多吉拉姆，最早的帐篷就在错鄂湖边上。听我阿妈说，在她小时候，魔鬼突然闯进了草原，到处掠夺牛羊和姑娘，把见到的帐篷全烧了。族人斗不过魔鬼，连夜安排女人带着老人和孩子离开。我的母亲就是这么离开了她的家乡，她的两个哥哥在路上冻死了。但族人总算是逃出了魔鬼的控制，其中一部分去了双湖无人区，我阿妈在她的阿妈带领下到了这里。不过，阿妈的阿爸再也没有回来，听说族里的男人全都没能逃出来，有人说他们都被魔鬼吃了。”老人面对火光坐着，不时往火里扔一两块牛粪饼。并不是火不够旺，老人只是需要做点什么来分散心底的忧伤。那些尘封了的故事今日打开，拂去尘土后仍然有着隐隐的痛。“在我五岁那年，我们这里发生了雪灾，雪积到了膝盖，两个多月都没化。牲畜都被冻死了，还冻死了很多人。没办法的族人，派人出去寻找新的草场，大部分人就这样离开了。我父母只有我一个孩子，生活并不艰难，加上习惯了这里，便留了下来。”

“多吉拉姆？错鄂草原？”公扎坐在卡垫上，身上围着老羊皮袄，看着火光中老人平静的脸。脸上皱纹密布，凌乱的白发盘在头上，神情淡泊，世事仿佛都在她眼中。如弓的脊柱啊，就如草原上起伏的山际线，没有棱角，颤颤巍巍却永远绵实柔韧。

只有草原的母亲才会有这样一张脸。

随着老人的讲述，公扎的思绪回到了那个神秘的山洞，他喃喃地念着：“多吉拉姆？”

这个名字有些熟悉，仿佛在哪儿听过。

“烟升起来了，去香巴拉的门打开了。我要走了，多吉拉姆，我的女人，你要把孩子带好，长大后给他阿爸报仇，把加龙人赶出我们的草原。”那间神秘的石屋，那些神态安详的尸骨，那个在身前沙地上留言的男人……

公扎把自己在察那罗的山洞里看到的一切讲了出来。当讲到那些男人生前的遗言时，身边传来雍西细细的抽泣声。

“人终究是要离开的，草原再美也不会永远属于一个人。”老人起身给壶里添上水放在火炉上，并没看雍西和公扎。她依旧坐回原来的位置，压了两下羊皮风筒，火苗再度旺了起来，“就像这炉火，今天熄了，明天还会燃烧起来。草原也一样，今年的花谢了，明年还会再开的。”

这夜，慢慢地安静下来，炉火只剩下忽明忽暗的影子。

半夜，公扎突然醒了，感觉到帐篷外有脚步声。长年在荒原上漂泊的他，已经练就了一双灵敏的耳朵，黑夜里仅凭声音就能分辨出是人还是动物在靠近。

慢慢地，那人靠近了帐篷，然后掀起了帘子，一股冷风吹了进来。

逆着月光，半闭着眼的公扎看清了进来的是个年轻小伙子。他没动，甚至呼吸都没有丝毫紊乱。

小伙子走到雍西睡的地方，小声唤着她的名字，开始掀她的被子。

公扎仍然没动。

按照草原上约定俗成的规矩，小伙子晚上来找心仪的姑娘，其他人无权干涉。

雍西好像不愿意，抓着被子，挣扎着，继而开始哭泣，叫着："嫫，嫫……"

老人没动。她可能睡着了，也可能在等着什么。

公扎没动，他只是遵守着草原的规矩。

小小的空间里，雍西挣扎着，显得那么无助，哭声凄怆而迷离。

姑娘的哭泣似乎没能打动小伙子，他开始大力拉姑娘的手臂，无所顾忌地掀她的被子。

雍西更大声地哭着，开始咒骂对方。

公扎突然起身，两步跨过去，抓住小伙子的手臂扭到其身后，什么话都没说一把推了出去。

小伙子没想到身后会突然出现个不懂规矩的男人，于是拔出刀子朝帐篷门口的公扎刺来。公扎动也没动，等对方冲到身前时，才猛然抓住他的手腕往旁边一扯，小伙子如同一只老绵羊般趴到了地上。

小伙子迅速爬了起来，恨恨地看了看如铁塔一样的公扎，知道自己不是他的对手，转身咒骂着爬上马背飞快地跑了。

公扎见他骂骂咧咧消失在夜色中，这才转身回了帐篷，走到自己的卡垫前，掀开老羊皮袄钻进去，一会儿就响起均匀的呼吸声。

雍西拥着被子坐着，怔怔地看着公扎睡觉的地方。顶上小天窗洒下来的月光照在她身上脸上，眼神迷蒙，泪痕未干。

老人的鼻息声仍然平静如初。

第二天清早公扎并没马上离开，帮老人把羊头一对一绑在一起，雍西提了奶桶过来挤奶。

“家里没个男人，马上又要搬草场了，我和雍西一个老一个小的，还得去求人家帮忙。”老人挤着奶，有意无意地说。

“多久搬迁？”公扎把最后两只羊的角绑在一起，直起腰来，看着整整齐齐排成两排的羊，淡淡地说。

“十天后，搬去塔加普的另一边。”

“我帮你们搬完后再走。”公扎说，大步过去提起盛满奶的桶倒进提炼酥油的大桶里。

看着朝霞映照下忙碌的公扎，雍西和奶奶的脸上绽出了笑容。

对于公扎来说，多停一天少停一天是没有关系的。他一生的目的就是找喀果，早点晚点都是一样的结果。况且，他知道喀果逃到了这一带，如果自己不追，它是不会远走的。

让它多活几天又何妨呢？

公扎不忍心看着这个慈爱的老阿妈推着沉重的架子车翻越雪山。他沉默着，却手脚不停，里里外外地忙活。

俄久是名副其实的荒原，地上铺满细小如指甲盖的碎石。生命在这样的环境里是极其脆弱的，老天眷顾了多给点雨水，少些冰雹和风雪，人和动物方能舒畅地过上一年。老天不眷顾，只需一季的飞沙走石，草原就会变得饿殍遍地。

搬迁草场，是牧人一年中最忙碌的事。那些经过千难万难才挤出的草，忙不迭地生长着，然后开花、结籽，在极短的雨季里完成生命的更替，等待来年再一次无法预知的发芽。所以，要在草儿生长最好的时节，把牛羊赶到预先选定的地方，这一年也才有了希望。

搬帐篷前，公扎让雍西带路，把大部分的牛羊先赶往雪山另一边的草场。

这里比不得错鄂草原，错鄂草原搬迁草场时都是上百家帐篷集中在一起，此起彼伏的吆喝声响彻云霄，无论是狼还是别有用心的人都不敢动攻击的念头。

塔加普，一望无际的荒野，人在这里成了珍稀动物。

公扎的腰上仍然缠着老羊皮袄，脏乱的长发在风中向后飘飞着。

黑红的脸庞迎着太阳，皮肤粗糙得可以当砂纸了。

雍西走在他身边。出发前姑娘刻意打扮过，一身红色镶金边的袍子恰到好处地包裹出她玲珑的曲线，微卷的长发洗过后没有完全干透，任其披散在背后，风一吹便上下翻飞着。她一边走一边不停地用细牛毛编着什么。

两人偶尔会聊上几句，多半也是雍西问公扎答。一头黑色的獒跟在他们身边，前后左右跑动着。

翻雪山时，公扎和獒一起努力，把牦牛排成了长线，迤逦在看不见路的山腰上。

雪地上反射的紫外线格外强烈，公扎不时用手挡住眼睛。

雍西叫住公扎，把手上的一团牦牛毛打开戴在了公扎的眼睛上，公扎感激地朝她笑笑。

别小看这团看似乱绕在一起的绒毛，戴在眼睛上，既不遮挡视线，又可防止雪地上反射的光。在没有太阳镜的高原上，牧人自己发明了预防雪盲的好东西。

“阿哥，你说察那罗上有条铁链子，我们的塔加普上也有啊！”雍西没话找话地说。

“在上面？”公扎抬头看了看云雾缭绕的山顶问。

“是啊，我还上去看过呢，就像石头里长出来的一样。”

公扎心里动了一下，但什么都没说。那条铁链、那个奇怪的图案、逝去的纳仓德巴、神秘的药师佛像……这些因素凑在一起，构成了一个解不开的谜，始终在他心里缠绕着。

“老人们说，那条铁链拴了一只狼神，专门负责看守格萨尔王妃的珠宝。”

“狼神？怎么又是拴狼神的？”公扎心里想着。察那罗的铁链是拴狼神的，塔加普的铁链也是拴狼神的，只不过一个是看守草原，一个是看守珠宝。

察那罗和塔加普，相隔千里，看似毫不相干，冥冥之间，却又有一条线隐隐相连。

翻过雪山天色已经暗了下来，两人找了个背风的地方，把绳子固定在草地上，把牦牛一排排拴在一起，让獒看着。晚上随便找头牦牛，往它毛茸茸的肚子下一躺，暖和又绵软。

在满天的星光下，雍西黑亮的眼睛如星星一般。

感觉到雍西射过来的目光，窝在牦牛肚子下的公扎不是不明白它的含义。只是，他的心已经随着措姆远走，再难对别的女人产生认同和默契。

“公扎阿哥，”雍西轻唤着，“我好冷！”

公扎把自己的皮袄扔了过去。

“你怎么办？”雍西拿起皮袄盖在身上，幽怨地看着他。这个男人怎么如此不解风情啊？如果换成影子猎队的那些男人，早就扑过来了。

“我习惯了！”公扎说着闭上眼睛。他何尝不想女人，一个人的夜晚，常常回忆措姆温暖的胴体。然而，他无法把任何一个女人当成措姆。措姆只属于他一个人，他也无法让别人分享只属于措姆的男人。

天刚刚放亮，雍西就起来了，用干牛粪烧了茶，两人吃了肉，解开牦牛继续前进。

在快到牧场时，公扎发现两头野牦牛老是不远不近跟着他们。

野牦牛跟狼不同，吃草的动物，如果不惹急了它是不会伤人的。这个季节是野牦牛发情的时候，野牦牛跟家牦牛不一样，繁殖期是要通过战斗才能取得交配权的。常常有打不赢的野牦牛转身把目光对准家牦牛群，由于野牦牛个子比家牦牛大了近三分之一，家牦牛是斗不过它们的。家养的母牦牛对强悍的野牦牛特别中意，牧人一不留神就会发现它跟着野牦牛跑了。

公扎发现野牦牛后并没有当回事。这个季节草原上发生这样的情况很多，只要牧人多注意一些不让野牦牛靠近就行了。他指挥着獒看好牦牛，不让母牦牛走出队伍。

新牧场上没有其他人，孤零零的一顶黑帐篷立在天地间。

晚上公扎没睡，而是扛着枪骑着马在周围转了转，没有发现狼和熊的痕迹，他这才放了心。把一个女孩子扔在荒无人烟之处，终究是有些不妥的。如果在错鄂草原，像雍西这样的年龄，都是在父兄的呵护下留在帐篷里看家，哪里会出现在偏远的牧场里担惊受怕呢。

雍西倒是习惯了这样的生活。太阳升起时，公扎要离开了，他要回去接雍西的奶奶，老人一个人是无法带着辎重翻越雪山的。

“你把枪带着吧，万一碰到狼呢？我没关系，不是还有獒陪着吗？”雍西站在帐篷边，把枪递给公扎。

“我是个男人！”公扎说，翻身上马，扬鞭要催马时，雍西大叫了一声：“阿……哥……”

公扎回过身来，询问地看着她。

“你……你还会回来吧？”雍西幽幽地看着他，泪水在眼眶里转着，凄然欲滴，真怕他一去不复返了。

“放心吧。”公扎说，狠狠抽了一下马屁股，迎着朝霞而去，身后一溜儿烟尘。

雍西看着他的身影消失在地平线的光影里，这才回过神来，哼着牧歌，开始收拾东西。

近旁，一群野驴跑了过来。看到帐篷边忙碌的雍西，怔了一下，但并没惊慌。它们和这顶帐篷年年相遇在这里，彼此都已习惯，远处那两头野牦牛在渐渐靠过来。

草场终于搬迁完成。

看着安定下来的帐篷，公扎准备着要离开了。

这时，一溜儿烟尘从远处向这边飘来。

雍西突然从山脚下飞快跑了回来，挥着手冲公扎大声喊叫："阿哥，你快走，强巴带人来了。"

公扎看着惊慌失措的雍西，不明白发生了什么事。

"就是那天晚上那个强盗，他带人找你报仇来了。他们有枪，是杀人不眨眼的偷猎者。你快走吧，阿哥，快些走，翻过雪山就是宽阔的草原，雄鹰不能跟麻雀一般见识。"雍西跑过来推着公扎往马那边走。

公扎站住，转身拍拍雍西的肩，回身进帐篷拿了自己的老枪出来，叉子插在沙地上，一手抓着枪托，老羊皮袄依旧拴在腰上，灰不溜丢的羊毛在风中轻轻拂动。他叉着两腿站在帐篷前，眯缝着眼看着山边疾驰而来的人马。

他似乎看到一群撒着欢的野驴，正在考虑要不要放一枪吓吓他们。

那帮人直直冲了过来，看到公扎和雍西，表演似的齐齐扼住了马缰，想摆出个吓人的造型来，但马临时不听使唤，东踩一下西踩一下很快让队形不成样子。

那晚被公扎扔出帐篷的小伙子就在队伍的中间，他恨恨地看了公扎一眼，翻身下马，回身对中间那个骑着一匹黑马、戴着红狐帽、穿着黑皮衣、板着黑脸的汉子说："就是他，老大，就是他把我推出来的。一个外人，竟敢到我们的地盘上撒野，也太不把咱们放在眼里了！"

"强巴，这事跟他没关系，他只是路过这里，是荒原的客人。"雍西挡在公扎前面，气愤地说。

"雍西，按草原的规矩，他既要干涉咱们的事，就得拿出干涉的本事来。"强巴盯着公扎恨声说。

公扎拨开雍西，冷冷地看着强巴："草原上还有个规矩，想要得到哪个女人，心里意愿比身体重要。"

"草原上哪个男人不钻帐篷？你一个外人，凭什么管我的事？"强巴拍着枪，理直气壮地说。

"我既然管了，当然就不会退回去。"公扎淡淡地说。他看着骑在黑马上的汉子，马头上的装饰绣着一只展翅欲飞的鹰，这个标志明明白白地宣示着主人的身份。他就是影子猎队的老大姬迦。传说中杀人不眨眼，成群的藏羚羊就死在他的枪口之下；也传说他心地善良，风灾雪灾时常扶危济贫却不留姓名。传说归传说，草原上却很少有人见过他，只知道那一只代表他身份的鹰出现在哪里，哪里就会掀起腥风血雨。

"你不喜欢强巴？"黑马上的姬迦开口了，声音像沙子在纸上磨过一样，嘶哑得没有一点水分，眼光透过狐帽的边缘，颇为玩味地看着雍西。

雍西抬眼看着那个居高临下的男人，情不自禁地打了个寒战。她低了头，却清晰地说出："我不喜欢他。"

姬迦看了自己的兄弟一眼，说："这事与女人无关！"

"老大……"强巴抬起头想争辩，但看到老大凌厉的眼神射来，心虚地低了头。虽说"钻帐篷"是自由的，那也得你情我愿啊。如果哪个大男人强迫一个女人，传出去也不是那么好听的。

当然，在这荒原上，就算传出去，又能有几个人听得到呢？所以强巴才会肆无忌惮。

姬迦把眼光转向公扎，不紧不慢地说："不过你坏了草原的规矩，这事总得有个了断。"

"怎么了断？"公扎说，无所谓地看着他。

这样冷漠的神情让姬迦心里很不舒服。荒原上没有什么人能忽视他的，任何人看到他都应该畏惧，应该诚惶诚恐。不是吗？一个草原上的流浪汉，凭什么用如此不屑的眼光看他？于是他说："这样吧，按草原的规矩，你俩骑在马上，百步之外各开一枪，各凭天命如何？”

“老大……”强巴不满地叫。

“好！”公扎沉声说，一声呼哨，那匹跟了他多年的棕色老马就嗒嗒地小跑过来。他翻身上马，再也不看众人一眼，向空旷的沙地驰去。

强巴看了雍西一眼，也只能无可奈何地爬上马背，神情沮丧地向外走。

雍西看着远处立着的两匹马，冲到姬迦跟前：“为什么要让他们赌命？杀羚羊还不够，还要杀人？”

姬迦身边的汉子闻言，都齐齐瞪大了眼看着雍西。据他们所知，闯荡荒原这么多年，还没碰到过敢对他们老大大声说话的，一时之间惊讶得都忘了要大声喝止。

“你不想谁死？”姬迦似乎毫不在意这个牧女对自己大吼大叫。

“他们任何一个都不该死，唯有你才该死。”雍西看着姬迦冷漠的脸，冲口而出，话一出口就后悔了。面前可是荒原上出了名的魔鬼，惹翻了他是什么样的后果不用脑袋也能想出来。

“我该死？”姬迦跳下马来，愤怒地冲到雍西面前，扬鞭就要挥下去。

马背上的男人一阵惊呼：“老大，她是女人！”

“你……”姬迦满脸怒火，看着雍西倔强的脸真恨不得一鞭挥下去。他姬迦从不打女人，但这个女人真有让他想破例的冲动，最终鞭子还是没能落下，他心里恨不得一把抓起扔老远才好。

姬迦回头看着雍西，眼里两团火突突地跳，雍西毫不畏惧地盯着他。天知道她有多怕面前这个男人，恨不得有个地缝钻进去躲起来。

姬迦觉得他想骂人，甚至想杀人。这个不懂事理的女人，不知道自己是在帮她吗？如果今天不把这事解决了，这两个男人因她而结下的仇将永远继续下去，她的小帐篷将再无宁日。

“你真不想他们死？”

“当然，你以为我跟你一样，把别人的生命当沙当草吗？”

“我在你心里就那么坏？”姬迦的眼里再度冒出火来，上前一步，逼视着雍西。

“呸，在我心里魔鬼也比你好一百倍。”雍西说，昂着头盯着他等着鞭子落下。

姬迦看着她倔强的脸，突然心里冒出个稀奇古怪的想法。这女人不是看不起他吗？不是视他如一粒不能入眼的沙子吗？那就让这粒沙子沾上她如何？如此一想他嘴角立即浮起一抹不怀好意的冷笑：“你不想他们死也行，我有一个办法，不知你愿不愿意？”

看着他似笑非笑的样子，雍西不禁浑身寒战。

“不愿意啊，那算了。让他们死掉一个吧，死掉一个你就安全了。”姬迦微笑着，浑不在意地笑，回身扬起手，就要喊出“开始”。

“不，不要。你说吧，什么办法？”雍西惊恐地大喊，恨不得一拳打掉对方脸上的坏笑。

姬迦回过头来，轻轻地，但清晰地说出了：“当我的女人！”

“什么？”雍西讶异地看着他，以为自己听错了。

“什么？”周围的汉子吃惊地瞪着他们的老大，也以为自己听错了。

“你只有成为我的女人，强巴就不敢再打你的主意了。那个男人嘛，也就能活下来了。”

“你就那么肯定公扎会死？”雍西翻着白眼，不服气地说。

“他叫公扎？”姬迦对兄弟们一副天要塌下来的表情装作没看见，他看着雍西，轻言细语地，仿佛在劝着一个不懂事的孩子，“如果强巴死了，你和你奶奶就更惨了。我的这些兄弟可是些不讲理的家伙，不可能看着兄弟死了不闻不问吧？就算我想帮你，也不可能天天盯着他们啊，一不留神他们就可能找你报仇来了。”姬迦最后提高声音，颇有威胁意味地喊了声，“对不对啊！兄弟们？”

其他人尽管心里明知强巴就算死了，自己也不会给他报仇的。草原约定俗成的规矩，两个人的决斗，只要是在公平合理的原则之下进行的，无论生死，此仇都算揭过。

但大伙猛点着头，大声喊道："当然，老大，我们当然要报仇了。"

"好，我答应你。"雍西听不下去了，绝望地大叫。

姬迦笑了，看了右边的兄弟一眼。那人心领神会地大声喊着，打马向远处跑去："不用开枪了，女人属于我们老大了，你们不用争了！"

"什么？"强巴转过身来，眼瞪得像牦牛那么大，"你说什么？她是老大的女人了？"

"老大看上她了，她就是老大的女人了嘛！"

强巴看兄弟不像开玩笑的样子，再看一眼远处，老大不是正搂着那个女人得意地笑吗？他只能无可奈何地、垂头丧气地把枪扛在肩上，极不情愿地走了回来。

"我要走了，等我处理完自己的事就来接你。"姬迦看着一脸仇恨的雍西，心里偷笑着，脸上却一本正经，"别忘了是你自己答应做我女人的，我可不喜欢自己的女人帐篷里住着别的男人。"然后翻身上马，"十天之后，我会来看你的。"说完一挥马鞭，带着一帮人疾驰而去，瞬间就消失在了远处。

荒原又恢复了宁静。蓝色的天幕上挂着几缕淡淡的白云；远处的沙丘处，几只原羚正好奇地东张西望着；成群的牦牛和绵羊悠闲地啃着青草。

雍西的生活不再如从前，原本是她干的活都被公扎干完了，大多时候她都只能闲着，或是把奶渣反反复复地晒，或是把辫子解开又编上。

一个踏实的、只撑起一顶帐篷的男人才是雍西想要的。就像公扎这样，心里只装一个女人，身体只留在自己的牧场。

雍西坐在沙地上，抱着小羊羔，看着光影里男人忙碌的身影，嘴角挂上了笑容。

如果这样的情景能永恒该多好啊！

公扎把羊羔房用泥重新敷过，帐篷漏风的地方也补好了，还清理了草场边上的环境，赶跑了觊觎着羊群的独狼。

草场上一切都上了轨道，公扎开始收拾自己的包裹，其实也没什么好收拾的，既当被又当衣的袍子穿在身上，结实的马靴也套在脚上，枪就在火炉边靠着，火药就在皮袋里，只需翻身上马就可以出发。

他在犹豫，该如何开口说自己要离去。这些天，老阿妈和雍西对他很好，流浪已久的心也觉温暖。特别是雍西，好几次隐隐地提出，奶奶希望他留下。这个留下是什么意思他不是不明白，只是心里被过去占得满满的，再也无法空出位置接纳其他的人。他想，如果措姆在，他一定会很幸福，连离开一步也不会愿意的。

当太阳再一次升起，公扎背着枪，站在荒原上看着远处的雪山默默无语，棕色的马儿就在他身边。

正在提炼酥油的雍西俯在大大的木桶上，一上一下地打着，偶然抬头看到独立的公扎，那忧郁的背影一下击中了她的心房。自己这么强行留着他是不是太自私了？心不在这个帐篷里，留着他的人又有什么用呢？让他走吧，男人的心在宽阔的荒原上，只盼着有一天，他身体疲惫腿发软时，脚步声能重新在帐篷外响起。

于是那晚，雍西把新鲜酥油用羊肚装了，把磨得很亮的刀给公扎插在刀鞘里，说："你走吧，去办你的事。"

公扎感激地点了点头。

第二天一早，公扎牵着马就要离开。老阿妈追了出来，把一块风干的牦牛肉放在马背上："孩子，累了就来这里歇歇。"

公扎点点头。

雍西站在帐篷边，柔弱的肩膀在风中颤抖。无论怎么努力，他还是要离去，只是这次分别之后，再见是否还有期？流浪的男人，总是没有归期的。就算有归期，那归期的方向也不是对着无人区的这顶小帐篷。

公扎沉默着，翻身上马，跑了几步，再次回过头来。

身后，老阿妈把手放在额头上挡着阳光。

雍西立在帐篷前，手里拿着小辫缠来缠去的，也在看着他，黑色的牧羊狗站在她身边，吊着眼看着马背上的人。

给了他温暖的小帐篷顶上飘着一缕淡蓝色的烟，在朝阳的映衬下，和煦温馨。

终究，公扎还是打马疾驰而去。

草原安静得如史前的画面。

第七章
没有防备的遇见

空旷无人的荒原上，

下弦月挂在影影绰绰的山头，

星空璀璨，一顶帐篷，一堆似有若无的火光。

低沉的歌声无限悲凉。

三

两辆北京吉普飞驰在去往藏北的荒原上。

风的心情就跟窗外起伏的山峦一样上下激荡着。

一路上极少碰到人，更不会碰到车。对于习惯了大都市车水马龙的风来说，这样一望无垠的宽阔是不可思议的。蓝天、雪山、草地和偶尔闪过的喇嘛庙，就像电影中的神话镜头一样，美得有些不真实。她想过人会很少，但少到几十里无人烟，还真没思想准备。在内地，只要有假，她都会确定一个风景点，出去走走。当然，那不能说是行走，那叫旅游。坐着豪华的大巴士，跟在导游高举的小旗子后面，到点后摆出漂亮的姿势，拍些人比风光漂亮的照片回来。

从拉萨去申扎要过日喀则的南木林县。过了南木林，就谈不上有公路了，山沟里到处是路，又到处不是路，只能凭着感觉，看着车印子前进。

幸好大伙都不急，赶路并不是主要的。他们是一群无聊而好奇的孩子，草原是他们遥不可及的梦想，他们是来触摸这个梦想的。

第一晚住在甲措乡的路边小店里，由于太累，大伙随便吃了点东西就休息了，被子上浓浓的酥油味让风的胃阵阵翻腾。听着同来的驴友们此起彼伏的呼噜声，她始终无法入睡，想妈妈做的菜、想明亮的办公室、想灯火辉煌的大商场，甚至永远板着脸不停地下达任务的老板此时想来都那么可爱。

不知道几点，风实在睡不着，索性爬了起来，就着月光悄悄穿上鞋，披上冲锋衣出门来，皓月当空，平坝的一端燃着几堆火，有人在用汉语小声交谈。风走了过去，见四个男人围着火堆在闲聊。

“年底如果能结到账，我想回老家去看看，两年没回去了，儿子都不认识我了！”

“你才两年，我都四年没回去了。走的时候女儿上初二，现在高中都快毕业了。”

“明年也许路会好走一些，现在回去一趟太难了，路上都要十几天呢。”

“如果通铁路就好了。”

“这个鬼地方修铁路，亏你想得出来。”

“难说哦。说不定哪天上面一声令下，西藏就开始修铁路了。”

“你还别说，现在内地做生意的一下子多了起来，不管是什么人都想下海捞一把。”

“等我这趟拉完后，也想开个运输公司。老是帮别人跑车没意思，家里老婆孩子都要钱。”

……

“你们是去申扎的吗？车里拉的什么啊？”风走到他们身边坐下，把手伸到火边烤着，问。

“拉淘金的设备去申扎。”

“西藏有金子？”风吃惊地问。对西藏的印象中，除了万里无垠的荒漠，贫瘠的土地，穿着别致的藏人，和蔼的僧侣，风没有其他概念。

“这里宝贝多着呢，就是开采困难。海拔太高了，缺氧。我们在这里一年多了，走路都还喘呢。”

“在这里工作，收入怎么样？”风好奇地问。

“比内地稍好一些，勤快点养活老婆孩子还是没问题的。”另一个人回答，笑声朗朗，“不过今年来做生意的特别多，拉萨一下子多了好多内地人。”

“你们都是从内地来的？”风问。

“是啊，我是四川的，他们俩是湖南的，那是山东的。”风身边的小个子男人回答，“你是从哪儿来的？”

“上海，我来玩。”风说。

“你们这些城里人啊，吃饱了没事干，荒山野岭的有什么玩头？”

“申扎怎么样？一路上风景美吗？”

“风景倒是美，就是太缺氧了，吃没吃的，用没用的。”

“前面有个温泉很漂亮，在山沟里，往前不到二十公里。”另一个汉子说。

风就这么有一搭没一搭地跟几个汉子闲聊着，听他们说来时西藏是什么样的，现在又变成了什么样，亲眼见证着一个地方慢慢变化，还是蛮自豪的。

“你知道吗？我来的时候，拉萨连个公用电话都找不到。街上就三个餐馆，到吃饭的时候才有饭吃，过了时间就什么都没有了。”

“是啊，那时候烧的是喷灯，一点就轰隆隆地响像打仗一样。”

“洗澡更惨。还记得每次有老乡来拉萨出差，只要住在迎宾馆里，我们都集体去蹭澡，那时候能洗个热水澡就跟过节一样。”对面的山东汉子爽朗地笑着，“现在好多了，你们可以来这里旅游了。我们那时候啊，来这里工作，人家都说我得了神经病呢。”

“真的假的啊？！”风笑着，火光映在脸上，心情没来由地轻松起来。多久没跟人这么聊天了？永远都忙不完的工作，跟同学吃顿饭都得提前好几天调整时间。

“当然是真的。你想不到吧？我们刚进藏那会儿，布达拉宫的门都是不锁的，没有人会去偷东西。自行车随便放在哪里都没有人拿。现在生活开始好些了，不过小偷也有了。”

“物质丰富的副产品就是人心开始向背。”风说，“不过现在西藏跟内地比起来，民风还是淳朴很多啊。”

“那倒是真的。就像我们这些开车的，从来没听说拿不到运输费的，偶尔只是晚一点而已。”身边的汉子嘿嘿地笑。

难得在路上碰到女人，而且还是说同一种语言的城市美女，汉子们很高兴，尽己所能地告诉风他们眼里的西藏。这个早上风很开心，就如她后来在日记里写的那样：“我从来不知道人与人之间可以这样无所顾忌地说话、无所顾忌地表达自己的想法。离开大都市，没有车水马龙的生活，我发现自己更像个女人，苦了我可以说出来，累了我可以坐下来休息。没有人会盯着看你坐了多久，没有人会催着你干活……”

第二天早早地上路，不时看到漂亮的风景就停下来，风会拿出傻瓜相机胡乱拍着，带来的二十个胶卷已经拍了大半。

“没关系，我这儿还有五十多个呢，可以借给你。”同行的海子说。海子是杭州人，目前是南方一家摄影周刊的记者，此次是专为报道西藏而来。

海子从镜头中看着坐在江边的风，她正侧着身撩水玩，长发编成一根独辫用真丝手绢绑了垂在腰际，随着她的身子会轻轻晃动。皓白如玉的手腕在清澈的溪水里起起伏伏，温润得想让人一把握住。

“你喜欢西藏吗？”海子过去，站在她身边。

“喜欢，但不属于我。你呢？”

“一样的。来拍照可以，让我在这里生活，还是太困难了。”海子说，看着风娇美的脸蛋。

阿钢喊着：“出发了，出发了。咱们今天可得赶到申扎。”阿钢是个热心的人，单纯得如孩子一般，他在西藏漂泊了多年，骑着自行车到处跑，对线路极熟悉，是个不错的向导。

风站起身，习惯性地拍了拍身上，其实是没有灰的。她只是习惯了在高档的皮椅上落座，坐在石上、沙子上总会下意识地认为有灰。

如果真脏了，用手拍拍就能干净吗？

申扎县很小，小到只有一条街。车子停在路边，阿钢和海子陪着她找到公扎的单位，人家说公扎退休了，最近回老家了。

三人沮丧地向外走。到院门边时，突然从里面跑出来一个看不出多大年龄的藏族姑娘，普通话里带了明显的本地口音："等一下，你们是不是来找我大哥的？"

"你大哥是公扎吗？"风看着她问。

姑娘点着头，红着脸，不好意思地低了头看脚尖："刚才我听到你说要找他。"

"你是公扎的妹妹？"风看着她，轻声问。

"我叫拉姆，公扎是我大哥。"

"哦。我是卓一航的同学，他说公扎是他叔叔。"

"一航啊，我还记得他，小时候他来过我们草原。你们才到吧？去我家住好不好？"拉姆看着风，开心地笑了。

风看着阿钢，他是领队，毕竟自己是随着人家出来的，一切行动都得符合集体的利益。

"我们人多，你们家住得下吗？"

"住得下住得下，我们家好大。"拉姆也不问人有多少，只是一个劲地点着头。

"我们先去看看好不好？如果住不下我们再想办法。"阿钢看着拉姆说。

"好好好！"拉姆点着头，不由分说就拉起风的手向院里走。

拉姆的家在院子最后面，上下两层藏式房，每一间都很宽敞明亮。一个老阿妈安安静静地坐在露台上晒太阳。

“这是我阿妈，她身体不好。”拉姆说，过去叫了声，“阿妈，有客人来了，是一航的同学。你还记得一航吧？常给你寄药来的，他是卓医生的儿子。”

老人慢慢转过身来，看向三人的眼神有些飘忽，念叨着：“嘿嘿，卓医生……”她就是错鄂草原的达娃，只是不再是当年那个风流性感的妇人，而是满头银发的老太太。

岁月对每个人都是公平的，无论你多美丽或是多丑，无论你多有钱或是多贫穷，时间最终都会让你们走到同一个终点：发白了，背驼了，腿颤抖了，牙齿掉了……

也许是“卓医生”几个字勾起了达娃的一些往事，她看着风突然问：“措姆，公扎对你好吗？”

风转身询问地看着拉姆，她不懂藏语，不知道老太太在说什么。

“阿妈，她不是措姆，她是一航的同学。你又忘了，措姆阿姐早不在了啊。”拉姆说完从旁边的瓶子里倒出两粒药片递过去，“阿妈，吃药了。”达娃听话地把药服下，转过身去，看着外面的太阳，陷入了自己的世界里。

拉姆给她盖好毯子，回身说：“阿妈的脑子不太好，不过她还记得一航的父亲。走吧，我带你们看看房间。”

一行人就这么住进了拉姆家，自己做饭、洗衣，高兴了还唱歌、跳舞。拉姆忙进忙出地招呼着大伙，开心地笑着，把自己从小唱到大的牧歌反反复复地唱。自从措姆阿姐走后，大哥就从没笑过，他只是本能地、负责任地安排着家里大小事务。二哥三哥四哥在老家，娶妻生子后，他们有了自己牵挂的人，不能老往县城里跑。这里常常就只有阿妈和她两个人，看着太阳寂寞地升，看着月亮孤单地落。

阿钢和海子他们整天拎着相机追逐着活泼的拉姆，风反而安静下来了。不出去时她就陪着达娃坐在露台上，也不说话，只是帮老人盖盖毯子，看着时间喂她吃药。

偶尔在起风时或是太阳下山时，达娃会自言自语地说点什么，有时还会狂躁地喊叫。风是听不懂的，她只是看着她的眼睛，微笑着，轻轻拍拍她青筋毕露的手背，达娃就安静下来，转过头去看着虚空，再度陷入她自己的世界里。

拉姆说风适合当医生，因为母亲只有在医生跟前才会这么听话。她和风住在一个屋子，两人常会聊到很晚，她给风讲草原的美丽，说察那罗的神奇，说卓一航小时候的顽皮，说卓医生的医术……

当然，她说得最多的还是大哥和措姆的故事。在她心里，大哥是这世上最好的男人，他对措姆的爱恋是草原女人一生所向往的唯美的爱情。

那样的爱情，何尝不是城里女人一生所向往的？

风的心随着拉姆的讲述而激荡着，当听到措姆被熊咬死，公扎亲自背着她去天葬台时，风流泪了，为这样一份美好的爱情不得善终而伤心难过。

那个扛着老枪四处流浪的汉子未曾谋面就这样闯进了风的心里。

阿钢打听到无人区那边有个如死海一样的湖，回来大呼小叫着，夸张地说："一定要去看看，西藏的死海啊，把人扔下去都淹不死的。"他这么一煽呼，其他人的情绪顿时也起来了，开始收拾行李，准备第二天就要离开申扎，去无人区找那个不知位于何处的"死海"。

离开时，达娃突然一反常态地从露台上走下来，拉着风的手，嘴里支吾着。

"阿妈说，你一定要回来，把大哥带回来。"拉姆说，"她又把你当成措姆阿佳了。风阿佳，你们还回来吗？"

"拉姆，好好照顾你阿妈，我一定还会再来看你们的。"风说完把达娃单薄瘦削的身子搂在怀里，安慰地拍了拍老人的背。

车子启动时，达娃追了出来，嘴里啊啊着，白发苍苍的，脚步颤巍巍。一周的相处，风对这个有时沉默，有时狂躁，时不时冒出“单增”两个字的老人产生了莫名的好感。

荒原上的天，说变就变的。刚才还晴空万里，这会儿突然刮起了大风，冰雹噼里啪啦地下了起来，不一会儿地上就积了薄薄的一层。

远处的山和近处的湖顿时笼罩在一片烟雾里，前路看不清楚，退路迷雾重重。

本来一直紧跟着的两辆车不知什么时候拉开了距离。

车里的气氛开始紧张，一路上“八卦”个不停的阿钢也停止了嚷嚷。

看着这样的天，风的心开始抽紧。长这么大，她还是第一次领略大自然如此暴虐的变化。狂风夹着冰弹子，打得窗玻璃“叮叮当当”地响。车窗感觉随时都有可能掉下来，某个缝隙里灌进来的寒风带着一股冷意，让人凉到骨子里。车里就安全吗？这一方小铁盒子在发疯的大自然面前，就像一叶小舟到了大海。

风害怕了，她心里叫着菩萨、上帝、太上老君、真主，胡乱祈祷着。她甚至想，只要能平安走出去，她决不再来西藏。

想什么不来，什么就真的来了。车子在突突几下后，再不动弹。

司机下车打开引擎看了看，摇头叹气，叫所有人都下车，帮着推一推。折腾了近两个小时，车子还是没一点发动起来的迹象。

另一辆车不知跑到哪儿去了。

在藏北，迷路是非常可怕的。可能转上一天，第二天发现不过是在原地打转而已，这还算好的，至少还在原地，重新上路还有方向。怕就怕一夜行来，周围的一切景物都不认识，每个方向看上去都一样。

所有人都看着阿钢，期望他能拿个主意。毕竟一行人中，只有他才有野外生活的经验。

阿钢问了司机，确定车子是修不好了。这里已经是无人区的腹地，等人救助那是根本不可能的。“不能留在这儿等死，不可能有车来救我们的，只有靠我们自己。”阿钢说完率先背起了自己的包，还把同车的另一个叫涵的女孩的背包背上。

加上司机一行五人，弃车步行在风雪中。

不知道走了多久，甚至不知道是往哪个方向。手腕上的指南针不停地变换着，蹦来蹦去的让人看得胆战心惊。“这附近可能有什么矿，指针失灵了。”阿钢说，看着众人的目光不再坚定。

大伙商量了一下，还是顺着山沟往前走。

不知是雾还是雨雪把天地连在了一起，分不清哪里是天，哪里是地，哪里有雪山，看出去每一个方向都一样。寒风依旧狂乱地刮着，冰雹仍在不停地下。风把冲锋衣的帽子紧紧扣在头上，收紧了小绳，背包越来越沉，感觉两腿如灌了铅一般，每前进一步都需要使出浑身的力气。

涵开始哭泣，听着风雪中的哭声风更加绝望。

天越来越暗，前后的背影越来越模糊。阿钢不时喊一下其他人的名字，说笑话鼓励大家。当他再一次大声叫着风却没人应时，他有些慌了，更大声地叫着：“风，风，你在哪儿？风，答应一声啊，风……”

海子也跟着大喊起来，接着是涵的哭声、其他人的呼叫……

天地间除了风雪的肆虐，什么声音都没有。

藏北的天就跟孩子的脸一样，说晴就晴了。

不过这瞬间的变换，足以让不熟悉这片荒原的人惊慌失措，进而出现无法预料的后果。

蓝天白云下，雪山高高低低排列有序，草地依旧绵软，踩上去像极了毛茸茸的毯子。就连刚才还四处飞舞的冰弹子，此时竟没了一点踪迹。空气变得格外清凉，微风变得格外柔和。远近的湖泊蓝得那么透彻，水天相接处，分不清哪里是水，哪里是天。

在这片无人的高原上，天堂和地狱，就是这么一步之遥。

一条东西走向的山谷，绿草如茵，各色花朵如一条五彩的绒毯铺陈开去，不时有大群的小云雀从花丛里飞起，叽叽叫着，一会儿又重新落下。

风无知无觉地走着，蓝天、白云、雪山、旷野在她眼里比钢筋水泥还可怕，至少，后者是她所熟悉的，而无边无际的荒原让她看不清方向。她不知道接下去还要走多久，也不知道自己还能撑多久。她只是本能地顺着山谷往前走着，祈盼着能碰上一个人，哪怕是一只绵羊也行啊。

此时的风，已经没有了一点兴奋之情。一个人背着包，支撑体力的巧克力和糖果所剩无几。

生命是不是就要结束在这里了？风抬头看看头顶的太阳，火辣辣的，紫外线使她的嘴唇干裂，脸上已经脱皮，两腿就像水泥柱子一般沉重。

在一个幽蓝的小湖边，风颓然坐下。她开始咒骂卓一航，如不是他怂恿，此时自己可能坐在某间装修精美的咖啡厅里，握一杯暖暖的咖啡，看书或是发呆。

风翻出巧克力，往嘴里塞了一块。她不敢吃得太多，剩下不到五块了，还有一袋糖果、两包饼干，这点东西还能支撑多久？感觉到巧克力在嘴里慢慢融化，慢慢消失，眼泪不受控制地掉下来了，咸咸的，浸在刚脱皮的脸颊上，如无数的小针在扎。

无助。在这里，除了这个词，风想不出任何词来形容自己的状况。

当周围上百里、上千里都没有一个人时，你才知道那是一件多么可怕的事。

哭够了，风站起来，太阳晒得头皮发炸，四周空旷得连棵遮阴的树都没有。别说树，就连高点的草都没看到一根。这个世界里，似乎所有的植物都要贴地才有生长的可能，安静地、不着痕迹地，延续着生命。

风对着风光潋滟的湖面突然大喊了几声："啊……"

悲凉无助的喊声在荒原上层层铺开，消失在了无形中。

起风了，湖面开始荡起涟漪。

下午了吧？这两天行走，风已经有了些经验。上午总是风和日丽的，只要太阳一过山头，荒原就会刮风、下雪或是下冰弹子。

她捧起水喝了几口。幸好，草原上到处都是湖泊，水还不缺。

继续走吧。

不走干什么？总不能在这里等死！

风背起包，步履艰难，一步一步向五彩斑斓的草甸走去。

当风雪再一次来临，风缩在湖边的一块大石后。无人区的风雪说来就来说走就走，不过半盏茶的工夫，雪过天晴，一道彩虹横在天际，湖中间出现一个山坡，山坡上散落着低矮的房屋，一些穿着绛色袍子的人在房前屋后忙碌。山坡下有个不大的湖，湖面热气蒸腾。

风眨了眨眼，一切都消失了。她苦笑了一下，低语了句"他妈的海市蜃楼也出来骗人"，便拖过背包仔细寻找着，终于找到几块巧克力，剥了一块小口咬着，无意中瞄见刚才靠过的石头上有些黑色线条。

岩画？这是风闪过的第一个念头，反正早走一步晚走一步都一个样，她索性凑到石头前，仔细看了起来。线条风化得比较厉害，风找了小石子，一边看石头一边在沙子上描画着，不知不觉中描出了个"¤"。

这是什么意思？太阳，史前人画的太阳？风瞪着那个怪异的"¤"，一脸迷茫。突然想起什么，拉过背包，翻出一个小铜像看着，然后又看了看地上的图案，骂了句"他妈的造得这么逼真，把史前岩画都刻了上去"，举起佛像打算扔掉，想想还是收了起来，自嘲了句"我不扔你，但你得保佑我活着走出去"。说完，风看着岩石上的图案，右下角的线条指向河谷，她笑了一下，心想也许这是上天给她指的方向，于是背着背包继续向那个方向走去。

焦黄的河谷里，风孤独地向前走着，影子越来越小……

一个向阳的山坡上，有一顶孤零零的黄色小帐篷。

风躺在帐篷里，双眼无力地看着帐顶。此时，她能感觉到自己的生命在慢慢远去，身体在一点点变轻，眼神在一点点涣散……

奇怪的是，她竟没有一丝痛苦。

想起母亲，她的面容总是很疲惫，眼神总是很无力。每次回家，母亲说得最多的就是她想把目前的六十平方米的房子换成一百二十平方米，还说要存钱给就要毕业的儿子找工作。再不就是问她和杨帆什么时候结婚，结婚了是不是可以共同帮家里一把。现在的生活让母亲很不满意，她觉得都是因为自己养了两个孩子，丈夫又不能干才造成今日的困苦。现在好了，自己死在了离天最近的地方，母亲就是想唠叨，也无法到这里来。

她又想起杨帆。这场恋爱就像马拉松一样，婚期是常常说起的，但又常常变更，因为临回国时他总会有事，总会说我们的时间还长着呢，要为今后的好日子打下坚实的基础，再等一等吧。这一等往往就是一年，然后又开始计划结婚，又开始变更，遥遥无期是周而复始，直到风的心开始麻木，开始把结婚的日期当成镜中月、水中花。

她还想起了卓一航，她最好的朋友，如兄长一样的男人。他总跟她说西藏，讲拉萨的布达拉宫、讲阿里的古格王朝，他说西藏是天堂，是人类最后的净土。现在，自己就躺在他所说的净土上，等待着人生最后时刻的来临。

也好，这样也好啊。再也不用夜以继日地赶没完没了的设计报告了，再也不用考虑明天穿什么衣裙，再也不用看妈妈忧伤的脸了，再也不用公式化地说“我爱你”了……

一切就要结束，风感到从来没有过的轻松。

外面雪很厚了吧？风看着被压得变形的篷布这么想。狼也来了吧？那一声声狼嚎听在耳里，竟然没一丝害怕。以前无聊时曾经想过自己会怎么死去，病死、车祸、飞机出事、轮船沉没，唯独没有想过会死在青藏高原，会葬于狼口。

狼嚎一阵接一阵，晨曦微露时，还夹杂了秃鹫怪异的叫声。

狼、秃鹫……

它们是草原上最敏感的动物，总能在灵魂最后离去之前找到寄主，第一时间抢到食物。

太阳还没升起，下弦月冷冷地挂在山头上，清辉洒在银色的雪地上，泛着淡淡的寒光。

孤独的小帐篷，在这个腥风四起的清晨里还能支撑多久？

四

公扎走了，雍西的生活又恢复到从前，挤奶、放牧、提炼酥油，日复一日。

在这广阔无垠的无人区，有野牦牛、有熊、有狼，独独缺两条腿的男人。

公扎离去时的背影，马蹄扬起的一缕烟尘永远留在了姑娘心上。多想帮他抹去眉间的郁色，尽管不知那郁色是为何而起。

她知道，这个男人将不再回来。

雍西就这么胡思乱想着，根本没注意到牦牛群里什么时候多了两头个体庞大的雄性野牦牛。

雍西把小辫甩在身后，一扬乌尔朵，一个石子向右飞了出去，她想把边上的四头母牦牛赶回群里。

其中两头牛突然昂起了头，圆圆的眼睛看着雍西，脊毛竖了起来，眼看就要冲过来。

雍西的心一惊，野牦牛！怎么会有两头野牦牛啊？

雍西一看野牦牛的架势，赶紧翻身上马，缰绳一带往旁边的小山坡跑去。

雍西拉着马停在了山坡的最高点，晨风轻拂着长辫向后微微飞扬。她看着低凹处的牦牛群，皱紧眉头。

獒不时冲过去狂叫两声，野牦牛浑然不把獒放在眼里，只在獒叫得它们烦的时候才扬起蹄子，昂着牛头追上几步。看獒走远了，依旧回到牦牛群里。

其他公牛对突然闯进群里跟自己争夺配偶的两个体形庞大的家伙也只能干瞪眼。

人若少了，知道硬赶是赶不走的，只能等着交配季节过后，野牦牛自动离开。

跟以往任何一次一样，雍西只能等着。她唯一担心的是，野牦牛把家牦牛拐跑了。

牦牛是长脚的，它想往哪儿去还真没法拦住它。

第二天正午刚过，窝在草洞子里的雍西迷迷糊糊听见獒叫得不同寻常，她探出头一看，果然，那两头野牦牛正带了四头家牦牛往雪线附近的山坡走去。

雍西赶紧拎上肉袋子翻身上马，一扬马鞭，带着獒追了上去。

她知道自己斗不过那两个庞然大物，只能迂回地、不时赶到前面逼它们一下，希望能把它们赶回牦牛群里。

野牦牛对前面虚张声势拦路的女孩全不当回事，它们昂着脑袋，呼呼地冲了上来。其他母牦牛则慢腾腾地跟在后面，还不时啃一下山上薄雪中才露头的青草。

眼看着野牦牛带着四头母牦牛越走越远，雍西急得直掉泪，如果自己早点嫁个男人，今天也不用受这份罪了。

雍西看着牦牛的影子越来越小，心里越发着急，她大声喊着獒的名字，要它赶上去阻拦。

阳光很猛，紫外线刺得人头皮发炸。雍西抹着泪，打着马，奋力地往上追。

这时，积雪的山坡顶上出现一个骑着马的人，冲前面的野牦牛“砰”地放了一枪。枪声一响，两头野牦牛撒腿就向另一个方向跑了，再也顾不得身后的母牦牛。

家牦牛是不会逃的，听到枪声只是抬头看了看，依旧吃草。獒及时冲上前去，叫着跳着把它们赶了下来。

“你……你在这儿干什么？”雍西看着他，气呼呼地说。

“来看你啊，我说过等我把事情办完就来看你嘛。”姬迦笑着，对她一脸的不高兴毫不在意。

“谁要你来看我了？我好好的有什么好看的。”雍西白了他一眼，恨不得一鞭挥过去打掉那一脸得意的笑。如果不是他，公扎现在还好好地留在她的帐篷里，哪里会轮到自己出来受这份罪？

“你是我的女人，男人回来了应该高兴才对啊。”姬迦向前走了两步，装出一副诧异的表情看着她。

“谁是你的女人了？做梦吧！”雍西说，掉转马头就向山下驰去。

“你是我的女人，我可是认真的。”姬迦说，可惜雍西没听见。他看着马背上起伏远去的背影，草原上能把他姬迦不当回事的女人还是第一次碰到。要么人家姑娘一见他就吓得直发抖，视他如妖魔鬼怪；要么就是故意讨好他，恨不得他夜夜出入她的帐篷才好。

姬迦一带马缰跟着追了下去，马蹄扬起处残雪飞扬。

回到草场，雍西拿出茶壶准备烧茶。姬迦一把搂过雍西，想也没想就把唇盖在对方唇上。

突然的偷袭让雍西一时之间没反应过来。

此时，在触及姑娘柔软的唇后，他突然发现自己的心脏莫名地跟着悸动起来，那唇齿间的甘甜竟让他有些欲罢不能。他下意识地收紧了手臂，恨不得把对方的身子揉进自己的皮肉里去。

当他感到自己就要窒息时才放开了她，见雍西居然大睁着两眼，他拍了拍女人的脸蛋："你就不能陶醉一下吗，女人？"

"啊……啊啊……"雍西这才反应过来，大叫着跳了起来，飞快地钻进自己的小帐篷里，把帘子盖了个严严实实。

当他无意识地舔过干裂的嘴唇，回味着她唇齿间甜丝丝的味道时，不由自主地笑了，喝光茶后拎起亮晶晶的银壶再给自己倒了一杯。

他招呼都没打一声就出发了，弟兄们大概以为他又去拜佛了。每次做掉一单生意姬迦都会外出一段时间，有时带着两三个兄弟，有时一个人，去转冈底斯山、去神湖朝拜，或是去寺庙里面壁……

这一次，他一个人走了，急着见到的不是佛祖，而是荒原深处的一个姑娘。

姬迦看着眼前的大火球慢慢落到了山头，大地出现一块块橘黄色的光斑。好久没这么安静地坐下来看太阳落山了。他总是很忙，忙着射杀，忙着赚钱，忙着喝酒，再忙着派人出去寻找下一群羚羊的位置。如此周而复始，他没有空，也没有那份闲情坐下来看一下太阳是怎么落下的。

其实，这样安安静静地守着一顶帐篷也挺好的。有一个女人，再生几个孩子，养上一群牛羊，再不用担惊受怕了，再不用东躲西藏了。姬迦如此想的时候，嘴角浮起一抹笑意，她不会睡着了吧，怎么都没一点动静呢？

于是他走过去，掀开帘子，见她坐在垫子上，脑袋一点一点地正在打瞌睡，听见有响声，猛然抬起头看见姬迦，眼里掠过一丝惊慌，握着匕首的手向后一挥，身后的帐篷就开了个大口子，她飞快地从口子处爬了出去，动作利索得就像一只脱兔。让门口的姬迦目瞪口呆，对着那个呼呼灌风的洞口哭笑不得。

这是个怎样的女人啊？怎么会跟狐狸一样灵巧！

他爬到洞口处，见雍西站在外面盯着他，浑身上下充满戒备。

姬迦好心地、像哄小孩一样露出笑容，哪知这样的笑容放在他脸上，显得更加不怀好意。

“我又不会把你吃了，你逃那么快干什么？”

“你出去，那是我的帐篷。”雍西看着他，右手紧握着匕首，生怕一眨眼他就钻了出来。

“好好好，你的帐篷，你进来吧，我出去！”姬迦说，缩回脑袋，从帐门退出身子来，站起身就要向她走去，哪知她再次从洞口一下子溜回帐篷去了。

姬迦看着刚才她站的地方瞬间就没了人影，除了摇头叹气还能干什么？他掏出马鞭向牦牛群走去，牧羊的獒倒也机灵，知道这个人跟自己的主人认识，便配合着他，一起把牦牛赶到背风的小山坳里，卧在草地上盯着牛群不再动弹。姬迦回来从袋子里拿出一块干肉过去，揉了揉獒的大脑袋，把肉丢给它。獒低低地吠了一声，舔了舔他的手。

此时，雍西正趴在帐篷边，偷偷拉开一条缝往外探看，见姬迦回过头来，鼻子里哼了一声，又放下了帘子。

深夜，围着被子的雍西被帐篷外“窸窸窣窣”的声音惊醒，只见帐篷一角那个被自己划开的大口子处有一根针在穿进穿出，显然，姬迦正在外面缝补。她心里不禁一热，看来他还是个很细心的男人。

于是雍西也不出声，任他在外面折腾。

从没想过某一天要把自己安放在某顶帐篷里，守着一个女人过一辈子。现在，坐在这满天星斗之下，他突然觉得这样看守着一群牦牛，守着一顶帐篷也是很好的。当然，这样的想法把他自己吓了一跳，他赶紧回头看了看小帐篷的动静，听到帐篷里传出安静均匀的呼吸声，他这才安心地转回头来，继续看着星空，发呆。

晚上，公扎总是随便找个背风的草窝子，羊皮袄往身上一裹，一夜的风寒也就无关紧要了。

夜半时分，他听见不远处传来狼嚎，以为狼发现了食物在召唤伙伴，开始还不当回事。渐渐地，狼嚎叫得越来越大声，特别是快到天明时，他见到成群结队的鹰在天空盘旋却不落下。

神鹰的身影出现在哪里，下面就会有断气或是即将断气的生命。

狼嚎声依然一阵接一阵却并没进攻的信号，鹰依旧盘旋并不下坠。这样的情景很奇怪，说明它们瞄准的目标还活着。狼不想消耗体力去作无谓的打斗，鹰更不会向还活着的生命发动进攻的。

会是什么动物要死了呢？野驴、野牦牛、羚羊……他看了看天空，东边已经开始发红，他索性掀开袄子站了起来，一声口哨召回旁边的马，拿着老枪，拎着袋子就上了马背，往鹰盘旋的地方飞驰而去。

远远地，就看见山坡上那顶黄色的小帐篷和转在四周的狼。

这个地方出现这样一顶小帐篷，公扎吃惊极了。

此地已经是无人区的腹地，好几天都没看见人影了。怎么会在这里出现一顶明显是城里人才会用的帐篷？公扎这么想的时候，顺手就端起枪，冲一只正在嚎叫的狼开了一枪，其他狼撒开腿就跑，一会儿翻过山脊不见了。

公扎在帐篷前飞身下马，拉开帐篷的拉链，见里面睡袋里躺着一个汉族姑娘，脸色苍白，嘴唇起了好几个大泡。公扎“喂”了两声，对方并没反应，甚至动都没动。于是公扎爬进帐篷，摸了摸她的鼻子，还有一丝微弱的气息。公扎赶紧从怀里掏出一个小瓶，倒出两粒甘露丸塞进她嘴里，再出来从帐篷上取了雪放在口里，融化后喂进女孩的嘴里。

公扎跪在帐篷门口，探头看了看周围的环境。半山坡上，向阳，但风很大，不适合过夜。他把女孩连睡袋一起拖了出来放在地上，又把帐篷和背包飞快捆好放在马上，再抱着睡袋里的女孩子上马，让她靠在自己怀里。他要找一个地势平坦且背风的地方，让她好好休息。

这些城里人，真是吃饱了没事干，到这荒原上找罪受。公扎在一个山坳里把女孩子抱下来放在草地上，再把帐篷重新搭上，把自己的老羊皮袄铺在里面，再把女孩子从睡袋里拉出来塞进皮袄里裹好，又从她的背包里找到一个小水壶，出去找了些泉水回来，给她喂了些水。见她鼻息没那么粗重了，这才回身出来，把睡袋打开放在太阳下晒着。

中午，公扎进去看了一下，见女孩子气色好些了，又给她喂了两粒甘露丸。

这一天，风都迷迷糊糊的，梦里一会儿是上海一会儿是荒原，她恍惚中感觉自己要死了。

接下来，风感觉到干渴的嘴里沁进了一丝甘甜。她不知道那是什么，只是本能地咽了下去。

然后，自己腾空了，好像被裹进了一个温暖的怀抱，就像小时候母亲抱着她的感觉。再后来呢？又好像身上什么东西被除去了，躺进了一个像白云般柔软的所在。

再然后呢？不记得了！

风醒来时，已经是第二天上午。风的手指动了一下，再动了一下，然后身体慢慢晃一下，再晃一下。全身的骨头都在疼，这样的疼让她确定自己还活着。风想坐起来，只是有些力不从心。她睁着眼睛环视了一下四周，见自己仍在黄色的小帐篷里。

还活着，没有死。风转着眼睛，不知该为自己庆幸呢还是该失声痛哭。一个人在荒原上迷了路，就算自己还活着，明天呢？后天呢？

这时，帐篷帘突然被人掀开，一个满脸大胡子的男人出现在帘子边，操着生硬的普通话问："醒了你？怎么样感觉？"

"是你救了我？"风的眼泪不受控制地滚了下来。终于见到人了。

“昨天早晨碰到你的。晕过去了你，高原反应有，吃了我的药，甘露丸。”他说的普通话语序颠倒，没有笑容，只低了头钻进来，半跪在她旁边，掏出药瓶倒出两粒黑色的药丸，一手扶着她坐起，把药放进她嘴里，再拿起旁边的水壶让她喝了两口，然后看她躺下，帮她把皮袄盖好，“睡袋不透气，不适合这里用。”

他做完这些，转身又要爬出去。

“等等。”风低呼了一声。在这个四处无人的旷野里，真怕他一去不复返。她已经好几天没跟人说过话了，渴望能跟人说点什么，“你叫什么名字？”

“公扎。”

“公……公扎？”

公扎不明白风听到他的名字后为什么会那么吃惊。

“你是不是有个好朋友叫卓麦？有个侄儿叫卓一航？”

“是啊，你认识他们？”公扎回过头来，探询地看着她。

风的泪水再次哗哗而下。卓一航叫她来找公扎，说是公扎可以陪她去看最原生态的民俗，去看最自由自在的野生动物。她倒是看到最原生态的民俗了，也看到最自由自在的野生动物了，只不过小命差点也丢在这里。

“你……担心的没有，病的没事了。没有适应这里你的身体，药吃了就会好的。”公扎有些手足无措。他最怕看见女人的眼泪，女人一哭他就不知道怎么说话了。

“我是卓一航的同学，是他……他让我来找你的。”风抽抽搭搭地哭着，心里的万般委屈终于找到了发泄的口子，“他说你会带我去看野牦牛，会带我去看藏羚羊。我在县上去了你家，见到了你妹妹拉姆和你阿妈达娃。”

“你见到拉姆了？”

“是啊。我们还在你家住了好多天呢！”风抽泣着，心里十分委屈。

“你们？我只看到你一个人啊！”

“我们的车坏了，又下雪，走散了。”

“在哪里坏的？”

“不知道，我不认识路。”风说。

“我们得找到他们，他们危险有。”公扎看着风，认真地说，“肉多吃，你才会快快地好。明天，找他们去我们。”

风抹了一把眼泪，点了点头。公扎见她不再哭，便关上了帐篷的帘子。

傍晚，风感觉好些了，穿上衣服爬了出来，见公扎在帐篷边生了一堆火，用木棍穿了什么肉在烤着，香气扑鼻。见到风，他用刀子取下一块肉递给她。

风接过咬了一口，顿觉满口都是香气：“什么肉？”

“呱呱鸡！”

“野鸡？”

“嗯。对面山坡很多，打了几只。”公扎一边转着木棍，一边往火堆上加着干枝和牛粪，“卓麦和一航，好吗？”

“卓一航还好，他的生意不错，不过他父亲去世了。”

“卓麦……死了？”

“对，我来之前两个月去世的。肉烧着了！”风说，见公扎陷入了沉思，肉着火了还不自知。

公扎蓦然收回手，看了一眼肉，见已经烧煳了，便取下扔到了远处，重新穿了一串放在炭火上烤着。心里却在想着卓麦，想起那个抱着一把吉他，总坐在草地上对着夕阳唱歌的年轻瘦弱的汉族军医，他和自己年纪差不多大，怎么就离开这个世界了呢？

“你和卓叔叔，是很好的朋友吧？”

“他当兵时，常到草原上帮牧人看病。”

“小时候卓叔叔常常跟我们说起西藏，他最爱吃西藏的蘑菇。他让朋友寄的蘑菇还没寄到呢，就走了。”

“他，什么病？”

“心脏病。医生说他的心脏适应了高原，回到内地反而无法正常运作，加上他不要命地工作，自己一点都不爱惜身体。”

公扎不再说话，只看着火光出神。卓麦，去年写信还说等退休的时候一定要来草原看看的，他还说他和石达的单位离得很近，两人常在一起喝酒，聊得最多的就是草原的生活。那时自己还挺羡慕他们，老朋友在一起，聊共同的往事，多好啊。哪儿像自己一个人，想找个人说说话都没有。过去的一切在现在的年轻人眼中，已变得不可思议。

“卓一航说他小时候也在你们草原上住过的？”风没话找话。

公扎点了点头：“他那时还很小，卓麦走哪儿他就跟到哪儿。”

“哦……”风看着公扎被火光映红的脸庞，想了想又问，“你怎么到这里来了？”

“我来找一只熊。”

“喀果？”风想起拉姆说的故事。

公扎点了点头：“拉姆给你说的？”把烤好的肉递给风。

“嗯。”风点了点头，“你也吃吧。”

“我吃这个。”公扎说，用刀削了血淋淋的生肉放进嘴里，“你们汉人要吃熟的。”

风看着他毫不在意地削了生肉，血丝还挂在刀上却吃得津津有味，顿觉毛骨悚然。这是个什么人啊？怎么像野人一样？她感到胃里一阵翻腾，赶紧走到旁边，把刚才吃的东西全吐了出来。

“怎么了你？不舒服的有吗？”公扎过来，递给她水壶。

“没事没事。”风摇着手说，接过水壶，赶紧喝了几口，突如其来的恐惧让她害怕极了，逃一样蹿回了帐篷。来时卓一航就跟她说了西藏人会吃生肉，只不过她以为是风干了的牛羊肉，就像在拉萨的藏餐馆里吃的、就像在拉姆的家里吃的，蘸了辣椒，味道还不错。哪里想到公扎居然吃血淋淋的生肉？

“还要肉吗？”公扎回到火堆边，扬声问，嘴角含笑。

“不要了！”风干干脆脆地说，把自己捂进了羊皮袄里，好像公扎要吃她一样。

半夜，风听到公扎反反复复在唱一首汉语的歌：

我今天要去远方
离别时你说请不要把我遗忘
我们的誓言高高挂在天上
那些白云，那些星星，那个月亮
看着我们约定今生约定来世相约永不忘
美丽的牧羊姑娘爱了你无论日月怎么变迁我都把你放在心上
美丽的牧羊姑娘你的笑声浑洒在蓝天下留在了我的心房
给我一顶帐篷哟，想牵你的手共度一生不再心伤
给我一片天地哟，想伴你的爱漫舞天涯不再彷徨
牧羊姑娘，可爱的牧羊姑娘
何时才能回到我身旁，何时我们才能一路花香
不再分离是不是我的奢望
今生的爱是不是已经散场
爱了你难道就只能绝望
没有你的日子天天是情殇

空旷无人的荒原上，下弦月挂在影影绰绰的山头，星空璀璨，一顶帐篷，一堆似有若无的火光。

低沉的歌声无限悲凉。

尼玛，最后看到太阳落下也最先看到月亮升起的地方，这里离天最近离海最远，它是世界屋脊的最高点，是第三极的顶峰。绒马是尼玛县最偏远的一个乡镇，也是靠近无人区最后的一个乡。

几间土房子，房与房之间土道相连。这里一直都是安静的，安静得就像墙根处卧着的老牦牛，眼睛都懒得抬一下。偶尔看见某个土房子走出一位老阿妈背着水桶，步履匆匆逆着光，身后会跟着咿咿呀呀的小孙子或是小羊羔。

今天，这个安静惯了的小镇突然间变得热气腾腾。

乡政府简陋但宽阔的院子里聚集了一大群穿着老羊皮袄的牧民。

这时，低矮的小屋子里出来一个穿公安制服的人，向着院子里的人喊："大家再辛苦两天，再好好找找吧。咱们不能眼看着人家姑娘活活饿死在里面啊。"阿钢与海子他们到这里报了警。

所有人低头弯腰答应着，按照事先分好的组，在门口牵上马各自而去。

那层层叠叠的大山背后，就是让牧人谈虎色变的藏北无人区。

焦黄色的大地上，正午的阳光很猛烈。

两人一马，慢悠悠地走着。

公扎牵着马在前。马背上驮着老羊皮袄、干肉袋子、户外用的背包。

风跟在后面，戴了公扎的牛仔帽，有些大，她不时得扶一下。右手拿着枪，枪叉子拖在地上，在沙地上划出了两条歪歪扭扭的线。

他们要翻过这座雪山去。

"咱们还要走多久？"风理了一下帽檐边的头发，仰头看了看太阳，无力地问。

"两个小时吧！"公扎把马缰在手上又挽了两圈，让马靠近了些。

"公扎，能不能歇一会儿？我太累了！"

"现在不行，我们得在太阳升到头顶的时候翻过去，否则温度一高，很容易发生雪崩。”公扎回头看了风一眼，淡淡地说。

“脸好痛。”风扶了一下墨镜，抖了一下腿上的雪。

“脱皮了。”公扎说，“过几天就好了。”

“啊？脱皮了？”风说，下意识把手盖在脸上。

公扎没再说话。

“如果长斑就麻烦了，我回去怎么见人啊？”风一边走一边叽叽咕咕地说。

“你们这些汉族女人啊，命重要还是脸蛋重要啊？看看草原上，哪个女人的脸上没斑呢？那是太阳送给女人的礼物。有了这样的礼物，她才是草原上的女人。”

“太阳送给女人的礼物？有意思。”风笑了，“可问题在于我不是草原上的女人啊，我是属于上海的，很繁华的大都市，我如果带着太阳的礼物走进写字楼，还怎么工作啊？”

“工作跟你的脸有关系？”公扎好笑地回头看了她一眼。

“没有直接关系，但会影响我的心情。”

“你们那里真是奇怪！”

“难道你不喜欢漂亮的女人？”

“健康就好！”公扎说。

“健康？像你们草原上的？皮肤黑黑的，满脸太阳斑？高兴了就放声大笑。公扎，上海是容不下这样的女子的。上海需要衣饰华美、精致典雅的女人。”

公扎沉默了。上海，那是一个他不了解的世界。卓麦曾经说过，在那里什么都能用钱买到，唯独买不到他想要的爱情。

爱情，自己的爱情，已经随着措姆的一缕香魂飘往香巴拉。卓麦的爱情呢？他一生未娶。他的爱情应该和自己一样留在了这片草原上吧。

“公扎，无人区这么大，你怎么找到喀果？”风无话找话。

“鹰飞过都会留下羽毛，熊走过也会留下脚印。”公扎回答。

“可是，这里太大了啊！”

“我是猎人，知道熊喜欢出现在什么地方。”

“可是，即使你打死了它，措姆也不会回来了啊！”

公扎的背部突然僵硬地挺直了。

风一说完就后悔了。措姆，是公扎心中不能触碰的伤痛，自己何苦要去揭他的伤疤呢？她一边紧紧地追着他的脚印，一边喊：“对不起，公扎，我不是故意的。”

接下来的路两人都沉默着。

空旷的荒原上只听见脚踩在雪地上“嘎吱嘎吱”地响。

终于到了垭口，和风送来阵阵清凉。山脚下是一条不知延伸到何处的河谷，因为昨天下过雪，谷中还有些雾霭升腾。不知名的花儿东一块西一块，五彩缤纷，如一张花毯铺在了雪山与山谷之间。中间有个小湖，如一块上好的美玉，点缀在了少女粉嫩的脖间。

风兴奋地瞪大了眼，大叫着：“太美了，这里真是无人区吗？公扎，我从没见过这么美的地方。My God，你把最美的景色放在远离人烟的地方，真不公平！”

公扎眯着眼望着山下，并不言语。

“还在生气啊？我说过不是故意的，再跟你道歉，对不起啊。”风望着牵了马站在雪地上但看不出表情的公扎说，故意把腰弯成了九十度。

“我没生气。”公扎收回目光，“走吧！”拉了马向山下走去。

风看着他背影吐舌做了个鬼脸。这个男人，真是惜话如金啊。自从自己病好以后，五天来他说的话没超过五十句。

到了小湖边，公扎把马背上的物品取下，解开缰绳，拍了一下马屁股，马就甩着尾巴走开了。

公扎拿起枪，看了看四周，见不远处有几只獐子。他说了句“周围有不少野牦牛的干牛粪，你捡一点”，提着枪便向另一个方向走了。

风不明所以地看着他的背影。他要去打猎吗？可獐子在另一头啊！她脱掉冲锋衣丢在草地上，只穿了灰色高领毛衣，开始捡牛粪。这几天在荒原行走，倒是从公扎那儿学了不少荒原生活常识，其中就包括怎么辨别野牦牛和家牦牛的粪便。

风把干牛粪抱在怀里走回来扔在行李边，然后继续去捡。一会儿就捡了一大堆，看看差不多捡够了，于是坐在湖边黑色的碎石岸上，转身看着远处的公扎猫着腰，正绕着小山坡慢慢向獐子活动的地方靠近，走几步还停下来一会儿。獐子偶尔抬起头警惕地看着他，见他不动了，便又低下头去。风不禁笑了，果然是个老猎手，迂回前进，目标还是獐子啊。

一声枪响，只见一只獐子应声倒地，其他獐子撒腿就跑。

风笑着迎上前去，帮着把獐子后腿抬起来：“你的枪法太好了，公扎，神枪手啊！”

公扎微微笑了一下，把獐子放在湖边，掏出刀熟练地剥着皮，一会儿就把獐子肉清理出来。然后用腰带上挂着的取火器打着油纸，把带回来的干草点燃，架上牛粪，火就慢慢生起来了。等火势变猛后，他从包里取出随身带着的盐袋放在一边，用刀子叉着肉，一边烤一边往上撒盐。烤好一片就递给流着口水的风，风一接过便饿狼一样塞进嘴里。

终于，风打着饱嗝，摇着手说：“我不要了，再吃就要撑死了，你自己吃吧。”

于是公扎不再烤，而是削了肉放在嘴里，既不放盐也不用火烤。

“你总这么吃肉吗？”风强行抑制着翻腾的胃，皱着眉头问。她从开始看见他吃生肉就吐，到后来他吃时就躲开，到现在能难受地看着他吃。

“肉本来就应该这么吃。”公扎说着又把一片生肉放进嘴里。

“可是……这样很不卫生啊！”

“不卫生？”公扎好笑地看着她，“肉长在獐子身上，有皮保护着，怎么会不干净？取出来用水洗沾了水里的细菌，烤时再沾上柴草的灰尘，多次污染才不干净。这是你认识的那个卓麦大医生说的。”

风想了想，也有道理啊。新鲜的肉，本就干干净净的，一旦过了人手、过了自认为干净的水，是不是就算一次次污染了呢？

“你这样吃，什么味道都没有，好吃吗？”

“我喜欢肉本身的味道，加上其他东西，反而不好吃了。”公扎说。这几天相处下来，公扎的普通话已变得流利了很多，很少再出现语序颠倒的状况。

“你……像一只荒原上的野狼！”风看着满脸大胡子、眼神深沉得如一池深湖的公扎，突然说。

公扎笑了，抹了一把嘴角：“野狼，算是吧。你看这里，没有人烟，狼却可以生活得很好。”

风看着公扎，心里动了一下。这个野性的男人，每天都在冲击着她习惯了的生活方式。自己以前接受的东西真的对吗？比如生肉不能吃，比如不洗手就不能拿食物，再比如脸蛋上要涂上众多颜色才算漂亮？甚至还有男人的帅气，西装革履、浑身散发着淡淡的古龙香水味道才算风度翩翩吗？眼前这个皮肤黑红的汉子，一身尘土、吃生肉、高兴了欢畅地笑，不高兴了一脸沉默，难道不帅吗？

公扎从荒原上收回目光，见风正定定地盯着自己：“怎么了？我说得不对吗？”

风讪讪地一笑，红了脸，把目光转向波光粼粼的湖面，湖心有一对野鸭正你追我赶着：“对，你说得很对。”不知为何，在他的注视下，风突然觉得心跳得有些不正常。

第八章
相处后决定爱不爱

那个人影，

有着玛尼石一般青润的色彩，

一种如大岩石一般尖利的感觉突然抓紧了她的心。

五

无人区的深处。

没有名字，没有具体的标志物。

进入这片天地，所有的地方，看上去都差不多。蓝天、雪山、草地、湖泊……

阳光暖暖地照着这个世界，静谧、空灵得不像人间。

枪声！密集的枪声，不合时宜的枪声。

“你们俩过去，把右边堵上，跑掉一只，自断一指。”姬迦站在山坡上，看着围在坡底下慌乱的藏羚羊群，冷酷地对右边两个汉子说。

两人答应着，一带马缰向右边跑去，开了两枪，把眼看就要冲出口子的羚羊重新逼回了包围圈。

姬迦满意地看着悲鸣的猎物，嘴角边挂着一丝狞笑。

这时，右边两匹马之间突然蹿出去一只公羚羊，长长的羚羊角在阳光下跳跃着。姬迦一抬枪口，“砰”的一声，那头还没跑出去二十米的羚羊就倒在了沙地上，脖间汩汩地冒着鲜血。

姬迦收回枪搁在肩上，冷冷地看着下面两个骑在马上的汉子。两个汉子心虚地抬起头，一接触到姬迦的目光，脸色顿时惨白，额头上冒着大颗大颗的汗珠，从腰上慢慢拔出刀来，寒光一闪，两截小指“啪”的一声掉落尘埃。

姬迦满意地扯了扯嘴角，晃了一下身子后收回目光，单手拿枪对着中间正慌乱地要寻找方向求生的公羚羊开了第一枪。

这是信号，表示真正的屠杀开始了。

于是围在山坡四周的男人没有丝毫犹豫，瞄准猎物“砰砰”开起枪来。

伴随着炒豆子一样的枪声，成片的羚羊倒了下去，没有一只羚羊能逃出生天。

浓浓的血腥味弥漫在四周，秃鹫开始在空中盘旋。

三只小羚羊“咩咩”地叫着，在倒下的母羊身边转来转去，凄凉无助。

姬迦抬起枪口，对着其中一只随便地扣动了扳机，小羊哼都没来得及哼一声就倒在了母羊身上，大大的眼睛还睁着。

汉子们兴奋地叫着，狂野而零乱的口哨声四起，拉着马晃来晃去。

藏北荒原深处的这片血色谷地，顿时犹如地狱一般阴森恐怖。

风起了，沙子打着旋随风而舞。

夕阳染红天边的时候，两个人影站在猩红的血地边，看着沙地上铺开的被剥了皮的藏羚羊尸体。

“他们怎么这么残忍？活生生的生命啊！”风看到这种景象气愤不已。

“人的欲望是没有底的。”公扎脸上没有任何表情。

“就没人管得了他们吗？”

“听说政府正在制定保护野生动物的法律。我小时候，草原上的羚羊成群结队，现在越来越少了。”

“唉……”女孩过去抱起两只幼小的羚羊羔，它们柔弱的身子颤抖着，大眼睛惊恐地四处看，“带着它们好吗？”

男人点了点头，接过一只向外走去，女孩跟在后面。

在另一片三面环山一面临湖的谷地里，几顶大帐篷散落在沙地上，几匹马在帐子周围随意地踱着步，偶尔低下头寻找寥寥可数的青草。

湖面上出现几艘牛皮船，越来越近，帐篷里冲出几个女人来。

“他们回来了，不知这次打到多少？”

“听强巴说，这次是很大的一群。”

“这次得叫男人给我买一对金手镯了。央吉呢？叫她快煮肉去，男人们肯定饿坏了！”

……

这时，从一顶小帐篷里探出一张女人沧桑的脸，身后还跟着一个美丽清秀的少女。少女的眉眼有些像错鄂草原的石达。然而神色之间，又有些像她身旁的母亲。

不错，这个女人就是央吉，错鄂草原次旺的女儿。石达念念不忘，以为她在无人区被狼吃了，从此内疚着远走他乡。

央吉看了一眼远处的湖面和湖边上“呵呵”兴奋叫着的男人女人，皱了一下眉头，转身向旁边一顶大帐走去。帐中间有一个大火炉，大铁锅里冒着热气。她往火堆里扔了几块牛粪，再把另一口锅里熬着的茶水舀进茶筒，从旁边的篓子里拿出几大块酥油扔进筒里，然后开始打茶。她面无表情却极熟练地做着这些。

当初央吉深夜离开时，在草原上迷了路，闯进了无人区，被一群狼盯上。姬迦正好带人在那片区域里猎杀羚羊，听见狼嚎，在最危险的关头救下了她。

她不想回草原，就跟着他们回了住地，成了影子猎队的厨娘，没过几个月，央吉在湖边的沙地上生下了一个女孩。她冲帮她接生的老阿妈说孩子就叫达娃措吧，愿她像月亮湖一样美丽健康。

达娃措就这样出生在了无人区的野外，没人知道她的父亲是谁，也没人介意这个。达娃措确实如她母亲的心愿那样，健健康康地成长着，一年比一年美丽。帐篷里的男男女女都喜欢她，不仅因为她是影子猎队出生的第一个孩子，还因为她美丽活泼，十分讨人喜欢。

有了孩子才有了活下去的勇气。央吉尽心尽力地抚养着女儿。从女孩变成女人，从女人成为母亲，央吉身上褪掉了两层皮，不再是错鄂草原上那个任性的牧女了，而成为一个人到中年、有着黑红脸庞的勤劳妇人。

男人们大声说笑着，把缰绳扔给了迎接的女人，不时打趣地摸一下身边女人的脸庞或是胸部，然后甩着大步钻进了中间的大帐，散坐在周围的卡垫上，等着女人把酒斟上，然后端起杯子互相碰着，一饮而尽。

央吉和三个女人用盆端着热气腾腾的肉进来，放在中间的石桌上，再在肉上插满小刀。男人们一哄而上，切下大块的肉撕扯着，嘴角流油。

姬迦坐在最上面铺了厚厚羚羊绒的椅子上，一个女人在他面前放了一盘上好的羊肋。他没动，只是一杯接一杯地喝酒，一种空虚的感觉在每次屠杀之后总是不露痕迹地袭击着他的心。

接下来该干什么？

除了猎杀时看到羚羊鲜血飞溅有过片刻的狂喜之外，随之而来总是长长的空虚和落寞。

天蓝得没有一丝云彩，太阳猛烈得像要把人烤干。

一个山石嶙峋的山坡，大肚子的喀果正翻着石头寻找老鼠。

碎石堆里伸出一杆老枪。公扎微眯着眼，焦点呈现出三点一线，焦点尽头是喀果笨重的身子。

他的手指轻轻搭在扳机上，就要扣下。

“公扎，公扎……”风捧着四枚粉红鸟蛋赤脚站在下面的草地上，向坡上扬声大喊。

喀果闻声身子闪了几下，就消失在乱石丛里了。

公扎无可奈何地抬起头，收起枪扛在肩上。自从碰上风后，原有的生活节奏被打乱了，风这已经是第三次惊走喀果。

“对不起，公扎，都是我不好。”风看到公扎从山坡走下来，黑着一张脸也不说话时，知道自己又闯祸了，赶紧道歉，“我不知道你看到喀果了，实在对不起。我以为你在寻找猎物，我想告诉你，那边有好多鸟蛋，你今天不用打猎了，咱们煮鸟蛋吃。”

还是先把她送回去吧，公扎低下头这么想着。这几天走得越来越慢，风一会儿说累，一会儿喊饿，耽误的时间越来越多。昨天在一个美丽的小湖畔，她居然说头疼得厉害，非要休息半天。那半天她却带着两只小羚羊在湖边玩得挺美，哪里像个头疼的病人？

“算了，反正它早晚都逃不掉的。”公扎说，看了她手里的蛋一眼，“黄鸭的蛋。那边有个温泉，温度很高。”

“好，我们马上去煮！”风高兴极了，大声叫唤远处的两只小羚羊，“宝宝、贝贝，回来，走了！”两只小羚羊就欢蹦着跑了过来。

“它们叫宝宝、贝贝？”公扎看着两只灰不溜丢、瘦不拉几的小羔子，觉得它们和“宝宝”“贝贝”差得太远。

“是啊，我才取的。你看，它们已经能听懂了。”风说着套上鞋子，跟在提着行李的公扎身后，那匹老马跟在风后面，两只小羚羊则走在她身边，“高点的叫宝宝，矮点的叫贝贝。”

到了温泉处，风找了个小泉眼，把捡来的蛋全放进去。自己再去钟乳石后面找了个大的温度合适的泉眼，扬声说：“我想洗个澡，身上难受。”

公扎把马放开，然后抱了枪背对着钟乳石盘腿坐下，闭上眼开始养神。

风从背包里拿出梳洗的包，飞快地把自己剥光，浸入了温暖的泉水中。其实她身上不脏，荒原上常能碰到温泉，只是干净圣洁的泉水，让她忍不住想跳下去泡一阵子。

风躺在小池子的边上，泉水暖暖柔柔地包围了她，心里顿时弥漫起一股说不出来的情愫。看着头上如絮般的白云和蓝蓝的天，想上海的同事不知在忙什么。卓一航呢？是不是还坐在他那间大得吓人的办公室里，疲惫地揉着太阳穴，策划着某个歌星的专辑？杨帆呢？是不是看着厚厚的资料，绞尽脑汁地想着明天下一场的答辩？她开始想念那样的忙碌了，真怕自己闲得太久回去不能适应。

宝宝和贝贝卧在她身边，不时轻咬一下她的裸肩，那微痒的感觉，让风情不自禁地笑出声来。

公扎盘腿坐着，嘴里咬着一根草茎，背靠在钟乳石上，看着天上慢慢移动的白云出神。

身后传来风的轻笑，公扎也微微一笑。经过这些天的相处，他觉得这个城市女孩并不讨厌，虽说老不合时宜地惊跑他的猎物，但还算善良，老劝他不要打喀果，因为喀果怀孕了，要报仇也得等到它生下小熊后。有时遇到掉到沟里的小野驴或是沙迷了眼的原羚，她都会想办法去救。无论身处什么样的环境，只要善良的心还在，那就是好人。

公扎看了看周围的山势，明天，也许就能到绒马了吧？那里有人、有车，她终于可以回到她的世界去了。我呢？措姆，措姆……

公扎把鸟蛋捞了起来，摆在身边："蛋熟了。"

"哦……"风爬起来，穿上衣服，赤脚转过来，坐在公扎旁边，拿起一颗在地上敲了敲，剥去皮，递给他。

公扎接过，一颗鸟蛋就没了。

"一共十个，一人五个，公平合理。"风说着给自己剥了一个，咬了一小口，顿时满嘴都是蛋的清香，"我从来没吃过这么香的蛋，公扎，你说这是黄鸭的蛋？"

"对。小湖边有很多水鸟，这个季节窝里有很多蛋！"

"啊……早知道这么好吃我多捡一点。"

“你要想吃周围随时都会有！”

“真的？好好好，再碰到我多捡一些，咱们煮了带上。”风开心地笑着，又剥了一颗塞进嘴里。

“再过几天就不能吃了。”公扎说着也剥了一颗放进嘴里。

“为什么？”

“它们开始孵化了，打开里面有只小鸟，你还吃吗？”

“不吃！”风转过头去，“你就不能说点能增进食欲的话？”

公扎笑了一下：“快吃吧，咱们还要赶路呢。明天就能到绒马了！”

“绒马？就是最靠近无人区的乡？”

“对。到了那里你就安全了。”

“我安全了？”风看着远处层层叠叠的雪山，喃喃自语，“我可以回家了？回上海了？”

“到绒马后，你找乡上的干部，他们会想法送你回县城。”

“好的好的。”风一想到自己就要回到熟悉的大城市就高兴。她渴望走在霓虹闪烁的大街上，渴望喝上一大杯德国黑啤，渴望躺在某个美容院里敷上保湿的面膜美美地睡上一觉……“咱们现在就走！”风说完把剩下的蛋揣在口袋里，主动走过去把行李提了起来。

公扎套好马，绑上行李，带着小羚羊，两人又出发了。

走过两条山谷，翻过一座并不高的雪山后，公扎说：“明天中午，我们应该能到了！”

“明天中午，我就安全了？”风说，看着前面的草原，心里突然间升起一股落寞的情绪。

“嗯。”公扎点了点头，把行李取下把马放开，很快就把风的帐篷搭了起来，“今晚就住在这儿，天亮后我们再走吧。”

风点了点头，把睡袋扔进帐篷里。公扎又拎着他的老枪往外走了。

“要回去了，终于可以回去了。”风坐在帐篷前的草地上，望着远处的雪山喃喃自语。回到城市，得先给自己弄一大堆水果吃，苹果、梨子、葡萄、西瓜……还要去吃西餐，那些花一样的食物，浪漫而唯美。这些日子，肚子里实在太缺货了。她翻身爬了起来，进帐篷把背包拖了出来，把里面的东西全倒在草地上，然后一样一样地清理着，把衣服叠得整整齐齐的，把擦脸油、化妆品清理好放进小袋子里。看到草地上还有一尊青铜的小佛像，她若有所思地拿起来。在八角街闲逛时，她认识了一个叫纳达尔的瑞典人，一起去酒吧喝酒，直到醉眼迷离，他把随身带的白色小布袋忘记在桌上，站起来摇摇摆摆地走了。风拿着布袋追出去，那个叫纳达尔的瑞典男人已经消失在了转经的人流中。无奈，风就把小布袋带在了身边，打开后才看见是一尊小佛像，还想着哪天碰见了再还给他。只是，她还来不及再逛八角街就来了藏北。

风把小佛像立在草地上，古色古香的，如果放在博古架上，倒也是个不错的摆件，可惜太小了点。

风不再看小佛像，捡起草地上的脏袜子往旁边的小溪走去。

这时公扎拖了一只小獐子回来，看到草地上的佛像怔了一下。他弯腰捡起，眯着眼翻来覆去地看。当看到佛像竖起向外的掌心上有一个细细的“¤”时，脸色顿时沉了下来。

他能肯定，这个佛像就是自己从察那罗山洞里取出来的众多的小佛像中的一个。

风拿着洗净的袜子回来，见公扎眯着眼，黑沉着脸看自己：“怎么啦？没打到猎物？”

“这个，你从哪儿得到的？”

“在八角街认识的一个老外，那家伙喝醉了忘了带走。怎么啦？”

“老外丢下的？”

“是啊。他还说是花了两万块钱买的呢，好像有五个来着。我看他是上当了，如果是真的古董一个也不止十万啊。”风笑着，把袜子摊在草地上。

“它是真的！”公扎说，然后盘腿坐下。

“啥？”风吃惊地回过头来。

“我说它是真的。这是我老家错鄂寺里供奉的佛像。”公扎低沉地说。

“你……你说它是真的……古董？文物？”风走过来，从他手上拿过佛像，左看右看，也没看出什么名堂。

“对。你看菩萨的掌心处那个图案。那个图案是特有的，外人不知道。”

“这个图案，有什么意义吗？”

“不知道。”公扎摇了摇头。

“我见过这个图案，不过是史前人的岩画。”风说。

公扎好笑地看着她。

风竖起手掌，认真地说：“真的真的，我在那个湖边，就是你救我的那条沟里，有个湖，湖边有块石头，上面也有这个图案。”

“那是塔加普神湖，传说逆着时针转，能看到格萨尔修行地，不过，塔加普神湖很神秘，季节性很强，很多人想找那个湖都找不到，我也是小时候听庙里的喇嘛说过。”公扎说。

风不以为然地说：“既然是季节性的湖那还不好办，雨季去不就对了。”

公扎苦笑道：“有人雨季去过，也没见到湖。”

“哦！”风有些傻傻地看着公扎，讪讪地说，“我估计那是海市蜃楼！”

“送你出去后，我再去神湖边看看。”公扎说，翻来覆去看着手上的佛像。

“喀果额头上就有这个图案。”

“喀果？那只熊？”风有些迟疑，但仍小心地问。

公扎点了点头，脸因痛苦而抽搐了一下。

“对不起，公扎，你……别去想了好吗？”

公扎沉默着，看着远山。他第一次对一个外人讲起那个山洞，讲起自己和喀果的恩怨，讲起学识丰富的活佛扎多，最后说：“这个图案，还可能是我们草原某一个古老部落的图腾，听说那个部落的长老善于驯熊。”

“等等，公扎，你说那个墙壁上的英文字母是斯文·赫定写的？”风惊讶地说。

“是啊，卓麦是这么说的。后来我们去问过老族长，他的父亲当年确实救过一个叫斯文·赫定的老外，还把他送出了草原。”

“天啊，这世界上的事怎么会这么巧啊？我在八角街碰到的那个瑞典人纳达尔，他说他祖爷爷就叫斯文·赫定，曾经来过西藏，还去过无人区。”

风这一说，公扎也愣住了。

“他还说你们错鄂寺里的药师佛才是宝贝，工艺非常精美，他祖爷爷让他一定要想办法得到它什么的。”

公扎看着风，摇了摇头，一时之间还没反应过来：“这个佛像是我亲自从山洞里取出来交给了寺里的僧人巴桑，它怎么会跑到他手里去了呢？”

“这还不简单，肯定是那个巴桑把佛像卖给了纳达尔啊！”风说。这么简单的道理还用想吗？文物啊，古文物啊，随便一尊，就意味着一大堆钞票。

“巴桑……把佛像卖了？”巴桑说他是扎多活佛的徒弟啊，他那么热爱佛祖，每天早拜晚磕的，怎么可能做出这种事来？

“现在这样的古董可值钱了，有很多老外和内地人一天到晚在八角街转悠，就是希望有一天能碰到奇迹，购上一尊，拿回去一转手，就一辈子都吃不完了。信佛又怎么样？对有些人来说，看得见的今世华丽生活比看不见的来世重要得多。”

“把佛祖卖了？”公扎还是没转过弯来。这太不可思议了。草原上信佛的人把佛祖的造像看得无比神圣，平时都是小心翼翼地供奉着，怎么可能拿佛祖的造像去换钱呢？这是记忆中从未曾有过的事啊。

“不是把佛祖卖了，是把佛像卖了！”风看着认真的公扎，哭笑不得。

“它就代表了佛祖！”公扎看着佛像说。

“这倒也是啊。你们信佛嘛，当然它就是佛祖的化身了。不过公扎，对于不信佛的人来说，它只是可以换取金钱的东西而已。”

“巴桑是个僧人啊，他是扎多活佛的徒弟啊。”

“可是现在扎多活佛不在了啊，没有人能约束他了。”

“可巴桑……”公扎还想再说什么，却不知道怎么说才好。眼前的事一时之间让他的大脑混乱了。佛祖的弟子把佛祖的造像拿去卖钱？如此一来，错鄂寺佛祖的光辉，还能照亮草原吗？

“你以前认识巴桑？”风偏了头看着公扎问。

“不认识！”公扎摇了摇头。

“你们草原上有谁认识他吗？”

公扎想了想，还是摇了摇头：“没听谁说认识他的。”

“那就对了。公扎，我敢说，这个人十有八九是假冒的。”

“假……假冒的？”这下，公扎更吃惊。“文革”之前，错鄂寺里僧人众多，不认识的大有人在啊。

“对。你想啊，他如果真是扎多活佛的徒弟，怎么可能没有一个人认识他呢？而且……”

“什么？”公扎见风久久不说话，询问地看着她。

“我还说不清楚，只是一种直觉。”风说，“依你说的，巴桑年纪那么大了，走路都不行了，怎么可能把佛像拿到拉萨去卖呢？我觉得他身后肯定有人，而且不止一个。他们应该是事先就知道你会找回佛像，也就是说，他们是知道你和扎多活佛有交情，才趁着全国纠正‘文革’错误之风时让巴桑假冒活佛弟子的身份，回草原麻痹你。”

“那……万一我没有找到佛像呢？”

“没有找出佛像他们也不会损失什么啊。”风说，脑袋里隐隐还有一根什么线在闪烁，一时之间又抓不住，“他们如果是故意设计，难道只为那些价值几十万的小佛像？费这么大的心机？公扎，你等等，应该不会这么简单，你让我想想，再让我想想。”

公扎有些震惊地看着面前这个女孩，她说出的每一句话都在冲击着他的思维习惯，然而却又不得不让他相信，她说的可能就是真的。

然而“真的”的后果是如此可怕。

扎多，危难时把唯一的希望托付给了他，他却把那希望弄丢了。

风不停地揉着太阳穴，脑子里飞快地思考着。

“对了，药师佛。你不是说药师佛是错鄂寺的镇寺之宝吗？扎多活佛把它交给了你，按照常情，那尊佛像才是他们最想要的。”

“他们……最想要这个？”公扎再次瞪着风，从怀里掏出那尊用黄绸包裹着的佛像，打开后放在草地上。

风震惊地看着身前的佛像。这世上竟会有如此精美绝伦的物件！色泽不是纯黑的，而是一种深蓝，如大海的深处，如神湖的湖心；亮，亮得就像天上的启明星。

佛像的神态，安详得符合人们心中所有对佛的想象。

只要注视着它，身心顿觉宁静。

风不敢久看，怕自己再看下去就会变成空空荡荡的了。她伸出手，迅速把佛像重新包起来放进公扎怀里。

“公扎，事情没弄清楚之前，不能让任何人知道你收藏了这尊佛像，否则你会有生命危险的。这世上并不是所有人都如你一般善良，有些人为了自己的利益，是不会在乎别人生命的。还有，你不说那个萝卜炖猪……”

“罗布顿珠，不是萝卜炖猪。”这下轮到公扎哭笑不得了。

“管他萝卜炖什么呢。你不是说他曾经跟踪过扎多活佛吗？我觉得也应该跟这尊佛像有关。当然，我这只是猜测啊，没有证据，还是小心点好。”

“我还是不明白，他们是怎么跟纳达尔联系上的？”风摇着头，“事情不可能那么巧的，这中间一定有问题。”

“等我把你送到绒马后，回草原去看一看。”公扎说，收起药师佛。

风拿起那尊小佛像塞进公扎的皮袄里："带回草原去吧，它属于草原。"

"你不带走？"

"我可要不起。"风嘻嘻地笑着说，"它太值钱了，我这人比较贪心，要是我带回去很可能把它换成钱的。"

"你不是很想有钱吗？"公扎笑了笑。想起她一路上都在不停地念叨着等发财了要在上海郊区买一幢别墅，还要买一辆好车。

"这个钱我可不敢要，它是佛啊，卖了佛我还活不活了？再说，如果不是他手上的这个符号指引我，你也碰不到我，我现在估计也成木乃伊了。"风开玩笑地说，把身前乱糟糟的鬈发甩到背后，然后爬了起来，"公扎先生，你打的猎物呢？我可饿了。"

他站起来走过去，一手提了獐子到溪水边，掏出腰刀熟练地剥了皮，掏出装盐的袋子递给流着口水、两眼冒绿光的风，然后把獐子腿上的肉削成薄薄的片递给她。风接过蘸了点盐放进嘴里，然后眯着眼睛一副极陶醉的样子。

"真好吃。从来不知道没有煮过的肉是这么鲜啊。"

"你不怕变成野蛮人了？"公扎好笑地看着她，把一块肉放进嘴里。

"谁说吃生肉就是野蛮人了？日本人不是也吃生鱼片吗？那可是一道名菜。"风一边把肉蘸了盐放进嘴里，一边反驳说。

"你是个特别的女人！"公扎说，再切了一片肉递给她。

"这算是夸奖吗？"风正襟端坐，认真地问。

公扎看着她灵动的眼睛，转开了头，曾经措姆也有一双这样的眼睛，措姆，公扎的心隐隐作痛。

"你脸红了？"风说，"公扎，你会不会去上海？"

"我去那里干什么？"公扎把剩下的骨头扔出去好远，"城市太大了我会迷路。"

"哈哈哈……"风大笑着，"你太幽默了，居然想得出迷路这个词。有意思，公扎，不瞒你说，我在城市里也会迷路，还会迷失自己。”

“回去见到一航，记得告诉他，欢迎他再来草原。”

“好的。一航可崇拜你了，常跟我说你是草原上最好的猎手。”

“我这最好的猎手你不是见识过了吗？三次碰到喀果都没打到。”

风听公扎这么说，脸顿时红了：“对不起啊，都怪我不好。”

“没关系，反正我有的是时间，它终究是逃不掉的。”公扎说着又递给她一片肉。

风蘸了点盐放进嘴里：“不过你真是个好猎手。打猎还有那么多原则，不打怀孕的、不打带崽的、不打身强力壮的。”

“没有选择的猎人，那不叫猎人，那叫杀手。”

“倒也是啊，就像那些杀藏羚羊的家伙，不分青红皂白乱杀一气，总有一天会把藏羚羊杀光了。”

“你挺有正义感的啊。”

“这是不是再一次夸奖？”风嘿嘿地笑着。

“你很喜欢别人夸奖你？”公扎看着她神采飞扬的脸半眯起眼睛。

“当然，谁不想听好话啊。”风缩回脑袋，拿过公扎的刀子，拖过正打瞌睡的宝宝和贝贝，在它们角上刻着什么。

“你刻什么？”

“它们的名字，免得下次见到不认识了。”风笑着，把小羚羊歪来扭去的脖子搬正了，板着脸对两只小家伙说，“不准乱动啊，我手艺不好，你们如果乱动，我可能就刻到脖子上了。”

公扎摇头苦笑着，把吃剩的肉撒了些盐收拾好。

风刻完字，吹了一下，满意地看着自己的杰作：“嗯，不错，这下子你们走到哪里我都认得了。”夕阳已经斜斜地照在草地上，远处的雪山金光闪闪。

风伸直两腿，两手在后面撑着，面对夕阳坐在草地上，看着眼前的荒原出神。公扎站在她身边，静静地望着远处。小羚羊宝宝和贝贝则站在那匹老马身边，呆呆地看着他们。

低处的草地上，有只狐狸正在掏老鼠洞，小腿向后扬着泥沙。它不时抬头观察一下四周，红红的皮毛在晚霞的映照下，像极了一团火在晃动。不远处有一群野驴在吃草，两只小野驴活蹦乱跳地跟在妈妈身边，悠闲自得。

“很美，是吗？”风轻声说。

“嗯……”

“公扎，我还会来草原的。”

“嗯……”

“你会欢迎我吗？”风幽幽地问。

公扎有一秒钟的停顿，然后说：“欢迎。”

“公扎，我会记住我们在一起的这些日子。真的感谢你，不仅仅是因为你救了我的命，还感谢你给了我这些天美好的时光。”

公扎沉默着。

夕阳下去，荒原安静下来了。

那一晚，风躺在睡袋里，侧耳听着外面的动静。

没来由地，她失眠了。

外面极安静，公扎不知又在哪里找了个避风的草窝子过夜。想象他，裹了羊皮袄，抱着那杆奇特的老枪，闭着眼，也许那大胡子上还结着霜吧？还有那凌乱的长发，是不是在风中颤动着？脸呢？脸上有表情吗？不，没有表情。

风翻了个身，转向帐篷的另一边，思绪再度飞扬。明天就要分别了，他会记得自己吗？可能不会记得，他的心里只有一个女人，那就是死去的措姆。自己于他，不过是荒原行走时的一次偶然事件，记得与否，于己于人，又有何益呢？

明天就要走出荒原，安全了，按理说她是应该高兴的，为什么她心里弥漫着一种说不出来的忧伤？

想想这些天来，从一开始的惶恐到绝望再到碰到公扎后的欣喜，求生的本能让她像抓着一根救命的稻草般跟在他身后，看到他吃生肉，觉得恶心害怕，然后习惯适应再到接受。他带她看野牦牛，教她怎么辨认动物留下的足迹，教她怎么根据植物的朝向辨别东西南北，遇到狼应该怎么处理，遇到熊该干什么。她似乎快忘了那个车水马龙的城市，忘了那些精致的化妆品盒子，忘了那成堆的文案。她甚至认为，这一辈子走不出荒原也挺好的，就生活在这里，跟公扎一起，看日落月升，看四季更迭。

这样想的时候，风自己吓了一跳，脸顿时潮红。

怎么可能？自己怎么可能生活在这里？如一个牧女，高原红的脸颊，笨重的藏袍，赶着牛羊早出晚归？然后早早地老去？

那样的日子真的不好吗？风又翻了个身，心里想着。一顶帐篷，一缕炊烟，在夕阳里手搭凉棚望着远方看男人归来的身影。平平淡淡安安然然，不会寂寞吗？不，想来是不会的。有牦牛、有绵羊，还有男人……不知为何，一想起牧归的男人，眼前就自然而然地出现公扎那长满胡子的脸。

风猛然坐了起来，拉开睡袋的链子，披上冲锋衣，爬出帐篷。

荒原的夜晚宁静安详，清冷的月光如水银一般倾泻在大地上。

风看了看四周，发现公扎卧在旁边一个低矮的草窝子里，宝宝和贝贝挤在他身边。她悄悄地走过去，蹲在他身前看着。宝宝和贝贝睁眼看了她一眼又闭上了眼睛。这是一张典型的高原男人的脸，皮肤粗糙得就像史前的岩石一样，唇厚实有些干裂，因多血症造成鼻翼宽大但却挺拔，眉粗黑有些像利剑，额头有两条深深的纹路，就像荒原上纵横的山脉。羊皮袄已经围到了脖子上，卷曲的有些发灰的羊毛在晚风的轻拂下，微微地晃动……

风悄悄俯下身在他的额头上吻了一下，然后迅速起身回了帐篷，拉上帘子，坐在帐篷里抚着狂跳的心发怔。

此时的公扎却半睁着眼，深沉的眼眸在银色的月光下慢慢移到那顶黄色的小帐篷上，静静地看着。

当两个人影出现在绒马乡的山垭口时，荒原上的人群沸腾了，藏语和汉语的欢呼声响彻云霄。

“你真的不跟我下去吗？”风站住，伤感地问。

“不了，你自己去吧，他们在等你呢。”公扎说着把背包递给她。

“你放心，我一到拉萨就去报案，我不会让纳达尔把宝贵的佛像带走的。”

“嗯。”

“一航说要把他父亲的骨灰送回西藏。”

“嗯。”

“我知道荒原就像你的家一样熟悉，但还是希望你能注意安全。”

“嗯。”

“我走了。”风说，忍住就要夺眶而出的眼泪。

“嗯！”

风背起包向山坡下走去，双腿如有千斤。

两只小羚羊“呜呜”地叫着，跟在风后面。风蹲下，摸着两只小羊的脑袋，轻声说着什么。小羊回头看了看公扎，终于“嗒嗒”地跑了回去。

风看着公扎，扯了扯嘴角，再次转身向下走去。

她转头看着垭口处骑在马上的公扎，他正要转身离去，五彩经幡在他身边翻飞着。

天是那么蓝，云是那么软。

那个人影，有着玛尼石一般青润的色彩，一种如大岩石一般尖利的感觉突然抓紧了她的心。

“公扎……”风突然放开嗓子带着哭音大喊一声，“我会想你的！”

垭口处的男人正掉转了马头，闻声脊背一挺，却没转过身来。少顷，他微俯下身子，逆光中的马如离弦的箭一般消失在了山的另一边。

六

风回到了上海。

她日复一日地忙碌着，每月拿到厚厚的一沓薪水，再去某个华丽的商场狂购一番。

职位一升再升，老板欣赏的目光和同事艳羡的眼神，但风却再也感受不到工作的乐趣。然而，在所有认识她的人心目中，风却是个合格的职业经理人，是个敬职敬业的好员工。

“我发现你最近成购物狂了，心理上不健康。”卓一航帮她提着大大小小的袋子，两人从大厦出来，向停车场走去。

“你心理才不健康！”风没有回头，脚步如飞，高跟鞋踩在花砖上，“嗒嗒”地响。

“别不承认。风，看看你自己，从西藏回来到现在都三年了，除了工作就是购物、吃东西，对什么都不感兴趣，没有愉悦感是忧郁症的前兆哦。”

风停了一下脚步，瞬间恢复常态。

在停车场找到车，卓一航把车门打开，把东西放进后备厢。

“一航，你会回西藏去定居吗？”坐进车里，风扣上安全带，轻叹一声，轻声问准备开车的卓一航。

“我正在打算呢，明年也许后年，我想去拉萨买套房子，养老去。”

“养老？你？”风白了他一眼。

“你不是常说我们在这里是透支生命吗？所以我想找个地方延长生命去。西藏，永远是我最惦记的土地啊。”

“西藏……”风的眼神透过车窗玻璃，落在路边摇曳的绿叶上。今生还能忘得了吗？那片高原，那个人无时无刻不在，她是需要忘却的。风时时这么提醒自己，忘了吧，那片天地不属于自己，这个车水马龙、人头攒动的城市才是自己应该生活的地方。

牵肠挂肚地想念一个地方，却无法再次成行，无法再次走近！那种痛，只有切身，才能感悟。

早上八点，风准时坐在自己宽敞明亮的办公室里，对着那一大堆需要签字需要确认需要修改的文件时，她的眼神再度迷茫起来。这真是自己想要的生活吗？墙上挂着装裱精美的名人字画，一边放了绛色的真皮沙发，虽说一天难得有人会在那儿坐上两分钟，仍买了，就像装饰品一样，装饰着公司的脸面也装饰着空荡荡的心灵。

大理石的茶几上放了盆兰草，清雅的叶中伸出一枝花，一朵小花颤颤地绽放着，清香满室。风没有看兰花，而是把目光转向一边，从落地的大玻璃窗穿了出去。天空灰灰的，是不是又要下雨？她皱起眉头。这天什么时候蓝过？什么时候飘过白云？如果没有那些高楼大厦和水泥地，地上是不是也会如藏北荒原一样长出稀稀疏疏的野草来，然后青了又黄黄了又青的……风想象着，然后自嘲地一笑，收回了目光。

这时，轻轻的、极有礼貌的叩门声响起，这样的敲门声是最标准的，不大不小，礼貌而文明。

风却皱了一下眉头。

如果换成公扎，会不会把门擂得像放炮？或者，他可能直接把门推开就进来了？

当意识到自己又走神了以后，风苦笑一下，礼貌地叫了声："进来！"

秘书穿着标准的职业装，挂着标准的职业性微笑，把一份文件放到风面前，翻到最后需要签字的地方，把签字笔旋开递到她手里："经理，这是上午的会议内容！”

风看也没看，龙飞凤舞地签上自己的大名。

秘书笑着拿走了，出去时小心地关上了门。

再度的一室冷清，再度的一室寂寞。

风强迫自己看面前的文件。

中午，秘书悄悄开门进来看了一下，见风头都不抬，便摇了摇头，出去给她买了盒饭悄悄放在她桌上。风冲她笑了笑以示感谢，又低下头去。

终于完成了所有工作，风放下笔，伸了伸腰，肩有些酸痛。她按了叫人铃，秘书很快敲门进来了。

风示意她把桌上整整齐齐的文件拿走。

秘书抱起文件，看了看冷硬的盒饭，心疼地对她说：“经理，你这样不要命地工作，身体怎么受得了？”

“没关系，”风说，“把那份关于世纪园的设想方案给老总送去。”

“好的！”秘书答应着出去了，一会儿又重新进来，送上一杯热热的咖啡，把早已没有温度的盒饭收了出去。

风端起杯子喝了一口，皱了皱眉头，她突然间不喜欢蓝山的味道了。她想念藏北荒原的泉水，清纯甘洌，回味略甜。意识到自己再一次走神后，风站了起来，拿起包出门，坐电梯到地下停车场。

出了公司大门不远就是一个十字路口，她不知道自己该往何处去，只是跟以往任何一天一样随便选了条路驶去。

两边的树木修剪得整整齐齐，花坛里也摆出了各种精致的图案。这个季节是上海最美的时候，衣锦花香，莺歌燕舞。卓一航已经约了她好几次去郊外玩，说是踏青。一想起那人造的景观，那做作的碎石小路，风就提不起精神。

三年了，日复一日地想念一个地方。那片高原，蛮荒原始，那个男人野蛮没有教养，自己和他，什么都没说，什么都没做，从此再也放不下。

十来天的相处，在路上绝美的风光里，没有情人间的海誓山盟，没有你恩我爱的缠绵。思念，在不知不觉间浸入心田。

不能老这么下去吧？风想，周末吧，跟一航他们玩去。

风找了家大型的超市，楼上楼下地逛着，吃的用的买了一大堆，然后去了父母家。

去年买的房子，一百二十平方米，风出了大部分钱，母亲这次总算满意了。

“怎么又买这么多？上次买的还有一瓶没用呢。”风的母亲，一个典型的家庭妇女拿着一瓶洗发水，站在厨房门口问她。

“慢慢用吧。”风说着把买来的菜放进冰箱。她拿出一盒冰冻切好的羊肉卷，随手撕开，拿起两片放进嘴里，浓浓的肉味弥漫在口腔沁进心里。

“你怎么又吃生肉？”耳边突然响起母亲夸张的大叫，并且一把抢过她手上的盒子。

风没有看母亲，急步出了厨房穿过客厅走到阳台上。

身后传来母亲和父亲的小声议论。

……

风走后，公扎去了一趟塔加普神湖，找到那块大青石上的图案，也没看出个所以然来，索性也不管了，继续找喀果，然后回去看看阿妈。

宝宝和贝贝长大了，不用他的照顾也可以生活得很好，公扎决定放走它们。蓝天下，他站在焦黄的小山坡上，四周山峦起伏，低凹地里，一群公羚羊正在吃草。那是一群跟宝宝贝贝差不多大的家伙，还未成年却已独立生活。宝宝和贝贝看到它们，脚步滞重，欲走还停。

“去吧！”公扎终于站住，老羊皮袄扎在腰间，长发凌乱地垂着。风走了，两只羚羊虽说还跟着他，但也像没魂一样。“你们也该走了，去找你们的同伴，不用再跟着我。”公扎说这话时，没看两只羚羊。相处这么长时间，已经习惯，突然要离开，还是有些不舍的。

宝宝和贝贝迟疑了一下才向低凹处驰去，再回过头来时，发现已经没有了影子，空留下金灿灿的山坡。

好长一段时间公扎没有发现喀果。最后，他索性爬了一趟塔加普最高峰，寻找到雍西说的那条铁链。同样的大青石，同样奇怪的符号，公扎握着那条黑黝黝的链子，脑子里乱乱的。两条一模一样的铁链，同样如同长在大青石里，同样神秘的“¤”形符号，塔加普、察那罗，相隔遥远却又冥冥之中有条线相连。

公扎绕着山头转着圈，无果，索性盘腿坐在最高的青石上，掏出干肉削了一片一片放进嘴里，眼睛看着远处隐隐的雪山顶出神。

不知道过了多久，他收起刀子，重新捆好干肉袋，跳下石头，见落脚处开着一丛丛狼毒花，随便踢了一下，狼毒花带着草皮顺力飞到一边，露出下面白花花的石板，上面画了些线条。

这是啥？公扎好奇地蹲下，飞快拨开尘土，以便让那些线条更加清晰地暴露在烈日下。线条时而弯曲、时而笔直、时而交叉，最后融进了一座山里。

公扎在周围又仔细寻找了一遍，再没发现其他特别的东西，便下山去了。

那个冬天，公扎带着五张火红的狐皮回到了错鄂草原，到的那天正赶上公安抓走罗布顿珠。草原上传说有个上海的女孩在拉萨举报有人偷盗错鄂寺的文物，卖给了一个叫纳达尔的瑞典人。公安在那个女孩子的指认下找到了纳达尔，找到四尊佛像，听说另一尊被他弄丢了。

听二弟公赞说，巴桑根本就不是老活佛的弟子，而是罗布顿珠的舅舅，扮成老活佛的弟子，只是想打听药师佛的下落。

草原的夜千年不变，牧人的生活却再不似从前了。公扎看着影影绰绰的山势和安静的草场，再没了昔日大家集中在一起时的热闹。草原分到了户，各地还陆陆续续建起了牧民定居点。这种由政府出一半钱，牧人自己出一半钱修建的房屋，改变了草原人千百年的生活习惯。家当再不用系在马背上，牧人的脚步也停止了流浪。家，男人放不下的牵挂，不再是流动的黑帐篷，而是屋顶的经幡和院中的香炉。

在湖湾处，公扎看到单增的女人白拉背着水桶颤颤巍巍走来，额头上皱纹密布，青丝已变白发。他走过去，接下白拉背上的水桶提着，默默地向她家走去。

进屋把水倒进缸里，转身又出去了，直到把水缸倒满。

单增站在院里，背已驼，花白的头发胡乱盘在头上。看到公扎出来，递给他一杯酒。公扎接过，一仰脖子灌进肚里。白拉出来，手上端着新做的奶渣，也不说话，抓起就往公扎怀里放，最后索性把盘子里的一齐倒进去。

公扎没有推辞，掏出身上所有的钱放在旁边的凳上，说了声“有什么事尽管去叫公赞”，便出去了。他不敢多留，只怕单增和白拉悲伤的眼神和花白的乱发，让自己的脚步更沉重。他又多么希望多留一刻，哪怕多一秒，这里有措姆从小到大的音容笑貌，有措姆最熟悉的人和点滴，是离措姆最近的地方。

单增和白拉看着公扎的背影，热泪盈眶。

第二天一大早，错鄂寺的僧人打开寺门时，发现门外放着一尊用哈达包着的佛像，正是寺里被盗的古佛中没有找回来的那尊。

办完这些，公扎本来要回县城去看阿妈。路上碰到石达的父亲找牦牛回来，无意中说起在绒马那边见到喀果了，公扎当即决定再进无人区。

找喀果成了他唯一的目标。

找到后呢？杀死它！然后呢？

公扎没有想过。他只是不停地寻找，不让自己有停下来思考的时间。

在绒马那个山口，风猎猎地吹，把经幡一条条扯起，在蓝天下飞扬成了色彩的线条，写在幡上的心愿，向一个方向鼓荡着。公扎骑在马上，长发在五彩的幡里上下翻飞。高原的阳光和风雨已经把他变成荒原的一部分。

多年的行走，他习惯了沉默，习惯了一个人面对天地，只用心感受，而不是用语言交流。跟风分别的那个下午的那一句大喊，会不经意地就闯进他的脑海。只是那女孩的模样会变成措姆，曾经八年，措姆每次送别自己，总是站在山坡上喊上同样一句。

打马，走上那个铺满黑色碎石片的山坡，翻身下马，用刀子飞快地在石上刻了起来：两只小羚羊，两个人，宝宝和贝贝。

还刀入鞘，上马，不再回头，疾驰而去。

上海郊区一个风景秀丽的农庄。

一条鹅卵石铺成的林荫小径上，柳丝轻轻摇曳。

这是个美丽的季节，风和日丽，各种花儿争奇斗艳。周末，人们都呼朋引伴，找一个风景优美之地，或打牌或闲聊，安安静静地度过一天。只是时至今日，不知为何，风再没了那样的心情。

风和卓一航在鹅卵石铺成的小径上慢慢走着。风再一次眉头紧锁叹气的时候，卓一航转头看她，打趣地笑："你妈打电话给我，说你把一盒生羊肉都快吃完了，让我劝你去医院看看，说你可能得什么怪病了。"

"你才得怪病了！"风白了他一眼。

"风，在这儿吃生肉是多么惊世骇俗你总该知道吧？你不会让人说你是野人吧？"卓一航半开玩笑地说。

"吃生肉就惊世骇俗了吗？煮熟的肉根本就没了本味，有什么吃头？"风反驳说。

“这是上海，亲爱的同学，别忘了。”卓一航故意说。

“去，你就不能说点安慰我的话吗？”风再次白了他一眼。

“好好好，说点安慰你的话。昨晚我和杨帆通了个电话，他这次是真的要回来了。”

风停住脚步，少顷轻叹：“一航，我真要去美国吗？”

“这个要问你自己。杨帆下个月就回来了，结了婚，你总不能把家分成两部分吧？”

“我……真的要跟杨帆结婚？”

“风，你怎么了？你们恋爱多少年了，八年抗战都早结束了啊。以前我老听你抱怨杨帆不在乎你，只顾工作只顾学习根本不管你的感受。现在人家要回来娶你了，你反而摆出一副不情愿的表情。为什么啊？”

“不知道。一航，我真的很矛盾。”

两人坐在小河边的石凳上，风看着水面盛开的荷花，泪眼迷蒙。

“三年了，还是忘不掉他？”卓一航突然问。

“什么……”风吃惊地回过头来看着卓一航。

“我的公扎叔叔啊，还不承认吗？”

风沉默着。少顷，两粒豆大的泪珠慢慢滑落。

一航是懂她的。

“为什么不去找他？”

“找他？”风再度讶然，“杨帆怎么办？”

“你还怕杨帆找不到一个漂亮女人？你可别忘了，人家现在可是归国的博士后，华尔街上的精英，比你强上十倍的女人都在盯着呢。”卓一航半开玩笑半认真地说。

“那……我父母怎么办？”风眼睛一亮，有些不敢肯定地说。

“你父母才六十多岁，身体很好，你弟弟不是还在他们身边吗？有什么可担心的？再说，你只是嫁到藏北，远是远一点，但还在中国的土地上。再说现在交通这么发达，飞机三个小时就到拉萨了。”

风看着卓一航，眼神越来越清亮，脸上多日的阴霾一扫而空。她突然抱着卓一航：“谢谢，谢谢，一航，真的感谢你。你不知道我的日子是怎么过的，看着文件想藏北，逛街想藏北，就是吃饭，我也在想着那里。”

“但愿杨帆回来不会杀了我。”卓一航推开风，嘿嘿地笑，“等我去藏北的时候，你们要给我杀一头牦牛。”

“好好好，再加十只羊。”风说，笑容如花。

“说得你好像真嫁给了他似的。”卓一航打趣地笑，“你可要有思想准备。我问过拉姆了，公扎最近又去无人区了，还在找那只熊报仇呢。措姆在他心里已经扎了根，他未必还能装下你。”

“放心吧，只要本美女下定决心，他还能跑了去？他找熊，我找他。”

空旷无人的原野上，天依旧那么蓝，大地依旧焦黄。

还是那个人、还是那杆老枪、还是那匹老马……

天上的星星啊，
像阿哥的眼睛，
看着地上阿妹的身影。
小小的酥油灯啊，
一夜到天明，
不见阿哥你的眼睛，
落进帐篷照亮阿妹的心。

一首缠绵悱恻的牧歌被他吼得豪情万丈。

他是逆着风走的。这是猎人的本能，既能从风中传来的味道辨别出什么东西在前面又不让对方发现自己。两天前他在谷口发现了喀果的身影，还没等他举起枪，它就消失在望不到头的深谷里了，于是公扎一路追了进来。

公扎和喀果，这么些年就这样你逃我追，似乎没有尽头，又似乎马上就会到尽头了。

晚上，公扎露营在山坡上一个草地窝子里，山下就是雍西的冬季牧场。他把自己整个人裹进了羊皮袄里，只有那双看似冷漠的眼睛露在外面，跟天上的寒星一样忧伤。山下凹地里的帐篷亮着橘黄的酥油灯。那样的灯光对流浪人来说意味着触摸不到的温暖。公扎不敢让自己走近雍西，他不想也害怕迷失在那片温暖的灯光里。雍西是个美好的女孩，与她似兄妹般，他不想也不愿让那份兄妹间的情谊变质。

半夜，山下帐篷传来争吵声。

“你是孩子的阿妈，我是他阿爸，你们为什么就不能跟我走？”男人的声音。

“要我们跟你走也可以，除非你离开影子猎队，发誓不再杀生。”女人的声音。

“雍西，你别这样好不好？我如果离开了，那么多兄弟怎么办？”

“他们当初没有你不是一样活着吗？姬迦，你口口声声说爱我们，却不愿给我和孩子积点德。你这个魔鬼，一年你要枪杀多少生命，佛祖会饶了你？总有一天他会惩罚你的。我可不想儿子跟你一样，将来也当一个被政府通缉的犯人！”

“女人，你别说得那么难听好不好？他们到处通缉我，我不是一样活得好好的吗？”

“你一天到晚东逃西窜，比狼还要小心。那算活得好好的吗？让你带儿子去拉萨玩一次你敢吗？”

“雍西……”

“我和孩子不会跟你走的。我们不稀罕你的钱，我有手有脚，我能养活他。”

良久，听到汽车轰轰远去。

姬迦和雍西，都有孩子了吗？他有多久没见到雍西了？还是上次她奶奶过世时自己来过。他站起来向山下走去，到了帐篷边，里面突然飞出一把刀子和他擦身而过："我说过让你滚的，别再来烦我。"

"雍西，你就真的那么恨他？"公扎捡起刀子，笑着掀开了厚厚的帘子。

"啊？公扎大哥！"坐在火炉边抱着孩子的雍西不好意思地站了起来。

"怎么？孩子都这么大了也不找人带个信儿给我？"公扎笑着坐下，从怀里掏出一张火红的狐皮递给她，"算我这个舅舅给孩子的见面礼吧。"

"这可是你当初答应了要送给措姆的礼物，怎么能送人呢？"雍西赶紧放下孩子，推辞着说。

"她反正也是用不着的。你就收下吧，给孩子做顶帽子。"公扎说完放在一边的卡垫上。

"那……谢谢你，公扎大哥。"

"你和姬迦，怎么回事？"公扎接过雍西递上来的酥油茶，喝了一大口，抬头看着雍西问。

"我叫他离开影子猎队，他不听。现在不比过去，过去杀羚羊没人管，现在政府禁止猎杀野生动物。我上次到县上买东西，见街上到处贴着宣传画。特别是藏羚羊，成了什么一级保护动物，杀一只都是要判刑的，何况他杀了那么多。怎么劝他都不听，还说只有那样赚钱才快。他倒是赚钱快了，有车开了。我们母子俩呢，天天为他提心吊胆的。"

"这些年草原上羚羊越来越少，这么杀下去，将来可能就灭绝了。"

"灭不灭绝与你何干？轮得到你来我的帐篷煽呼我的女人吗？"外面突然传来姬迦阴森森的声音。

公扎闻声站起，掀帘出了帐篷。

雍西也抱了孩子跟着出来。

月光下，姬迦带着十来个人，敌视地看着公扎。不远处的断墙边停着三辆白色越野车，车旁还站着一个身着黑衣、一头长发、把玩着乌尔朵、傲慢地看着这边的女子。

“你回来干什么？”雍西看到他，生气地喊。

“姬迦，你误会了。”公扎看着姬迦怒火直冒的眼睛，淡淡地说。

“我误会什么？你钻进我女人的帐篷，却说我误会？公扎，我知道你是个天不怕地不怕的流浪汉。不过，这荒原上还没有人敢动我的女人。”姬迦挥舞着手臂，大声喊叫着，仿佛真是捉奸在床一般。

“我和雍西，只是说说话。”公扎苦笑。

“你他妈的真不是草原上的汉子。”姬迦说，扬手就是一枪，幸好公扎闪得快，子弹打在地上激起一层土。

雍西火了，两步走到前面挡住公扎，盯着又要射击的姬迦，骂道：“姬迦，你个疯子。你要是再开枪，就打死我吧。”

“你让开。”姬迦提着微型冲锋枪乱晃着嘶吼，“敢在我姬迦头上撒沙子，胆子也太大了。弟兄们，乱枪打死他。”

“你敢。”雍西突然拔出小刀对着自己的脖子，决绝地看着姬迦，“哪个敢开枪，我就杀死自己。”

“雍西……”刚才还暴跳如雷的姬迦，见状立马傻眼了，跳着脚喊，“你……你为什么要对他那么好？”

“他是我大哥，我奶奶还是他送上天葬台的。姬迦，你说很爱我和孩子，可是除了让我担惊受怕，你为我们做过什么？”

“我说过，我现在是迫不得已的，你……你再给我点时间好不好？”姬迦小心翼翼地说，声音也低了下来。他不敢看雍西的眼睛，这个女人是佛祖派来折磨自己的吗？为什么她总是那么恨自己？

“我给你的时间还少吗？三年了，姬迦，孩子都会走路了，你还在推托。你滚吧，今后别到这里来了，我不想孩子有个魔鬼的阿爸，我更不想自己的男人是魔鬼！”

姬迦看着雍西冷冰冰的脸，暴跳如雷，他乱挥着枪，冲着看呆了的手下喊：“开枪开枪，我叫你们开枪啊，打死她的野男人……”

他手下的弟兄你看我我看你，敢开枪才怪呢。开玩笑，谁不知道眼前这个女人是老大的心肝宝贝，要是人家一抹脖子，以老大的个性，清醒之后不把他们杀了才怪。

公扎见状，一声口哨，老马“嗒嗒”地跑了过来，他翻身上了马背，一挥马鞭，消失在了月华如水的荒原上。

紧张的气氛随着公扎打马远去一下子安静了下来。

车旁的黑衣女子看着公扎远去的背影，若有所思。

“你还不放下刀！”姬迦像是突然醒了过来，几步冲上前去，一把抓着雍西的胳膊把刀夺下扔在地上。

雍西挣脱他的胳膊，飞起一脚踢在姬迦腿上，然后抱起儿子转身进了帐篷。

姬迦摸着鼻子忍着痛进也不是退也不是，转身见兄弟们正捂着嘴一个个脸憋成了紫茄子，立即把脸一板大喝一声：“都给我滚蛋。”

于是，那些男人立即钻进车里，一溜烟地滚蛋了。

第九章
抹不去的痕迹

他从未对她表示过什么，
甚至连一个别有深意、
让女人欣喜的眼神都不曾有过，
就这么爱上了，无可救药地日思夜想，
然后独自伤悲。

七

风背着大大的旅行包，再次站在那个熟悉的小院前，百感交集。

拉姆不在，满头银丝的达娃坐在露台的阳光下，看着风微笑。

“阿妈拉！”风走进去，穿过小院上了台阶，放下背包，蹲到达娃身前，拉着她瘦骨嶙峋的手，“我回来了。”

“措姆，公扎呢？”达娃摸着她的脸，问。

风不懂藏语，但能听懂公扎的名字。“他去打猎了。”风说，看了看腕上的表，拿过旁边的药瓶，这还是自己寄来的药呢。她倒出两粒放在老人手心里，拿起旁边的水杯倒了些热开水递到她嘴边：“他很快就回来了。阿妈，你该吃药了。你看，太阳都到屋顶了。”

达娃听话地把药咽下。

“风阿佳，是你吗？阿佳，阿佳，真是你啊。一航来电话说你要来，我还以为他骗我呢。”拉姆从外面旋风一样跑了进来，身后还跟着一个跌跌撞撞的小女孩。她一把抱住风，开心地笑着。

“拉姆，你孩子都会走路了？”风说，站了起来。

“是啊，我是你们来后的第二年结的婚，女儿都一岁多了。”拉姆笑着，提起风的包，“走吧，去你的房间，我早收拾好了。”

“好。”风说，抱起小姑娘跟在她后面向楼上走。

到了二楼，拉姆推开其中一个房间。

“这是大哥的房间，不过我收拾干净了，你就住在这里吧。”拉姆说着把背包放在窗边淡蓝色的卡垫上，拉了风的手坐下，“阿佳，你真的要去找大哥？”

“是。我要去找他。”风说，拖过背包，把里面的物品拿出来。

“可是，阿佳你知道他在哪里吗？无人区那么大！”

“放心吧，我会找到他的。”风想起他们救过的小羚羊，想起那些湖泊那些雪山，眼里漫起笑意。就让这份思念尘埃落定吧，找到他，然后守着他，一生一世。

“其实，你在家等他也是一样的，男人走累了总要回来。”拉姆说，有些担心，“你语言不通，独自去无人区，太危险了。”

“谁知道他什么时候回来？放心吧拉姆，这次我可是有备而来。”风说，然后从包里拿出一个鼓鼓的塑料袋，“这是给你阿妈买的药，都是中药，对她的身体有好处，你要按时给她服用。”

“放心吧阿佳，你先休息，我去给你煮牦牛肉吃。”拉姆接过包站起，再次抱了抱风，便牵着孩子的手出去了。

屋里安静下来，风的心里却翻起波浪。

来是突然的，父亲母亲不理解，但见她这几年都郁郁寡欢，也只能同意。所以，风的母亲给她准备了一年四季的衣物，护膝就带了四双，毛袜带了十五双。

订机票，到了拉萨后再包车，一路跋涉，一路患得患失，终于马不停蹄地赶到了这个藏北深处的小县城，当看到小院中的达娃在阳光下颤动的白发时，她的心才稍稍安定。

终于来了，离他终于近了一些！

他从未对她表示过什么，甚至连一个别有深意、让女人欣喜的眼神都不曾有过，就这么爱上了，无可救药地日思夜想，然后独自伤悲。

风坐在垫上，环视着屋子。大而空旷，藏式的吊顶，四壁白白净净，一边摆了三张藏式沙发，放着羊毛卡垫，可坐人也可当床。一张木桌摆在窗前，桌上有个花瓶，插了一把塑料花。

拉姆说这是他的屋子。他在的时候睡哪里？这里还是另一头？风抚摸着身旁精致的羊毛卡垫，眼眶里湿湿的。公扎公扎，三年了，你可有想过我？

风就这么住了下来。

要去无人区，她还有很多东西要准备。

幸好，三年的时间，不仅内地的世界有了翻天覆地的变化，这远离人间的草原也通公路了，也有电了。乡与乡之间都有电话相连，不再是过去那种开个会要提前十天下通知。

风和拉姆在街上慢慢走着。这个偏远小县城，三年前那些破破烂烂低矮的民房以及车子一过尘土半天不散的沙子路都不见了，取而代之的是新兴的藏式楼房和平展的水泥路面。

“你们这儿变化真大。”风看着两边的商铺，对身边的拉姆说，“上次来时这里还是低矮的土房子，没想到现在全变楼房了，路也宽了很多。”

“援藏干部来后修的，还建了医院。最近我们老家还在修定居点，政府出一半钱，我们自己出一半。”

“再过个十来年，你们这儿会不会成为又一个拉萨？”风有些担忧地说。

“那样不好吗？”拉姆看着风，笑着说，“阿佳，我做梦都想去拉萨生活呢。”

“好倒是好，只是会失去草原的味道。”

“你们这些城里人啊，自己享受着现代化的生活，却想让我们的日子一成不变，不公平嘛。”

“嘿嘿，好像是不公平啊。”风不好意思地笑了，然后说，“拉姆，你的普通话怎么变得这么好了？我记得上次你还只会一点点的。”

“这你不知道了吧？”拉姆得意地笑，“县上来了好几个援藏的干部，全是汉人。他们来后，又带动了一批汉族人到我们县上做生意。你看，那头的川菜馆就是重庆人开的，还有菜店、百货店、洗澡的店子、剪头发的店子，现在都有了。我的汉话就是跟他们学的。”

“车子好不好租？”

“好租好租，现在车多了，很多牧民都有车，搬迁草场容易多了，不用的时候就开到县上出租。”

“能不能帮我找一辆车况好、司机会说汉语的？”

“没问题，你放心吧。”拉姆爽快地答应着。

当天晚上，拉姆就打听好了车。一辆六缸的三菱，三块钱一公里，倒也合情合理。

拉姆托人从老家带来大哥的消息。公赞捎话来，说公扎半个月前回来过，不过又走了，最近有人在无人区雍西那里见过他。

拉姆要风等一等，也许大哥哪一天就回来了。风自己等不及，在听到公扎消息的那一刻起，便心潮澎湃再无片刻安宁。

在风执意要求下，拉姆只能让她上路。拉姆站在路边，叮嘱着司机军桑：“阿哥，你一定要把我阿佳怎么带出去就怎么带回来，听见没有？要是少了一根头发，回来我饶不了你。”

“没问题，不就是找你大哥吗？放心吧。”军桑大声回答，“我家就在无人区边上，那些地方我熟。”

“好，你们走吧。阿佳，找到大哥跟他说，阿妈还等着给他带孩子呢。”

风的脸红了一下，抿嘴笑了：“好的，拉姆，放心吧，照顾好阿妈。”

告别拉姆，风出发了。

按照计划先去了公扎的老家。错鄂草原，那是他自小生活的地方，毕竟做了要嫁他的准备，将要一起生活一辈子的男人，想多了解他一些。再说，到底是什么样的山水才养出了那么一个粗犷豪迈又执着专一的汉子，她有些好奇。

行走在错鄂湖畔，看着波光粼粼的湖面，千年的雪山倒映在湖水里，圣洁美丽。岸边的草地上有星星点点的黑帐篷，大小不一，炊烟袅袅。远处的野驴、近处的牛羊和甩着鞭子的牧人成了这幅风光画里绝妙的点缀。想着今后的日子自己每天都可能生活在这如画的山水里，风的心里就溢满了愉悦。那个有着凌厉眼神的汉子不自觉浮上了脑海，不管他愿不愿意，今生认定了他。不就是再闯一次无人区吗？只要能捉他回家，什么样的苦都值。

家里来了贵客，公赞特意选了一头九岁的牧牛杀了，灌了血肠，让女人煮了上好的肋骨肉。

语言不通？没关系。生活背景不一样？也没关系。坐在湖边，切着肉，指手画脚地说着各自的生活，笑声朗朗。

公赞两手在自己的腿上比画着，然后指了指远处帐篷边白色的越野车，再捡了个石头做了个放下的姿势。风哈哈笑着猛点头，明白他说的意思是留了一腿牛肉，给他们放在车顶上了。

那一晚，风喝醉了，这是她有记忆以来第一次喝醉。迷离地看着面前这一家子，两手竖起大拇指在他们中间晃着。公赞和弟弟们也有些醉了，互相搂着肩，开始唱起草原上的牧歌，一首接一首，歌声在草原上回荡。歌声吸引了其他人，陆陆续续有人提了酒或是端了肉加入他们。

不知何时，也不知由谁开的头，大伙唱起一首风熟悉的歌儿：

我今天要去远方

离别时你说请不要把我遗忘

我们的誓言高高挂在天上

那些白云，那些星星，那个月亮

看着我们约定今生约定来世相约永不忘

美丽的牧羊姑娘爱了你无论日月怎么变迁我都把你放在心上

美丽的牧羊姑娘你的笑声洒在蓝天下留在了我的心房

给我一顶帐篷哟，想牵你的手共度一生不再心伤

给我一片天地哟，想伴你的爱漫舞天涯不再彷徨

牧羊姑娘，可爱的牧羊姑娘

何时才能回到我身旁，何时我们才能一路花香

不再分离是不是我的奢望

今生的爱是不是已经散场

爱了你难道就只能绝望

没有你的日子天天是情殇

八

无人区某个不知名的山谷里。

公扎歪歪扭扭地骑在马上，狐帽几乎遮住了眼睛，他哼着不知名的小曲，由马信步走着。感到有些累了，他勒住马缰翻身跳下，取下袋子扔在草地上，盘腿坐下，掏出肉来慢慢削着吃。一群野牦牛就在离他不远的地方，吃草的吃草，打架的打架。

这时，远处突然传来清晰的打马声。

一个黑色的身影出现在前方。

公扎好奇地抬起头，眯着眼看着，身子一动都没动。

这里是荒原，荒无人烟的地方，怎么会出现单人独骑的马？而且还是一个女人？

白色的骏马直直地冲到公扎面前，女人一声轻喝，马的前蹄立了起来，稳稳地停在公扎面前。

公扎眼都没眨一下，只是淡然地看着。

“你是公扎？”马上的女人戴了顶黑色的牛仔帽，羊袍绲了金边，长辫撒在身上，用马鞭指着公扎，口气倨傲。

公扎点了点头。

“你在找那只咬死了你女人的熊？”

“你怎么知道？”公扎吃惊地说，脸上总算有了表情。

“雍西告诉我的。那熊是不是叫喀果？额头上有个白圈？”

公扎点了点头。

“我知道它在哪里，跟我走吧。”黑衣女子说完立即掉转马头，再也不看公扎一眼，鞭子一挥，“啪”的一声，疾驰而去，长长的发辫在身后甩成了一条条线。

公扎把肉一扔，拎上袋子翻身上马。

两匹马“嗒嗒”地跑在山谷里，谁也没说话。

疾驰了近三个小时，前面突然出现一个湖。黑衣女子勒住缰绳转身看着公扎：“喀果就在对面的山坳里，三天前生了小熊。”

公扎看着她，说了声“谢谢”，马缰一带就要顺湖边跑去。

“这个湖很大，你这么走几天也到不了对岸！”黑衣女子扬声说。

公扎转过马头，询问地看着她。

“再说了，你知道喀果在山坳的哪个地方？”黑衣女子扬着下巴，嘲笑地看着他，“还有，影子猎队的营地就在对面的山谷里，你如果贸然闯进去，姬迦会放过你？”

公扎探寻的眼神落在姑娘身上，一连串的疑问浮上心头。这个突然出现的姑娘一身黑袍，头戴毡帽，藏语带着明显的外地口音，有些像四川阿坝一带的。她是什么人？她怎么知道自己在找喀果？

“你是……影子猎队的？”公扎看着对方黑色的皮袍和倨傲的眼神，突然想起和姬迦发生冲突的月夜，一个姑娘靠在车门边。

“也是也不是。”她笑着，不承认也不否认，“我叫色嘎，我要你记住这个名字！”

看着她傲然的样子，公扎不由自主地笑了：“好，我记住了，色嘎。”

色嘎咧嘴笑了，露出一排白白的牙齿。缰绳轻挽就向另一头跑去，回头大声说：“姬迦正到处找你呢，要是被他发现，你还能活？咱们把马藏在另一条山谷里，我在湖湾处藏了一条船。”

公扎没有迟疑地跟了上去，进了一条隐蔽的山谷。

两人放开马，任其在山谷里自由活动。

从山谷出来，在湖边隐蔽处找到牛皮船。公扎坐在前面，拿起桨，等色嘎跳进来后，便把船拨出了乱石丛，向湖里划去。

“这边没有暗哨，放心吧。”色嘎坐在船尾的横木上，两手向后撑住船帮仰脸看着划船的公扎，湖水烟波荡漾，天空碧蓝如洗，“不过，喀果藏身的山谷里有很多姬迦的人，过去后就得小心了。”

“你对这里很熟？”公扎回过头来看着色嘎。

色嘎笑着，并不回答。

他们在一个偏僻的湖湾上了岸，把船藏在礁石丛里后往山上爬去。

翻了两座不大不小的山，穿过一条河谷，前面出现红色的垭口。

色嘎躲在大石头下，向身后的公扎示意。待公扎走到身边，才向上面指了指，小声说：“那里有人。”

公扎探出头去，见高处的山垭果然有个背枪穿皮袄的汉子走来走去。

“怎么办？”

“他们每三个小时换一次班。不过即使换班，也很难摸过去。”

“只有这一条路过去？”

“还有一条路，不过更难。”色嘎小声说，“从谷口进去。那里守卫森严，根本不可能不被人发现。”

“那……没有别的办法了吗？”

“没有了。”色嘎看着他，嘴角挂着一丝嘲弄。

公扎不再说话，提着枪就要出去。

“你要干什么？”色嘎一把扯住他。

“我是一定要找喀果的，对付一只狼跟对付一群狼，我选择这里的一只。”公扎说，毫不在意地看了看上面。

“你真的那么爱措姆？非要杀了喀果吗？”

公扎脸抽搐了一下，沉声说：“我不能让我的女人死不瞑目。”

“好。我喜欢有情有义的汉子。”色嘎说，笑得如一朵盛开的格桑花，她站了起来，“你等着，我会让你过去的。”

“你要干什么？”公扎不放心地问。

“你别管了。老老实实待在这儿，没有我的指令，不许乱动。”色嘎瞄了他一眼，然后猫着腰上了山走出去十几米后，才直起腰来，故意甩着鞭子，大声唱起牧歌。

山垭的汉子听到歌声回过头来，用本地话大声问：“色嘎，你怎么到这儿来了？”

“强巴阿哥，我追狐狸，看到它跑到这边就不见了。你在这儿正好，帮我找找。”

“色嘎，帮你找到是没问题。只怕老大等会儿发现我不在，又会找我麻烦。”

“算了吧，这荒山野外的，鸟都没一只，哪里会有人来？姬迦阿哥也是神经过敏。不过他正在睡觉，一时半会儿还不会出来。强巴阿哥，你是不是不愿帮我啊？”色嘎爬到山垭处，站到强巴面前，用鞭子指着他。

“不是不是，”强巴乱摇着手，从背上取下枪，“走吧，我帮你找狐狸去。”走了两步又回过头来，“色嘎，老大真的在睡觉？”

“走吧，我出来时他还打着呼噜呢。”色嘎一边推着强巴的后背走去，一边向山下的公扎招了招手。

公扎笑了，等他们消失在山石后迅速起身向上爬去，很快就消失在山垭的另一边。

翻过山垭，发现这是一个不大的河谷，三面环山，一面临湖。中间的谷地上散落着几顶大帐。姬迦可真会找地方啊，从安全角度来看，这真是个易守难攻的好地方，进可攻退可守的，实在不行了，还可往后面的雪山上一撤。

喀果藏身于这里那也是精明至极的选择，借用姬迦的安全措施来保护自己不被公扎追杀。

熊有时并不比人笨。

在一个拐弯处，公扎看见色嘎玩着马鞭，靠在山石上，气定神闲地笑着。

“我们可说好了，喀果就在这个湾里，不过白天你只能把自己藏起来，晚上等下面没灯了才能出去找它，否则下面的人发现你，到时不仅你跑不掉，我也麻烦了。”

公扎点了点头：“谢谢！”

“放心吧，吃的我会给你送来。后面山上有个泉眼，好几次我都看见喀果在那里喝水。”色嘎笑着，背靠在山石上，似笑非笑地看着公扎。

“我走后雍西她……没什么吧？”公扎问。

“你挺关心她的啊。”色嘎说，再次扯起嘴角，“放心吧，别看姬迦像野豹一样，只要碰到雍西，他就跟只绵羊差不多。”

色嘎不再看他，站直身子：“这块石头边上有个洞，你就待在这里吧，我会抽时间上来看你的。记住，别被下面的人看到。”色嘎笑着，转身向山下去了。

公扎绕到石头的侧面，果然有个洞，他弯腰钻进去，见最里面铺了厚厚的羊皮，旁边有只小木桶盛满清水，另有一小袋糌粑，一些干肉。

难得有这么个安全而温暖的地方，不一会儿公扎就进入了梦乡。

色嘎唱着歌，拿着一大把野葱进了营地，碰到央吉端了一盘油香扑鼻的荞麦饼从另一顶帐篷出来，见到她，笑着问："色嘎，野哪儿去了，这么晚才回来？老大正到处找你呢！"

色嘎站住，把野葱递给她，伸手从央吉的盘子里拿了张饼："怎么做这个？狼不吃肉，改吃素了？"

"你这张嘴呀，总是不关门，当心你老大听见又要骂你。"央吉笑着说。

"老大找我干什么？"色嘎咬着饼子问。

"你还不知道吧？你大哥上午出去，把他和雍西的孩子带回来了。孩子找不着阿妈，正哭着闹着呢。你大哥叫我做些荞麦饼给孩子吃，说孩子光吃肉，没吃过这东西，看能不能哄着不闹。"

"他把孩子偷回来的？"

"人家是孩子的阿爸，怎么能说偷呢？"央吉说，往姬迦住的帐篷走去。

色嘎跟在后面。

远远地就听见帐篷里传出孩子撕心裂肺的哭喊声："阿妈，我要阿妈，阿妈……"

"宝贝，别哭了，乖啊，阿爸让人给你弄好吃的了。啊，别哭，你阿妈找牦牛去了，过几天就会来的，乖啊……"央吉和色嘎掀帘进去，见姬迦抱着一个小娃娃不停地转着，手忙脚乱的。

"我来我来。"达娃措从姬迦怀里接过小家伙放在宽大的卡垫上，把小狐狸放在他面前，"你看，好不好玩？我养的小狐狸，很聪明，它会掏老鼠哦，等会儿姐姐带你去玩好不好？那儿有好多人参果哦。"

小家伙泪花闪闪的，看到小狐狸，还真停住了哭声，伸手就要抓，吓得小狐狸“吱溜”一下跑回达娃措的怀里。

达娃措冲色嘎和央吉得意地做了个鬼脸，把小狐狸重新抓出来放在垫子上，然后趴下看着孩子，拿起他的小手：“好玩吧？来，摸摸它。对，这样摸，它不咬人的。”

孩子开始把注意力转到小狐狸身上，抓住它毛茸茸的尾巴咯咯地笑。

这时，姬迦从帐篷外探了个头进来，孩子一看见他，嘴一瘪又哇哇哭了起来：“阿妈，我要阿妈……”

“你走吧，大哥，跟他们喝酒去，免得孩子一看见你这个偷小孩的贼就会想起他阿妈。”色嘎走过去，把姬迦的脑袋塞了出去，放好帘子过来，“好了，那个贼走了。宝贝，喜不喜欢小狐狸啊？”

孩子一边大哭一边点头。

“你如果不哭的话，我就让人给你抓一只怎么样？”色嘎弯下腰，笑眯眯地看着他说。

孩子正张着嘴大喊“我要……”，一听这话，硬是把“阿妈”两字收了回去，抬起一道黄一道黑的小脸期待地看着色嘎。

“对嘛，咱们把脸洗干净了，把饼子吃了就去找小狐狸好不好？”色嘎抱起他坐下，揪了揪他的小鼻子说。

孩子点了点头。

达娃措笑着跑出去，一会儿就端来一盆水，用打湿了的毛巾把孩子的脸擦干净。

“阿妈，他长得好像姬迦叔叔。”达娃措看着洗干净后的小男孩，对央吉说。

达娃措牵了孩子的手，带着小狐狸出去了。

色嘎走到帐门边，掀开帘子看了看，外面空无一人，太阳照在沙地上，白晃晃的有些刺眼。

她放下帘子回过头来，看着央吉说：“我看到公扎了。”

“什么？”央吉瞪着她，以为自己听错了。

“你小声点。”色嘎轻声示意，指了指外面，“公扎啊，就是你老家的公扎。你朋友措姆的男人。”

“在……在哪儿？”

“第一次是在雍西那儿，老大以为他钻了雍西的帐篷，要打死他。后来我听雍西说，你朋友措姆被熊咬死了，公扎一直在找熊报仇。”

“措姆被熊咬死了？”央吉靠在小桌边，看着色嘎喃喃地念。想起那个从小的伙伴，央吉两行泪不自控地流出来了。

色嘎拿着枪出来，和达娃措牵着小男孩一起向湖边走去。湖里近几天来了一群野鸭，色嘎好久没摸枪了，想去过过瘾。

大帐门口的姬迦看着三人的背影，满意地笑了，拎着酒瓶回了帐篷。

倒酒，然后喝。

色嘎让达娃措带着小家伙玩，自己把枪叉架好趴下，对着前面沙地上的黄鸭瞄了瞄，随着枪声响起，一只黄鸭应声而倒，其他鸭子“呼”的一下全飞走了。她笑了，跑过去捡起来。

“达娃措，晚上让你阿妈炒了吃。”

“好呃，阿佳，你的枪法越来越好了！”达娃措拎着野鸭，笑嘻嘻的。

“在这鬼地方，一天到晚无事可干，不练这个干吗呢？不过比你的技术还差一点。还是你好啊，你姬迦叔叔亲自当教练。”色嘎说着把枪拿起走到湖边，架好趴下对着湖里的野鸭群又放了一枪，打中了其中一只，一圈湖水慢慢变成潮红。不是想吃野鸭肉，色嘎只是无聊找点事打发难挨的时间。

“我阿妈说女人不能玩枪，她说野了将来找不到男人的，最近都不准我打枪呢。”达娃措嘟起小嘴说。

“你阿妈胡说。咱荒原上的女人，又不种青稞又不织氆氇的，天天跟狼打交道，要是不会打枪，哪天狼来了怎么办？”色嘎说，又放了一枪，这次却什么都没打着。

当蓝幽幽的湖面上躺了五只鸭子尸体后，色嘎没了兴趣。她放下枪，往公扎藏身的山上看了一眼，嘴角浮上一丝笑意。

公扎，最初是听央吉说起这个名字。央吉只说他是好朋友措姆的男人，在当兵，从不钻其他女人的帐篷，是个把女人当宝贝的汉子。央吉说起他和措姆的往事时，口气里总是带着羡慕，说女人有了那样一个专情的汉子，才不枉了一生。后来，雍西生孩子的时候，色嘎陪雍西生产。

记得那晚雍西躺在背风处的草地上，色嘎跪在她身边，帮她抹着额头大颗大颗的汗珠。草原的规矩，孩子是不能生在帐篷里的，否则会给帐篷带来血光之灾。被阵痛折磨着的雍西跟她谈起了一个名字——公扎。她说那是第一个闯进她心里的男人，不过自己跟他有缘无分，公扎的心已经被死去的措姆占满了，再也无法装下其他女人。

自此，公扎这个名字让色嘎产生了浓厚的兴趣。

色嘎把目光转回到波光粼粼的湖面。

色嘎渴望认识那个男人，走进那个男人的内心。

在雍西的帐篷边，第一次见到公扎。面对歇斯底里的姬迦，公扎镇定自若，仿佛眼前的危险根本与他无关。那份气定神闲、那副身处事内心在事外还带了几丝忧郁的样子，一下子就俘虏了姑娘的心。回去后她骑上姬迦的黑驹，没跟任何人打招呼就朝公扎可能去的地方追了过去。

幸好，喀果逃到了这里。幸好，她找到了他。

想起那张大胡子的脸和那双忧郁的眼睛，色嘎的嘴角又浮起笑意。她会征服他的，她会让他忘了那个已经去了香巴拉的女人，然后一起在荒原深处，立一顶帐篷撑起一个家，打猎、放牧，相伴一生。

色嘎坐到夕阳西沉才抱了塔加普回去。那一晚她没睡着，害怕听到枪声，怕他打死喀果后就会离开，怕他打喀果时姬迦也找到了他。就这么患得患失、胡思乱想着熬到了天亮。

带着塔加普，色嘎无法脱身去看公扎，尽管留下的肉够他吃上两天的，她心里却仍然担心着。

看见达娃措跟孩子玩得正欢，色嘎去了厨房，装着找东西吃，等另外两个女人走了后，她叫住央吉，小声说：“公扎在山上！”

央吉捂了嘴，瞪大眼看她，等反应过来，她快步走到帐篷边向外看了看，见没人才回过头来：“什么时候来的？”

“两天前，我带他来的，他要找喀果报仇。”

“你疯了？不知道姬迦派人到处找他吗？说他钻了雍西的帐篷！”

“他没有，雍西和他什么都没做。”色嘎反驳说。

“我知道，公扎的心里只有措姆，否则他也不会到处找喀果报仇了。但是你把他带到这里来也太危险了。”

“放心吧，他没事的。我把他藏在山洞里，达娃措知道那个山洞，她以前跟我去过。我现在走不开，你和达娃措想办法上去一趟，给他送些吃的。”

央吉点了点头。

“告诉他，白天千万别出来，我会抽时间上去看他的。”色嘎说。塔加普的哭声传来，她便匆匆出去了。

央吉看着她的背影，叹了口气，抓起篮子里的野葱扔进牛粪炉，看着烧完后再用棍子捣了几下，又扔了些牛粪饼在上面盖住，这才拿了些煮好的牛肉和干肉用头巾包了放在怀里，走出帐篷，故意大声叫着：“达娃措、达娃措……”

达娃措肩上蹲着小狐狸，答应着跑了过来：“阿妈，干什么？”

“葱没了，跟我上山去挖些回来。”

“好的，阿妈！”达娃措答应着，跟在母亲后面，见色嘎抱着塔加普正看她们，达娃措悄悄眨了眨眼，色嘎笑了。

公扎坐在山洞的口子上，偶尔探出头去看一下外面，昨晚他在山上晃了一夜也没发现喀果出来觅食或是喝水。他相信色嘎不会骗他，她也没有理由骗他，而且，他昨晚在山上转悠时也发现了不少喀果留下的痕迹。现在只需安安心心地等着。就如现在，措姆的名字每天都会出现，他已能平静地享受着他俩过去的点滴。

所以公扎并不急，白天困了就睡一会儿，醒后就坐在洞口，看着下面的帐篷发呆。他知道一旦跟喀果碰上，他不可能不开枪，一开枪就会惊动姬迦，那个认为自己占了他女人，恨不得把自己立刻毙于枪下的冷酷杀手。公扎不想跟他发生冲突，不是看不起姬迦，只是认为不值得。像姬迦这样双手沾满藏羚羊鲜血的人，自有政府管他。

当听到石洞边传来两个人的脚步声时，他缩回了头，顺手拿起旁边的枪靠在内壁上。

“达娃措，是不是这里？”

“是的，阿妈，我和阿佳常来，里面的羊绒还是我从姬迦叔叔那里偷的呢。”

没一会儿，洞口处探进一张女人的脸，小声叫着：“公扎，公扎……”

公扎放下枪，从隐着的石壁后探出头来：“你们是……”

“我是央吉啊，你不认识我了吗？”央吉钻了进去。

“央吉？你没有被狼吃啊？”公扎看着她，有些不敢相信。

“谁说我被狼吃了？”

“草原的人都这么说。他们捡到了你的头巾，全是血。”

“我是遇到狼了，不过没被吃掉，被他们救了。”央吉把怀里的肉掏出来放在一边的石头上。

“你怎么不回草原去？”

“回去干什么呢？哪里的天都是一样的蓝。”央吉说，扯过女儿，“达娃措，这是你公扎叔叔。”

“公扎叔叔好！”达娃措看着公扎，羞涩地一笑。

"好姑娘，你怎么带了只狐狸？"公扎看着她问。

"它是我养大的。"达娃措笑着说，"它妈被打死了，好可怜，是我用牛奶和肉喂大的。公扎叔叔，色嘎阿佳说你是来找喀果报仇的，你能不能报仇的时候不要打死小熊，送给我养着？"

"你也知道喀果？"

"是啊，我常常见到它。它还生了两只小熊，跟它一模一样，额头上也有白圈。"

"好。"公扎笑着，"叔叔把小熊捉住送给你。"

"说定了！"达娃措高兴极了，伸出手跟公扎的手掌击了一下，"我一定好好养着，不让它咬人。"

"达娃措，你到外面去拔点野葱，阿妈跟叔叔说说话。"央吉对女儿说。

达娃措答应着出去了。

央吉坐下，把自己这些年的情况跟公扎说了，又问了草原的情况。公扎说到她走后，她阿妈天天哭，她阿爸忍受不了她阿妈的唠叨也失踪了。

公扎看着她流泪，也不知怎么劝慰她才好。当年一起捡牛粪、一起玩水漂的小伙伴们，死的死、散的散，自己也想出去吼两下。

过了好一会儿，央吉才抹了把眼泪抬起头来："你看我，离开都快二十年了，孩子也长大了，以为这辈子再也见不到家乡的人了呢。"

"达娃措是你和石达的女儿？"

"是啊，当初离开草原就是觉得没路可走了，没想到会被人救下，还生下了她。石达……孩子也大了吧？"

"石达上完大学，留在内地工作了。我出来时，听说他正要回草原办离婚手续。"

"他要离婚？为什么？"

"我是听他哥说的。你当年突然离开，草原上都在传说你被狼吃了，石达很伤心，他不想留在草原上，所以下决心考大学离开的。"

“唉……想起来真像梦一样。”央吉叹了口气。

“央吉，你不想回去见见石达吗？”

“算了。我和石达过去不可能，今后就更不可能了。他上了大学，现在是国家干部。我是什么啊？连个牧女都算不上，偷猎者窝里的厨娘，怎么可能跟一个国家干部扯到一起呢？幸好我有女儿，达娃措很懂事，有她陪在身边，我也满足了。”

央吉走后，公扎一个人坐在石洞里，想着这一切，真有些做梦的感觉。他怎么都不会想到央吉还活着，而且在这里碰到了她。

这世事会怎么变化？明天自己又会在哪里？真不是人所能把握的。措姆，要是你在，我们一定很幸福，措姆……公扎的双眼一片红浊。

傍晚是动物最活跃的时候，它们要出来找水喝，要出来觅食。

公扎找到了山上仅有的一处水源。

只要喀果还在这周围的山上，它就离不开水。

只要耐心等着，不惊动它，相信总有一个晚上能碰到。

公扎趴在泉水不远处的碎石堆里，静静的，如一只蓄势待发的猎豹。岩羊来了两拨喝水，然后原羚来了，獐子也来了，麂子也来了，月上中天也没见到喀果的身影。公扎默默地收起枪，往回走去。

成为敌人的时间长了能觉察到对方的气息，公扎一边往回走一边想。喀果，是不是感觉到自己来了？这些年的追踪，一个逃一个追，对危险的感知也越来越敏锐，就像自己仅凭空气中的腥味就能找到它一样，它是不是也仅凭空气的震动就能感觉到自己的存在呢？

到了藏身的石洞前，听到里面传来“窸窸窣窣”的声音。

洞里有肉，荒山野外，猞猁、狼，甚至熊，都可能闻味而来。

公扎取下枪。

到了洞口，见里面有个人影闪了一下，色嘎的声音响起：“公扎！”

“央吉说你在帮姬迦带孩子，你怎么上来了？”公扎收起枪靠在洞口上。看见今晚的色嘎穿了一身红色的袍子，领边和袖口绲了水獭皮的边，长发才洗过，湿漉漉地披在身上。整个人少了些张扬，多了些柔美。

“塔加普睡着了，我让达娃措看着，就偷偷溜上来了。怎么样，看到喀果没？”色嘎正收拾，把带来的羊毛毯铺在地上，把碎骨头扔出洞去，“进来吧，我给你带好吃的了。”

“什么好吃的？”公扎嘴角上扬，弯腰钻进了山洞。

色嘎打开一边的竹盒子，拿出食物放在中间的石头上。

“牛舌头，血肠，还有酒？”公扎盘腿坐下，吃惊地看着摆在石头上的东西。

“他们才弄回来的，我偷了两瓶。”色嘎拿起酒瓶，咬开盖子递给公扎，“央吉说你喜欢喝白酒。”

公扎接过酒瓶灌了一大口，说：“谢谢你，色嘎。”

“就为这瓶酒？”色嘎笑着，拿过来也饮了一大口再还给他。

“谢谢你带我到这里找喀果。还有央吉，昨天她来了。如果不是你，我以为她真的死了。”

“那有什么？央吉本来就活着啊。”色嘎说，拿起一片牛舌递给他，自己也拿了一片咬着，“至于喀果嘛，你一直在找它，如果找不到，你的仇恨就没办法放下。”

公扎没说什么，灌了一口酒。他好久没沾酒了。荒野里，哪里去找酒喝？

色嘎脱掉一只袖子搭在腰上，露出里面白色的衬衣，笑着说：“喝吧，还有一瓶呢，保证今晚够你喝的。”

“色嘎，听你的口音不是本地人啊？”

“我是阿坝的。来朝佛时阿爸阿妈去世了，我在路上晕倒后，姬迦大哥他们打猎刚好路过，救了我。”

公扎点了点头："不打算回老家去吗？"

"回去有什么用，我老家没亲人了。再说，像我这样的女人，活了还是死了，也没人关心。"色嘎说着递了一片血肠给公扎。

"色嘎，别这么说。"公扎提瓶又灌了一口酒，"好好活着，你这么美的姑娘，找个男人好好过日子吧，跟着他们终究不是长久之计。"

"是啊，我也这么想，所以我想自己找个男人。"色嘎别有深意地说。

公扎提起酒瓶把剩余的酒喝完，把空酒瓶放在一边，抹了一下嘴角，意犹未尽。

色嘎笑着把另一瓶白酒开了递给他。

公扎接过，感激地笑了笑。山洞里的气氛一时之间冷却下来，两个人都不知道再开口说什么好。公扎只是一口接一口地喝着酒，色嘎不停地递肉给他，偶尔也拿过来喝一小口。

酒喝完了，肉也吃完了，月光斜斜地照进了山洞。

这月色，今晚似乎格外不同一些。

今晚的风啊，似乎格外轻柔一些。

色嘎把石头挪到一边，看着靠在石壁上醉眼蒙眬的公扎，突然说："公扎，当我的男人吧，别找喀果了。"

"什么？"公扎睁开眼，讶异地看着她。

"我说，你当我的男人吧。"色嘎再一次清晰地说，"咱俩自己立一顶帐篷，你打猎，我放牧。"

"色嘎，我有女人了。"公扎坐了起来，身子有些晃，却认真地说。

"草原上的汉子，哪个一生才要一个女人？再说，措姆已经不在了，她去了香巴拉，让我代替她照顾你吧。"色嘎热辣辣地看着他说。

"不，不不……"公扎晃了一下，头开始涨痛，"色嘎，你是个好姑娘，找一个爱你的男人吧。我已经有了措姆，我忘不了她，无论她在哪里，香巴拉也好，草原也好，她都在我心里，我天天都能见到她。”

色嘎看着他，脸庞涨得通红。这个男人怎么那么傻？人都死了还惦记着？难道要为一个死去的女人埋葬自己的一生不成？她蹲到公扎面前，看着他发红的眼睛，拍着他的胸口说：“公扎，措姆不在了，你应该开始新的生活，重新找个女人立一顶帐篷。措姆只是你的过去，你还有明天，还有长长的日子。”

“你不知道，措姆死了，我的未来也就没了。”公扎摇着头，向后靠在壁上，脸上恢复了一贯的忧郁，“她不在了，把我的心也带走了。没有心的人，除了流浪还能干什么呢？”

色嘎挫败地摇着头，想大喊、想抓他、想踢他两脚，最终，她什么都没做，转身飞快地爬出了山洞。

月色凄怆而迷离，就如她此时的心情一样。

突然，她转身再度钻进山洞，公扎却靠在石壁上睡着了，不时“措姆、措姆”地叫着，满脸是泪，这个刚毅的男人啊。

山洞前一个熟悉的影子一闪而过，公扎在梦里有感应似的突然醒过来。

喀果！

公扎下意识地一把抄起靠在外面石壁上的枪，端起，想也没想就冲那个跳跃的灰色影子扣动了扳机。

“砰”的一声枪响，在静夜里久久不散。

山脚下的帐篷顿时慌乱，手电、油灯相继亮起，人声、马嘶声响成一片。

继而，开始有人往周围的山上来。

“你……”色嘎冲了过来，见公扎提了枪正顺着山腰往前追，赶紧绕过去拦住了他，“别追了，赶紧找个地方藏起来，其他的我来想办法。”

公扎看了看下面晃成一片的手电光，极不情愿地退回了山洞。

色嘎叮嘱了他几句，从另一边绕了下去。

第十章
陷入险境

目光所及的荒原是美丽的，

他，就在天堂的一隅，

就在这万里无垠的某个角落！

九

谁都听见了枪声，谁都不知道枪声是从哪里传出来的。

姬迦提着枪，眯眼打量着周围的雪山。

“你，带三个人留在这里，组织好女人，随时做好撤退的准备。其他人分成三组，全都上山去，一组一边，给我仔细搜索，一只兔子都不准放过。”姬迦用枪点着身边的人，大声吩咐。

“喏，大哥！”汉子们分头行动。

这时，色嘎披散着头发，一副被突然惊醒的样子走了过来，怀里还抱着沉睡未醒的塔加普。看着带队上山的人马，脸上掠过一丝忧虑。

掀开自己的帐篷帘，见央吉裹了一条披肩在里面走来走去，见到他们，赶紧过来接过孩子放在卡垫上，盖上被子。

“怎么办？阿佳，现在怎么办？他们要是发现了公扎怎么办啊？”色嘎抓着央吉的手，慌乱无比。

央吉拍着她的手，小声说：“看看再说，现在咱们着急也没用。”

“山上就那么大个地方，他们很快就会找到那个山洞的。他一个人，怎么对付得了这么多人啊？”色嘎说着说着，眼泪就下来了。

“别着急，别着急，先坐下。”央吉尽管自己也怕得要死，但仍安慰着色嘎，“达娃措，给你阿佳倒杯水。”

达娃措懂事地倒了一杯水递给色嘎，然后走到门边向外看着。

色嘎看着央吉，眼泪再度夺眶而出。

天亮的前夕，山上传来一阵密集的枪声。

色嘎和央吉闻声一下子冲了出去。

“公扎，出来吧，草原上的汉子，怎么不学雄鹰在天上飞而学麻雀往石头里钻呢？”左边半山腰上，姬迦冷笑着对着黑沉沉的大山喊。

“姬迦，我是猎人，懂得打猎是要耐心等待的。”山顶某一隅，公扎淡淡地说。

“我正到处找你，你倒是胆大，悄悄端我窝子来了。不错啊，公扎，看来我们俩还真是有缘。何不出来亮亮相？让弟兄们都见见你这位草原上猎狼的高手！”姬迦说完，对着山上顺手一枪，打在山石上，火花四溅。

“姬迦，我是来找喀果的。你做了什么佛祖知道，草原上自有收拾你的人。”

“你害怕了？敢闯到我的窝里来却不敢出来？算什么草原雄鹰！兄弟们，人家看不起咱们，嫌咱们是偷猎的人啊，还不上去请下这位大英雄！”姬迦阴笑着，向手下挥了挥手。

于是，所有人都猫着腰向上找着。

这时，前面突然响了一枪，一个人向后喊着：“在这边，大哥，他在这边！”那人话音刚落又一声枪响，喊的人就蹲到了地上，“哎哟，我的腿，浑蛋，我的腿中枪了，快来救我啊……”

所有人都立刻向他那边跑了过去。

央吉和色嘎站在山脚下，着急地看着山上。模模糊糊看见快到山顶处有个人影快速地闪过，其他人则在后面撵着。不时有受伤的被人搀扶着送下山来。

“那家伙枪法还真好，绝不比我们老大差！”强巴把伤员交给帐篷边等待的女人说。

“老大说这荒原上敢单枪匹马闯无人区的，除了公扎还没第二个人。他一喊公扎，人家就答应了，真是条硬汉。”

“那……大哥准备怎么办？”

“色嘎，他告不告咱们不知道，但咱们不能冒这个险。老大说了，宁可错上一千次，也不能让自己后悔一次。”强巴说完，往山上爬去。

天渐渐亮了，朝阳抹红了天边。

山上陆陆续续有人下来，要肉、要酒、要水……

中午姬迦下来了一次，睁着血红的眼，看着塔加普，心疼地摸了摸他的脑袋，然后回了帐篷，换了一身轻便的布衣，戴了顶黑色的牛仔帽，拿了一把微型手枪出来。

“大哥，大哥……”色嘎撵了出来。

“色嘎，带好孩子，放心吧，大哥没事的。”姬迦看着一脸担忧的色嘎，笑了一下说。

“大哥……你……真的要打死他啊？”

“咱们在这里住了多少年了，总不能因为公扎就搬家吧？再说，他还是你大哥的仇人呢！”

“我……我怕……”

“色嘎，有你大哥在呢，没什么好怕的。放心吧，他只有一个人。”姬迦以为她在担心自己，安慰地拍了拍色嘎的肩。

“不是……大……大哥，我……我是怕雍西阿佳……她……她……不会原谅你！”色嘎一说完就后悔了。谁不知道姬迦就是因为雍西才这么恨公扎的，这个时候提雍西不是火上浇油吗？

果然，姬迦脸一黑，眼里寒光一闪，转身就向山上大步走去。

整个白天，山上不时传来喊叫声，不时响一两声枪。

中午，强巴拿着十几个羊肚袋再次下来取水说："那家伙被我们老大打中了。"

色嘎正在给他盛水，闻声袋子"啪"的一声掉在桶里，呆呆地看着他。

"色嘎，你怎么了？"

"你……你说谁受伤了？"色嘎定定地看着他，一个字一个字地往外蹦。

"放心吧，你大哥没事的。"央吉走了过来，扯了一下她的衣服，然后转身向着强巴，"瞧她的样子，从昨晚起就一直担心她大哥，也没睡好。色嘎，还不快给强巴装上水，山上还等着呢。"

"吓我一跳，色嘎，你这个样子，我还以为你是公扎的女人呢。"强巴笑着，接过一袋水挂在腰上，"我是说公扎被老大打伤了，咱们老大是什么人啊？枪法比他好的我还没见过。不过公扎那家伙的枪打得倒真不错，如果在咱们的队里，肯定又是杆好枪，可惜啊！"

强巴刚走出帐篷，色嘎就支撑不住要往地上倒去。

央吉赶紧扶她坐到一边的卡垫上，倒了杯酥油茶给她。色嘎一口喝干，扔下杯子，猛地站了起来，拿起一边的枪就要出去。

"你干什么？"央吉一把抓住她。

"我要去救他。"

"你去救他？你这么去，不是跟着送死吗？"

"我管不了那么多，阿佳，我不能眼看着他被人打死。他是我的男人，就算要死我也要跟他死在一起。"色嘎看着央吉，口气是从来没有过的决绝。

"谁说他就要死了？"央吉拿下她的枪，强行把她按在卡垫上，"坐下，咱们再想想，再想想，办法总会有的。"

色嘎坐着，心里烦躁得就像猫抓一样，看到旁边的杯子，一把抓起，“啪”的一下扔了出去。

央吉不再管她，而是盯着炉火出起神来，锅里煮着肉，翻滚着。

达娃措不停地挤压着羊皮风筒，牛粪熊熊地燃烧着。塔加普坐在达娃措怀里，看着小狐狸咯咯地笑，炉火映着他的小脸，红扑扑的。

“色嘎，我有办法了。”央吉定定地看着两个孩子，声音有些颤抖。

色嘎闻声猛扑到她面前：“阿佳……”

央吉把嘴凑到色嘎耳边，小声说了起来，色嘎不断地点着头。

天渐渐黑了，月儿慢慢升上天空。

本来留下以防万一的三个男人也因为公扎只有一个人而且还受了伤，没什么可担心的都上山看热闹去了。女人们没有上山，却都聚到山脚下，叽叽喳喳地议论着。

谁也不知道身后几顶帐篷的火是怎么起来的，然后听到色嘎在大叫，央吉也在大叫。

“着火了，着火了，快来救火！”

“什么人？孩子呢？塔加普，你在哪儿？”

“达娃措，达娃措……”

公扎藏身在巨石后面，羊皮袄围在腰上，肩上被血浸湿了一块。他本来正要冲出去的，却突然见到山下火光冲天，吃了一惊。接着就听到姬迦大声吩咐：“再去三个人把垭口看住，其余的人下山救火。”

然后，那些本来持枪搜寻他的汉子飞一般地溜下山去了。

公扎不知道发生什么事了，挪了出来。

“公扎叔叔，公扎叔叔……”这时，右前方出现一个身影，好像还背着个孩子。

“达娃措，你怎么来了？”

“我们来救你啊！”达娃措狡黠地笑着。

“达娃措，这可不是玩的时候，快回去找你阿妈。”

“就是阿妈叫我上来的。公扎叔叔，这是姬迦叔叔的孩子，色嘎阿佳说让你好好照顾他，不准伤害他。”

“姬迦的儿子？”公扎想起雍西抱着的那个如小牛犊一般健壮的小男孩。

“嗯，他叫塔加普，现在睡着了。公扎叔叔，你受伤了吗？”

公扎扯了扯嘴角，勉强挤出笑容说：“叔叔受了点小伤，没关系。”

“我们去石洞吧，那里有药。以前色嘎阿佳练枪时常上来打猎，有时误打到太小的动物我们就不要，给它治好伤后放走。”

公扎看了看山下的火光，又看了看达娃措，总算是明白了。他捂着右胸跟着达娃措回到了石洞，解下皮袄让达娃措盖在洞口，用火石点着油纸烧了烧刀尖，低头划开胸前的皮肉，血顺着古铜色的皮肤往下淌着，达娃措取下自己的头巾，帮着擦拭。

“公扎叔叔，疼吗？”

公扎咬牙取出了子弹，“咚”的一声扔在石头上：“不疼。”

达娃措从石缝里找出一个纸包，抖了些药粉在公扎的伤口上，然后用带来的干净布把伤处缠上。

塔加普安安静静地躺在达娃措的皮袄里，鼻息均匀。

达娃措拿着木桶打了水回来，用小毛巾把公扎身前的血迹擦拭干净，又给他披上衣服。

见达娃措一副快要哭出来的样子，公扎笑着说：“达娃措，叔叔唱歌给你听好不好？”

“好啊。”达娃措取下洞口的羊皮袄盖在公扎身上，见塔加普睡得很香，便坐过去，靠在公扎身边。

公扎看着外面明亮的月光，轻轻地唱了起来：

我今天要去远方
离别时你说请不要把我遗忘
我们的誓言高高挂在天上
那些白云，那些星星，那个月亮
看着我们约定今生约定来世相约永不忘
美丽的牧羊姑娘爱了你无论日月怎么变迁我都把你放在心上
美丽的牧羊姑娘你的笑声洒在蓝天下留在了我的心房
给我一顶帐篷哟，想牵你的手共度一生不再心伤
给我一片天地哟，想伴你的爱漫舞天涯不再彷徨
牧羊姑娘，可爱的牧羊姑娘
何时才能回到我身旁，何时我们才能一路花香
不再分离是不是我的奢望
今生的爱是不是已经散场
爱了你难道就只能绝望
没有你的日子天天是情殇
……

“公扎，公扎，你算什么男人？不但放火，还抢走我儿子！”第二天上午，姬迦带着人马又杀气腾腾地冲上山来，满山遍野地乱叫着，子弹不时打得山石“啪啪”地响。

枪声惊醒了孩子，塔加普睁眼一看不是熟悉的帐篷，哇哇大哭起来。

公扎捂着胸口挣扎着站起，拿上枪就要出去。

达娃措赶紧抱起塔加普放进公扎怀里：“色嘎阿佳说只要姬迦叔叔看见你抱着他就会放你走的。公扎叔叔，我知道你受了伤，但没办法，你还是委屈一下吧。”

拿孩子当人质去换得眼前的安全，这让公扎心里有些不舒服。立在天地

间的一条汉子，用小娃娃做挡箭牌，有违公扎做人的原则。他想放下孩子，无奈孩子哇哇地哭着，达娃措又在后面推着他，他只能一手拿枪，一手抱着孩子钻出石洞。

姬迦带了一帮人就在下面，离他们不到五十米的距离。看到公扎抱着塔加普突然出现，都一齐抬了头看他。

"塔加普，宝贝，阿爸在这儿，别怕啊。"姬迦见儿子在公扎怀里，正手脚乱蹬哭得肝肠寸断时，赶紧止住了手下，"不准开枪，谁要是伤了塔加普我要他的命。"然后又指着公扎大骂，"公扎，你用两个孩子当人质，还不如草原上的一根草，没有骨头。"

公扎苦笑了一下，看了看怀中哇哇大哭的孩子，又看了看姬迦："雍西为你把孩子都生了，你还怀疑她？姬迦，自己的女人是什么样的人你都不知道吗？来吧，把你儿子抱下去吧。我公扎虽说不是天上的雄鹰，但心里有雄鹰的翅膀，怎么会用一个小娃娃当人质呢？过来吧，抱走你儿子。"

"你不用他跟我交换你的安全，那你偷他来干什么？"这下轮到姬迦瞪大了眼，不敢置信地看着公扎。

"我偷他？我什么时候偷……"公扎正要说是他们自己跑上山来的，身后的达娃措扯了扯他的衣服。他反应过来了，立即收住了后面的话，"姬迦，我只是怕你儿子被大火烧死了，这才把他和这个小姑娘一齐带了出来。"

"那我还应该感谢你救了我儿子？"姬迦看着公扎冷笑，"公扎，你以为我是三岁小孩啊！"

公扎把孩子放在地上，蹲下，从背后拉过达娃措："带他过去吧。"

达娃措极不情愿地牵起塔加普的小手，慢慢向下面走去。

"姬迦，我们之间的事，用草原上的方式解决如何？"公扎站起来，看着姬迦说。

姬迦扑过去抱起儿子递给身后的兄弟，转身看着公扎，眼里有了些欣赏："好，你还算条汉子。说吧，怎么个解决法？"

“咱们一对一吧，不用枪，用刀。”

“那不公平，你现在受伤了，还是用枪吧，快一些。”

公扎点了点头，拿起身旁的老枪。姬迦摇了摇头：“你那枪太沉了，用这个。”说着，拿过身旁弟兄的一支小口径扔给公扎。

公扎接过枪，拿在手里。

“老规矩，一人一枪，各凭天命。”姬迦说着，站到了石头上，抬起了手腕。

公扎也抬起了手腕。

两个男人在明亮的月光下对视着。

公扎不忍，对方毕竟是雍西的男人，再怎么十恶不赦，也轮不到自己来取他性命啊。行猎这么多年，枪口之下还从没取过人的性命。

姬迦也不忍，公扎出乎意料地把儿子还给了他。他本以为他偷走塔加普，是要用来威胁他的。现在看到他胸前缠着白布，上面浸着点点血迹依然傲骨铮铮。他欣赏这样的男人，觉得草原上的汉子就是应该这样，流血不流泪，丢命不丢人。

夜风呼呼地刮着，不知何处突然蹿起两只老鸦，“呼”一下飞向了远处。

再度沉寂下来的空气，就像引爆前的临界点，一触即发。

只需轻轻一声枪响，总会有一人倒下。

突然，从山脚下传来一个歇斯底里的声音：“姬迦，你偷走我儿子，要是再打死我大哥，今后永远都别想进我帐篷。”

雍西，她怎么早不来晚不来，偏偏在这时候闯了来？自己好歹也算是个荒原上叱咤风云的人物，怎么就会被一个女人吃得死死的呢？姬迦无可奈何地、极不情愿地放下枪，垂头丧气地说：“公扎，你走吧，你找的那只熊昨天已经离开这里，向湖对面去了。”

公扎看着刚才还一副天不怕地不怕视他人生命如草芥的姬迦，在雍西一声大吼中如霜打的小草般，忍不住笑了。

这世界真是一物降一物啊。

公扎双手合十，冲他点了点头，扛着枪向山垭走去，夜色中又传来他豪气十足的牧歌。

湛蓝的湖水波光闪烁，一个身着黑袍的女子坐在湖岸边，悠扬的鹰笛声在山谷里回荡。

不一会儿，远处出现一大两小的身影，是喀果带着两只幼崽慢慢走了过来。

吹笛人听到动静，脱了帽子转过身来，明艳的脸庞在阳光下泛出得意的笑容。她摸着喀果的额头，又握了握两只小熊的爪子，说你们不能待在这里了，公扎很快就会找过来，回雪山去吧，去找我的族人。说完，色嘎伸出手指搭出山的形状，对着喀果转了两圈，然后停在喀果面前。

喀果在色嘎的手心里嗅了嗅，带着两只小崽顺着湖岸慢慢走了。

十

风坐在汽车里，看着外面飞驰的草原越来越荒芜，心也开始忐忑不安起来。

如此贸然出发，如果找不到公扎该怎么办？如果找到了他，他不接受自己又该怎么办？这里毕竟是无人区啊，不是大上海的街头小巷。

唉……风心里叹了口气。既然决定了要找他，还想这么多干什么？管他接受不接受，找到了再说吧。

公扎，如大青石一样的公扎，那种青润的色彩和尖利的感觉同时并存着。目光所及的荒原是美丽的，他，就在天堂的一隅，就在这万里无垠的某个角落！

从绒马往前就是无人区，这里也将是最后一个补给站。风听从司机军桑的建议，休息两天采购东西。

两天的时间并不长，然而对于恨不得长出翅膀的风来说，两天的时间就像两年。

军桑去采购东西，找牧民打听无人区的情况，风则在周围随意走着。

风信步走着，慢悠悠地穿行在无人的小巷。一只小羊羔走了过来，风蹲下去，让小羊舔着自己的手掌。那掌心暖暖的感觉，像极了公扎的目光，病中的那几天，公扎看过来时就是这样的。他，在这蓝天之下的哪里？藏身于哪朵白云之下？又在哪座雪山之中？

是怎么走到温泉处的？这个红色的山谷里怎么会突然出现美轮美奂的景致？蓝天白云下的钟乳石呈现出各种形状来，有的像小狗，有的像海狮，有的像母亲抱了孩子在哺乳，有的像背水的阿妈走过山梁……那一个个清清亮亮热气蒸腾的池子啊，多像一块块美玉，或红或白或蓝，随意撒在小山坡上。沟底蜿蜒的小溪从淡黄色的钟乳石间穿出，欢腾着，哗哗声不绝于耳。青红相间的鹅卵石在溪水温柔的抚摸下，润泽亮丽，捡一粒握在手里，凉沁沁的，多握一会儿感觉心都跟着静了下来。

溪水边的草，青翠碧绿。山坡上，几只找不着家的羊向下张望着。

风站在平台上，发现这里分上中下三层，各层有各自的美丽。最上层就是自己站的地方，有一个热水湖，热气上下翻滚着，边上还有一个个小泉眼，都在“咕咕”地响，但有的有水有的没水，有的只看到薄薄的一层地皮在上下颤抖。边上有一个土石的小香炉，好长时间没用过了吧。热水湖边上横拉了一条经幡，五彩的颜色，在热气中轻轻飘动。唯一的人工痕迹，却让这片山水仿佛有了佛的灵气。

第二层有个小池子，池边随意放着青石板。斜斜的山坡上热水从小草上平平地滑过，偶尔还有一朵小黄花伸出泉水，向着太阳的方向摇曳着。

下面一层的泉水从溪水中冒出，银色的水花像一把把小伞，硬是把柔美的溪水撑出个层层叠叠梦幻般的景致。

风站着，看着这荒山野外突然出现的惊世骇俗的美，一时之间忘了身之所在。

这时从对面山谷走来一个藏族姑娘，黑色的袍子裹在她修长高挑的身上，长发编成了无数小辫，浓眉大眼嵌在棕色的脸庞上，如阳光般耀眼。

看到风，姑娘怔了一下，然后笑了，露出两排白白的牙齿。她走到中间一层小池子边，脱了袍子，走进小池里坐下，往身上浇着水。看到风在傻傻地看她，就笑着用带着明显的四川口音的普通话问："你不洗吗？"

风看着姑娘仰起脖子往身上浇水，水花在酥油色的肌肤上滑下，她还咯咯地笑着，顿时就觉得浑身痒痒，像有千百只小虫在皮肤上爬过。连日的奔波身体真有些疲累了，长发裹了沙子，就像一块板子一样盖在后背。

风走下去，也脱衣进入池里，当身体浸入那一池温暖的碧波中时，全身是从来没有过的舒坦。

"你的皮肤好白，像牛奶。"姑娘笑着。

"你也很好啊，像酥油。"风看着她的笑脸说，"我帮你解辫子吧。"

"好！"姑娘答应着，挪过来了一点，背对着风。

风拿过她的小辫，慢慢地解着，把解下的绿松石、红珊瑚放在池边石板上："你的头发真长，黑黑的滑滑的像丝一样。"

"一直没剪过。"姑娘说，"你的头发也很好看啊，卷卷的。你家在哪儿？"

"上海。听说过吗？"

"嗯。是不是很大的地方？"

"很大。人多车多。"

"你是来旅游的吗？"姑娘把长发放在水里轻轻搓着，丝丝缕缕随着水波漂动。

“我……”风靠在池边，伸直双腿，白皙的肌肤在泉水映衬下，更加润白如玉。她把双臂枕在脑后，看着蓝天上缓缓移动的白云，那张大胡子的脸就从白云后慢慢浮了出来。她笑了，脸颊有些潮红，轻轻地说：“我是来找我爱人的。”

“爱人是什么东西？”姑娘偏过头来看着风，笑着问。

“爱人就是你们说的男人。”

“哦，来找你男人！”姑娘再次展开笑脸，“你男人可真幸福，娶了你这么漂亮的美人儿。”

“我这算什么漂亮？你才漂亮呢，像这片高原一样美。”风也笑了，坐直身体帮姑娘搓着背，“你有男人了吗？”

“有了。不过他不在帐篷，老是扛着枪在外面跑，我也准备去找他呢。”姑娘说着，脸上浮起淡淡的红晕，手指不自觉地抚着饱满的乳房。他在哪儿呢？那个扛一杆老枪、骑一匹老马流浪在荒原上的男人，何时才能落在自己的帐篷里再不远走？

风看着沉浸在遐想中的姑娘，那眉梢眼角都被一种叫作幸福的东西笼罩着。这是个沉浸在爱河中的女人，只有心中有爱有牵挂的女人才会是这样一副表情。

“你们在一起，很幸福吧？”风说，跟姑娘一起靠在池子边上。

“嗯。我喜欢跟他在一起，他是个真正的男人，什么都不怕。我喜欢这样的男人。你的男人呢？对你好吗？”

“好。我上次来时迷了路差点没命，是他救了我，带我走出了无人区。我们在一起的那些天，是我最快乐的日子。他教我识别方向，教我辨认野生动物的足迹。我们还救了两只小藏羚羊，叫宝宝和贝贝，可惜我没法带它们回上海。现在宝宝和贝贝肯定长好大了，不知道它们还认不认得我。”

“你这么远地来找他，他肯定很感动吧？”姑娘问。

“他还不知道，不过很快就会知道了。”风想象着公扎见到自己将是怎样一种吃惊的表情，不禁抿嘴笑了。

“男人嘛，如果一天到晚关在家里，那还不闷死他们啊。不过，有了我们这些女人，他们跑得再远，也终会被我们逮到的。”姑娘自信地说。

“等我找到他，就不会再让他一个人流浪了。我要跟他在一起，他去哪儿我就去哪儿。”风说，想象着从此再不跟他分离，就开心地笑了。

“嗯，我也不想跟他分开，等我抓到他，再不让他走了。哈哈哈……”

风也笑了。两个姑娘就这么你一句我一句地聊着，直到太阳西斜。

这时，远处山头突然响起一声尖厉的口哨，然后看见几个隐隐的男人身影。

风下意识地抓过衣服捂在胸前。

姑娘倒是毫不在意地站起来，酥油色的皮肤上挂着水珠，她把手指插进嘴里，也打了个响亮的口哨。然后拿过黑色的袍子穿在身上，系好腰带，看着风，认真地、胸有成竹地说："喂，我要走了，要不要我帮你找你男人？"

“谢谢你，不用了，我相信佛祖会让我找到他的。”风说，抬了头看着她。

“那好吧，我要走了。”姑娘说着突然弯腰一把扯去风捂在胸前的衣服，吓得风一声惊叫，飞快地把身子缩进水里。

“在无人区有什么事需要帮忙，可以找我，我叫色嘎。”姑娘哈哈大笑，把衣服丢在池边，向来时的山谷跑去。

风笑着，看着她湿湿的长发在修长的背影上跳动，越来越远，风突然想起什么，大声喊着："喂，色嘎，你在无人区见没见过一个找熊的男人？他叫公扎！"

山谷里只有清脆的马蹄声在回响着，渐行渐远。

风看远处山头的男人已经消失，这才从水里爬出来，穿上衣服，出了山谷。

晚上住在乡政府的招待所里。

土墙，几张钢丝床，木板床随意摆放在二十平方米左右的土房里，天花板上蒙了花布，也是年深日久没有换，让人担心随时都会落下尘土来。不过这样已经很不错了，一路行来住过羊圈，住过野外，住过断墙边，像这样有墙有顶不透风的晚上，已算是奢侈了。军桑依旧住在车里，他说车里装了很多东西，需要看守。

第二天早上，一个牧民打扮的人早早来了，说是他的兄弟前几天在一条山沟里发现过公扎，具体位置说不清楚。军桑跟风说了一声，让她在乡上等着，他去问问。

风原本是要跟去的，但想到车总得有人照看，便罢了。反正已经来了，他就在前面不知道的地方，很快就会见面的，佛祖从不亏待真挚热诚的心。自己如此不管不顾地追寻着他的脚步，上天怎会不眷顾自己呢？

院中有口水井，不时有邻居过来打水。风靠在井边，看着自己的倒影，想象着那个大胡子的男人如果在旁边将是怎样的风景。她总是控制不住自己的思绪，思念就像一张蛛网，她就是钻进蛛网的小虫，徒劳地挣扎着却无法救赎自己。

这时，一个满头银发的老阿妈背着高高的木桶过来，看到风，慈爱地笑着。

风也笑着，取下木桶拴上井绳，帮她把水打满，学着老阿妈的样子把绳挂在自己肩头上背着。老阿妈看着风，没有推辞，只是帮风把长发理了出来，然后拉了她的手，向外面走去。

回到家，老阿妈叫过孙女，指了指后面的山崖，用藏语说着什么。

“奶奶说，你找的那个大胡子男人前几天来过，那上面还有他刻的一幅画。”小姑娘用不太流利的普通话说。

“他刻的画？”风不明所以。公扎那双大手，拿枪可以，画画？想想就好笑！

“是啊。”小姑娘认真地点了点头，拉着她出来，指着旁边的山坡说，“在那边，那些石头上有好多画。”

“带我去，好吗？”风几乎是乞求一般看着小姑娘。仅仅是“你找的那个大胡子男人前几天来过”就已让她的心为之雀跃。

“奶奶说，她会帮你看着车。”小姑娘说，然后拉着风的手向外走。

细碎的石片铺在野地上，阳光洒在上面，泛着黑黝黝的光。

风看了看手腕上野外专用表，下午三点。这个时间在藏北，正是紫外线最强的时候。风把冲锋衣的帽子翻上来扣在脑袋上，她不想让公扎见到自己时认不出来，女人总是想为悦己者容的。其实深想想也无所谓，跟他在一起的那些日子，自己病得快死了，脸干了唇裂了，最丑的样子他已经见过，此时的自己，相信比那时强多了吧？

看着很近的一个山坡，却花了两个小时才爬上去。

“看着这么近，居然有三公里？”风看着表上显示出来的公里数，有些不可思议。

“我们这儿是看着近，走起来却很远。”小姑娘说。

“那倒是。”风点着头，看着远处清晰的山峦。藏北的空气透明度太高了，目光所及仿佛是用放大镜放出来的，一切都那么真实地呈现在眼前，“画在哪里？”

“这些石头上！”小姑娘指了指满坡的石块。

“石头上？”风低头寻找起来。

偌大的山坡上全是碎石，大小厚薄不一，表面已被阳光晒成黑色。在大点儿的石上，有不少的古岩画。岩画？当风反应过来自己看到的是什么时，心里一阵狂喜。这些岩画线条简单，是用石头敲出来的，全是古人的一些生活场景，像放牧、打茶、捕猎，等等，还有歌舞的场面……

风捡起石头试着在一个空白的地方敲了一下，石头很硬，不容易留下痕迹，可见要在这些石上留下画是多么不容易，况且这些岩画经过了千年风雨依然清晰。

“他的画在哪里？”风弯腰低头一个个看着。

“这儿。”小姑娘蹲在一个及膝高的石头前说。

风赶紧扔下手中的石片走了过去。

石上果然有一幅画，明显是用刀刻出来的。中间是两只小藏羚羊，一左一右站了两个人，下面还写了四个汉字：宝宝、贝贝。

“宝宝、贝贝……”风蹲下，喃喃地念着。现在还跟在他身边吗？公扎公扎，你在哪儿啊？你知道我来了吗？知道我千里迢迢找你来了吗？

眼泪大滴大滴地落下，滴在石上，瞬间干透。

她掏出瑞士军刀，用刀尖在那幅画下一笔一画刻着：

犹记初见你，
那一张历尽风霜的脸，
草儿青青野花正艳，
云也轻风也软，
想执你手从此两不厌。
把我的深情放你的眉间，
芳心已许此情不变，
天为证地为鉴，
让这日月从此恒久远。

“姐姐，他是你要找的人吗？”小姑娘看着风写完，轻声问。

风点了点头，抹了一把泪，抬起头欣慰地笑了。公扎，那个如山一样硬朗的汉子，心也有柔软的一面。他没有忘记自己，否则怎会在此刻下这幅画来？

风的心情是从来没有过的愉悦。她站起来，情不自禁地抱着小姑娘：

“是他，是他，公扎，只有他才知道宝宝和贝贝。”

“姐姐，公扎……是你的男人吗？”小姑娘好奇地问。

“是的是的，他是我的男人。”风毫不犹豫地、坚定地说，仿佛要说给全世界听一样。

小姑娘看着风的笑脸，也笑了。

“姐姐，你还要不要看，那边石头上还有好多画呢。奶奶说，那都是佛祖画下来的，可有意思了。”

风点着头，拉着小姑娘在碎石堆里穿行。

这片山坡，布满了黑色的石块石片，大点儿的石块上面几乎都有古岩画。粗犷的线条全由一个个小圆点构成的，有深有浅，稚拙的表现手法，呈现出古朴原始的美丽。

风看一个就拍一张照片。她想如果有机会，应该让考古专家们来看看。这荒无人烟的地方，从来就没缺少过人类的足迹。

在一块大石正面，风看到一队人马正在交战。第二幅是一队女人和孩子在跋涉，那微微向前倾的身子显得很吃力，牦牛、驴，还有马，都驮了东西。第三幅是放牧的情景，上面还敲了很多佛像。

“草场搬迁吗？”风说。

“不是，奶奶说这是错鄂草原的纳仓德巴和加龙两个部落在打仗，纳仓德巴打不赢了，就让女人和孩子躲到无人区去了。”

“错鄂草原？公扎的老家？”风心中闪过这个念头，把头再次转向那些古岩画。

当风看到正中的一尊略大的佛像时，心里突然升起一种熟悉的感觉。想起公扎怀里的那尊深蓝色的、不知什么铸成的药师佛像。这幅画最下面还有一个圆，中间画了些曲折的线条，线条中间躺了两个人仰着身子像在游泳，边上还有两头牦牛、两只绵羊。

牦牛和羊跟人一起游泳？风有些疑惑。古人可真会想象啊。

回到山下，军桑已经回来了，还带着一个牧人，站在碎石滩上正等着她呢。

军桑指着牧人说他叫次仁桑珠，一周前去无人区找牦牛时见过公扎。

“他在哪里？”

“在一条山沟里，这是我画下的图。”军桑说着从怀里掏出个本子，“从他说的情况看，这里离雍西的牧场不远。”

“雍西的牧场？无人区还有牧场啊？”

“无人区也有牧场啊，不过人很少。我记得雍西好像有个奶奶，她们一直生活在无人区。”

“你见过她？”

“很小的时候进去找牦牛时见过一次。”军桑说着收起本子放在怀里，“我怕找不到路，所以没经过你同意就请了次仁桑珠带我们去。”

“好好好。”风连连点着头答应，“什么时候出发？”

“明天早上。”

“好。”风高兴极了，向次仁桑珠点了点头。然后爬进车里，翻出两袋巧克力，一袋递给小姑娘，一袋递给桑珠。

桑珠接过，学着小姑娘的样子剥了一粒放进嘴里，马上皱着眉头“呀”的一声吐了出来，把余下的全塞给了小姑娘，惹得三人哈哈大笑。

风一个晚上没睡着。

三年的日思夜想，曾经以为再见他只是不切实际的幻想，当他就在前方不远，就要出现在自己面前时，竟然有些莫名地害怕起来。就像一个流浪已久的人突然要回家，近乡情怯。

实在睡不着，风索性爬起来收拾东西，整理背包。把包里所有的东西都拿出来重新整理一遍，看看时间，也才过去不到一个小时，再把睡袋慢悠悠地叠好放进套子里，用去了二十分钟。接下来干什么？风看着外面明亮的月光叹了口气，索性开门出去。

月色很好，明亮得如同没有阳光的白天。只有在西藏，风才真正领会了亮如白昼是什么概念。她走下石梯，见院子正中卧了个人，过去一看，原来是桑珠，那个要给他们带路的牧人。他裹了老羊皮袄睡在沙地上，打着鼾。

风没有觉得奇怪，在荒原上，公扎夜夜都是这样度过的。他说草原上的汉子，天作被地当床的，习惯了，离开大地，反而会睡不踏实。

风轻手轻脚地走出院子，坐在院外的石头上。旁边垃圾堆里翻找残羹剩炙的野狗看到风，随意叫了两声却并不过来。对面就是白花花的盐湖，过去，整个藏北草原的牧人都会来这里拖盐，人畜生命中的盐分都靠着眼前那些白花花的结晶。现在用不着了，经过炼制的精盐通过川藏和青藏两条公路运进了西藏，人们对这种原始的盐再无兴趣，这个曾经车水马龙的盐湖也就渐渐淡出了牧人的生活。

远处有银色的雪山，没有阳光的照耀，雪山柔和美丽。

星星总是清晰明亮，就像织在天幕上的一般，疏密之间恰到好处。

风把下颌搁在膝上，呆呆地看着夜色苍茫的大地，想象着荒原深处的公扎此时是不是也如自己一样，望着星空睡不着呢。

好不容易挨到七点，这样的时间如果在内地，街上该是人如潮水车如马龙了，在这个偏远小镇，却如深夜一般安静。风实在挨不下去了，感觉一分钟就像一年那么久。她回到院子，叫醒在车里睡觉的军桑。

军桑揉着眼睛从车里跳下来，叫醒地上的次仁桑珠，然后发动车让它预热。

次仁桑珠极不情愿地爬起来，迷迷糊糊地走到井边，打了一桶凉水呼呼地洗了洗，这下总算清醒了些，回来把羊皮袄放到车顶上。

军桑给了他两个饼子，他塞进怀里，却掏出干肉吃了起来。

院里的人听见车响，都起来送他们。带风去看岩画的小姑娘和奶奶也来了，给风带了一盒奶渣，风推辞着不肯要，老奶奶却不管，给她放在了车上。乡干部拿来干肉，一个阿佳还送来馍馍，风感动得热泪盈眶。

路过山垭口时，风让军桑停了车，站在那连天连地、心愿集合成的阵式里，看着经幡被晨风鼓荡得猎猎地响。风慢慢走着，让那五彩的幡拂在身上、拂在脸上。

记得当时的他，转身时就是这样的风景啊。那天的风也这么猛，那天的经幡也这么漂亮。他说只能送到这里了，他说自己到这里就安全了。

身体倒是安全了，心却从此失落在了无人区。

一只苍鹰突然从苍穹上掠过，风情不自禁地双手合十仰望着它。然后突然地，没有来由地，向着远处的群山大喊了一声："公扎……"

听着荒原上传来的阵阵回音，风的眼泪哗哗地流了下来，翻江倒海一般的思念，让全身软化成泥。

穿越五千米的高空，只为找你。
踏遍千山万水，只为寻你。
你要飞向何方？
神鹰啊，
可曾看见我思念的人儿在哪里游荡？
他有没有瘦？有没有累？有没有无边的忧伤？
请告诉他我在这里，白云的下方，
渴望随了他去流浪，
随了他远走四方。
让爱抚平忧伤，
把爱种在心房，
从此一顶黑帐篷啊两颗心，
天涯海角也知道回家的方向。

第十一章
考　验

她不再想公扎，
不再想上海，什么都不想，
安安静静地等待死亡的来临。
她甚至转头看了看重新落回湖面的鸟儿们，
它们依旧是那么快乐。

十一

公扎走在不知名的河谷里，仍是一人、一马、一枪。

他总是走一会儿就停下来看一下，风中的气味和地上的印迹会告诉他方向有没有出现偏差。

喀果，你是逃不掉的。公扎眯眼看着连绵的群山，心里再一次这样说，胸口的伤隐隐作痛。他勒住马跳下，再扯下皮袄铺在地上，盘腿坐下，解开胸前的布看了看伤处，周围有些发红。公扎皱起眉头，伤口发炎可不是好事，得赶快找医生处理一下。他看了看周围的山势，还好，离绒马不远，最多两天也就到了。

公扎吃了些干肉后就上马了。他得尽快赶到绒马，这里离绒马最近。

到绒马时是中午，公扎径直去了乡上的卫生所。

公扎靠在卡垫上，半眯着眼。

“你是不是叫公扎？”卫生员坐在窗前修剪指甲，不时跷起手指对着阳光看一下。

公扎看了她一眼，点了点头。

“你女人去无人区找你了。”卫生员看公扎一副莫名其妙的表情，突然来了兴趣，把指甲刀扔在桌子上，转过身子对着他，兴趣盎然地问起来，“你怎么找了个汉族女人？”

公扎看着她，更加莫名其妙，自己什么时候找了个汉族女人？

“你可幸福了，居然娶了个漂亮的汉族老婆，她去无人区找你了。”卫生员笑着，看到外面有个背着书包的小姑娘走过，立即招着手叫，“普姆，进来，你不是带那个汉族女人去看过岩画吗？现在她男人来了。”

小姑娘进来，靠在门边看着输液的公扎：“你就是公扎叔叔啊？”

公扎点了点头。

“风姐姐去找你了，你们碰到了吗？”

“风去找我了？”

“姐姐看到你刻在石头上的画后，哭了，她在上面写了好多字，第二天就走了。”

“她去无人区了？跟谁？”

“她一个人啊，雇了一辆车。对了，还带了放牦牛的次仁桑珠，次仁桑珠说他在雍西阿姐的牧场附近见过你，姐姐就带着他一起找你去了。”

公扎听到这里，一把拔下输液的针头就站了起来。

“喂喂，你的伤发炎了，不输液会死人的。”卫生员赶紧站了起来，着急地说。

“给我点消炎药吧，我自己带着，不碍事的。”公扎按着手背说。

“你……不要命了啊？”卫生员说，转身从药箱里拿出两盒药递给他，“一次两粒，一天三次。千万别忘了。”

公扎接过先剥了两粒扔进嘴里，也不喝水，干嚼着，把其余的揣进怀里，走过门口时摸了摸小姑娘的头，大步出了院子。

他的马就拴在院门口的石头边。

公扎翻身上马，一挥马鞭，向着旁边那个有无数古岩画的山坡驰去。

站在山坡上，头上是蓝天白云，正午的太阳正猛烈。看着自己刻的画上多出来的文字，公扎心潮起伏。

犹记初见你，
那一张历尽风霜的脸，
草儿青青野花正艳，
云也轻风也软，
想执你手从此两不厌。
把我的深情放你的眉间，
芳心已许此情不变，
天为证地为鉴，
让这日月从此恒久远。

公扎的汉语水平再差，也知道这些文字表达的是什么意思。

公扎的心一下子揪了起来，明知道无人区危险还闯了进去，万一碰到雪崩或是狼群怎么办？如此一想公扎的心就更乱了，他再次翻身上马，狠狠地挥了一鞭，顺着山坡向那一望无垠的荒原驰去。

到雍西的草场时已经是第三天下午。

雍西抱着一只小羊，身边跟着那个被色嘎送给自己当“人质”的男孩塔加普。

看到公扎，雍西放下小羊羔，笑着喊：“大哥，公扎大哥，你的伤怎么样了？”

“好多了。”公扎跳下马，牵了走过去，抱起塔加普放在马背上，“姬迦答应把孩子还给你了？”

“他敢不答应。”雍西脸一板，“他要是不答应把孩子给我，我就让他永远都待在帐篷外面。”

“你拿这个威胁他？”公扎看着她，打趣地说，“你不怕他钻别人的帐篷去？他那儿姑娘可多的是。”

“他敢，我宰了他。”雍西眼一瞪，叉着腰说。

雍西说着掀开帐篷的帘子让公扎进去。待公扎坐下，雍西给他倒上茶：“大哥，你这次来是有事找我吧？”

“雍西，你见没见到一个汉族女人？”公扎摸着鼻子，有些不好意思地问。

“你说的是风吧？”雍西说着捅开了炉子。

“你见过她？”公扎猛地一下站了起来，见雍西好笑地看着他，又尴尬地坐下。

“大哥，她真是你的女人？”

“怎么会呢？你大哥已经有女人了。”公扎说完，端起茶杯喝了一大口。

“她从上海追到无人区来。大哥，如果我是个男人，我也会感动的。她四天前来过，我以为你还在姬迦说的那条山谷里找喀果，就告诉了她，她第二天就走了。”

“不是三个人？”

“不是，她一个人。他们的车子没油了，扔在了那边的山谷。次仁桑珠要回去放牦牛，军桑跟着回去找救援的车，风等不及，晚上偷偷骑了我的马跑了，我估计是去找你了。不过你放心吧，色嘎来时听说后也追了上去，她熟悉地形，风应该不会有事。”

“色嘎怎么……也跟去了？”

“你受伤后，色嘎到处找你，我跟她说了风和你的事，她说会把她找回来的。”

公扎再也坐不下去了，他放下茶杯，提着枪就出了帐篷。

“大哥，大哥，你的羊皮袄！”雍西抱着老羊皮袄追了出来。

公扎接过搭在马背上，向雍西点了点头，翻身上马，一路烟尘而去。

蓝天下，一个穿黄色冲锋衣的女人骑着马，走在漫无边际的荒原上。

远处的雪山和近处的丘陵在这片焦黄的土地上显得那么矮小。若不是那一抹抹蓝色的湖泊和悠闲自在的野驴野牦牛作点缀，这个世界，真会让风以为是史前某个不为人知的时代。

雍西说的那条山谷不是顺着湖边开车两个小时就到了吗？为什么自己骑马走了一天还没到？难道走错了方向？不会啊，自己一直沿湖边走啊，雍西不是说那条山谷是红色的，很好认的吗？这一路上都没看到红色的谷口啊。风看着四周，心里开始发毛，她害怕自己又迷路了，可面前烟波浩渺的湖水告诉她，这个方向是正确的。

感觉到马蹄踏下去的地面有些发软，风带了一下马缰，离开沼泽地，往上走了一些。公扎曾经跟她说过，无人区这样的沼泽很可怕，一旦陷下去，很少有生还的机会。

看了看太阳，已经快下山了。风跳下马来，找了个背风的地方，取下背包，把帐篷支起来。她不敢走夜路，怕自己像上次一样迷路。

风拿着水壶到湖边打水。公扎曾经说过，无人区的湖，不是每个湖的水都能喝，然而湖边有动物脚印的湖水肯定是可以喝的。风看着湖面一隅密密麻麻的水鸟，拿起水壶喝了几口。公扎公扎，你知道吗？短短的十来天，你已经把我培养成了半个藏北通了。瞧，我知道什么水可以喝，什么地方可以搭帐篷，什么东西可以充饥，只是，我什么时候才能找到你，让你打水给我喝，让你削肉给我吃，让你给我搭帐篷……风看着面前安静的湖水，无边无际，水鸟你追我赶，恣意嬉戏。这是藏北最美好的季节，草儿发疯一般地生长，野花贴地的不贴地的，比赛似的开着，生怕错过了这一季，就再无繁盛的可能。

人，何尝不是如此？

风叹了口气，静静地站着看湖面倒映的雪山，多美的一个世界啊。如果不是亲自来到这里，她无论如何都不会相信这世上还有这么美的地方。没有人声、没有烟火，世事繁华都不在了，只有天、只有地，还有自己的心跳和无尽的思念。

山顶上不知什么时候飘过一片乌云，鸟儿们陆陆续续往沼泽中散落的巢穴飞去。

风毫不在意地转身往帐篷走去。她知道天一会儿就会变好。藏北的天就是这样，一会儿雨一会儿雪一会儿冰雹，转眼间又会艳阳高照。

还没走回帐篷，就见来时的湖岸线上飞驰过来一匹黑马，马上一个身着黑袍的姑娘有些面熟。

看到风，姑娘飞身下马。

风笑了："色嘎，怎么是你？"对方正是跟她一起在绒马泡温泉的女孩。

"你找的男人叫公扎？"色嘎看着她，眼里带着明显的敌意。

"是啊，你怎么知道？你见到他了？"在这荒无人烟的地方能碰到熟人，风高兴坏了。

"不，你不是他的女人，他的女人早死了。"色嘎看着她，挥着手嘶喊着，眼里仿佛要冒出火来一般。措姆已成过去，公扎的未来是属于自己的，任何人都别想抢走。

风看着愤怒的色嘎，有些莫名其妙："你怎么了？"

"你回去吧，回你的上海去。公扎是我的，谁也别想抢走。"

"公扎是你的男人？"风看着色嘎眼中的恨意，下意识地后退了一步。

"对，公扎是我的男人。你回去吧，回上海去。"

"不，公扎不会是你男人，否则他不会在那石头上刻出宝宝和贝贝，还有我和他。那是属于我和他之间的故事，我们的秘密。公扎不会是你的，你肯定搞错了……"

"你到底走不走？"色嘎有些不耐烦了。这是什么地方，藏北的无人区。

自己是什么人？荒原上的一只母狼。一只母狼，怎么可能容忍其他母狼抢走自己的公狼？不能，她绝不能容忍。

“不，我不会离开。除非公扎亲口告诉我，你是他的女人，否则我绝不离开。”风坚定地说，弯腰捡起水壶，慢慢向前走去。

“你……”色嘎看着风的背影，眼底弥漫起一股疯狂的杀气。她蓦地拔出腰上的刀冲过去，冲着风狂喊：“你到底走不走？”

风没有回头，依然慢慢走着，口气坚定：“我不走，我一定要找到他。”

“好，你不走！”色嘎狠声说，想也没想，冲过去一刀刺在她的腰上，鲜血顿时汩汩而出。

风顿时蒙了，转过身来不敢置信地看着色嘎：“你……”

色嘎握着刀，刀尖滴着血，一滴滴地渗进黑色的碎石里。突然而至的冰雹，打在刀上“叮叮”地响。她眼神狂乱：“我让你走，回你的上海去。这里没有你要的男人，他是我的，谁也别想把他从我身边抢走，姬迦不能，你也不能！”

“不，公扎不是你的。”风按住腰上不断往外涌的鲜血，脸色苍白，站立不稳，“如果他真是你的，你就不会来跟我说这些了。我不会离开的，就是死，我也要死在离他最近的地方。”

“好，你不走，那就死吧。”色嘎挥着刀狂乱地喊着，冲着风又是一刀，扎在风的左肩上。她拔出刀来，眼睛血红，大脑一片混沌。

“他根本就不爱你。他如果爱你，就不会在荒原上流浪了。”风说，鲜血染红了她半边身子。

“是，他不爱我，但我也不会允许他爱你。”色嘎看着歪歪倒倒的风，大脑里全是无边无际的恨和怨。她再次举起刀冲过去，狠狠刺进风的前胸，鲜血顿时喷涌而出，溅了色嘎一身一脸。

“就是死了，我也爱他，也要找到他。”风说。她看着色嘎，眼前一黑，倒了下去，惊起湖里的水鸟，“轰”的一声飞起。

冰雹突然停止了，太阳突然出来了。

风倒在地上，鲜血染红了碎石子。阳光照在她身上，风竟然感到了一丝温暖。她想站起来，想动一动手指，但没有力气，就跟上次自己在无人区时一样的感觉。就要死了吗？真的就这样走了吗？也好，死在这里，总算是离他近了些，那无边无际的思念总算是有了尽头。

色嘎看着倒下的风，哈哈狂笑着，把刀子向湖水中扔去，然后冲进湖里疯狂地洗了起来，手上、脸上，还有衣服上的血……怎么那么多啊？这么多水也洗不干净啊！她不停地浇着水，搓着，哭喊着："我没有想杀她，是她自己不走的。佛祖啊，你原谅我吧，魔鬼占据了我的脑子，我管不住自己。佛祖，你一定要原谅我，我不是真的要杀她的，真的，我不是故意的……"当她转过身无意中看到倒在湖边的风时，顿时"哇哇"叫着冲上岸来，发疯一般向前跑去。

她越跑脚下越软，直到两腿再也拔不出来，她才惊骇地发现，自己的身子正慢慢下沉，身旁的淤泥泛着黑泡，正一点一点吞噬着自己。

"佛祖啊，这就是你对我的报应吗？"色嘎挣扎着，却陷得更快了。她仰天呐喊着，瞪大了血红的眼睛。

迷迷糊糊的风，想着自己就要死了，心反而平静下来。她不再想公扎，不再想上海，什么都不想，安安静静地等待死亡的来临。她甚至转头看了看重新落回湖面的鸟儿们，它们依旧是那么快乐。来世，就让自己变成一只鸟吧，生活在无人区的鸟儿，自由自在，可以一直飞在公扎身边，看着他，跟着他。

什么人在哭喊？那个刺伤自己的女人吗？她为什么还不离去？自己不在了，再没人跟她抢男人了。风挪动沉重的脑袋，转了一下眼睛，定了定神，看到前面有个女人在沼泽里挣扎着，两只手臂无助地挥来挥去却什么都抓不住。

淤泥里发出恐怖的“咕咕”声。

天，她陷在沼泽里了。

风反应过来了，残存的理智让她挣扎着抬起头来，使出浑身的力气向她喊：“你别动，越动陷得越快。”然后，她撑起身子，慢慢向帐篷那边爬去，身后拖出一条弯弯曲曲的血线。

不知道爬了多久，风终于爬到帐篷边，艰难地从背包里翻出一堆白色的绳子，那是晚上固定帐篷用的。她的左臂用不上力气，就用嘴咬着，一根根接了起来。然后爬到马身边，抓着马腿终于站了起来，她把绳子一头拴在马鞍上，试着想爬上马背去，但爬了几次都无力地滚了下来。无奈，她就一手拉了马缰，一手抓着马鞍向沼泽那边挪。几乎走几步就会摔倒一次，然后又慢慢爬起来。

反正自己要死了。

最终，她爬到离色嘎最近的地方时，几乎变成血人。风捡起一块石头拴在绳子的一头，向色嘎喊“接着绳子”，然后把石头用力扔了过去。

石头落在色嘎身前一米远的地方，色嘎努力地伸手去拿，却始终够不着，身子因此不断往下沉着。

风快速拉回绳子，再一次用力向色嘎扔去。这次落在右边，色嘎仍然够不着。

风又收回绳子，用尽全力扔了过去，这次刚好落在色嘎身前。色嘎迅速解开石头，把绳子缠在自己的两个手腕上。

风拉着缰绳开始往回爬，爬到了马的前面，她翻过身来，用脚蹬着一个小土堆，身子向后仰，用缰绳驱赶着马倒退着，她要借马的力量把色嘎拉出来。

马边倒退边嘶叫着，把淤泥里的色嘎一点一点拖了出来。

色嘎终于到了安全的地方，她迅速起身解开绳子向自己的马跑去。到了马跟前，色嘎突然又停住了脚步，脱掉沾满泥浆的袍子扔到一边，跑进湖里狂乱地浇着水洗干净身上的泥后，然后又发疯一般跑回风身边，见风已经昏迷过去，顾不得要先弄醒她，抓过风的手臂搭在自己肩上，背起她到了自己的马跟前。她把风放在地上，又去把风的背包拿过来，掏出里面的东西扔了一地，看到一个白色的小背心，色嘎拿起来撕成条状，然后把风的衣服解开，把布条紧紧地缠在她的伤口上，绑紧。色嘎重新找了风的衣裤换下她身上的湿衣，再把她抱上马背，自己跟着爬了上去，让风靠在自己的怀里，一扬马鞭，马儿就“嗒嗒”地朝着旁边的山沟驰去。

公扎急速离开雍西的草场沿着湖边追去。

临别时风那一声狂喊“公扎，我会想你的”响在他耳边，挥之不去。

公扎不敢跑得太快，怕错过了一丝一毫她们留下的痕迹。色嘎是个倔强的女孩，发起疯来就跟草原上的母牦牛一样，就像她把雍西的孩子送给自己当人质一样，根本不考虑后果。

他不想风受到伤害，也不想色嘎受到伤害。两个都是好姑娘，各有各的好。只是她们的好，不是自己一个浪子所能承受的。

当那顶黄色小帐篷映入眼帘时，公扎心里一阵狂喜，打马过去，掀起帘门，里面除了打开的睡袋外，空空如也。

公扎直起腰四处打量着，沙地上那一条黑色的痕迹弯弯曲曲触目惊心，公扎蹲下，不相信地用手拈起一些沙子闻了一下，一股浓浓的血腥味溢满鼻腔。然后，他看到了风那个黑色的背包和那一地散落的物品，还有湖边卵石上干透的血迹。

当看到碎石上那件沾满黑泥的袍子时，公扎捡了起来，拿在手上看了看。这是色嘎常穿的袍子，只是她怎么会扔在这里，而且沾满泥浆？

然后，他看到沼泽里有陷落过的浅凹，还有那条拖出来的痕迹。

“风……”公扎对着四周大喊着，群山传来“嗡嗡”的回声。

公扎翻身上马，他不敢停留，打着马如飞一般地向那条隐秘的山谷驰去。

起风了，飞沙走石。

到了营地，色嘎抱着风大喊着："央吉阿佳，央吉阿佳，快来帮帮我！达娃措，去叫强巴阿哥到我的帐篷里来，让他带上药袋子。"

"这是怎么了？"央吉从帐篷里出来，见色嘎的马背上驮着一个血淋淋的姑娘，顿时吓坏了，赶紧放下手上的盆子过去，帮着色嘎把姑娘扶了下来。

"怎么回事？"姬迦也从自己的帐篷里出来，见到风，怔了一下，"这女人是哪儿来的？"

"大哥，你别问了，反正跟猎队无关就是了。"色嘎说，跟央吉一左一右扶着风向自己的帐篷走去。

强巴和达娃措跟着进去。

"怎么伤得这么厉害？"强巴看着风身上的三处伤口，吃惊地瞪大了眼。

"你管那么多干什么？快点上药。我可说了，你可得治好她，如果她死了，我就让你给她赔命。"色嘎凶巴巴地说。

"医好她有什么好处？"强巴看着色嘎，色眯眯的。

色嘎瞪了他一眼，强巴立即老老实实地收起笑脸，指挥达娃措打来热水，拿来白酒。

他用水小心清洗了伤口周围的血迹，再把白酒倒上去。

风迷迷糊糊的，身体突然传来钻心的疼痛，她不觉大叫一声睁开眼睛。见自己身边围了好多人，有的戴着狐帽，有的戴着羊羔皮帽，有的什么都不戴只把长发盘在额头，这是天堂吗？天堂的人怎么长得跟草原上的人一样呢？她环视了一下周围，终于碰到一双熟悉的眼睛，那双眼睛里不再有恨意，而是充满歉意和关切。她也死了吗？这下好了，两个人都死了，再也不用争不用抢了。只是公扎，你该多孤独啊！

“你放心，不会有事的，强巴会医好你的。”色嘎说，按住她因为疼痛而不断扭动的手臂。

“我们……没……没死？”风看着她的眼睛。这双眼睛真漂亮啊，圆圆的，泪花闪闪。

“没死，我们都还活着。强巴正在给你治伤，你放心吧。”色嘎笑着，眼泪终于滚了下来，“风，对不起，我那时疯了，都不知道自己干了些什么！”

“没关系，色嘎，我理解。”风也笑了，想抬起手帮她抹泪，终究是力不从心。

“这是哪里？”

“无人区啊。你安心养伤吧，伤好后我帮你找他。”

“谢谢你，色嘎。”

“好了，全搞定了。”强巴抬起头来，从布包里掏出几粒药丸递给色嘎，“今天晚上星星升起来时吃第一粒，四个小时后再吃。告诉你朋友，不能乱动，以防伤口裂开。如果三天之内不红肿的话就没事了，如果红肿，佛祖在我们这里也是没办法的。”

色嘎用汉语给风说了一遍，风点了点头。

央吉和色嘎扶着风，达娃措端了牛肉汤让她服了药，风一会儿就沉沉睡去了。

色嘎让达娃措守在帐篷里，自己和央吉走了出去。

湖边上，央吉和色嘎面对面坐着。

“她真是来找公扎的？”央吉问。

“真的，阿佳。你知道上海离这里多远吗？几千公里呢。”色嘎拿着小石片胡乱敲着。

“那你打算怎么办？”

“等她伤好后就带她去找公扎。”

“你真的就这么放弃了？”

“阿佳，不放弃还能怎么做？”她看着央吉，眼里有无限的伤感，“再说，她救了我的命，用我的命交换她要的爱情，应该的。”

“唉……”央吉叹了口气，说，“公扎，可真幸福！”

“这就是命啊。阿妈以前常跟我说，命里没有的东西，再怎么努力也不会属于你，那时我不信，现在相信了。”

央吉握着她的手，不知怎么安慰她才好。

风一直睡到第二天中午才醒来，睁开眼睛，看到榻边坐着个长辫少女低了头打瞌睡，肩上还蹲着一只小狐狸。

小狐狸看到她醒了，“吱吱”地叫着。达娃措回过头来咧嘴笑了，说了一句藏话，见风一副茫然的表情，乐了，指着自己肚子，做了个吃东西的姿势，风笑着点了点头。于是达娃措小心地扶着风坐了起来，拿过靠垫让她靠着，然后端过一旁的碗，用小勺子舀了喂她。

吃了大半碗，风摇了摇头示意饱了。姑娘放下碗，拿过一边的药和凉开水，让风服了。

风笑了一下：“好多了，色嘎，谢谢你！”

“我把你伤成这样，你还谢我啊？”色嘎笑着坐到榻边，“真不愧是大城市来的啊。”

“但你最终还是救了我啊，没把我扔在荒原上喂狼。”风嘴角上弯看着色嘎，见她穿了一套天蓝色的藏裙，刚洗的头发湿湿地披在身上，没戴任何首饰，清清爽爽的，跟刚见面时完全不一样，“色嘎，你还算是有良心！”

“我本来是要把你扔下的，不过想想这么个美女被狼吃了挺可惜的，就带回来了。”色嘎眉开眼笑的，川式普通话说得利落多了。

“还行，迷途知返不算过，原谅你了。”风白了她一眼，装出一副挺勉强的样子说。

两人就这么你一句我一句地说着，心底的嫌隙不知不觉揭过。

爱上同一个男人，这不是对方的错。都想拥有这份爱，这也不是对方的错。错在上天，把同一份爱的种子撒在了两个女人的心田，还让它发芽生长，而最终能使它开花结果枝繁叶茂的，只有一缕阳光。

风的伤口慢慢开始结痂，勉强可以动了，风教达娃措说些简单的汉语，两人也能指手画脚地交流了。

风指了指帐篷外面：“达娃措，我想去外面走走，晒晒太阳去。”

“痛！”达娃措指着她的伤，皱着眉头说。

“没关系的，我们慢慢走嘛。”风说着，掀开了厚厚的羊毛被，把腿往下挪。

达娃措赶紧帮她把鞋穿好，扶着她站了起来。

总算是站了起来，风深吸了一口气，试着向前迈了一小步，胸口和肩一阵撕裂般的痛，她捂住胸口，再往前一小步，再一小步，就这样一步步挪出了帐篷。

外面沙地上，一群人正在清理带血的羚羊皮，看到风和达娃措，所有人一齐抬起头来。

他们在杀羊。这是风脑中第一个闪过的念头。然而看清边上散落着的几个藏羚羊的头，她才惊觉过来，他们不是在杀羊，而是在整理藏羚羊的皮。偷猎者，当这三个字如一道闪电劈过脑海时，风蒙了，有些站立不稳。他们怎么会是偷猎者？这些荒原深处的牧人，容许自己一个外人在他们帐篷里养伤的善良的人们，怎么会是残忍的偷猎者呢？

央吉看到脸色惨白的风，赶紧几步走上前来挡住了风的视线，跟达娃措说了一大堆话，像是在责备达娃措不该带风出来。

风看着央吉，笑着摇了摇头，表示自己不碍事的，只是想出来走走。

央吉嘀咕着，扶了风向帐篷走去。

“色嘎呢，她不在吗？”风坐在卡垫上，问央吉。

央吉听不懂汉话，但色嘎两个字还是听明白了。她做了个采药的姿势，意思是色嘎给她采药去了。

风笑了一下，她在达娃措的帮助下，慢慢躺了下来，闭上了眼睛。

央吉看她不再说话，就拉了达娃措出去。

风并没睡着，刚才看到的一幕在她脑海里挥之不去。藏羚羊已经被国家列为濒危动物，受一级保护。来之前她知道，在无人区，有些人受高额利润的驱使，仍在不顾法纪偷猎藏羚羊，但真正看到时，还是很震惊。

色嘎傍晚才回来，手上拿着两棵雪莲。

“我找了好久才找到，怎么样？”她把雪莲递到风鼻子前，“有没有香味？”

“谢谢你，色嘎。”风笑笑，看看周围没人，问，“色嘎，我想问你个事，你能据实告诉我吗？”

“你问吧，我保证不会骗你。”

“外面的那些人，都是干什么的？”

“你听说过影子猎队吗？”

“以前听公扎说过。你们真的是……偷猎者？”

“风，这里是无人区，羚羊和我们，都只是荒原上的一部分。羚羊吃草，我们靠它们赚钱，这没什么不妥的。”

“可是，它们快灭绝了啊。”

“不会的，风。这里的人祖祖辈辈哪个没打过羚羊呢，它们也没见少啊？再说，羚羊、野驴跟我们的牦牛绵羊争草场争得很厉害的，草场越来越小，都不够用了。”

“色嘎，藏羚羊现在是国家一级保护动物，国家明令禁止猎杀。你知道你们这是在犯罪吗？”

“风，那是你们的法律，管不着我们这些荒原人。我们只知道需要钱去买帐篷买枪买牦牛买绵羊，羚羊跟我们又没什么关系，杀几只换钱有什么不可以的？咱们不说这个了，等你伤好后我就带你去找公扎，别管这儿的事了。对了，我还要跟你说，你跟外面那些人可别说你认识公扎，他跟大哥有仇，我怕大哥知道后会对你不利，明白吗？”

风点了点头。

“好了，我去找央吉给你熬药，等会儿来给你换药。”色嘎笑了一下，拿着雪莲出去了。

在这个大荒原上，影子猎队甚至连昼伏夜行都不需要。任何人想闯进来抓他们，都不会是单枪匹马。只要荒原上一出现人群，那就像城市里突然有熊一样显眼，该藏的藏、该躲的躲，枪埋地里，人换衣装，敛眉收息。这些野性而残忍的汉子，赶上一群牛羊，瞬间就变成了牧民的身份。

所以，关于偷猎者与反偷猎者的斗争，自从政府颁布禁止猎杀野生动物条例的那一天起，就从来没有停止过。最近姬迦命令兄弟们封湖，谁都不能轻易进出，估计政府又有动静了。

风的伤一天天好转，能慢慢动一下胳膊了，可以翻身了，偶尔还能走动一下了。

然而，无论风走到哪里，总有一双眼睛跟着。开始风以为人家是关心她，怕她磕着碰着了，时间一长，她发现根本不是那么回事。因为只要她稍微走远点，就会有人上来请她回去，口气是极温和的，虽说听不懂，但也没有回旋的余地。

如此一来，反而激起了风的好奇心，她开始留意起了周边的地形。

她发现，进出这里，有两条通道。一条是从山谷里绕过来，时间要长一些。另一条就是从湖对面直接用牛皮筏子过来。这两条道，都有人把守着，两个时辰就会轮换一次岗，外人想要闯进来而不被人发现，那是绝对不可能的。

“你的伤如果没有意外，再过一个月就能好了。”色嘎小心地解开她肩上绑着的布条，看了看黑黑的结痂说，“强巴说，你活动时一定要小心一些，如果裂开就麻烦了，我们这儿没有止血的药。”

换好药，风握着色嘎的手，真诚地说：“色嘎，我不怪你。爱情是自私的，谁也不想跟别人分享，我能理解。”

色嘎抱了抱风，泪花闪闪。

“你放心吧，我会帮你找到他的。”

风看着她的眼睛，点了点头。

强巴端着药碗进来，把碗递给色嘎，顺手扯下了她头上沾着的草屑，色嘎不耐烦地拂开他的手。

风突然在想公扎如果有色嘎这么一个好女人陪着，未尝不是好事。

那个傍晚，风站在帐篷的出口处，看着蓝天白云下色嘎把马打得飞快地在湖滩上来回奔跑，长辫飞扬着，远处的湖烟波浩渺，雪山倒映其中，风光潋滟绝美。

色嘎呐喊着，身子不时侧翻，手臂轻舒，一条腿便离开了马鞍，俯下去捡起扔在地上的哈达。

风心里有些羡慕，只有草原的风雨才会把女人养得如此轻灵。色嘎，是属于草原上的格桑花，配得上这朵花儿的，只有高高翱翔于天空的雄鹰。

没有任何预兆，风的脑海里升起一幅画面。公扎带着一个女人在雪山草地间纵横驰骋，掠过成群的野驴、藏羚羊、野牦牛……

在这幅画面里，风看不到自己。

也许，自己真的只是这片荒原的客人，来了，看一看，然后离开。

十二

草原的风很轻很软，云很白很柔，湖水蓝如绸缎，铺陈在荒凉的山野上。

达娃措和风坐在碎石上，看着远处隐隐的雪山出神。

想想这一路行来，历尽艰险，只因心里有个信念：找到他，跟他在一起。然而，这片天地真的属于自己吗？如此陌生的环境，如此陌生的生活方式，自己真能伴了他远走天涯？色嘎，那个阳光般的女孩，也是如自己一样爱着他啊。否则，怎能向自己举起匕首，以命相搏？爱上了再放弃，是何其痛苦的一件事，就像现在的自己，还没决定要放弃就已经痛彻心扉，如果真的放弃了，是不是就要命了呢？色嘎这些天来强装欢笑，然后衣不解带地陪着自己。

因为爱了，就能无所顾忌地要得到吗？眼看着另一个女人以泪相伴？

色嘎，毕竟生活在这里，荒原就是她的家。于情，她也深爱那个男人，于理，她的生活状态决定了她陪在公扎身边比自己合适得多。一想到要离开要放手，眼泪无声滑落。千里的追寻，好不容易看到希望了，却要离开，要远走，要回到原点。

"风，风……"这时，色嘎骑着一匹棕色的马儿，身背长枪从远处驰来，"我打听到你男人的消息了。"

"他……"风猛然站了起来，扯动了伤口，一阵钻心的痛，猝然坐下。

色嘎带着一股烟尘驰到风跟前翻身下马，手上还拿着一把草药，鞭子扔到鞍上，兴奋地看着风："风，他不在那个山谷里了。我去找了雍西，她说公扎知道你来了，也在找你。我跟雍西说，让她看到公扎时跟他说一下，等你伤好后我就送你到雍西那里。"

风点了点头，嘴角露出一丝伤感的笑。

"怎么？你不高兴吗？"

"色嘎，坐吧。"风拍了拍身边的碎石地，"我们俩聊聊。"

色嘎狐疑地看了看风，又看了看一边的达娃措，达娃措摇头表示自己什么都不知道。

风看着远处碧水连天的湖水，未语泪先出了眼眶。她深吸了一下鼻子，抹去眼泪。

"色嘎，我觉得……我不太适合这里，想等伤好后就回上海去。"风说着，心底就像谁在用刀子拉着一般疼。

"风……你说什么啊？你那么远地来找他，好不容易快找到了，怎么能说回去呢？"色嘎瞪着风大声说。

"我的家在上海，那是我从小生活的地方。色嘎，这个地方，我来旅游可以，如果在这里长期生活，我想我是不能适应的。"风勉强挤出一抹笑容，转头看着色嘎，"你跟我不一样，你从小就生活在草原上，懂得怎么在这里生活，你和公扎才是理想的一对。我和他，就像我和这荒原一样陌生。"

"不会的，你别担心。只要你们在一起，慢慢就会适应的。你看看我，我的老家在阿坝，不是在这里也生活得很好吗？"

"那是因为你从小就熟悉这样的生活啊。色嘎，我想好了，这里不属于我，我的家应该在上海。"风再次吸了口气，把就要溢出的泪硬是关在了眼眶内，"我们俩，算是朋友了吧？今后，欢迎你到上海来玩。"

"风，你……"风的决定，让色嘎有些猝不及防。她历尽艰险才找到这里，怎么能轻易说离开？色嘎不是个善于捉摸别人心理的人，风脑中千回百转的念头她是无论如何也看不透的。从小她就习惯了心里想什么，脸上就表现什么口里就说什么。

"就这么决定了，等我伤好后，你送我出去好不好？"

"当然要送，我送你到县城。"色嘎说着，心里仍在疑惑着，狐疑的眼神在风的脸上巡视，她不知道风怎么突然就变了。

"色嘎阿佳，刚才阿妈到处找你，好像有什么急事。"达娃措像是突然想起，看着色嘎说。

“你和达娃措都回去吧，我再待会儿。”风说。

“好！”色嘎爬起来，牵过马说，“我们等会儿来接你。”

风点了点头，待她们走远，忍了很久的眼泪终于滑落，一滴滴掉在碎石片上，慢慢浸润开去。

“公扎已经闯过了两道关口，老大，怎么办？开枪吗？”姬迦坐在自己的帐篷里喝酒，一个兄弟弯腰进来请示。

“不用。你们就在垭口处守着，记住了，不准伤他，绑了来见我。”姬迦说，并没抬头，只顾转着手上的杯子看来看去，嘴角挂着一丝冷笑，心里却在想着山垭处的情形。连闯我两道岗哨，是条汉子，如果你能再闯过第三道岗，那就算我姬迦白活了。

姬迦把余下的酒倒进嘴里，然后抹了一下嘴角站起来出了帐篷，站在空旷的沙地上看着上面云遮雾绕的山顶，这些大山就是他的保护神。只要山在，荒原在，就没人能骑在他姬迦头上撒野。空旷的无人区就是他的天堂，任他纵横驰骋的地方。在这里，也只有在这里，他才像一个王者，说一不二呼风唤雨的天地主宰。

自己是在为牧人的好生活开辟道路。闲来时，姬迦会这么想。如果没有羚羊、野驴跟牲畜争草场，每顶帐篷至少可以多养一半的牛羊。到那时，草原上牛羊遍地，家家富裕，还用得着他们这样小心翼翼地猎杀羚羊取其皮毛赚钱吗？

偶尔，他会内疚的。不过这种内疚不是因为猎杀羚羊而内疚，而是因为几次答应了雍西要解散影子猎队而没做到。雍西，那个女人跟草原上别的女人不一样，她从不崇拜他，也不惧怕他，随时都能拿着鞭子把自己赶出帐篷去。这样一个野蛮的女人却让自己放不下，几次离开后都不想回去，却又管不住自己再度进入她的草场。想起她抱着孩子，竖着眉毛、瞪着眼睛赶自己走的样子，姬迦的嘴角不自觉地浮起笑意。她是自己的女人，今生唯一的女人。

这时，山际一端传来清脆的枪声。

所有女人都跑了出来，互相打听着出了什么事。就连风，也在达娃措的搀扶下挪出了帐篷，她询问地看着色嘎，色嘎避开了她的目光。

从山腰上飞速滑下来的一个汉子，走到姬迦面前，低声说着什么。姬迦点着头，脸上却什么表情都没有，转身进了帐篷。

色嘎和央吉对看了一眼，也退回到自己的帐篷里，达娃措扶了风进来。

“去找雍西，只有雍西才能阻止这事。”央吉站在帐篷中央，看着色嘎说。

色嘎点点头，转身就要出去。

这时外面传来一阵吵闹声，达娃措跑出去看了一眼又快速回来：“阿妈，他们把公扎叔叔绑着押来了，在姬迦叔叔的帐篷里。”

其他藏话风听不懂，但公扎两字却是熟悉至极。

“到底发生什么事了？”风看着色嘎的背影，急声问。

色嘎脊背一挺，心里犹豫着要不要告诉她。

“告诉她吧！”央吉轻声说，“反正人都押回来了，她迟早会知道的。”

色嘎点了点头，回过身来看着风，神色凝重：“你不要着急，这事我们会有解决的办法。”

风看着慎重的色嘎，心里升起一种不祥的预感。是公扎出事了吗？刚才那阵枪声，是因为公扎来了吗？他们打死他了吗？风强作镇定，轻轻地吐出几个字来：“是他来了吗？”

色嘎点了点头。

风的身子摇晃了一下，然后问：“你们抓住他了吗？”

色嘎再次点了点头，又摇了摇头，心里也非常痛苦。不是我们要抓他，是他们要抓他啊。然而在风的心里，这个我们和他们是没有区别的。自己毕竟是跟影子猎队在一起的，色嘎不想再去解释。此时再多的理由也抵不上公扎的被抓获。他是为风而来，但自己不在乎，她要救他，一定要救下他。

“为什么？”

“大哥认为他钻了雍西的帐篷，所以要杀他。”

“不可能，公扎的心里只有措姆。”风尖声说。

“但是大哥不这么认为。公扎对雍西好，雍西又护着他，所以……”

“如果你和公扎结婚了呢？姬迦是不是就不会再怀疑了？”风突然认真地说。

“风，我知道你的想法，不过那是不可能的。公扎不会答应的，他心里只有措姆和你。”

“不，色嘎，他的心里只有措姆，我只不过是他救过的一个外族女人而已，就像他救过的无数小羊小驴一样。”风说，泪水盈眶，“你现在去找雍西，只怕还没回来他们就已经杀了公扎。咱们现在就去告诉姬迦，公扎是你的男人，你们马上就可以举行婚礼，这样他就不会再怀疑了。”

“风……”

“别犹豫了，色嘎，救人要紧。”风站起来，过去拉起色嘎的手，“走吧，我陪你去。”

色嘎看着央吉，央吉点着头说：“这也许是个好办法。”

色嘎就这样被风拉着出了帐篷。

白色的宽大帐篷里，姬迦坐在最上面，两条腿搁在桌子上，靴尖一晃一晃的，边上放着一条棕色的牛皮鞭。

四周或坐或站着影子猎队的男人们。

帐篷正中，公扎被浸了水的牛皮绳子绑着，两边各站了一个男人。

几个女人在帐篷门口探头探脑。

“草原上雄鹰再次飞到我这个小山谷来，真是吉祥啊。”姬迦冲公扎举了举酒杯，皮笑肉不笑地说。

“姬迦，我说过，我不是来找你的。”

“我知道你不是来找我的，我姬迦哪有那么大的面子让你这只草原上的雄鹰落下呢？你是来找女人的对不对？”

公扎点了点头，他以为姬迦知道他是来找风的。

姬迦猛地把杯子一扔，收回双脚盯着公扎的眼睛，对方眼里的不屑与冷静让他心里非常不舒服。突然地，他操起长鞭挥了过去，打在公扎赤裸的上身，留下一条深深的血痕。

公扎皱了一下眉头，依旧淡然地看着暴烈得有些狰狞的姬迦：“姬迦，听说你每年都要去转一趟冈仁波齐神山，以此洗脱你犯下的罪孽。你真以为那样做就能蒙骗了佛祖的眼睛？你在荒原上做下的一切，足以让你永生永世不得超生了。”

“在这个地方，我就是佛祖。”姬迦提着鞭子站起来，脸上挂着狰狞的笑走到公扎面前看着他，“这里还从来没让外人闯入过，你是唯一的例外。为了我这帮弟兄的安全，我是不可能让你再次活着出去的，算兄弟我对不起你了。”姬迦向两边站着的汉子努了努嘴，“沉湖吧，干净利落一点。”

风径直急步奔向公扎，看到他身前的伤，心疼得眼泪夺眶而出。

公扎看到风好好地站在面前，心里大大松了口气。

“你到这里来干什么啊？”

“我听雍西说你来了，就追了出去，看到湖边的血，怕你出事，就追到这里了。很好，你没事。”公扎笑着，轻描淡写地，“等这里的事情了了，你就早点回去吧，这里不适合你。”

风点了点头，然后又猛然摇着头，眼泪横飞：“你真是个傻子，你不知道他们会杀了你啊？你还来？”

“我怕你出事。”公扎轻声说，“没关系的，别哭了。靠过来，我跟你说件事。”

风靠过去，公扎告诉她药师佛的事情，希望她出去后能将它还给佛祖。

两个男人再次推着公扎要向外走。

“不……大哥，你不能杀他。”色嘎大叫。

风拉着公扎，也大叫着：“不要……”

“大哥，”色嘎没有看公扎，她盯着姬迦，轻声而坚定地说，“我本不想说，但事已至此，我如果不说出来，你们的误会就没法消除。”

“色嘎，这是我们男人的事，跟你无关。”姬迦说。他对两个看他脸色的兄弟又说，“还不带走！”

于是两人扯着公扎又要向外走。

“不，不要，公扎……”风疯了一般大叫着扑了上去拉住公扎。旁边过来两个人架住风的手臂向外扯，却听风一声惨叫，肩上和胸前渗出团团的血迹。

“风！”公扎挣扎着，惊骇地看着风身上的血，“你怎么了？为什么会流这么多血？”

“色嘎，带她去包扎伤口好吗？求求你，带她走。”公扎看着风失去血色的脸，心里突然升起好久没有过的恐惧，怕她像措姆当初一样倒下不再醒来。

“风……”色嘎拉开风的外衣一看，胸前和肩上的伤口已经撕裂，正向外渗血。

“别管我，色嘎，快对姬迦说。”风咬着嘴唇，忍着身体上一波接一波的剧痛。

色嘎点了点头，转身看着姬迦，清晰地说：“大哥，公扎他……是我的男人！”

“你说什么？”姬迦讶异地看着她。

“什么？”其他男人同样瞪大了眼。

“上次，公扎来找喀果，你带了人围住了他，是我……”

“色嘎！”公扎突然大声喝道，转头看着色嘎。他不能让色嘎因为救他而牺牲掉自己。再说，姬迦想杀他，雍西只是一个小原因。最重要的因素是姬迦害怕他出去后泄露了影子猎队藏身之处的秘密，“我的心里，只有措姆。”

色嘎神色黯然，心里有无数的针在扎。你想救人家，人家却未必领情啊。她转过身来，盯着公扎，用汉话说：“不，你撒谎，你的心里不只有措姆，你还有她，否则，你怎么可能追到这里来？”

“不，我谁也不爱。你，还有风，你们俩都无法代替措姆。我的心，早在措姆被喀果咬死的时候就没了。色嘎，你是个好姑娘，但我们无缘。你送风离开无人区吧，拜托了。”

“你不是说你心里没她吗？她走不走与你有何关系？”色嘎看着公扎，讥讽地笑，“公扎，你言不由衷。草原上的男人，爱就爱了，有什么大不了的，不就是死吗？两个人死在一起，那也是佛祖给你们的福气！”

“我来，是因为不想风再出事，人命关天。而我，没有措姆，活着和死了没有两样。”公扎一个字一个字地说。

“不，我不走。公扎，我觉得色嘎说得对，我既然不顾一切地来找你，就不想再离开你了，要死就死在一起吧。你的佛像，就让它永远埋在地下，也许这是佛祖安排的也说不定。”风挣扎着站直身子，扶了他绑着的手臂，坚定地说。

“你……别这样，风。”

风看着公扎的眼睛，笑着说：“公扎，自从你上次救了我，把我从无人区送了出去，我就再也忘不掉你了。你知道我这三年多是怎么过来的吗？天天想着你，无时无刻不想你。我们在一起的那些日子，是我这些年过得最快乐的时光。我想找到你，跟你在一起是我支撑自己苦挨日月的唯一理由。公扎，我爱你，今生今世，你是我唯一爱着的男人，唯一想在一起生活的男人。所以我来了，找你来了，不怕风沙有多大，不管路途有多遥远，不顾一切地要找到你。现在我终于找到你了，怎么可能为了一尊佛像而离开呢？对我来说，你就是我的佛，我的主宰。没有你，我也没有活下去的理由了。”

一席话，说得公扎热泪盈眶。

风双手放在他赤裸的胸肌上，还没等公扎反应过来，就突然在他干裂的唇上轻咬一口：“我现在是你的女人了。草原上的女人不需要男人为她遮风挡雨，而是要与他并肩战斗，共同进退，我想我能做到的。”

公扎看着风深情凝视的眼睛，一颗僵硬的心终于柔软下来，他沉默不语。

风笑了，眉头舒展开来，轻轻靠在公扎身上。公扎则低了头，下巴在风的头顶上轻轻摩挲着。

色嘎看着他们终于彼此接纳，感动得热泪盈眶。她转过头来，对看呆了的姬迦说：“大哥，你真忍心杀他们吗？如果你真的那么做了，不仅我和雍西要恨你一辈子，就是佛祖，他也绝不会饶了你的。”

姬迦回到座位上，一屁股坐下，心里在激战着。杀了他们还是放了他们？如果杀了，就像色嘎说的，雍西和她都会恨自己一辈子；如果放了，这个好不容易建立起来的隐身之处还安全吗？他环视着众人，脸上阴晴不定。

“大哥，搬一次家并不难。荒原上，哪里放不下流浪人的帐篷呢？如果杀了他们，我们会一生都不得安宁啊！”色嘎向前几步，看着姬迦的眼睛说。

“老大，看在你儿子面上，放他们走吧。”央吉说。

姬迦喝了一口酒，酒杯蹾在桌上：“好吧，送他们走，我们连夜搬家。”

色嘎大大松了一口气，赶紧过去把公扎的绳子解开。

公扎的手臂一自由，顺手就接住了大松一口气而摇摇欲坠的风，坐下让她靠在自己怀里，拉开她的外衣，新伤触目惊心。他从自己怀里掏出个小瓶子，拔开瓶盖撒了些药粉在上面。

“强巴，强巴……”色嘎看着昏昏欲睡的风，急得大叫。

强巴不情不愿地走了过来。

“治好她，快点！”色嘎一把抓住他的手臂。

强巴蹲下看了看风的伤，摸了摸她的额头，摇着头说：“色嘎，我没办法了。她流血太多，只怕……”

“你胡说！你不是会医吗？你不是说自己是神医吗？快点想办法啊！”色嘎大叫着，抓着他的袍子乱摇。

“色嘎，她的伤本来是要好了的，只是重新撕开，流血太多，我真的没有办法。”

公扎抱起风，往帐篷外走去。他的那匹老马，正在外面的沙地上等着他。

他把风放在马背上，然后自己翻身上马，一个汉子把他的老枪扔给他。公扎扬手接过，一挥马鞭，疾驰而去。

在一个洼地，公扎刨开沙子取出临时埋藏的药师佛重新上马。走了不到五公里，身后传来“嗒嗒”的马蹄声，一个声音大叫：“公扎，等一等。”

公扎勒住马缰转回身来，见姬迦骑着一匹黑马飞驰而来。

公扎没说话，静静地看着他。

姬迦摸了摸自己的鼻子，表情有些尴尬，说：“呃，那个……从前面那条山谷往东走三天，有个神奇的湖，湖边住着些修行者。有个叫萨木的老者医术很高，他可能……可能会……治好你的女人。”他一说完就掉转了马头，逃一般往回跑了。

公扎看着他如飞一般地消失在远处的身影，抱拳大声说了声“谢谢”，就再次掉转马头，向姬迦说的山谷驰去。

远处的山头上，蓝天下的色嘎一身黑袍牵着马静静地看着这一切，如一尊雕像般，忧伤而静穆。

第十二章
心似柔软的云

他拉过她的手握在掌心，
软绵绵的像握着只小兔子。
他总奇怪风的手怎么那么软，
就像没骨头一样，暖暖的，
他甚至开始贪恋这来自掌心的温暖。

十三

雍西的草场上来了一群藏羚羊，数量足有百只。

塔加普拉着獒尾巴，跌跌撞撞走在草地上。羚羊并不怕他们，偶尔抬头看一眼，也是立马就低了头吃草。

雍西在缝补帐篷。

这里的一切是安静的。人、畜、野生动物，活动在一片草地上却又互不干涉。

这时，一只公羚羊突然向塔加普走去。

雍西站起来正要大声吆喝，发现羚羊并没伤害塔加普的意思，而是静静地看着塔加普。塔加普把手伸给它，它就慢慢走了过来，在塔加普的手心里舔着，塔加普不时咯咯地笑，然后叫着："阿妈，阿妈，你来，它角上有画！"

雍西走了过去，发现这只羚羊角上真的刻有东西。她记得公扎说过，他和风在无人区救过两只小羚羊，风无聊时用刀子在羚羊角上刻下了它们的名字。这难道是他们救下的其中一只吗？雍西心里这样想着，伸手在羚羊的脖子上挠挠。难怪它不怕人，原来是从小就跟人在一起惯了。

雍西摸着羚羊光滑的脊背试探性地叫着："宝宝！"

羚羊站在原地没动。

雍西向后退了一步，再叫了一声。

"贝贝，过来！"这次羚羊向她慢慢走了过去。

雍西一把抱住羚羊的脖子，哈哈大笑："你叫贝贝？佛祖啊，你真的叫贝贝？真好，公扎和风的宝贝长这么大了，你就留在我的草场好不好？让我照顾你。"

贝贝看着雍西，大眼睛里充满信任。

"你答应了？好好好，贝贝，来，跟我走。"雍西说，一手牵了儿子向帐篷走去，身后跟着一头獒和一只长角的公羚羊。

这是一幅奇特的画面。一个单身的牧羊女，在无人的旷野上，带着孩子，只有獒陪着，如今还多了一只羚羊。

公扎抱着风走在一条积雪的山谷里，身后跟着他的老马。

风时而清醒时而昏迷。清醒时会跟公扎叨叨着伤口疼、手臂疼，甚至脚疼、头疼，然后肚子饿，然后腰酸，反正是把所有不舒服的或者是可能会不舒服的地方都大声叫唤一遍。风觉得自己一路行来，为了找他已经吃尽了苦头，现在应该让他心疼一下了。就算自己要死了，总应该在他心里留下点印象。

于是只要她醒着，就会乱叫一通。

公扎很配合地心疼着，只要她一叫疼，就会停下脚步，抱着她，察看她的伤口，然后皱着眉把她圈在自己怀里，让她尽可能地舒适一些。他是个不善言辞的人，所有的心疼都放在圈着她的手臂和担忧的眼神上。

然而大多数时候，风都是昏迷着的，什么都不说什么都不做。苍白的脸色滚烫的身子让公扎害怕极了，怕她不再醒来，怕她也如措姆一样。

第三天下午，风的体温再一次升了上来，身子烫得就像要燃烧起来一样。公扎不敢再骑马，怕那样的颠簸让风的身子更加吃不消。他抱着风，尽量走在有雪的地方，因为较低的温度能让风的体温下降一些。

当翻过山顶，空气中扑来浓浓的矿石味道，五彩的经幡上下翻飞着。河谷不远处突然出现一个小小的温泉湖，热气腾腾。湖边的沼泽里，各种水鸟儿起起落落，叫声不绝于耳。这些年公扎无数次进出无人区，见过数不清的温泉湖。什么样的水质都有，有的泉水含很重的硫黄，有的却如清泉一般什么味道都没有，有的温度极高可以煮蛋，有的温度却刚刚好。

在这片蛮荒如史前的高原，夏天不过瞬息，冬季才是漫长的，很多不冬眠的动物喜欢在温泉四周活动，靠着那丝丝热气熬过苦寒的严冬。

公扎看着周围山坡上零乱散落着的低矮石屋，明白这里应该就是姬迦所说的修行点了。

当翻过山顶，看着零乱的石头房子和那一池烟波浩渺的湖水时，公扎热泪纵横。

这里应该就是姬迦说的修行者的山谷了。

公扎抱着风，迅速滑下了山坡。

山脚下的人们浑身上下裹着布，只露出两只眼睛，看见一身尘土、野人一般的公扎抱着个女人突然出现，都惊奇地停下脚步打量着他。

“请问，萨木老人在哪里？”公扎问离自己最近的人。

那人指了指对面山头的房子。

“公扎，他们为什么把自己包得那么严？你看他们胸前的符号，跟药师佛身上的一模一样。”迷迷糊糊的风突然醒来，小声地说。

公扎依言看着面前的老者，赫然发现对方胸前画着一个白色“⌑”形图案。

“他们……他们……”风只要一说话便会气喘，胸前、肩上的伤热辣辣的疼波及全身。她停住，等身上的疼痛稍好一点后说：“公扎，他们好多人都有。可能……可能跟你去的那个山洞……有……有关系。”

“公扎，地上有蝎子，好多蝎子！”风突然大骇，惊叫。

公扎低头一看，脚前一只大蝎子正准备往他靴子上爬，边上的人们一看蝎子，惊叫着跑开了，公扎则飞起一脚把蝎子踢了好远。这么一来，却振动了风的伤口，她皱起眉头“嗯”了一声：“好痛。公扎，好痛。这儿为什么有这么多蝎子？你看，石缝里，草丛边，到处都是。他们把自己裹得这么严，是不是为了躲避蝎子啊？”

“你别说话了，萨木就住在对面，他能治好你的伤。”

风笑了。这个男人，表面上看似冷冰冰的，其实心里蕴藏着一团火，只不过没碰上合适的引火物罢了。

自己就是那引火的干柴。风这么想着，嘴角再次浮起笑意。治好伤后，她要跟他回错鄂草原去，搭一顶黑帐篷，接回他的阿妈达娃，安一个家，生两个孩子，从此终老。

“你的脑袋能不能停一会儿？”公扎见她脸色潮红，嘴角挂着神秘兮兮的笑看着自己，心知肚明她在想什么。

“你……知道我在想什么吗？”风笑，想抬一下手，却扯得伤口更加疼。她皱起眉头，见到周围那么多人，也没好意思喊疼。

公扎看她紧皱的眉头，知道她的伤口又疼了，便急步向前走去：“别再动了。”

“你知道我……我刚才在想什么吗？”对于找不找得到萨木，风倒是不在意的，只要能与他在一起。

“在想什么？”公扎配合着问了一句。他知道自己如不回答，她会一直追问下去。

“我在想，等我能走路了，咱们就回你的老家错鄂草原去，在湖边搭顶帐篷，接回你的阿妈，好不好？”

“你……不回上海了？”

“不回，你赶我都不回！”风认真地看着他说。

“我的年龄足以当你的叔叔！”

“我知道，卓一航叫你叔叔嘛。今后卓一航那小子是不是要叫我婶婶或是阿姨了？”风想起自己凭空长了卓一航一辈就有些得意，情不自禁地笑出声来，却扯得伤口再次火烧火燎地疼了起来。

公扎不再说话，这样的笑声，他做梦都不会忘记，可是，她终究不是她。

湖面上，几个老人随意漂浮着，清波荡漾的湖面就像一张绵软的羊毛垫托着他们的身体。

湖边的细沙白皙亮丽，沿着湖岸线铺陈开去，边缘有一圈黑色的碎石，就像给蓝色的湖泊镶了一个黑白相间的框子。再往外是碎石沙子的荒地，长了些稀疏的青草、小灌木，羚羊、原羚、野驴散落在四周。

山顶上，一间独立的石头房子朝着太阳的方向。碎石砌成的墙，粗糙中透着一股返璞归真的原始气息。楼顶四角向下各拉一条经幡，上面印着常见的经文。最奇特之处就是房子的窗，不是方方正正的，而是一个“¤”形图案，中间是空的，圆的边缘和四条向外辐射出去的线条都是白色的。

从山路上走来一个包裹得严严实实只露出眼睛的红衣人，看到山坡上的公扎，明显怔了一下，转身又急步向回走去，一会儿就消失在了山路的拐弯处。

公扎和风都没注意到有这么个人，他们的注意力在面前这间石头房子上。公扎举手敲响了那个低矮的、同样有着神秘“¤”形图案的木门。

门“吱呀”一声开了，出现一个鹤发童颜的老者，脖子上缠了一根红布条，布条的一端绕在胸前。

这是苦修者最典型的打扮。晚上把布条挂在高处，如果自己打瞌睡了，布条会拉起来，以此警醒自己。苦修者的生活远离了世俗，身心沉浸在浩如烟海的佛家典籍里，研究、苦思。

“请问，萨木老师是住在这里吗？”公扎用敬语诚恳地问。

老人把右手掌心向里放在胸前，点了点头。

“她受伤了，想请您帮助治疗。”

萨木看了看风衣襟上的斑斑血迹，把门开大了些。

公扎抱着风走了进去。

萨木指了指铺在地上的卡垫，公扎把风放在上面，又在他的示意下解开了风的衣服。

看到风的伤，萨木皱起了眉头。风肩上、腰上，以及左胸的伤已经严重发炎，红肿着，有的地方开始溃烂。

萨木递给公扎一个木盆，拉着他到外面指了指下面冒着热气的湖，意思是让他快去打一盆水上来。

公扎点着头，拿着盆大步而去。

萨木回到屋子，从柜子里翻出一个布包，打开，里面有些石刀、小木棍、牛角针和不知什么做成的细线，还有大大小小的瓶瓶罐罐。他从中取了一个小瓶子，在一个莹白如玉的碗里倒了些粉末，公扎也就端着水回来了。

他在碗里倒了些热水，看着水变成了紫色，这才把石刀、牛角针、线等放进去泡着。

然后转身又从柜子里找出一块红色的软布来递给公扎，在伤口处做了个擦洗的动作。公扎用布蘸了水，小心擦拭着伤口周围的血迹，风咬着牙，忍着阵阵钻心的疼痛，额头有豆大的汗珠不断渗出。

好不容易清洗完三处伤，公扎大大地出了口气。萨木看了看风苍白的脸色，从那堆瓶子里拿出一个来倒了粒黑色的药丸放进风嘴里。

一会儿时间，风就慢慢合上了眼睛，睡了过去。

萨木开始用薄薄的石刀把伤口化脓的地方割开，再挤压排出脓血，再把伤处用骨针缝合起来，最后敷上红色的药膏，包扎好。做完这些，窗前的光线已经斜到了屋子中央。

萨木用笔在纸上写了几句话递给公扎。

公扎接过一看，上面写着："山脚下有间空石屋，你们可住在那里，不要乱走。此地到处是毒蝎，要小心，一旦被咬，无药可救。日给星升起时带她去湖里温泉处泡一个时辰，然后上来换药，伤好后请马上离开，不要向外人说起这个地方。"

公扎知道他肯定在闭关，所以不能说话，便双手合十点了点头，抱起昏睡的风向门外走去。

找到那间石屋，里面有榻，有椅，有盆，有锅，有灶，石壁上还挂着风干的牛羊肉，石柜里放着糌粑。

公扎把风放在榻上，用自己的老羊皮袄盖在她身上。然后坐在榻边，静静地看着她沉睡的脸。原本只要她能平安离开，让她靠在自己胸前，只为告诉她那尊药师佛埋藏的地方。药师佛的秘密，不能因为自己而永埋地下。

"公扎，自从你上次救了我，把我从无人区送了出去，我就再也忘不掉你了。你知道我这三年多是怎么过来的吗？天天想着你，无时无刻不想你。我们在一起的那些日子，是我这些年过得最快乐的时光。我想找到你，跟你在一起是我支撑自己苦挨日月的唯一理由。公扎，我爱你，今生今世，你是我唯一爱着的男人，唯一想在一起生活的男人。所以我来了，找你来了，不怕风沙有多大，不管路途有多遥远，不顾一切地要找到你。现在我终于找到你了，怎么可能为了一尊佛像而离开呢？对我来说，你就是我的佛，我的主宰。没有你，我也没有活下去的理由了。"她的这些话，字字有力。公扎是真的感动了，他更加觉得自己不能让她受到伤害，自己已经对不起她了。

自己所爱的人已经远走，但心从未停止过爱她。静下来，看着风，措姆便出来了。措姆总是在公扎静下来的时候出来陪着他。日渐月长，措姆已经在公扎身体里植根，成了他身体的血肉和灵魂。

山坡上，一间石屋的“¤”形窗边露出一张瘦削的脸孔，仇恨而又害怕地盯着洗衣的公扎。

公扎洗衣回来，风仍睡着，他把衣服晾在旁边的山石上，又回屋烧了开水，揉了糌粑随便吃了点。然后就坐在榻边，看着她熟睡的脸庞，觉得久未有过的踏实。似乎措姆躺在自己身旁，平静安稳。

月亮升起来了，窗外夜色如水，星星比任何时候都明亮。不知名的小虫发出各种叫声，让这静夜变得格外美好。

看风慢慢睁开了眼睛，公扎笑着问：“醒了？怎么样？疼吗？”

“嗯。不过比前几天好一些了。”

“萨木说，每晚日给星升起时，都用湖水把你的伤处泡上一个时辰，再去换药，会好得快些。”

湖边没人。

一弯新月挂在山际。

他走过去，把风裹着的皮袄小心取下，抱起她，向那一池温暖的湖水走去。

到了略深的地方，公扎坐下，让风靠在自己胸前，一只手臂围了她，一只手往她身上浇着水。

当湖水触到伤处时，风皱起眉头呻吟了一声。

“疼吗？很疼吗？”公扎看着风苍白的脸，心疼地问。

“没关系。”等疼痛缓解了一些，风挤出笑脸，“没关系，能忍受。”

“你这样为我，值得吗？”公扎轻抚着她的脸庞，喃喃自语。

“如果再来一次，我想，我还是会做这样的选择。”风说，然后把头靠在他肩头，“如果没有你，我活着跟死了没什么区别。”

“活着跟死了没什么区别！”公扎轻声重复着。如果不是有公职，不是有阿妈需要照顾，不是要报仇，他又何尝不是跟死了一样？措姆，如果我能早一点赶到，如果我背你来到这里，你也一定会好起来的，措姆那绝望的眼神，措姆……

公扎心里想着，低下头，措姆似乎就在眼前。

风轻叹了口气，抬起下巴，把自己的唇也紧紧地贴向了他。

一阵战栗掠过风的身体，心底最深处就像有羽毛轻轻拂过。

历经生死后，方觉得这一刻是多么美好和不可求。这个野狼般孤独的男人是她自己的选择，无论外人看来他们在一起是多么不可思议，自己的选择是多么疯狂多么不明智，但她不后悔。今生爱了他，就只想跟他在一起。

这个月迷星淡的夜晚啊，湖水清波荡漾，一团白雾笼罩了两个相爱的人。只是，公扎轻轻一声措姆，一道巨沟又横在了风的面前。

远处，不知从哪间石屋里传出“嗡呢”的念经声，在空气中慢慢流淌着，和着轻柔的水波，产生了一股说不清的气场，包围着这对苦难的恋人，让他们的心更加沉醉，情更加迷离。

十天过去，风的伤处开始结痂。在公扎的搀扶下，她开始走出石屋，四处看看。

“我觉得这里肯定跟你说的那个山洞有关系，只可惜他们都不说。”山道上，风看着大青石上白色的“¤”形图案说。

“有秘密，这里面肯定有秘密。”风转身时，看到远处有个穿绛色僧衣的人在一丛黄刺梅后闪了一下，对公扎说，“那个人，好像在监视我们一样，每次出来都能见到他。”

“谁？在哪里？”公扎吃了一惊，四处看着。

“那个开黄花的灌木后面，我看到他好几次了。只要我一注意，他就会躲藏起来。”风说，用下巴朝小路拐弯处示意了一下。

公扎看见灌木丛后有个模模糊糊的身影，便要走过去，风一把拉住他："别冲动，萨木不是叫我们不要乱走吗？这里的一切我们都不了解，看看再说。"

公扎看了她一眼，点了点头，风总能在关键时候制止他的冲动。他拉过她的手握在掌心，软绵绵的像握着只小兔子。他总奇怪风的手怎么那么软，就像没骨头一样，暖暖的，他甚至开始贪恋这来自掌心的温暖。

相处越久，越感觉到她的好。有时坚强独立，有时柔弱依人，还会时不时地耍赖，动不动就泪眼婆娑地喊着伤口疼然后头疼脚疼，只为想要被他抱抱，有着超强的好奇心和倔强的性格。

越发现她的好，越贪恋她的温暖，就越令他想起与措姆之间的温暖，措姆的倔强与柔情。

现在平静安然的日子代替了流浪，一往情深的风代替了伤心的往事，给公扎那颗孤寂已久的心注入了新鲜血液，开始了再一次跃动。可是，为何这跃动更撩拨了公扎对措姆的思念与渴盼，使他强烈地想要措姆。

两人坐在山坡的草地上，风把头轻轻靠在他肩上，公扎握了她的手，一起看着面前安静的湖湾。

"好美，一直这么下去多好，只有我和你。"风喃喃地说。

公扎紧握了一下她的手，什么都没说。她用生命寻找他，他也会用生命护佑她的周全，不会再让她受到伤害了，绝对不会。

这时，山脚下传出骚动，还有人大声叫着"萨木老师"。

萨木打开门，一个弟子拿着药包跟在后面，他们没走山路，而是从碎石从里直接跑了下去。

公扎和风不知发生了什么事，也跟着跑了下去。

左边石屋前围了一圈裹得密不透风的苦修者。公扎拉着风走过去，见垫子上躺了个老者，露在外面的手已经发黑。萨木蹲在地上，用针扎了一下他的人中，一股黑色的液体喷涌而出，溅在地上“哧哧”地响。

萨木默默地把针擦干净收了起来，叹着气，说了声“送走吧”，就向来路去了，那佝偻的背，如一把脆弱的弓。

萨木让公扎他们再小心，刚才的老者就是被蝎子蜇到了。

回去时，公扎握了风的手，眼睛紧紧盯着地面，生怕哪里冒出只蝎子来。

“他们整天生活在这个毒蝎子横行的地方，为什么不搬走呢？”

公扎也摇了摇头，这些天跟谷里苦修者已经熟悉，这里的一切也都让他好奇。

“萨木医生，萨木医生……”风捧了一大把黄的、白的、紫的野花，很精神地推开萨木修行的小屋。经过这些天的相处，她已经跟那个不说话却慈眉善目的老人处得很好了，昨天还强行把他脏了的卡垫、僧袍拿到湖边洗了。

萨木打坐刚刚结束，看到风，眉开眼笑的。这个女孩不像荒原姑娘，她古灵精怪的，总是弄出稀奇古怪的事情来。比如，把屋外扔掉的破损的陶罐捡回来，装上水，每天插上一把野花放在他打坐的窗台上，让这昏暗的小屋一下子就有了生气；她还把他采回来的药分门别类地洗净码好放在柜子里，再不用他到处乱翻；她还把自己看的经书、法器统一放在一个柜子里，这样他用时随时都能取出来。

风把陶罐里昨天的花取出扔到门外，再把新的花插上，退后一步欣赏着：“真是太漂亮了，本姑娘太有创意了！”

然后，风坐到萨木打坐的卡垫上，盘着腿，得意地问：“萨木老先生，你也不感谢我一下？”

萨木听不懂风说什么，不过风的表情还是看得懂的，他笑了一下，摸了摸风的头发，从右边第二个柜子里拿出药瓶来。

风嘟着嘴，在公扎的帮助下解开伤处。

萨木轻轻按了按伤口四周，满意地笑了。他用一个小勺子从瓶里舀出些黏稠的液体，轻轻敷在风的伤处，肩上的伤口还没敷完，就听风大叫了一声，晕了过去。

“风，风……”公扎急坏了，赶紧搂住她，拍着她的脸。

萨木也吓住了，呆呆地看着手中的瓶子，把还没敷完的小勺子凑到鼻边闻了一下，惊骇得忘了自己还在闭关不能说话：“怎么会有毒蝎子的味道？不可能，这不可能啊！”他再闻了一下，又拨开风的眼皮和青紫的嘴唇看了一下，再次摇着头，“完了，这下子全完了！”

“怎么回事？她怎么了？为什么突然变成这样？”公扎看着风的脸色一点点漫上青紫，顿时觉得天要塌了一般。

“她中毒了，药里有毒，而且是荒原上剧毒的蝎子。”萨木说，无可奈何地看着公扎。

“药里怎么会有毒？前几天用了都好好的。”

“我也不知道是怎么回事，但肯定是有人趁我不在的时候在瓶里下毒了。”

“现在怎么办？我该怎么做？”公扎绝望地看着他，把风紧紧搂在胸前。

“湖水可以解除一部分毒水，你先把她抱到湖里，用水泡伤口，挤压她的伤处，别怕她疼，挤出鲜红的血为止。我去找师兄，看有没有办法。”萨木急促地说，转身出了门，急步向更高处的山头走去。

公扎抱着风如飞一般滑下山坡，直接冲进湖里。他解开风的上衣，让她躺在自己怀里，开始用力挤压她肩上的伤。撕裂一般的疼让昏迷的风醒了过来，她大叫着，挣扎着，手脚乱挥：“不要啊，公扎，我痛死了，真的痛死了啊！”

公扎用手臂固定了她乱动的身子，两手却并不放开依然按着她的伤口，汩汩而出黑色的血液瞬间染黑了湖水。

“疼啊，我疼啊。我不治了，咱们走吧，回错鄂草原去，太痛了……”风大叫大嚷，甚至在公扎手臂上猛咬了一口。

公扎没理她，仍然不停地挤压着伤口，豆大的汗珠和着泪水，滴落在风青紫色的脸上，又慢慢滑落进湖水里。

风再次大叫了一声“啊……”昏迷过去。

公扎顾不得想其他的，他只是用力地挤着。心里有千百个声音在狂叫：不能让她死，不能让她就这么走了。

黑色的血液带着浓浓的腥味不断涌出，没完没了。

看着她越来越青紫的脸，越来越无力的挣扎，慢慢没了反应，他真的有种世界末日来临的感觉。

佛祖啊，求你，救救她吧。如果你有什么惩罚，请让我来承受，别再折磨她啊。

萨木，萨木，你在哪儿？你快来救救她啊！

风……风……措姆，措姆，我的女人，睁开眼看一看啊，你不是一直等我吗？你不是要跟我生孩子吗？睁开眼来啊，啊……

随着公扎那一声疯狂的“啊”声，山坡上飞快地滑下来两个绛色的身影。

那是萨木和一个不认识的老者。

两人急步走到公扎身边，僧衣下摆浸在湖水里而浑然不觉，只顾弯腰看着不停挣扎的风。

老人翻开风的眼皮，又拿起她乌黑的手指看了看，深吸了口气，冲萨木摇了摇头，转身向岸上走去。

“师兄，你就真的没有办法了吗？想一想啊，再想想啊，不能就这么看着她死啊，咱们的手下还没死过人呢师兄，师兄……”

老人没有回头，弯腰驼背地向前走着，步履艰难。

“唉……”萨木看着仍在不停地挤着伤口的公扎，苦涩地说，“别挤了，已经没办法了。”

“不，不会的，她不会就这么丢下我的，不会的……”公扎仍是不停地挤着，眼泪不断线地滚了出来，晶莹的泪珠在棕色的脸庞上显得那么突兀却格外凄凉。这是一个多么坚强的男人啊，独闯荒原与狼为伴，眼都不眨一下，身涉险境心都平静无波。此时，面对爱人再一次要离他远去，绝望得无以复加。

上天，真的抛弃了自己吗？佛祖啊，你真的睡着了吗？

“公扎，带她回石屋去吧，让她安安静静地走。”萨木不忍看下去了，转身就要离去。

“真的没办法了吗？萨木，你不是荒原上的医神吗？为什么你都没有办法？”公扎大叫着。

“她中的毒没有解药，除非药师佛现身，否则真没办法。”萨木说，“我的药术是师兄教的，他从不下山，只让我治病救人，今天他都破例出来了，还是没有办法。”

“药师佛，药师佛，我天天把他的佛像带在身上，但他在哪里啊？连我的女人都不能护佑，我还要它做什么？”公扎绝望地大喊着，从怀里掏出那尊扎多留下的佛像顺手向后一扔，“咚”的一声落在碎石滩上。

萨木三步并作两步追上岸去，捡起佛像，前后左右看了看，哈哈大笑。

“你的女人有救了，小子，你的女人有救了。不仅是她有救了，我们，这里住的所有人都有救了！”萨木捧着佛像，大笑着说。

“真的，她有救了，小姑娘有救了。”萨木激动地连连说，然后对着山坡上的房子放开嗓子喊了起来，“都出来吧，药师佛现身了，咱们再不怕毒蝎子了。”

于是，所有房子里都钻出人来，有男有女，还有孩子，一齐向湖边跑来。当看到萨木手上的佛像时，齐齐趴在地上不停地磕头。

“他们……这是干什么？”公扎看着面前不停起伏的人们，惊讶地问萨木。

“这事说来话长了。咱们先回石屋，救人要紧。”萨木说，高举着佛像分开人群向山脚下的石屋走去。

人们跟在他们后面，看着萨木高举的佛像，眼里闪着虔诚的光芒。

到了石屋跟前，萨木的师兄已经带着三个老者站在那里，见到公扎，都双手合十弯下腰去。公扎虽然还不太明白他们为何对自己行如此大的礼，然而那尊药师佛显然跟他们大有关系却是肯定的，因为抱着风而无法还礼，公扎冲几位老人点了点头。

待公扎进了屋，其中一位老者做了个手势，其余人等就地坐下，安安静静地看着石屋。

公扎把昏迷的风放在榻上，盖上羊皮袄，转身看着萨木。

萨木微笑着说："别担心，孩子，她有救了。"说着把佛像递给他师兄，"师兄，由你来开启吧！"

他师兄双手接过，把药师佛像放在柜上，对着它直直磕了三个长头，然后起身，接过萨木递上来的一把尖刀，沿着那个奇怪的"¤"形图案边沿撬了起来。

然后，就听"嗒"的一声，那个"¤"形图案弹开了，佛像背上出现一个小洞，老人小心翼翼地取出两张纸来，展开，细细地看着，继而热泪盈眶。

其他看着的老人也情不自禁地流下泪来。

"这张是药方，只差一味药，我马上派人去采，暂时带她去我屋里吧！"萨木的师兄把两张纸折起来揣进僧袍里，也许是许久不曾说话，他的声音有些沙哑，发音也不顺。

萨木点点头。公扎抱起风跟着老人向外走去。

外面沙地上坐着的人看到他们出来，都一起站了起来，眼巴巴地看着他们。

"都先回去吧，我们要先救人，等星星升起来的时候，你们再来朝拜药师佛！"老人高举着那尊蓝得发黑的佛像，对着正要磕拜的人们说。

人们依言站起，手拉着手，目送他们往山上走去。

“我师兄的屋子这么多年除了他之外，从来没有外人进去过。就是当初教我学医，也是在门外进行的。”萨木走在公扎身边，轻声说。

“你们……到底是什么人？”公扎迟疑着，最终还是问了出来。

“纳仓德巴最后的战士！”萨木骄傲地说。

“纳仓德巴最后的战士？真的存在？”

萨木点点头：“当然存在。你知道纳仓德巴？”

公扎点了点头：“我去过那个山洞！”

“难怪！”

“药师佛是你在山洞里找到的？”

“不是，是扎多活佛给我的。”

“难怪他没回来！”萨木自言自语。

“他已经去世了。”公扎说，想起那个特殊的年代，你方唱罢我登场，人人都在躁动不安，人人都没安全感，“扎多活佛也来过这里吗？”

“对，那是很多年前的事了。他那时还年轻，到无人区采药，遇到雪崩，师兄救了他。”

公扎想起老族长说的，有一年错鄂草原发生瘟疫，扎多带了徒弟去无人区采药遇到暴雪而失踪的事，终于恍然大悟，正要再问详细些，萨木却说：“到了，这是我师兄扎木修行的地方，外人从没来过。”

这是一个独立的山头，山顶上独立着一个院子。

院门口蹲着两头雪白的獒，见到人，脖毛奓起。

扎木做了个手势，两头雪獒便乖乖地坐下。扎木回身做了个请的手势，公扎抱着风迈步进去，萨木跟在后面。

扎木示意公扎把风放在靠窗边的卡垫上，从柜里拿出一个黄色绸缎包着的小包，打开，里面是些长短不一的黑针和薄薄的刀片。他对萨木说了一种药名，萨木转身去了。

扎木对公扎说：“你帮我们扶住她，不能让她乱动。”

公扎点点头，依言坐到榻上，扶起风让她靠在自己怀里。

“在解药配好之前，我得给她放血，把坏掉的血放掉。”扎木说，拿起一个黑色极薄的刀片。

公扎点了点头。放血疗法是藏医古老的治疗方式，就是用一种特制的刀具在人身上特定的位置开口，把坏掉的血放掉。

过去公扎听错鄂寺的老活佛扎多说过，藏医学里认为，在人体中毒或者患了热病后，到一定的时间，体内的好血和病血会分开，放出病血，留下好血，人的病才会好。如果好血跟病血没有分开前就放血治疗，非但治不好病，还会增添新病。一个有经验的医生，会从病人的鼻腔、口腔和肛门三个部位的血加以鉴别，如果是鲜红的，则是好血。如果见到血起白泡、色发黄，则表示是病血。如果见不到病血和好血混杂的情况，则表示放血的时机成熟了。

就像现在，扎木用刀片在风的鼻腔里轻轻划了一下，流出一股黑色带腐臭味的液体。扎木用手指蘸了一点捻动手指闻了一下，再迅速把风的右腿抬起放在自己腿上，在小腿和大腿前侧划了两个小口子，黑色的血液源源不断地流了出来。

此时的风，表面看上去没有一点生命的迹象，她一动不动地躺在公扎怀里。

风觉得自己的身体很轻，轻得如一片羽毛，飘在空中。太阳那么美好，金光万道的，身体从里到外都笼罩在一片光明之中。她听见公扎在轻轻呼唤她，感觉到他的眼泪滴落在自己脸上。她甚至想笑话他，那么坚强的一个男人，面对狼群眼都不眨的人，怎么近来总是动不动就流泪呢？

然后，突然地、没有任何预兆地，所有的痛都来了，肩上在痛、胸上在痛、腿上也在痛，脑袋里飞速转过所有事，上海、草原、卓一航、色嘎、姬迦、公扎……

“我痛死了，我要痛死了，我好难受，公扎，公扎，我好难受！”她声音渐渐微弱。

“你会好的，佛祖一定会保佑你好起来。你会好起来，一定会的。”公扎见风大汗淋漓不停地挣扎，不知怎么安慰她才好。除了不停地帮她擦汗，真的无法再做什么。

扎木看了看风的脸色，用布条缠住放血的部位：“醒过来就好了。她中毒太深，放血后最多只能维持两个小时，两个小时后她体内的毒又会重新发作，药师佛保佑萨木早点回来。”

公扎不知说什么才好，如有可能，他宁可拿自己的命去换得风的平安。

扎木见风渐渐安稳，就捧着药师佛去了另一间屋子。

公扎搂着风靠在垫上，把羊皮袄给她盖好。

公扎望着碧蓝如天的湖水，不自觉地低低唱了起来：

我今天要去远方
离别时你说请不要把我遗忘
我们的誓言高高挂在天上
那些白云，那些星星，那个月亮
看着我们约定今生约定来世相约永不忘
美丽的牧羊姑娘爱了你无论日月怎么变迁我都把你放在心上
美丽的牧羊姑娘你的笑声挥洒在蓝天下留在了我的心房
给我一顶帐篷哟，想牵你的手共度一生不再心伤
给我一片天地哟，想伴你的爱漫舞天涯不再彷徨
牧羊姑娘，可爱的牧羊姑娘
何时才能回到我身旁，何时我们才能一路花香
不再分离是不是我的奢望

公扎深情地唱着。

“你不会离开我的，对吧，女人？”公扎脸上泪珠滚落而不自知，喃喃地对着空气问。

生离死别，一次足矣！

“你答应我，无论生死都要带我回到错鄂湖，生要跟你在一起，死后我也不想离开你。”风说，含泪带笑。

“不，你不会死的。萨木配药去了。还记得那尊药师佛吗？我一直带着它。”公扎搂紧了她，“他们从佛肚子里找到了解药的配方，你不会死的。”

“公扎，如果我走了，就带我回你最爱的草原，不要天葬，把我埋在错鄂湖畔，我想永远伴着你。”风抚着他的脸庞。

公扎凝视着风的眼睛，泪水不受控制地滑落。

“我答应你，我们不再分开，我在哪里你就会在哪里。我再也不走了，不让你等下去了。”公扎说。

风笑了，满意地笑了。

十四

地势平坦而又避风的河滩谷地，也是一块气候温暖、水草丰足之地。

清晨，太阳刚刚露脸，橘黄的光线斜斜打在铺满碎石的荒原上，少了些狰狞，多了些柔美。昨晚下了一场雨，空气变得格外通透，远处的雪山和近处的小湖泊，色彩对比强烈，丰富多彩的大地格外美丽。

雍西从帐篷里钻出来，一边走一边系着袍子。她的生物钟跟脚下贫瘠的土地、周围的大山是同一个节奏，天上的太阳、地上的影子就是时间，什么时候该干什么，不用特意去想，大脑会自动地指挥她的手脚。

牦牛卧在帐篷另一边，稀稀疏疏散落在沙地上，獒站在边上，迎着太阳抖了抖身子，随意吠了两声，便有牦牛陆续站起，小云雀一群群从牦牛肚子下钻出来，“轰”的一下飞起。

这几天，陆陆续续有羚羊到这里来产崽。

河滩地上，密密麻麻无以计数的蹄印都是羚羊的脚印。

秃鹫在天上盘旋着，远处有单只的狼游弋。

这样的情形说明，藏羚羊昨晚已经产下了第一拨小家伙。羚羊产崽时间很短，小家伙生下来毛发一干就可站起来到处乱走。

就跟羚羊年年来这里产崽一样，雍西年年都会来这里放牧。当看到那些数不清的蹄印时，雍西是开心的，就像一年没有消息的老友突然回来了一样。她背着阳光，看着山坡光影里满是大肚子的母羚羊和才出生的小羚羊，她开心地笑了。这些荒原上的奔跑健将，不辞辛苦来同一个地方产崽，只是因为这里远离人烟，是最安全的角落。

在雍西的眼里，看着小家伙们一茬一茬地出生，母羚羊一茬一茬地老去，这天光就不再漫长。

有时候雍西想，她和这些羚羊，就像是约好似的，每年相聚一次，然后又匆匆而别。羚羊带着新出生的孩子，她则赶着牦牛，各奔东西。来年，不约而同地，又会在这个地方相遇。

高处警戒的公羚羊回过头来看着雍西，晨光很好地勾勒出了它们身体的曲线，长长的羊角在光影里美轮美奂。西头的山坡上，新出生的小羚羊蹦着跳着，好奇地探寻着这个世界，头年生的小羚羊则安静很多，要么跟在母亲身边静静地吃草，要么转着脑袋东张西望。

羚羊是极易受惊的动物，一点极小的动静就可能引起它们不要命地狂奔。如果处于繁殖期，极快的奔跑就可能让小羊胎死腹中，而大群的羚羊受惊后，惊慌之下会踩踏死刚出生的小羊。所以雍西只是安安静静地看着这群老朋友，嘴角挂着欣慰的笑。

羚羊贝贝和檠慢慢踱过来，一左一右站在她身边。

久久，雍西才收回目光，把拴牦牛的长绳解开，獒就赶着牦牛向河谷去了。雍西回到帐篷，给刚刚睡醒的塔加普穿上袍子、套上靴子放在地上，然后开始烧茶，羚羊贝贝则卧在帐篷边。塔加普钻出帐篷，扭着贝贝的长角玩耍。

这个早上是安静的，跟以往的任何一天相同。雍西习惯性地做着这些，甚至还轻声哼起了草原的情歌。

突然传来了“砰”的一声，雍西没有抬头，以为是塔加普在扔石子玩，然后是一阵密集的“砰砰”声。

枪声，密集的枪声。

哼着歌往酥油茶筒里舀茶水的雍西反应过来后，铜瓢“当”的一下掉在地上，她顾不得把茶筒放好再往外跑，茶筒倒下砸在火炉边上，炉火“噗噗”地响，瞬间熄灭。

周围的山头上，不知从哪儿冒出来一批持枪汉子，狂乱地笑着向羚羊群扫射。

羚羊群顿时如开锅的水，惊慌地四散逃命。正在生产的羚羊，有的出来一条腿，有的出来半个身子，受此惊吓，也开始不要命地狂奔。才出生还不能跑的、出生后腿脚不硬朗的、能跑的但没有经验的，在上万只绝望而没有方向的蹄子下惨叫着，没命算好的，踩断一条腿、断了脊骨的，只能凄惨地叫……

橘黄的光线中，一只只倒下的羚羊极不甘心地闭上眼睛。

浓浓的血腥味弥漫开来。

雍西挥着手臂大叫着向前冲去，塔加普也哭着跌跌撞撞地跟在她后面：“不要啊，姬迦，求求你们，不要杀啊，不要杀它们啊……”

晚了！

三面的山坡，大大小小的羚羊倒了一地。

没有断气的羚羊“咩咩”地叫着。

冲出重围的羚羊卷起一溜儿烟尘消失在了远处。

孤独的黑帐篷顶上，一丝蓝烟仍在飘着。

这个世界癫狂后仍然残存的一点美丽看上去显得那么突兀。

雍西冲上最近的山坡，看着满坡的羚羊尸体，双腿一软跪在地上。塔加普跌跌撞撞地跟上去，也拉着她的衣服哇哇大哭，贝贝站在他们身边。

又一声清脆的枪响，贝贝的脖子上开了个血洞，还没来得及哼一声就顺着山坡滚落。

雍西迅速扑下去，总算是挡住了贝贝滚落的身子，她一手抓住贝贝的长角，一手徒劳地捂住汩汩冒血的洞，甚至来不及喊出贝贝的名字，这只对人有着无限信任的羚羊就永远闭上了眼睛。

“佛祖啊，你为什么不收了这些恶魔啊？”雍西突然仰天狂叫，悲愤的哭声响彻荒野。

这时，远处一辆白色的越野车拖着烟尘呈“之”字形驶了过来。

山坡上的汉子见到，兴奋地叫着冲了过去。

“大哥，干掉了干掉了。”

“你来晚了，老大，实在太多了，我们顾不得等你就开枪了。”

……

雍西看清车里下来的是姬迦后，飞快地爬了起来，冲下去抢过一个汉子手里的枪，疯狂地冲着他扫射，打得地上尘土飞扬。

姬迦吓坏了，转身溜回车里迅速关上车门伏下身子，子弹打在车门上“啪啪”地响。

刚才还狂喜着的汉子们不知发生了何事，吓得呆立在一边不敢动弹。

雍西打光了子弹，一屁股坐在地上，拍着沙地，号啕大哭。

吓坏了的塔加普爬到阿妈身边，拉着她的胳膊涕泪横飞。

对面山沟里，放牧的獒狂吠着如飞一般地赶来。

阳光穿破了云层，只是这片天地不再温暖。

太阳慢慢斜到窗前，采药的萨木还没回来。

扎木站在门前的空地上，绛色的僧袍被风鼓荡着，衣袂向一边扬起。山下路过的人情不自禁地抬头看他，扎木是唯一不受那个神秘律令约束却始终如一遵守律令的人。他自觉地、一丝不苟地按照祖宗们传下来的规矩约束着自己，为生活在这里的人们树立了一个榜样，一个为之安静生活的标杆。

祖宗怎么生活，他就怎么生活，后来的人也怎么生活。

他没想过要改变，也无须改变。这里生活很好，安安静静的一隅，与世隔绝的世外之地，偶尔会闯进一两个迷路的人，他和他的族人都会本着药师佛的旨意，尽可能地救护，然后任其离开或者留下。

药师佛，是他和族人日日膜拜的对象。从纳仓德巴最后的战士发现了这个荒原上的香巴拉，把一部分家人迁到这里，要妻子儿女立下重誓，除非药师佛重现于世，否则不得离开。药师佛一直是族人的守护神，当年的纳仓德巴战士就是靠了药师佛的指引才找到这片隐于无人区深处的圣地，一代又一代地选择出最合适的人守护着那个传承了千年的秘密。

萨木是他的师弟，良善好施。正因如此，他才把自己一生所学的医术传给了他，在自己闭关修行时，他可以继续治病治人。

扎木看着山谷里的那条小路沉思着。

太阳已经西斜，小路上还是那么安静。

那种药生长的地方并不远，也不高，按理说萨木早就该回来了。

他开始不安。

有生以来，第一次感到要出什么事。

下面的湖水仍是那么平静，湖面袅袅的白雾仍是那么缥缈清淡。依山而建的石屋年深日久在夕阳下泛着淡淡的金光，古老得就如天地分开之初就存在了。

只是，这片修行地还从来没像今天这样热闹过。

比如，湖里游泳的人多了，大人、孩子、老人、女人，自由自在地漂浮在水面上；碎石岸边洗衣人捶打着衣服还不时互相浇水玩闹着；散落的石头房里不时传出唱经声，抑扬顿挫……

这时，远远的河谷尽头出现一股烟尘。

继而，出现一匹马。

马上驮着一个人，摇摇欲坠。

扎木看清那绛色的僧衣后，招呼了声侍立一旁的两个弟子，三人迅速下了山。

“怎么回事？发生了什么事？”三人到了马跟前，从马上扶下满身血迹的萨木，扎木问。

“我采了药，正要往回走时，山上突然飞下来一块大石，躲不及，被石头砸中了。”萨木艰难地说，从怀里掏出草药递给扎木。

“扶他回去！”扎木接过药看了一眼后递给弟子，再掏出一个药瓶倒出一粒药放进因为失血过多而有些神志不清的萨木口里。

一行人背着萨木回到扎木山顶上的石屋。

公扎看到他们回来，眼前一亮，继而看到萨木的样子，又吃了一惊：“出了什么事？”

“一点意外，没什么。”萨木强挤出笑脸，“药采回来了。师兄，就麻烦你了。”

扎木点了点头，吩咐弟子给萨木包扎伤口，他进了另一间石屋，按照那张古老纸上说的方式，亲自熬药。

服完药的风开始了剧烈的呕吐，且持续不断。

风在昏昏沉沉中，感觉到脸庞有水珠滴落。

这晚，扎木和萨木也没睡，隔上一会儿就进来看看。当扎木看到风的呕吐物开始出现淡红色时，终于松了口气，转身对身边的萨木说："萨木，我要出去一下，你负责熬药，记住，药房不能让任何人靠近。"

萨木点了点头。

第二天，风脸上的青色开始减退。第三天，皮肤开始出现正常的颜色。第四天，风终于感觉到肚子饿了。

公扎用开水冲了糌粑糊糊，搂了她在怀，一点点喂给她。风慢慢咽着，吃了半碗才摇头不要。公扎放下碗，用袖子替她把嘴角抹干净，心里那个开心愉悦啊，真是无法用言语形容。

风靠在他身上，转脸看着他，见他的胡子长了好多，眼窝深陷，知道他这几天一直在担心自己没休息好，便轻抚着他的脸颊说："你躺一会儿好不好？我没事了。"

"没关系。你要不要再睡会儿？"

"我睡了好多天，身上好疼，想靠一靠。"风说，把自己的手放进他的手心，"你是不是一直没睡？"

"睡不着，见你一会儿清醒一会儿昏迷，害怕。"

"害怕我也跟措姆一样，突然走了？"

公扎点了点头。

"你知道吗？我来找你的时候，一路上都在担心，怕见了你，你不要我怎么办？你不理我怎么办？"

公扎眼眶一热，握着她的手加了些力量："傻女人！"

"等我能走时咱们就回错鄂湖去好不好？"风轻声说，看向公扎的眼神深情款款，"我迫不及待地想当你的新娘。"

公扎虎目噙泪，低头注视着她。少顷，猛然低了头把唇盖在她的眼睛上。

第十三章
永　夜

星空灿烂，
月儿藏了一半在云层里，
半遮半掩地注视人间这对历尽磨难的恋人。

十五

无人区的修行地，一反常态，到处弥漫着欢声笑语。

每个石屋前、每条小路上，都能见到提着药桶的僧人用干草做的刷子蘸了药水到处洒着，平时四处乱爬、横行无忌的蝎子们一闻到药水味，就迅速地钻进石缝不见了。

隐修的人们拿着新衣，抬着沐浴用的草药，聊着天，嬉笑着，三三两两往湖边走去。

到了湖边，人们几下子就扯掉裹得严严实实的长袍。经年的包裹，过分白皙的身体突然裸露在阳光下，是从来没有过的清凉。人们开怀地笑着，迫不及待地扑进那一池温热中。

年轻人互相浇着水，追着撵着，打趣对方过分白皙的身体，甚至摸一把揪一下的。

洗好的大大方方走到岸边，用草药汁把全身上下抹一遍，再慎重地拿起叠得整整齐齐的衣服穿上，从来没感觉身上这么轻过，风儿轻轻掀起衣襟，皮肤上有淡淡的凉意，脚步轻盈得就像随时可以飞起来一样。

风站在石屋前，看着烟波浩渺中欢乐的人们。

这时山路上过来一个穿着布衣的小伙子，他手上提了两个木桶，见到他们笑了笑，双手合十对公扎说："萨木老师让我送来的，请两位沐浴后擦在身上，就不怕蝎子了。"然后把另一个木涌的药汁洒在周围。

"尊敬的客人，感谢你把我们的药师佛送回来，让我们能重新沐浴阳光。因为那些蝎子，只要中了蝎子毒的人就只有死路一条。所以我们从出生起就把自己裹起来，从没晒过太阳。"小伙子白皙的脸上笑意盈盈。

"这么多蝎子你们为什么不搬出去？"

"搬出去？"小伙子惊奇地看着他，"尊敬的客人，我们是纳仓德巴最后的战士，发下重誓遵循药师佛的旨意，看守格萨尔王妃的珠宝，怎么可能离开呢？"

"看守格萨尔王妃的珠宝？"

"是的，尊敬的客人，我们的祖祖辈辈都在这里，守护着塔加普，就算药师佛遗失了，也从来不曾有人离开过，除了扎木爷爷的孙女。"小伙子笑着说道。"扎木的孙女为什么可以离开？"公扎好奇地问。

"因为扎木爷爷的女儿爱上的男人和你女人一样，是个异族人，她用自己的生命交换了那个男人和刚出生的婴儿。"小伙子说完，双手合十弯腰，转身走了。

"这个是干什么用的？"风看着木桶问道。

"你们说什么？这个是干什么用的？"风拉着公扎的胳膊，迫不及待地问。

公扎把小伙子说的意思给风翻译了一下。

风听了，偏着头想了想说："有几点可以肯定，一是这里毒蝎子很多，但他们曾经有解蝎毒的方法，只不过把药方丢失了。你不是告诉我，解毒的方子是从药师佛的肚子里找到的吗？二是这些隐修者是药师佛的崇拜者，你那尊药师佛像是从他们这儿流失出去的，但我不明白的是它怎么会出现在你们草原上呢？三是他们立下重誓不离开，是因为要看守格萨尔王妃的珠宝。不过第三点我看是子虚乌有的事，格萨尔王的故事本就是个神话，难不成还真有王妃的珠宝？”

公扎揉了揉她的脑袋，宠溺地笑了。公扎突然有种幸福的感觉充满身心，他似乎觉得措姆回来了，只有与措姆相处时他才有这种感觉。

“咱们是现在去，还是月亮出来再去？”公扎提起地上的木桶说。

风脸上一红。神志昏迷时，曾经无数次被他抱到湖里浸泡伤口，赤身相对，那是因为自己不能动弹。如此一想她就低了头，蚊子似的哼了声“晚上吧”，就转身进屋去了。

公扎诧异地看着她的背影，不明白她何以突然脸红。

月亮升起来的时候，公扎提了木桶，风跟在后面。

湖边安安静静的，黑色的碎石如黑珍珠般镶在了湖水周围，明月倒映在雾气弥漫的湖中，随着清波晃动。

温泉发出“咕咕”的声音，浓浓的硫黄味弥漫在空气里。

公扎脱去外衣扔在地上，赤脚走进湖里，见风在岸上迟迟不动：“怎么啦？下来吧，不冷。”

“你……那个……转过身去好不好？”

公扎看着她低了头扭捏的样子，突然反应过来了，脑门也顿时“轰”的一声如重锤击过。这些天看着她在生死线上挣扎，搂着她抱着她，除了心痛从没产生别的感觉。此时，看到风低头用眼角的余光扫视他时，身体像突然被雷电击中一般，他赶紧转头看着湖面，身子板得如雕像，一动不动。

风慢慢脱掉冲锋衣和雪裤，看了看身上的保暖内衣，想想还是没有勇气脱了它。她赤脚踩进水里，走到离公扎两尺远的地方坐下。

两人的表情都有些僵硬，谁都不敢先开口说话，只是无意识地往身上浇着水，有一下没一下的，气氛有些不同寻常的紧张，鼻息声清晰可闻。

打湿了的内衣紧贴在伤处，痒痒的有些不舒服，风不时拉扯一下，偶尔转身瞄一下，见公扎赤裸着上身一本正经地坐着，长发湿湿地垂在肩上，目光深邃却没有焦点，左手也是有一搭没一搭地往宽阔的上身浇水，水珠漫过结实的胸膛往下滴落。

措姆曾经与他在错鄂湖嬉闹，那时少不更事。他们随着湖水一年一年成长，措姆每次在水里都被他搔痒，那清脆的笑，永远是错鄂湖草原最好听的声音。

月色下的男人，神秘而性感。

风被两人间怪异的气氛压得喘不过气来，索性扑进水里，翻转身体躺在水面上。星空灿烂，月儿藏了一半在云层里，半遮半掩地注视人间这对历尽磨难的恋人。

风一离去，压力顿消，公扎长出一口气。水气中风的身影若隐若现，划水的声音在安静的夜里异常清晰，风感觉身上厚重的保暖内衣不舒服，不时拉扯一下。

公扎伸直两腿靠在石头上，听到风在数星星，就笑了，这是措姆常玩的把戏。

这些日子难得见她如此开心，心里不自觉地愉悦起来。只是，总感觉哪里缺少了点什么，不满足，要是措姆在多好，我的措姆，你在香巴拉会寂寞吗？

突然，风的身体极不自然地扭动，手在空中抓了几下：“公扎，我的腿……”

“怎么啦？”公扎扑过去，揽过她的腰，见她眉头紧锁，“是不是伤口又在疼？”

“不是，是腿，右腿好像抽筋了。”

公扎弯腰握了她的右腿揉着：“怎么样？好些了吗？”

风“嗯”了一下，再活动了一下右腿，感觉好多了。

“你这衣服太厚了。”公扎说，也不管她是否愿意就扯去她的保暖内衣。

风闭着眼一动不动，没有厚重内衣的束缚，在温热的水中，感觉每一个毛孔都在舒张。

公扎轻轻抚摸着她腰上的伤痕：“还痛吗？”

“不痛，痒痒的。”风说，见他眼光在自己身上流连，更加羞红了脸。今夜似乎有些不同，他放在自己腰上的手好像有了魔力，像有一团火从他的掌心溢出进入自己的身体，在四肢百骸里乱窜。她靠在他身上，紧闭着眼睛，睫毛偶尔颤动一下，泄露着心底澎湃的情愫。

月儿钻进云层，丝丝缕缕的光线打在湖面上，让雾霭蒸腾的湖水显得更加柔美。

此时的风，在公扎的眼中就如一个圣洁的女神，又如一个初下凡界的精灵，干净美丽得不沾一丝尘埃，我的措姆就是这样。风的身体在他怀里渐渐火热，渐渐不能自制，只是本能地环了他的颈，把他更深地拉向自己。公扎本能地搂紧了她。耳边是伊人低低的喘息和不知所以的呢喃，多想就要了她，此时，此地。

他一手横过风的腰际，不需用力，只是如一道围栏，风的胴体便被圈进了他怀里再不能动弹。公扎伸出另一只手轻抚她肩上的伤，经过这些日子的调治，那里只留下一道浅浅的痕迹。然后，他的手慢慢下滑，极小心地、试探性地滑到了坚挺的乳峰上，裸露在月光下的肌肤有点清凉。他把灼热的手掌盖在上面，看着风睫毛抖动了一下，再抖动一下，柔软的唇微微张开，期待又害怕的样子让公扎的心为之狂跳，轻轻抱起她紧贴在自己身上，慢慢贴上她冰凉而颤抖的唇，温柔地吻着她。

月光如水，白雾弥漫，湖水轻轻拍打着他们的身体，两人对视着，目光在对方脸上游弋，纠结而缠绵。

感觉到她身体越来越热，轻轻地扭动传达出让他心跳的信息，急剧膨胀的身体让他不知所措起来。

公扎抱起眼神迷乱的女人，放在泉水边的山石上，俯下身凝视她的眼睛，她也深情地看着他。

亲她的眼睛、她的鼻子、她的唇，听着她快乐地呻吟，感受她在怀里扭动娇喘，月光下青石上的女人是那么美，美得让人心疼。

然后，公扎轻轻进入风的身体，她负痛的轻呼声如阵前吹响的号角，让他不顾一切地突进。

月华如纱，湖水轻轻拍打着青石，发出细微的“哗哗”声。

风承载着身上男人的冲撞，忘了身体的伤痛，忘了身之所在，她的身心只有他。

在这月光下，在白雾弥漫的泉水边，就在公扎的一声低吼中，“措姆”这两个字冲口而出，再次横亘在风的面前，她沉默不语。

公扎撑起身体，抱起她，温柔地为她清洗着，然后一起走向岸边，用药水抹遍她全身，为她裹上皮袄。然后风也用小毛巾蘸了药水轻轻为他擦拭着，感觉到他的身体再度昂扬，肌肉开始紧绷，脸便红透，成熟如蜜桃的她还是第一次如此真切地触摸男人的身体。公扎的手指在她脸上轻轻摩挲着，用指腹去感觉她的眼睛，她细腻的脸庞，移到她柔软的唇上时停住了。

然后，公扎再次环了她的腰，把她手上的毛巾拿开扔到木桶里，紧紧地搂了她，眼神迷乱而痛苦：“女人，再也不要离开我了，不要再折磨我了。”

风突然地就在他肩上咬了一口，泪盈于睫。风不知道公扎是在对自己说，还是在对措姆说，风的心是痛的，但又是愉悦的，至少他接受了自己，以后他会爱自己的，如同爱措姆一样。

公扎疼了，清醒了，飞快地套上衣服，捡了她的冲锋衣和雪裤，一手拖了她，轻声说：“回去吧！”

风点了点头，如一只听话的小绵羊跟在他后面。

两天后，所有人都集中在扎木房外，眼巴巴地看着那扇紧闭的木门。

两声清脆的铃声响起，门“吱呀”一声开了，四个披着崭新绛色僧衣拿着法号的年轻人鱼贯而出，肃立在门的两侧。少顷，四个持着法器的老者又鱼贯而出，错位站在年轻人前面。

一把黄伞出现在门内。

老门，华盖。

等待的人们无论老幼，一律匍匐于地，额头紧贴沙地。

绛红的僧衣终于出现在门内光线尽头，慢慢向前移动，直到扎木出现在光影里，迈步而出，手中托了一个铺了黄绸的托盘，盘中正是公扎带来的那尊深蓝色的佛像。萨木跟在他后面，神情肃穆。

几辈人的等待，就为这一刻，几辈人的心愿，就在这一刻实现。

公扎所有心思集中在那幅奇怪的唐卡上。自幼在各种宗教传说中长大的公扎，对于唐卡是再熟悉不过了。不过以往见到的唐卡要么是菩萨的造像，要么是各种转生故事。而这幅唐卡上，居然画着一个普通人，甚至可以说是画了个乞丐：衣衫褴褛，长发如乱草，还缺了个胳膊的男子！

公扎总觉得大脑里有什么东西在闪耀，正想仔细搜索时，却被好奇的风打断了：“公扎，你看你看，他们出来了！”

佛号齐鸣，法器声声。

所有人一齐吟诵着药师佛的心咒：喋雅他。嗡。贝堪则。贝堪则。玛哈贝堪则。喇扎萨目嘎喋。梭哈。

然后，法号开道，华盖轻移，扎木捧着药师佛向一边的山道走去，萨木一手挽了公扎一手挽了风随后，其他人则在后面跟着，虔诚的诵经声不断，转动的经筒在阳光映照下，发出炫目的光。

独立山头的石头房，红边白墙格外耀眼。

院坝显然事先经过修整，拔除了所有的杂草，清除了所有的碎石，原本极荒凉、鼠兔横行多年无人涉足之地，今天变得整洁干净让人仰视。

绘有白色“ㄖ”形符号的朱红色大门慢慢推开，精心绣制的宝幢从屋顶悬挂下来，四壁的酥油灯发出朦胧的光。

扎木在庄严的法号声中进了殿堂，侍立的徒弟接过他手上的托盘，扎木再双手托起药师佛，弯腰躬背，两臂向前平举，躬身趋步上前，放进事先做好的白色玉座上，然后退后三步，所有人都双手合十举过头顶，然后依次碰额，收于心脏处，齐齐匍匐，两臂伸直，四肢伏于大地。

公扎和风情不自禁地跟着大家一起，虔诚地磕了五个长头。

这是一种身体的仪式，也是一次心灵的洗礼，让身心紧贴大地，把思想放于空中，此刻物我两忘。

完成了所有仪式，扎木转过身来，托着一条长长的哈达，对公扎深深鞠了一躬，把哈达挂在公扎的脖子上，然后捧着公扎的脸，用额头碰了碰公扎的额头："谢谢你，我的孩子，愿佛祖保佑你们平安健康，扎西德勒。"

公扎双手合十深深鞠了一躬。

徒弟展开绛色的袍子披在扎木身上，僧袍的后背上也绣了一个白色的“ㄖ”形图案。扎木转身在弟子的搀扶下，一步步走上中间那把金碧辉煌的高椅，趺跏而坐，环视众人后，低眉敛目，轻摇法铃，带领众人进入人佛交流的时刻。

公扎拉着风悄悄退出了殿堂，坐到山崖边的石上。居高临下，山下的门、窗、经幡，还有路边的石上、香炉上，到处都能看到那个奇怪的“ㄖ”形白色图案。

“你注意到了吗？扎木披的那件大氅上也有那个图。”风指了旁边山石上的图案说。

“看到了，以前从来没听说药师佛跟这个图案有什么关系，有空咱们问问萨木。”

风点了点头，把手插进公扎手里。

公扎握着她的手，转身看了看身后的殿堂，看不清里面的情形，但持续不断的经声一波一波涌出，法器极有节奏地叮当作响，这是一个干净的世界，心灵不再染尘埃。

诵经声突然停止，四个僧人提了茶进去。不一会儿，萨木带着弟子提了茶壶拿了碗出来，看到他们，笑眯眯地走来，倒了茶双手递上。

公扎和风跳下石头，接过喝了一大口，弟子再把茶碗满上，放在石头上。

“萨木老师，我们……我们……有件事……”公扎双手合十看着萨木，想问他关于那个神秘的“¤”形图案的事，但又不知如何说出口。一开始抱了风来求医时，萨木就叮嘱过他们不能随便走动，出去后不能向外界透露这个地方。人家既如此说，那自是不想被外界打扰。如果贸然问出，万一犯忌，就不好了。

“你们是不是想问这个图？”萨木倒是毫不在意地指了指旁边山石上的图。

公扎点了点头。

“这事说来话长了！”萨木看了看天空，见太阳还没到头顶，想着大殿的法事结束还早呢，这事过去是秘密，可药师佛回来了，那个千年的禁忌也就不存在了，“你们跟我来吧！”

公扎和风对看了一眼，跟着萨木向山下走去。

三人回到萨木的小屋，他盘腿坐在卡垫上，示意公扎和风也坐下。

“我们是纳仓德巴的传人。据说纳仓德巴的第一任族长出生时被父母遗弃，是被草原上的熊养大的，那只熊额头上有个白圈，应该就是你要找的喀果的先祖，这个白圈就成了纳仓德巴的标志。那场跟加龙人的战争，看似加龙人赢了，其实谁也没有赢，你去过察那罗的山洞，应当知道纳仓德巴的勇士们因为被困在大山洞里，没有食物没有饮水，不甘为奴，最后集体自杀了。其实，当时还活下来了一个人，那个人就是族长的儿子次诺。他当时才十二岁，也参加了战斗。当其他人集中在一起要结束生命时，他正跟两只小熊玩耍错过了时间。毕竟是个孩子啊，孩子贪玩的天性总还在的。等到发现洞里的变故时他吓坏了，次诺不敢独自下山去，只能待在洞里，靠母熊的奶和仅剩的糌粑熬过了两个月。有一天他终于带着药师佛和格萨尔王的经书跟在熊的后面爬出了山洞，结果却发现被加龙人占领的错鄂草原也没有一个人。”

“为什么？”公扎惊异地问。

“瘟疫，错鄂草原发生了瘟疫。你想啊，那场战争死了多少人啊，加龙人胜利后又大肆宰杀牛羊庆祝，当时正值五月，草原最温暖的季节，加龙人得意忘形没有打扫战场，发生瘟疫就在所难免了。本来纳仓德巴的族长是擅长医术的，可惜被加龙人困死在山洞里了。次诺看到草原上的人都死了，也没敢停留，他知道族里事先在塔加普雪山附近选好了地方安顿了女人和孩子，就找了来。”

“那么，药师佛后来怎么又遗失了呢？”

“那是后来的事了。次诺到了无人区后，经过苦修，成了最有成就的医者。因为亲眼看到那场战争让两个部落灭亡，次诺发誓再不参与任何战事，也让跟随他的弟子们发誓终生修行。由于次诺从小就会驯熊，到了无人区仍然与熊为伴。药师佛的遗失我也不太清楚，只是听老辈人讲，是次诺大师救了一个受伤的牧人，那个牧人伤好离去时偷偷带走了药师佛和格萨尔王的经书，治蝎毒的方子也一起遗失了。”

公扎想起湖边那个年轻修行者的话，迟疑着问道：“有人说你们在这里是守卫珠牡王妃的仓库？”

“珠牡王妃的仓库只是传说，谁都没有见过。”萨木淡淡地说，“在这个荒无人烟的地方生活下去，不给自己找个很好的借口怎么行！”

“可是，塔加普雪山现在也只剩雍西了！”公扎说，心里还是有些疑问未解。

“一百多年了，草原上变化很大，沙石越来越多，有草的地方都成了荒漠，人们没办法，只有重新寻找地方。有的回到错鄂草原，有的去了当热雍错的文部湖边，还有一部分去了双湖的无人区。”

“你们这里又是……”

“我们是一群苦修者，信奉药师佛祖。次诺大师先祖的医术是草原上一个流浪艺人教的，药师佛也是他传下来的，由每个族长收藏。当年次诺大师离开错鄂草原时曾发下重誓，再不关心战争，一心向佛，把纳仓德巴的医学发扬光大，让不同民族的孩子都能在药师佛的慈爱下健康成长。所以其他族人都离开后，一些不愿离开的人在他的引领下到了这里生活，发誓终生不离开这里。”

“这又是为什么？”

“药师佛像是格萨尔王时期留下来的上古宝物，它的身上藏着两个秘密。一个是解毒蝎子的药方，据说是药师亲自留下来的。这里毒蝎横行，如果不能解蝎毒，要想在这里生活下去几乎是不可能的。你刚来时也看到了，我们这里的人都把自己裹得严严实实，尽管如此，每年仍有不少人因中蝎毒而死。现在好了，解毒的药方有了，我们再也不怕毒蝎子了。”

“另一个秘密呢？”

“另一个秘密就是你刚问过的了，据说跟珠牡珠宝有关。不过我认为那只是传说。”萨木苦笑，“我听师兄说过，格萨尔王妃藏宝贝的图就放在药师佛身上。不过仅有图也是不管用的，因为藏宝的地方是个冰洞，打开冰洞的秘密藏在一本书里。”

“一本书？”

“对，讲格萨尔王的故事书，那是一本用金汁写成的书。”

“是不是这个？”公扎从怀中掏出一本黄绸包裹着的东西递过去。

萨木接过，飞快打开一看，兴奋地瞪大了眼，转身就向大殿疾步而去。

公扎看着他的背影笑了，牵了风的手向大殿过去。

所有人自动站在两边，都含笑看着他们，双手合十。

扎木正在看萨木递给他的《格萨尔王传》，见他们进来，赶紧起身让弟子搀了从高椅上下来，微笑着，双手合十深深弯下腰去。

公扎欣慰地笑了，也深深地弯下腰去，风见此，也弯下腰行了一个礼。旁边有弟子把长长的哈达挂在公扎脖子上，其他修行者也托了哈达陆陆续续上来，丝绦上下翻飞，张张笑脸迎向公扎和风。

光线昏暗的殿堂里，经幢自上而下悬垂，飘忽的酥油灯，绛色的身影，暗香浮动着，药师佛供在高高的法台上，静静地注视着……

大雪山脚下有个红色的小山头，一角插有去年的经幡，边上还有个碎石垒成的香炉，青烟若有若无。

公扎与风坐在山头，望着脚下的湖水，轻轻拍打着岸边，公扎显得异常沉默。

措姆，公扎呼唤措姆的疼痛、绝望、渴盼，那一句措姆，这两天让风的心纠结撕扯。可公扎是她自己的选择，她只有等，她早已决定一定要等到他爱上自己。

这时，远处山沟里突然传出熊的咆哮声和人的惊呼声。

那样沉闷的咆哮无论放在哪里公扎都不会忘记。十几年独自穿行，都为那挥之不去的恐惧，措姆，自己至爱的女人就是在这样的咆哮声里去了香巴拉，从此与他天人永隔。

公扎拖了风飞快冲下山坡，回石屋拿了枪，一声口哨召回在湖边寻找青草的老马，翻身而上，又把风拉上马背，挥鞭向另一条山谷驰去。

路上不时有修行者打马疾驰而过。

两边都是红色砂岩的河谷，一只灰棕色头上有白圈的熊发疯一般地追着一个绛色身影，咆哮声响彻云霄。

几次三番被熊扑倒又爬起的人疯狂地大叫：“救我啊，来人啊……”

先后赶来的修行者大声喊着，却又无能为力。

公扎抱着风跳下马背。

被熊撵着的人看到公扎，如同看到救星一般，拖着一条断腿声嘶力竭地哭喊："公扎，救我啊，是我，我是次旺啊，错鄂草原的次旺，我对不起你，对不起达娃。佛祖啊，你饶了我吧。公扎，救我，求求你，救我啊……"

"次旺……"公扎惊了一下，来不及多想把枪架在地上，瞄准喀果就要扣动扳机，身后突然传来大喊："不要开枪，别伤了它。"

公扎转身一看，扎木和萨木从旁边红色的山崖上飞快下来，身后还跟着三个弟子。

"别开枪！"扎木说着掏出个白海螺"嘟嘟"吹了起来，那只熊听到声音，怔了一下，停止了追逐，呆呆地坐在原地。

公扎又端起了枪。

"它不是你要找的喀果，这是去年才出生的小熊，你仔细看看它额头的圈，是不是比喀果的要宽？"萨木拍着公扎的肩说。

公扎凝神看去，这只熊虽说个子跟喀果差不多，额头上同样有个白圈，然而确实如萨木所说，它的白圈比喀果额头上的白圈要大得多。

这时，扎木吹着海螺慢慢走上前去。蓝天，白云，碧草连绵，红衣飘飘，熊安安静静地坐着，次旺惊恐地跪在一边。

扎木走到熊身边，把掌心放在熊的头上，看着它的眼睛，低低地说着什么。然后熊的眼睛越来越迷糊，继而卧下去，脑袋放在前爪上，合上眼睛，发出了呼噜声。

"扎木师兄是次诺大师唯一的儿子，也是纳仓德巴驯熊术的唯一传人。"萨木说。

这时，两个上身缠着藤条的苦行僧走到扎木身边，指着次旺小声说着什么。

扎木点着头，走到次旺跟前，看着他，眼神无尽悲凉："当初你迷了路，是萨木救了你，还收你做徒弟，教你医术，你为何要害他？”

“不是我，不是我要害他，是他，是他让我干的。”次旺在扎木的逼视下，突然声嘶力竭，挥着手臂指着一边裹得严严实实的老僧人，“他让我跟踪你们的，是他，是他，不是我！”

“你胡说，你谋害上师，佛祖也难容你，关我什么事？”

“是你，你让我把蝎子毒放在药瓶里，你说只要那个女人死了，公扎就会离开，我害达娃的事就永远不会暴露了。”

“你胡说。”老僧人露在外面的眼睛看着次旺寒光四射，拔出刀子就要冲上前去，却被身旁的两个年轻僧人扭住了胳膊。

“我胡说？你一到这里就找到我，说他们一定是纳仓德巴留下来看守格萨尔王珠宝的人，只要找到珠宝，我们就可以回草原去，买下所有的草场和牛羊。你讨好扎木喇嘛，却不想扎木也不知道藏宝的地方在哪里，因为药师佛遗失了，再没人知道格萨尔王宝藏的秘密。然后公扎突然来了，你又说药师佛可能在公扎身上，你让我下毒，说只要他有药师佛，就肯定会拿出来救那个女人的。”次旺怒睁着两眼，嘶叫着，口沫四溅。他冲到裹得严严实实的老僧人面前：“我按照你的吩咐把蝎毒下到那女人的药瓶里，如你所愿，公扎拿出了药师佛。你怕萨木发现我们，就趁萨木去采药时跟踪去了，推下石头想砸死他，却没想到只是伤到他一点皮毛，反而让他开始怀疑我们。今天，你说他一定要到这里采药，让我把熊赶到这里，让熊咬死他，哪知熊是他们养的。佛祖啊，都是这个人让我干的，不关我的事啊。”

“你胡说，你胡说，是你自己干了坏事，下毒害人想赖在我头上。”

萨木走上前去，看着次旺，口气悲天悯人：“你还不反省吗？其实药里突然出现蝎子毒时我就开始怀疑了。因为我的药房一向封闭严实，用的时候还会仔细检查，怎么可能有蝎子进去呢？而且药里只有毒没有蝎子。也就是说，毒是有人故意下的。那天靠近药房的人除了我两个弟子外，也就只有你。两个弟子是我从小带在身边的孤儿，对他们我是信得过的。而你私心太重，开始一心想快些学到我的医术，好离开这里回去赚钱。这我也能理解，你毕竟在另一个世界生活了大半辈子，利己的思想一时无法根除，只是希望时间长些，慢慢引导于你。哪知你越走越远，特别是在这个人来了之后，你们整天混在一起，不念经不学习，而是到处打听格萨尔王的宝库在哪里。迷途之人，为何不回头看一看？佛祖给你指明了方向为何要放弃？”

“我是想好好学习医术早些回草原去，不是想赚钱，是想把达娃医好。当初我不是故意要把她打疯，她不跟我好，还说要让她儿子公扎回来收拾我，我害怕了才用石头打晕了她，哪知她醒来后就疯了。我不是故意的，这些年我天天做噩梦，看到魔鬼来抓我。我的上师，我不是故意的啊，我真不是故意的啊。是他，他来了后，天天跟我说只要找到药师佛就能找到格萨尔王的珠宝，到那时要什么样的女人还不是随着我们挑。我听了他的鬼话才干下了这些蠢事。上师，你原谅我，你原谅我吧。”次旺跪在地上拉着萨木的僧袍语无伦次，痛哭流涕。

“你要求得原谅的人不是我，是他。”萨木说，指了指公扎。

次旺膝步到公扎面前，不停地磕着头，双手合十涕泪纵横：“公扎公扎，我错了，我对不起你阿妈，是魔鬼迷了我的心。佛祖已经惩罚我了，他让我天天睡不着觉，只要一到晚上就派魔鬼来抓我咬我，我受不了才逃离草原的，可还是没得到安宁，你阿妈老在梦里看着我冷笑。我错了，我对不起你们家，对不起你阿妈，对不起你阿爸，我再也不回草原了，我好好修行，我下辈子一定做个好人。公扎，公扎，你是解放军，你是政府的干部，你是好人，你原谅我……”次旺把头在沙石上磕得“咿咿”响，血丝沾了灰尘糊在额上，不断乞怜地看着公扎。

想想父亲当年被绑在经柱上的情形，想想阿妈这些年所受的苦难，公扎飞起一脚把次旺踢出好远，转身就要找枪，风一把拉住了他：“他已经受到惩罚了，他的腿都被熊咬断了。公扎，原谅他吧，那个特殊的年代，人和动物一样没了理性。这些年他也没好受过，内疚折磨着他，你看他现在，跟疯子又有什么两样呢？”

公扎看着风的眼睛，良久，又转头看着次旺，见次旺拖着血肉模糊的断腿，稀疏的白发粘在沟壑纵横的脸上，早已不复当年狂妄的模样。想想他这个年龄，本该在温暖的帐篷里享受儿孙绕膝的欢乐，却因为年轻时犯下的错误孤孤单单逃进无人区。

“你起来吧。”公扎迟疑了一下说，慢慢放下枪。

风欣慰地拍拍公扎的手。爱恨情仇，终究是提得起放得下，不愧自己义无反顾地选择了他。

听到公扎这么说，次旺心里一松，匍匐在公扎脚下。

两个年轻人过来扶起他走到萨木跟前。

“带他回去吧，腿是没法保住了，但你用一条腿换得余生的安心，也算是佛祖慈悲了。”萨木说，挥了挥手。

次旺抹着泪在同修人的搀扶下向修行点走去。

“巴桑，脱下你的外衣吧。药师佛回来了，再也不用这样包裹自己，你这样，只会让人更加怀疑。”扎木把白海螺递给身旁的弟子，看了被人扭住手臂裹得严严实实的僧人说。

“巴桑？哪个巴桑？”公扎奇怪地问。

“他从你们草原来，说是奉了扎多活佛的旨意，来我们这里取药师佛。”扎木淡淡地说。

“错鄂寺的巴桑？扎多活佛的徒弟？”公扎惊异地说。

扎木点了点头，示意徒弟取下他的头套。里面露出一张苍白的脸，不是错鄂寺的老巴桑又会是谁？

“其实你一来我就在怀疑了。扎多是到我们这儿来过，他当时因为风雪迷路被萨木救了回来，在这里住了三个月，跟我学习密宗的灌顶大法，跟萨木学医术。他是个好孩子，心地善良，入了我门终生持戒。他早已知道药师佛不在我处，又怎么可能派你来这里取呢？”扎木说。

“那你为什么早不揭穿我？”巴桑看着扎木，眼里闪着阴森森的光。

“你在佛门也算是待了些日子，我是希望你能自己醒悟。善念恶念，不过是转身之间的事。”

“善念恶念，转身之间？”巴桑突然哈哈大笑，“让我像你们一样，念一辈子的经，女人都没见过，你们知道车子是什么样子吗？你们知道电视里就能看见漂亮女人吗？不，我不要过这种生活，我不要下辈子，我只要这辈子过得快乐，有酒喝有女人睡我就满意了。”

“我明白了，你冒充扎多活佛的徒弟，就是想找到他保护起来的佛像吧。错鄂寺的古佛被盗，也是你和罗布顿珠共同干的吧？”公扎一步跨到他面前，盯着他的眼睛逼问。

“你知道什么啊，那尊佛像本来就是我家的东西。”

“本来就是你家的？”

“是我祖爷爷从这儿拿出去的，他老人家老糊涂了，又把这些宝贝送给了错鄂寺的活佛。”

“你祖爷爷就是次诺大师救回来的那个偷东西的牧人？”

“好东西有能力者才能得到，你知道个啥呀？”巴桑昂起头，不屑地看着公扎，“你以为我费了那么大的精力冒充老疯子的徒弟仅仅是为了那几尊破佛像吗？那能值几个钱啊？”

“格萨尔王妃的宝库？”公扎哈哈大笑，豪爽清朗的笑声响彻在山野里，“草原上到处都是格萨尔王的传说，可谁又真的见过格萨尔王妃的宝藏在哪里？草原上的汉子，不靠自己的双手取得财富却尽使坏心眼，你是被鹰叼了眼睛啊，就算珠宝放在你面前也未必认得。”

“你懂什么？如果没有格萨尔王妃的宝藏，他们这些人守着这蝎子窝干什么？”

“你想看看格萨尔王妃的宝贝吗？”看着远处雪山出神的扎木这时转过身来，怜悯地看着他。

巴桑大睁着两眼："我费了这么多心力，就是想知道那无价之宝到底都是些什么。"

"你们呢？也想看看格萨尔王妃的宝贝吗？"扎木看着身后的苦修者问。

大部分的老者整理着僧衣，低下头双手合十："上师，身外之物而已。"

只有极少数年轻的修行者好奇地看着扎木。

"好，大家跟我来吧。"扎木说着，向马走去，两个弟子抢上前把他扶上马背向一边的山谷驰去。其余的人也翻身上了自己的马跟在他后面。巴桑被夹在队伍中间。

太阳挂在山顶上，橘黄的光线把大地描画得五彩斑斓。

塔加普高耸入云，周围那些五六千米的雪山在它身旁都成了小山丘。

黑色的碎石片在荒漠上平平展开，直到看不见的尽头，薄薄的碎石片锋利如刀，不仅压制了草儿花儿的生长，对行走其上的动物同样具有很大的威胁。

没有云彩的天空是纯粹的蓝，干净明亮，一尘不染。层层叠叠的山，有的有雪有的没有，排列无序却气势如虹地向外延伸着，杂乱的碎石就像油画的底色，有些发青又有些发蓝，还有星星点点的斑块。一群红衣人牵着马迎着阳光，夕阳把影子拉成了长长的条状，随着脚步小心移动着，那影子便变化出了各种图案。

再近些，能看见夕阳下的脸庞，低头的昂头的，表情各一。虔诚的手上经筒永不停歇，无论步子大小，经筒都只有一个节奏，缓慢地、不慌不忙地永远朝着一个方向转。就像那层绛色衣衫下的心脏，跃动的是一个频率。好奇者的眼神总是左顾右盼的，脚步有些跳跃，袍裾翻飞……

扎木走在队伍的最前面，身边的弟子为他牵着马。也许是光线太强，他的眼睛总是半眯半睁，脸上纵横的沟壑像极了大地的五线谱。从穿上那身绛红僧衣时他就知道这个秘密，并为守护这个秘密立下了终生不出谷的誓言。

现在想来，能够安安静静地待在这里，远离了尘世，虔心向佛，真是此生的幸事。

守护，反而不是重要的了。

到了雪山脚下，所有人都齐齐仰头看着。高耸入云的塔加普山尖上有一缕淡淡的云彩，也被夕阳染成了淡金色，白雪皑皑的山峰没有了艳阳下的狰狞，平添了几分妩媚。

扎木率先盘腿坐在碎石坡上，接着是萨木，然后是其他的人。

身后是那座等待了千年的大雪山。

丝丝的沉醉，点点的幻想，只为这一刻。一片绛红聚在山脚下，没有人去关心身处何地，这份仰视，未经揣度直达灵魂的美震撼着每一个人。就算是为财富而来的巴桑，在圣洁的塔加普山脚下，眼里也没了暴虐的神色。

药师佛的咒语慢慢响起。

是的，是慢慢响起的。不疾不缓，每一个语调的变化都极合韵律，抑扬顿挫得就像经过了千百次的排练。

经久不息的经声让巴桑开始着急，他跺着脚，不时把碎石踩得哗哗地响，不明白财宝就在眼前，这些人怎么还能安安静静地坐在这里念经？

公扎和风坐在最后边，牵了手，棕色的老马垂了头站在身边。

一刻钟，或许更久一些，红色的僧衣开始微动，然后站起，整理衣衫，一点点绛红向着雪山顶上移去，是要去赴一场千年的约会吗？又或许是去荡涤尘埃？

就这么坐着，安安静静地坐着。

夕阳慢慢变淡。

月亮升上山顶。

日月同辉的天空，神圣得如在史前。

突然“砰”的一声，公扎和风同时回过头去，见后面二十米处的碎石地上开了一朵红花，放射状地开放着。巴桑，那个做着发财梦的男人躺在红花中间，手脚抽搐。

洁白的雪山上迅速滑下红色的人影。

两个年轻人走到巴桑身边，蹲下看了一眼说："师父，他已经死了！"

"唉……"扎木摇着头叹了口气。

"他以为格萨尔王妃的宝库肯定是一室灿烂辉煌，哪知见到的却是药师佛的十二愿望所绘成的壁画。所谓的财宝其实就是身体的健康和人们心中的善念，他一时承受不了才跳崖的。"萨木说，"人啊，如果没有健康的身心，就算把全世界的财宝都堆在他面前，又有什么用呢？他始终未能明白。"

第二天一大早，风和公扎就立在扎木老人的石屋前，向老人告别。

扎木和闻讯而来的人送他们到山谷的出口处。

红色的山崖之间悬挂着经幡，被风吹得高高扬起，传送着千年不变的祝愿。石缝里一股清泉哗哗而下，冲刷着经轮不停地转动，祈祷平安的经文就在风中不停地念响。

扎木掏出哈达挂在公扎和风的脖子上："善良的孩子，愿佛祖赐福于你们，健康平安。"

萨木走了过来，捧着公扎和风的额头碰了一下，也掏出洁白的哈达挂在他们脖子上。所有的同修人都走上前来，一时之间，只见哈达和着经幡飞舞。

公扎走到跛了一条腿、被两个年轻僧人扶着的次旺面前："央吉没死，她在无人区被姬迦救了！"

次旺抬起头看着公扎，泪花闪闪："谢谢谢谢，回去跟你阿妈说，我对不起她。"

公扎点了点头，回身上了马背，伸手把风拉了上去。

依旧是那杆老枪，依旧是那匹老马，就连那件老羊皮袄也没有变化。

蓝天下的背影越来越远。

双人独骑，男的粗犷豪迈，女的温柔秀雅。

还是这个无名的湖畔，他们再一次行走其间，马蹄不急不缓。

湖面清波荡漾，水鸟追逐嬉戏。

“知道吗，公扎，我来西藏，就好像是冲着你而来的，就好像你一直在这里等我一样，我找了来。那场让我迷路的风雪，也许真是佛祖故意安排让你救我，然后无论我怎么努力从此再不能忘怀了。”

今生只为你，主婚的是蓝天，证婚的是大地，让这清凉的风带走誓言，印证在雪山之巅，从此身心相随，永不分开！

公扎看着风沉默着。

地平线的尽头，突然出现了一个黑点。

不标准的汉语迎风传来：“公扎、风……”

“是色嘎，我们快去。”风对公扎说，然后也大喊，“色嘎……”

“风，公扎，终于等到你们了。”色嘎骑着马跑了过来，“你们快点跟我来，雍西她……快不行了，想见你们一面。”

“她病了，很重，医生想了很多办法也没医好她的病。他们说……他们说……雍西阿佳可能不……不行了……”

“为什么会这样？我来的时候她都还好好的。”风有些吃惊。

“都怪大哥。还记得你们收养的小羚羊吗？”

公扎点了点头。

“叫贝贝的那只羚羊到了雍西阿佳的牧场，留下没走。刚好那段时间老大派出的人跟踪一群要下崽的母羚羊也到了阿佳的牧场边，结果被他们……全部……全部打死了。还有贝贝，也被……也被……打死了。”

风眼泪哗哗而下。

“后来呢？”公扎拍着风的背，看着色嘎问。

“从那天起，她就病倒了，吃什么吐什么，大哥让强巴弄了好多药来也不管用。”

“快去。”公扎一夹马肚，马儿飞驰起来。

色嘎跟在后面。

两匹马如离弦的箭一般向雍西的牧场驰去。

十六

塔加普雪山的另一边。

平坦的荒原一望无际，中间有条小河弯弯曲曲地向西而去。

一顶黑帐篷立在向阳的坡地上，獒孤独地坐在帐篷边，看着荒原出神。

姬迦围着帐篷转来转去，脸上是从来没有过的慌乱。

两匹马疾驰而来，獒站了起来，本能地张大了嘴却没发出声来，因为来的人熟悉。它重新坐下，重新看着荒原陷入沉思。

姬迦看到他们，停住了脚步。

公扎和风、色嘎跳下马背，马鞭一扔就跟着姬迦进了帐篷。

央吉抹着泪在煮肉，达娃措抱了塔加普忧伤地坐在榻前，卧在榻上的雍西如冬天的干草般了无生气。

色嘎急步上前，小声唤着：“阿佳，阿佳，公扎大哥来了，你醒醒……”

雍西终于睁开眼睛，看到公扎和风，挣扎着想坐起来，只是力不从心，色嘎赶紧扶起她。

“雍西，”公扎走到榻边，央吉递过凳子，“怎么病成这样？”

“大……大哥，听说……风……风受伤了，一直……一直担心。都是……都是我……我连累你们的，现……现在好……好了，你们……你们平安，我……我就放……放心了……”雍西看着公扎和风，断断续续地说。

色嘎充当起了临时的翻译。

雍西说完，然后捂着嘴剧烈地咳了起来，接着又是一阵翻江倒海地吐，把才吃进去的药丸全吐了出来："风，我……我没保护……没保护好贝贝，它被……它被打……打死了，他……他……"雍西涨红着脸，指着公扎身后低了头的姬迦，上气不接下气。

姬迦一声不敢吭。

风强行抑制住就要夺眶而出的眼泪，轻拍着雍西瘦得皮包骨头的手背说："没关系，雍西姐姐，贝贝去香巴拉了，那里是人和动物的天堂，再没有伤害，你别伤心了，啊。"

"祝福……祝福你和大哥，你们……你们俩……你们俩都是好……好人！"

"雍西姐姐，你也是好人，如果没有你指引，我现在可能还没找到他呢。"风说，然后看了一眼身边的公扎，眼里泪雾蒙蒙。自从到了草原，心一直被感动着，无论是雍西，还是伤了她的色嘎，以及央吉、达娃措，这些生活在荒原上的女人，她们用善良和率真温暖着她。

雍西不停地喘着气，色嘎要扶她躺下，雍西摇着手示意不要。

等她喘得稍好一点，雍西才转脸看着色嘎说："谢谢你，色嘎。塔加普……塔加普……"

达娃措赶紧拉着塔加普过来："在这儿，阿佳，塔加普在这儿呢。塔加普，叫阿妈！"

塔加普哭兮兮地叫了声："阿妈……"

雍西摸着儿子的头，眼里突然焕发出光彩来，说话也有力气了："塔加普，我的儿子，阿妈再不能照顾你了，你要听姐姐的话，不准调皮，长大了别留在荒原上，要出去上学，啊！"

塔加普不明白她说的话，只是一个劲地哭着要往雍西身上爬。

"我送他出去上学，你放心吧，我一定送儿子出去上学。"姬迦突然抬起头，眼泪在他眼眶里打转。眼看着心爱的女人生命一点点消失，姬迦这个心狠手辣嗜血如命的汉子也掉下泪来。

雍西没有看他。她不想见到他，现在好了，终于要解脱了，终于可以不再担心了。来生，来生一定要嫁个平平常常的草原汉子，日子苦一点也没关系，只要两人在一起，每天都过得安安心心就行了。

姬迦受不了雍西漠然的眼神，他跪倒在榻前，紧握着雍西的手贴在泪水纵横的脸上说："我解散猎队，女人，我马上解散猎队好不好？你好起来，我去解散猎队。"然后向外大喊一声，"强巴！"

强巴应声而进："大哥！"

"解散猎队，给你阿佳积福。从今天起，谁也不准猎杀羚羊，听到没有？"

"大哥……"

"出去，传我的令下去，从今天起，影子猎队全部解散。"姬迦狠狠地说，转过头来，讨好地对雍西说，"女人，我解散猎队了，你看，我不杀羚羊了，也不杀野牦牛了，我只陪着你，带着儿子，我们自己养牛养羊。"

"姬迦，你欠下荒原那么多的血债，佛祖能放过你吗？如果你真的要改，就自首去吧，向政府自首。"雍西看着姬迦，脸上是从来没有过的平静。

姬迦喃喃自语着："自首……坐牢……"

"你终是不愿放手。"雍西的目光放在姬迦脸上，为何他不是普通牧人，为何他不能陪自己安静过日子呢？随着两行泪滚落，雍西慢慢合上了眼睛。

"女人，女人啊……"姬迦扑在雍西身上，号啕大哭。

天空突然乌云密布，不一会儿就下起了冰雹。獒仍坐在帐篷前，一动不动地看着烟雾迷蒙的雪山，马悲鸣一声，扬蹄向荒原的尽头跑去。

半个月后开始有人传说，影子猎队被突然而至的公安端了窝子，偷猎的男人被抓的抓，逃的逃……

央吉带了女儿达娃措回到了草原，身边还带着一个小男孩。她们说，色嘎回了四川阿坝，同去的还有当时影子猎队的医生强巴，姬迦则不知去向。

传说终究会解开迷雾，历史自有去处，那人呢？公扎和风是否会在岁月的颠簸中得到出路和圆满？

一年后。

秋天的错鄂湖畔，金黄色的草场就像在天地间铺了一条绒毯。

一辆白色的越野车沿着湖边飞奔着，在一顶大得有些吓人的黑帐篷前停下，两头黑色的獒同时冲上前去，对着车子狂叫。

“风，风，我大老远地来看你，不来迎接我也就算了，还放獒咬我，你还有没有一点良心啊？”车窗放下，露出一个戴着鸭舌帽的头来，冲着那个安了三个太阳能热水器的帐篷大叫。

帐篷里飞快跑出一个穿藏装的女人，正是那个千里迢迢、不顾一切追爱到草原的风。她还是那么年轻秀雅，眉梢眼角都流淌着幸福：“一航，你不是说明天才到吗？”

“我迫不及待想来参观一下你这个新式牧民的幸福生活。”卓一航说，见她赶开了獒，这才拿着相机开了车门跳下来。跟风拥抱寒暄后，看着帐篷边上的两个卫星接收器瞪大了眼睛：“你弄这么多接收器干什么？”

“看电视嘛，我自己一个，工人一个。这样他们就不用跑到我帐篷来看了。”风说。

“你成奴隶主了啊，还有工人？”

“养了两千头牦牛和八百只羊，忙不过来。”风笑着，搂着一航的肩向帐篷走去，“刚才还有北京的经销商来电话要牦牛肉呢，说咱们这儿的牦牛肉是纯绿色食品，在大城市里很畅销。”

“风，把藏北的牦牛肉、羊肉往内地销，眼光够毒啊。”卓一航脱了鞋走进去，盘腿坐在毛茸茸的垫上，“你们这是牧民吗？连卫星电话都有了。”

“羡慕吧？”风戴了一顶红狐帽站在门口，接过工人递进来的肉盆放到卓一航面前，“这是昨天专为你杀的，按照咱们的做法，保证是七成熟，招待你这个远方的贵客。别以为草原还像过去，现在好多牧民都用摩托车放牧了，哈哈。”

“老板娘，老板娘，牦牛洗好了，也吹干了。”门帘掀开，探进一张笑眯眯的古铜色脸庞。

“好好好，我马上来。”风回头说，然后对卓一航神秘兮兮地笑，“想不想去看一下我的坐骑？”

“你的坐骑？”卓一航塞了满嘴的肉，瞪眼看着她。

风得意地点着头，笑得如格桑花一样灿烂。

“去看看。”卓一航放下刀子说，起身就向外走。

卓一航出了帐篷，见一个汉子真牵了头白牦牛站在前方草地上，牛背上还放着张纯羊毛的垫子。

“天哪，一根杂色都没有。”卓一航围着牦牛转了一圈，啧啧称奇，不断地按着相机快门。

“漂亮吧？嘿嘿……”风走到牦牛跟前，汉子把她抱起放在牦牛背上，就牵了绳子沿着湖边草地走去。

风得意地笑着，坐在牦牛上唱起了牧歌：

天上的星星啊，
像阿哥的眼睛，
看着地上阿妹的身影。
小小的酥油灯啊，
一夜到天明，
不见阿哥你的眼睛，
落进帐篷照亮阿妹的心。

卓一航看着蓝天碧水边的白牦牛，喃喃自语：“天啊，我还是第一次看见纯白的牦牛！”

“染的，买了一千多块钱的脱色剂呢。”风得意地大笑。

“染的？”卓一航大叫，用无限同情的眼光看着牦牛。

风和卓一航来到错鄂湖边，坐下看着碧草连天的草原，远处有牦牛在低头吃草，近处分散着羊群，纯净得连一丝白云都没有的蓝天挂在雪山顶上。

“你打算一直在草原了？”

“我喜欢这里，离公扎近。”

“继续等？不是上次说他已经接受你了吗？”

“是，可是我们回到错鄂湖准备搭帐篷结婚，他又走了。听人说他现在就在湖对岸那边。”

风语气平静，就跟脚下错鄂湖的水一样，清凉，两眼透着跟雪山山顶一样的光芒。

“他说，一进到帐篷，他心里想的、眼里看到的全是措姆，他说这样对我不公平。他对措姆说过，一辈子非她不娶，他的帐篷里只有一个女人，那就是措姆。他跟我越亲密，他就越想念措姆，强烈的想念天天折磨他。看着他对我歉疚、矛盾、痛苦的样子，我只能放他走。”

风微微笑着，望着前面的雪山，有金灿灿的太阳光照在上面。

“一航，我能理解他，就如看我自己。他心中有爱，相信他终有一天会明白我的。我会一直在这里等他，三年、五年或是十年，我会等他回来，等他爱我如爱措姆一样。”

晚上，月光如水，只听见湖水拍岸的声音，公扎如同长在湖边的石头，融在夜色中。

后　记

这是一个现实又带点玄幻的故事。说现实，是因为所有人物都有原型，包括他们的情感故事和部分经历；说玄幻，是因为加进了草原上似是而非的传说故事。而那些故事，千百年来在牧人的口中代代相传，真假相融，已经很难分清哪一部分是真的，哪一部分是神话。

自《西藏生死恋》出版后，被无数的读者追问公扎和风的未来。其实关于他俩的结局，我在《不迟》里就已经交代过了。是的，风和公扎结婚很多年了，育有一儿一女。他们公司推出的牦牛肉，在内地很多大型超市都能买到。

原生态的、绿色的、环保的……这一系列，风不用费力宣传，包装上那几个“来自羌塘深处”的汉字就足以打动买家的心。

公扎的老家有三条沟那么宽阔的牧场，到底有多少亩确实无法计算。在荒原上，放牧人只会用几座山或是几条沟来估算面积。而公扎家三条沟的牧场有的是他们自己家的，有的是租别人的。

现在的藏北草原，大部分的年轻人都进城打工了，帐篷里再不像过去那样人声鼎沸，三世同堂的场景往往只能在过年过节时才能看到。外出务工的人，家里往往只留下老人和孩子，几家人的牲畜合在一起放牧，大家轮流出工，多出来的人手就出去找活干，一年半载才回家一次。牲畜养得少的，干脆就把多余的草场租出去，公扎家的大牧场就是这么来的。

当然，租金并不贵，一条沟一年不过千把块钱，却足可养活百十头牦牛！草场面积大，分为冬季牧场、夏季牧场、育羔场三大块，草场有了生息的时间，植被恢复起来也快。

公扎现在不再放牧了。当然，过去他也极少放牧，因为家里有弟弟妹妹，加之他很小就进了部队，放牧的工作极少参与，不过这并不影响他在原生家庭的地位。他依然是弟弟妹妹们的精神和物质支撑，家里大到婚丧嫁娶，小到侄儿侄女上什么学校，大家都习惯性地请大哥拿主意。

公扎并不是个善于言辞的人。就算和风结婚多年，外向的风仍然没能改变沉闷的公扎。所以公扎的家人或是我们这些朋友都明白，他们家真正拿主意的是公扎身边的那个汉族女人！

风，因为公扎而无法离开藏北荒原，她就用自己的方式改变荒原来适应自己。

自打嫁给公扎，一晃二十多年过去了，风对自己的生活满意吗？在柴米油盐的纠缠中，经历着生活的烟熏火燎，风有后悔过吗？

我问她时，她笑容如花，嘴角含春："我目前没有后悔过，我很开心自己嫁给了爱情！"

嫁给爱情！

这是多少女人苦苦追寻却又得不到的出嫁理由啊！

风的两个孩子，大的已经上大学，成绩不错，去年暑假来西藏我们聊过。她是学环保的，很有想法的一个女孩，大学毕业打算考研究生，将来留在内地工作。儿子能歌善舞，是学校的小明星，老师同学都很喜欢他。由于两个孩子自幼由外公外婆抚养，每年都在上海待一段时间再到草原待一段时间，都市文化和草原文化在两个孩子身上都有所体现。

公扎弟弟们的孩子，除了一个男孩留在老家外，其余的都在政府部门工作，无论是生活方式还是精神诉求，都已经与父辈们不一样了。比如“吃饭”这个问题，过去牧人一日三餐都是以肉食为主，间或有人买点糌粑或是别的什么食物，也只是作为“尝鲜”。如果两个牧人在草原上相遇，问对方“吃过饭了吗”，无论对方吃的是什么，都会回答“吃过饭了”。而现在的孩子们基本都是吃大米长大的，在他们大脑里，吃过米饭才算“吃过饭了”。如果你问一个刚吃过肉或是糌粑的孩子“吃过饭了吗”，他会回答“没吃饭”。

荒原对外界敞开了大门，里面的世界和外面的世界通过彼此的言行相互影响是必然的，文化上的互相渗透日积月累着。人们乐于接受这种变化，特别是年轻人，他们已经无法像老一辈那样“日出而作，日落而息”。比起星空下手拉手地唱歌跳舞，年轻人更喜欢电脑里那个虚拟而刺激的游戏世界；比起马儿慢悠悠的四个蹄子，他们更喜欢一踩油门就跑的摩托车；比起传统的白水煮牛肉，他们更喜欢川菜的麻辣鲜香！传统的黑帐篷变成了混砖结构的小楼，虽然无法搬迁，但更结实耐用；牧人身上厚厚的袍子也早被轻薄的羽绒服取代，因为羽绒服更保暖舒适。今年，公扎二弟的孩子结婚，新娘子是本地人，在乡上工作。“五一”放假，两人专门来拉萨拍婚纱照。礼服既有藏式的，也有西式的，还有中式的，穿在两人身上，也没什么违和感。照片洗出来拿回老家，邻里都去他们家欣赏，啧啧称赞。这些变化，没人会说有什么不好，草原人极自然地接受着外界的新鲜事物，并且让那些新鲜事物慢慢成为自己生活的一部分。

每年从十二月底开始，我都会陆陆续续接到朋友们告别的电话，汉族藏族都有。汉族朋友回老家过年的，藏族朋友去内地度假的。这些朋友再出现在拉萨基本都是元宵节以后了，我常常笑话他们属候鸟的，冬天一来就开始迁徙。

风打来电话是春节前的事儿，他们去上海陪风的父母过春节。今年春节和藏历新年相差了一个多月，他俩打算过完汉历新年后就回藏北过藏历新年。

看着一身新袍的风和公扎，真有些恍惚。这么些年，除了容颜，两人的变化其实并不大，风看向公扎的目光仍然柔情似水，公扎对他女人依旧宠溺如初。当然，在一起生活久了，实际生活里或多或少都会影响对方一些。比如去内地，风和公扎基本穿藏袍；而回到藏北，两人都会换上休闲装走亲戚。公扎因血脂高，风不再让他喝酥油茶、吃肥腻的肉，公扎就慢慢习惯了吃青菜、喝绿茶。而风喜欢吃风干肉，公扎每年冬天都会用最好的牛肉做一批风干肉贮存着。

在藏北生活的这些年，风的本地话已经说得很好，就连口头禅都和公扎一模一样。风说，那是她男人教的缘故。无论公扎的亲戚还是周围邻里，都已经把风当作自己的亲人。

很多人都会好奇，一个那么粗糙的藏北汉子，一个那么细腻的江南姑娘，婚后的日子居然水乳交融！到底有什么秘诀？

风说，爱了就接纳对方的一切！

公扎说，生活就是不断地宽容！

图书在版编目（CIP）数据

西藏生死恋 / 羽芊著 . — 成都：四川文艺出版社，2017.9（2018.3 重印）

ISBN 978-7-5411-4799-9

Ⅰ . ①西… Ⅱ . ①羽… Ⅲ . ①长篇小说－中国－当代 Ⅳ . ① I247.5

中国版本图书馆 CIP 数据核字 (2017) 第 221178 号

XIZANG SHENG SI LIAN

西藏生死恋

羽芊　著

策划出品　青橙文化
出版监制　王二若雅
责任编辑　彭　炜
责任校对　汪　平
特约编辑　大　风

出版发行　四川文艺出版社（成都市槐树街 2 号）
网　　址　www.scwys.com
电　　话　028-86259287（发行部）　028-86259303（编辑部）
传　　真　028-86259306

邮购地址　成都市槐树街 2 号四川文艺出版社邮购部　610031
印　　刷　河北鹏润印刷有限公司
成品尺寸　146mm×210mm　1/32
印　　张　12.75　　字　　数　350 千
版　　次　2018 年 1 月第一版　　印　　次　2018 年 3 月第二次印刷
书　　号　ISBN 978-7-5411-4799-9
定　　价　42.00 元